中国对联公开课讲义

梁石教你作对联

梁石 著

山西出版传媒集团

山西人民出版社

图书在版编目（CIP）数据

中国对联公开课讲义：梁石教你作对联／梁石著 . —太原：
山西人民出版社，2018.2
ISBN 978 - 7 - 203 - 10225 - 0

Ⅰ.①中… Ⅱ.①梁… Ⅲ.①对联 – 基本知识 – 中国
Ⅳ.①I207.6

中国版本图书馆 CIP 数据核字（2018）第 000833 号

中国对联公开课讲义：梁石教你作对联

著　　者：梁　石
策　　划：樊　中
责任编辑：樊　中
复　　审：刘小玲
终　　审：阎卫斌
装帧设计：谢　成

出 版 者：山西出版传媒集团·山西人民出版社
地　　址：太原市建设南路 21 号
邮　　编：030012
发行营销：0351 – 4922220　4955996　4956039　4922127（传真）
天猫官网：http://sxrmcbs.tmall.com　电话：0351 – 4922159
E – mail：sxskcb@163.com　发行部
　　　　　sxskcb@126.com　总编室
网　　址：www.sxskcb.com

经 销 者：山西出版传媒集团·山西人民出版社
承 印 者：山西出版传媒集团·山西新华印业有限公司

开　　本：787mm × 1092mm　　1/16
印　　张：28
字　　数：398 千字
印　　数：1—3000 册
版　　次：2018 年 2 月　第 1 版
印　　次：2018 年 2 月　第 1 次印刷
书　　号：ISBN 978 - 7 - 203 - 10225 - 0
定　　价：88.00 元

如有印装质量问题请与本社联系调换

梁石，本名梁拉成，号逸然斋，1945年生于山西昔阳。中国诗词研究院副院长、中国楹联学会理事、中国毛泽东诗词研究会理事、中国民间文艺家协会会员、山西省作家协会会员、山西省楹联艺术家协会副主席、昔阳书画院院长。从文50年来，已在《诗刊》、《人民文学》、《人民日报》、《光明日报》等报刊发表诗词1200余首。同时，潜心研究与创作中国楹联，出版了《中国对联宝典》、《中国古今巧对妙联大观》、《十二生肖春联大观》、《红白喜事对联大全》等三十多部对联专著。其中《中国古今实用对联大全》荣获全国第四届优秀图书"金钥匙"奖。与梁栋合作，连续13年在《人民日报》发表春联200余副，连续6年在《书法导报》发表新春联。被授予"人民诗家"、"全国联坛十杰"荣誉称号。

之作。笔墨推动才周笔书艺术文化。它
张报子分不同凡各写的积极新写。
醉暑，眸多珍重。祝出版成功。

文淇

沈鹏 上 六月十三日

梁启仁君之爱好之，为儿倡学新作

题名，是我一大幸事。惟书名大著

目录，延孝等等坐以予论著以及全

厚的学养，俊雅作半书价值以考

初学者以正善门家，均有均有指导

作用，实践意义，迥重均同平常

沈鹏致梁石信札释文

梁石仁君：近好！为您的新作题名，是我一大幸事。仅看大著目录，联系到您以前论著以及丰厚的学养，便确信本书价值，对初学者以至专门家，均有指导作用、实践意义，迥异坊间平庸之作。对推动中国对联文化定能起到不同凡响的积极影响。祝出版成功。酷暑，盼多珍重。即颂

文祺

沈鹏上

八月十三日

序

时代节点的眺望

蔡子栩

当代著名诗人、对联艺术家梁石先生，是我的一位老朋友，时有音讯往来，深相结纳，于对联艺术的探索与理念多有共鸣之处，情缘匪浅。日前，梁石先生发微信予我，称其应山西人民出版社之约，正撰著一本旨在传承对联文化、传播对联知识、传授对联创作技巧的教科书，书名定为《中国对联公开课讲义》，并嘱我为之作序。浏览梁石先生随后发来的篇章结构与目录内容，脑海里倏然蹦出三个字 "大"、"全"、"新"，即章法布局的"大手笔"，内容采辑的"全方位"，创作理念的"新境界"，欣叹之余，不禁为梁石先生这种心无旁骛、痴情对联艺术的敬业精神所感动。梁石先生已年逾古稀，于当今联坛当属渊博之资深联家。我相信，这本对联专著必是其多年来从事对联研究与创作的心血结晶，堪称"潜心之作"。

实现中华民族伟大复兴的中国梦，是当今时代之主旋律，而民族文化的复兴与民族精神的崛起，则是中国梦的根与魂。中华优秀传统文化是中华民族的血脉与基因。在实现中国梦这一伟大而生动的实践中，以高度的文化自觉与自信，学习、传承中华优秀传统文化，不断坚定目标、提升动力，已经成为当今社会文明发展的必然趋势。其间，对联文化，作为中华优秀传统文化的"代表符号"，以其文学性、谐趣性、实用性的独特魅力，成为人们敦世厉俗，明德惟馨，旷性怡情，倡导、践行核心价值观的精神追求，得到社会的普遍认可，颇受青睐与向往。与此同时，在青少年中开展对联文化之教育与普及，亦此呼彼应，任重而道远。毋庸置疑，对联文化的发展正处在一个承继传统、筑就高峰、迈向未来的时代节点。梁石先生因势而为、因时而进，凭藉超卓睿智与通博学识，结合教学所需，融入其长期从事对联文化研究与对联创作的体会与经验，撰写对联授课讲义，选篇精当，循序渐进，由博返约，研精阐微，炳然而气象一新。

对联之肇兴，为时甚古。考其最为业界之权舆者，当推五代后蜀孟昶的献岁桃符："新年纳余庆；嘉节号长春。"及宋，则递推递广，进而将其施之于楹柱。遂盛行于元明，作者日益增多。迄于清代，朝野上下争相为之，举凡楼阁亭台、殿堂祠宇、宫苑门坊、山川胜迹，以及应制、交酬之间，均琳琅满目。就对联文体发展史而言，清联以其高厚的文学价值，登上对联文化之高峰。其时，对联之格律，并臻精备；真草隶篆诸体联墨手迹，亦见传世。然始民国，则处于向谷底下落之状态。迨及当代，且复日趋繁荣，始集大成，可谓其无处不在，无时不可为，诸如新春、佳节，书以骋迎欢之娱；要政、庆典，藉以倾颂赞之忱；婚仪、诞育，则用以达敬贺之意；祭祀、吊唁，托为哀思之念；垂诚、联谊，乃寄以奋勉之语；或览风光之胜而即景抒怀，感往迹之陈而因情嗟慨。

著名文学史家刘大白先生《白屋联话》曰："联语是律体的文字，是备具外形的声律的文字。"对联，作为一种独特的文学体裁，其基本特征是字语对偶和声调对立。这一质的规定性，赋予对联以"有无相生，难易相成，长短相形，高下相倾，音声相和，前后相随"之哲学基础，以及"造化赋形，支体必双；神理为用，事不孤立。夫心生文辞，运载百虑，高下相须，自然成对"之美学意蕴。纵观历代存世之传统对联作品，不乏神韵自然者，或清奇、飘逸，或高古、雄浑，或旷达、风骨，或典雅、绮粲，或劲健、道练，或精切、委婉，织云锦于形内，挥丽藻于毫端，给人至足的艺术享受与熏陶，进而在感悟与启迪中，思考生活、开拓境界、引领人生，构筑起自己的精神家园。撰者、读者，或赏者、饰者，固由俯仰随俗之风，抑亦纵横挖雅之趣，但被于耳目之渐染者，既广且久，成为人们爱好与崇尚之见端。

凡事必有其进程，学必启其机械。由简而繁、由略而详，由抽象而具体，由浑涵而分析，乃万事演进必循之原则。学习对联知识，掌握其创作技能、熟谙其修辞手法，及至形成自己的对联艺术风格，欲卓立于时流之上者，一概不可例外。梁石先生《中国对联公开课讲义》，共编列十八单元，其下分节，眉目清晰，一览易明，其内容涵盖对联之起源与史话、规则与要素、特征与性能、功能与价值、品种与分类、对格与品像、格律与形式、修辞与技法、传承与审美，以及对联创作之"切题美"、"立意美"、"意境美"、"情感美"、"诗化美"、"人物美"、"创新美"等诸多方面，条分缕析，深入浅出，言之綦详，图文并茂，名联墨迹，赏心悦目。且备举其例及通融之法，极合广大对联爱好者、诸位同仁品读，尤于初学者而言，不啻如扃获钥，无论立意、布局、遣词、炼字、用典，还是对偶、协律，随宜取则，各就所近，足资隅反之助，可择为良师益友。

梁石先生出身于书香门第、诗礼世家，从孩提时代就与诗词、对联结下不解之缘。长期以来，从事文艺创作，联墨兼善，且潜心著述，孜孜不倦，编著出版有《中国古今实用对联大全》《中国古今巧对妙联大观》《梁石对联名家书法集》《中国对联宝典》（上下卷）《书画家题联备要》《十二生肖春联大观》《红白喜事对联大全》等35种对联专著，在社会上产生热烈反响，引起广泛关注。梁石先生古典文学之天赋秉性、文化涵养、学识视野、艺术造诣，驾驭修辞技法之融悟，及其兢兢业业做学问、实实在在为人处世的谦逊风范，颇为业界赞赏与仰慕。是次，《中国对联公开课讲义》的问世，不仅愈发彰显梁石先生以揆时度势、高明远识的时代担当，致力于探寻富有特色、成就卓然的对联文化教育与弘扬之路，为绵延文脉、勃兴文运而笔耕不辍的精神风貌，而且在共享精神之美与学术之美的同时，引发读者的思考，激励人们站在时代的节点上，眺望楹联文化的高峰，以及由此而延伸的对联文化更辉煌、更美好的未来，坚定不移地肩负历史使命，起步于现在、奋斗于今天。

是为序。

丁酉年立秋

于北京澹月斋

（叶子彤，号澹月斋主，1944 年 10 月生于上海。现为中国楹联学会常务副会长，兼学术委员会、诗赋委员会主任，中华对联文化研究院副院长。多次担纲全国性重大征联评审。著有《澹月斋文集》等。）

目　录

上　编

　　明规则，守规矩，显然是讲义上编的关键词。

　　"把规矩挺在前面"，是对联属性与特征之必须。

　　要想作好对联，上编九个单元内容都是在为此打基础、做准备。哲人说："成功，是为有准备的人准备的奖杯。"我们是在做对联文化的传承和联律普及的努力。

引 言——对联文化的美丽与精彩

中国对联，从远古走来。带着仓颉造字的灵性，一字一形、一字一音、一字一义，发出原始的吟唱；带着先民过年门上悬挂"桃符"以驱邪纳福的美意；带着《诗经》风雅颂的歌咏情结；带着汉语言语法语音固有的对偶对仗的文化基因和文化血脉，一路前行。经过了南北朝"骈文"的洗礼，尤其是饱经盛唐五律、七律中"颔联"与"颈联"的丰润滋养，又经宋词的活泼、元曲的烂漫、明代小说章回题目的润色，到了清代，中国对联和中国书法结合达到极致，便出现了对联的鼎盛与高峰。因此文学界称清朝代表性的文学成就即"清联"。诚然，清朝尤其是康乾盛世，君臣士大夫们及文人墨客，都把善作对联以为文学自豪。他们用对联来歌咏祖国大好河山、名胜园林。如郑燮的"黄山云似海；天姥日为丸"。刘凤诰的"四面荷花三面柳；一城山色半城湖"。梁章钜的"高视两三洲，何论二分明月；旷观八百载，难忘六一风流"。他们又用对联抒情言志、陶冶情操。如林则徐的"苟利国家生死以；岂因祸福趋避之"。左宗棠的"发上等愿，结中等缘，享下等福；择高处立，就平处住，向宽处行"。彭元瑞的"何物动人？二月杏花八月桂；有谁催我？三更灯火五更鸡"。清代对联，高手如云，浩如烟海，是中国对联的宝贵遗产。

对联一路走来，"指点江山，激扬文字"。值得骄傲的是，中华人民共和国开国领袖毛泽东，就十分喜好对联。在风华正茂的青年时代，他吟出了"自信人生二百年；会当水击三千里"的联句。这短短十四个字，充分展现出伟人高度的革命自信和非凡的人格魅力。"虎踞龙盘今胜昔，天翻地覆慨而慷。"这是人民解放军占领南京、埋葬蒋家王朝、建立新中国的诗联前奏。接着，伟人毛泽东笔下生发出"天连五岭银锄落，地动三河铁臂摇""红雨随心翻作浪，青山着意化为桥"的诗联吟唱。这是高度艺术化了的社会主义建设伟业宏图，足以令全国人民意气风发、斗志昂扬。

江山多娇，人物风流。党的十八大以来，以习近平同志为核心的党中央审时度势，高瞻远瞩，领导全国各族人民奋发图强，为实现中华民族伟大复兴的"中国梦"而艰苦奋斗。习近平总书记在一系列重要讲话中，引用了如"踏石留印；抓铁有痕""空谈误国；实干兴邦"等对联。在党的十八届六中全会的重要讲话中，他还引用了清代金兰生《格言联璧》中的一副对联："心术不可得罪于天地；言行要留好样与儿孙。"这等古为今用，以对联抒发革命豪情，启示全党率先垂范，立党、立德、立功、立言的公仆情怀与革命精神，感动并鼓舞人民砥砺前行！

中国对联，与中国诗词一样，都是中华民族优秀传统文化的组成部分。对联较古诗词更有其广泛的群众性，和更贴近现实生活的实用性，因而也更接地气。当代著名学者、红学家周汝昌先生指出："我们过年过节的春联，更是举世罕有伦比的最伟大、最瑰奇的'全民性文艺活动'。"我们身为中华民族的子民，理所当然地应该把对联这样一份老祖宗留下的文化遗产，学习好、传承好，使之发扬光大！本人是一位从事了几十年对联研究与创作的"对联人"，更应责无旁贷、心无旁骛地为传承对联文化而竭心尽力。这是时代赋予的责任与文化担当。所以我想借《中国对联公开课讲义》这一个极好的平台，尽本人所能，深入浅出地向广大读者传播对联知识，传授对联创作要领与技法。从而通过这样一个公开的大课堂，将本人学习对联的心得体会毫无保留地与大家交流，达到教学相长、相互学习、共同提高的目的。可以想象，此书的出版发行，必将在本人与读者之间架起一座交流互动的对联桥梁，经过相互努力，提高对联创作能力，丰富对联的艺术审美，抒发真情，表现自我，写出无愧于时代的对联作品。这既是大家的愿望，也是我本人殷切的希望。

下面我就以一首《七绝》开篇：

漫话对联登讲台，引经据典出心裁。
传承有序涵今古，满目春光化境来。

第一单元　对联起源与史话

第一节　对联与古文献典籍

我国的文字，从仓颉造字始。先民生活于遥远的原始社会，先造一、二、三。据说是"近取诸身，远取诸物"，仿照人的手指，画一横杠、二横杠、三横杠。这就是远古的"一""二""三"。中国最古老的文字甲骨文大部分是象形文字。如日就是"☉"，"月"就是"☽"。又如"云"就是"☁"，"雨"就是"☂"。汉字独立成形，一字一格，方方正正，又称"方块字"。汉字一字一音，一字一义。汉语音节分明，音调各异，有长有短，有平有仄，这就为汉语的对偶提供了条件。

在我国的远古典籍里，我们可以看到数千年前的对偶语句。例如《易经·系辞》曰："乾道成男，坤道成女。乾知大始，坤作成物。乾以易知，坤以简能。"《易经》中的"八卦"，就是两两相对的四组有趣的对称符号：乾（☰）对坤（☷）；震（☳）对艮（☶）；坎（☵）对离（☲）；巽（☴）对兑（☱）。（如图）

著名历史学教授、诗人罗元贞先生曾对我说："太极八卦图里的'—'是阳，'--'是阴。这四对符号，可以说是中国最早的对称对偶的佐证。"自然界，天是阳，地是阴。假如某一天没有了天，也就没有了地，没有了地也就没有了天。这是相辅相成，相互对立、相互依存的统一体。天，虽然总体上说是阳性的，但是又有阴天和晴天，晴为阳、阴为阴。天象也有阳和阴，太阳就是阳，月亮即为阴。白天是阳，黑夜则为阴。地，总体说属阴，具体来说，山就是阳，水即是阴。戈壁是阳，沼泽为阴。可以说，天是"阳中有阴"，地是"阴中有阳"，你中有我，我中有你，孤阴不生，独阳不长，阴阳两面，相互共存。比如说，同为山，山北是阴，山南是阳；水则相反，水北是阳，水南是阴。

再比如说，男人阳刚，女人阴柔。男人喜动，女人爱静。哲学体系的根本，还是阴阳。具体到一个人，手心是阴，手背是阳，前胸是阴，后背是阳。闭眼是阴，睁眼是阳。世间万物皆脱不开阴阳关系，相对又相生，相互依存又相互转化，这就是对立统一的辩证法。

《论语》开篇即是对偶句："学而时习之，不亦说乎？有朋自远方来，不亦乐乎？"还有《述而》篇中："君子坦荡荡，小人长戚戚。"

《尚书》中《武成》篇中："归马于华山之阳，放牛于桃林之野。"

《孟子》中有"权，然后知轻重；度，然后知长短"。

《老子》中有"有无相生，难易相成；长短相形，高下相倾；声音相和，前后相随"。

《荀子》中有"木就绳则直，金就砺则利"。

南北朝，尤其是六朝，骈体文出现。全篇以双句为主，双句文字皆两两相对。清人李兆洛《骈体文抄》序文曰："自秦迄隋，文体递变，而无异名。自唐以来，始有古文之目，而目六朝之文为骈骊。"例如唐代初年王勃《滕王阁序》："豫章故郡，洪都新府。星分翼轸，地接衡庐。""物华天宝，龙光射牛斗之墟；人杰地灵，徐孺下陈蕃之榻。""虹销雨霁，彩彻云衢。落霞与孤鹜齐飞，秋水共长天一色。"

唐代诗人刘禹锡的骈体美文《陋室铭》，文中的对偶句比比皆是："山不在高，有仙则名。水不在深，有龙则灵。""苔痕上阶绿，草色入帘青。谈笑有鸿儒，往来无白丁。""无丝竹之乱耳，无案牍之劳形。南阳诸葛庐，西蜀子云亭。"

综上所述，说明对偶句早已在中国古代文化典籍中崭露端倪。对偶句是对联文体的语法基础，亦是对联文化最古老的文脉之源。

第二节　对联与"桃符"

何谓"桃符"？"桃"即桃木板，呈红色，是古人的红色崇拜之本源。"符"是古代先民用以驱鬼避邪的符号图案。

据《山海经》记载，上古有"神荼""郁垒"两个神仙，能捉鬼降妖。他俩把守着沧海中度朔山东北的大门，大门上生长着一株盘根错节三千里的大桃树。二位神仙在大桃树下，用苇索捆绑害人之鬼，并将恶鬼喂虎，为当地民众消灾降福。于是，人们在长六寸宽三寸的桃木板上，画上"神荼""郁垒"的画像，或写上二位神仙的名字，挂在大门或居室的两侧，用以避邪驱鬼，祈福纳祥。这种民间习俗，大约从周朝就开始了。到了宋代，在桃木板上书题吉祥语的习俗在民间普遍流行。据许慎《淮南子·诠言训·注》记载："今人（汉代）以桃梗径寸许，长七八寸，中分之，书

祈福禳灾之辞，岁旦插于门左右地而钉之。"在岁旦和立春日挂桃符题吉语的活动，到宋代就已经很盛行了。北宋诗人王安石《元日》诗曰："爆竹声中一岁除，春风送暖入屠苏。千门万户曈曈日，总把新桃换旧符。"另据吴自牧《梦粱录》卷六载："十二月尽，俗云'月穷岁尽之日'，谓之除夜。士庶家不论大小人家，俱洒扫门闾，去尘秽，净庭户，换门神，挂钟道，钉桃符，贴春牌，祭祀祖宗。"可以认为，象征吉祥的"仙木"，即桃木板，以及后来在桃木板上题写吉祥语的"桃符"，就是春联的雏形。

目前，已知存世最早的"桃符"，出土于甘肃的"居延汉简"之中。将几寸长的桃木削成锥形，上端画有大眼睛的人像，即"神荼""郁垒"。关于"桃符"，《左传》《战国策》《论衡》等古籍皆有记载。

第三节　最早对联的几种说法

道光庚子春鐫

環碧軒藏版

楹聯叢話

楹聯叢話卷之一

故事

嘗聞紀文達師言楹帖始於桃符蜀孟昶除慶長春一聯最古但宋以來春帖子多用絕句其必以對語細字書於楹者則不知始於何時也按趙彥衛雲麓漫抄云蜀未歸宋之前一年歲除日昶命學士辛寅遜題桃符版於寢門以其詞非工自命筆云新年納余慶嘉節號長春後蜀平朝廷以呂餘慶知成都而長春乃太祖誕節名也此在當時為語讖矣

福州梁章鉅輯

自从清代梁章钜《楹联丛话》面世以来，人们对最早一副对联的说法似乎有了依据，即《楹联丛话》自序曰："楹联之兴，肇于五代之桃符。孟昶'余庆''长春'十字，其最古也。"据《宋史·蜀世家》载："孟昶每岁除，命学士为词，置寝门左右。末年，辛寅逊撰词，昶以其非工，自命笔云'新年纳余庆，嘉节号长春'。"这种最早对联的说法，就是说对联起源是在五代后蜀末年（约公元965年）。

清代革新派领袖人物之一谭嗣同在《石菊影庐笔记》中，认为最早对联产生在南北朝梁代。他说："考宋（应为梁）刘孝绰罢官不出，自题其门曰：'闭门罢庆吊，高卧谢公卿。'其三妹令娴续曰：'落花扫仍合，丛兰摘复生。'此虽似诗，而语皆骈俪，又题于门，自为联语之权舆矣。"

有人把最早对联（人名对）定于晋代（约公元303年）。理由是据《晋书·列传第二十四·陆云》载：

"云与荀隐素未相识，尝会（张）华座，华曰：'今日相遇，可勿为常谈。'云因抗手曰：'云间陆士龙。'隐曰：'日下荀鸣鹤。'鸣鹤，隐字也。"

言最早对联产生于晋代，尚有晋人裴启所撰的《裴启语林》中三副晋人对联佐证。其一，刘宝与一妪相对："青羊将二羔；两猪共一槽。"其二，潘岳与石崇应对："天下杀英雄，卿复何为尔；俊士填沟壑，余波来及人。"其三，毛伯成对："宁为兰摧玉折，不作萧劳艾荣。"以上人名对，流于口头，尚欠工稳。

近几年，全国各地陆续发现唐代族谱对联与敦煌遗书中的唐代对联，这都说明我国最早对联在唐代不仅已经出现，而且已经盛行。佐证如下：

方东著文道：据《福宁府志》记述，唐代林嵩，咸通中读书草堂，乾符二年（公元875年）乙未登进士，官至金州刺史。《福鼎县志》载，林嵩未第时，曾结草堂于礼岙灵山，堂悬一副楹联：

　　大丈夫不食唾余，时把海涛清肺腑；
　　士君子岂依篱下，敢将台阁占山巅。

《霞浦县志》又载，唐代陈蓬，乾符年间于后崎曾题所居两副联：

　　竹篱疏见浦；
　　茅屋漏通星。

　　石头磊落高低结；
　　竹户玲珑左右开。

又，刘福铸著文说，《福建通志·名胜》引明代《八闽通志》说，唐末徐寅曾在莆田延寿筑万寿楼以藏书，并在竣工时题联：

　　壶公山下千钟粟；
　　延寿溪头万卷书。

［按：徐寅，唐代乾宁元年（公元894年）进士，官至秘书省正字。传说他归隐后，曾在延寿读书近万卷。今该地尚存其读书处遗迹。］《福建通志·伶官传》引北宋马令的《南唐书诗话类编》记有五代十国南唐伶人王感化，南唐保大（公元943年）初，李璟方即位，每日里游宴玩乐，王感化正是此时进入内廷。一日题怪石联：

　　草中误认将军虎；

山上曾为道士羊。

上联意取《韩诗外传》中楚将熊渠子夜行，误认草中怪石为虎而弯弓张射的典故。《史记》中李广也有类似故事。下联用《列仙传》黄初平牧羊，随道士入金华山能叱石成羊的神话故事。

又，徐玉福著文说，江西德安《义门陈氏宗谱》载有唐僖宗李儇于乾符年间（公元874年—879年），御赐义门陈氏一副对联：

九重天上旌书贵；
千古人间义字香。

上述数则引地方志书、族谱中对联，印证最早对联出自唐代。

还有一种说法，春联最早出现在明代初年。据清代陈云瞻《簪云楼杂记》载：春联之设，自明孝陵昉也。时太祖（朱元璋）都金陵，于除夕忽传旨：公卿士庶家，门上须加春联一副。太祖亲自微服出观，以为笑乐。偶见一家独无之，询知为阉猪苗者，尚未请人耳。太祖遂为之书曰："双手劈开生死路；一刀割断是非根。"投笔径去。自此，春联由皇宫官宦门第，推广普及到了庶民百姓家。可见，朱元璋为春联之设广及民间，功德大焉！

言最早春联出现于唐代者，其依据是清代光绪二十五年（公元1899年），在我国甘肃敦煌东南著名的莫高窟，发现的藏经洞里的敦煌遗书中，有唐代春联，联文曰：

岁日：三阳始布；
　　　　四序初开。
又：福延新日；
　　　庆寿无疆。
立春日：五福除三祸；
　　　　　万古□百殃。
又：宝鸡能僻（辟）恶；
　　　瑞燕解呈祥。
又：立春著门上；
　　　富贵子孙昌。
还有：三阳始布；
　　　　四猛（孟）初开。
　　　　年年多庆；
　　　　月月无灾。
　　　　门神护卫；
　　　　厉鬼藏埋。

"岁日""立春日"，正是我国传统习俗春节张贴春联之时日。从时间上，正与春节相吻合。从遗书上的文句格式上分析，两两对偶，正是联句格式。再从语义上看，又都是驱邪纳祥的喜庆吉祥词句，这与春联书写"祈福禳灾之辞"相一致。

上述敦煌遗书中斯坦因劫经第0610卷号所载内容，与我们所说的春联十分相似。其卷首题"开元十一年捌月五日写，刘丘子投二舅"字样。"开元十一年"，即公元 723 年，即是唐玄宗李隆基在位之时。

第四节 对联与古代诗句

我国最早的诗歌总集《诗经》中，就有不少两两相对的诗句。如《诗经·小雅·伐木》第一章：

伐木丁丁，鸟鸣嘤嘤。
出自幽谷，迁于乔木。
嘤其鸣矣，求其友声。

又如《诗经·卫风·木瓜》中句：

投我以木桃，
报之以琼瑶。

屈原《离骚》中，亦有对偶句的吟哦：

朝饮木兰之坠露，

夕餐秋菊之落英。

望崦嵫而勿迫；
恐鹈鴂之先鸣。

两汉三国时期的诗歌中，也有对偶句吟唱。如曹操的《短歌行》：

山不厌高，水不厌深。
周公吐哺，天下归心。

又如张衡《两都赋》：

布绿叶之萋萋，
敷华蕊之蓑蓑。

虎豹黄熊游其下，

毂𤟒猱狖戏其巅。

又如曹植《洛神赋》：

翩若惊鸿，婉若游龙。
荣耀秋菊，华茂春松。
仿佛分若轻云之蔽月，
飘飘分若流风之回雪。

到了唐代，有了律诗。律诗有五言律和七言律。其句数，除排律之外，通常一首律诗都是八句。一、二句谓"首联"，三、四句谓"颔联"，五、六句谓"颈联"，七、八句谓"尾联"。律诗除了二、三句，四、五句，六、七句相粘外，中间的"颔联"与"颈联"，必须对仗，必须是两副对仗工丽的对联。所以我很早就提出对联是"诗中之诗"的观点，依据就是从律诗中两副对联来的。

诗人作律诗，最先构思并非全诗，而往往是先有了诗中较为精彩闪光的一联（颔联或颈联），然后由此扩展开来，配成全诗。所以一首律诗的"诗眼"往往都出在颔联或颈联中。如杜甫的《蜀相》一诗。其中颈联"三顾频烦天下计，两朝开济老臣心"，两句诗概括了诸葛

亮的生平，是全诗的中心和闪光点。诗中颔联"映阶碧草自春色，隔叶黄鹂空好音"只是用来承接首联，进而描写武侯祠景象的。

就连贾岛的那首传世之作《题李凝幽居》，也是先有了"鸟宿池边树，僧敲月下门"，才有了全诗：

闲居少邻并，草径入荒园。
鸟宿池边树，僧敲月下门。
过桥分野色，移石动云根。
暂去还来此，幽期不负言。

诗中的"鸟宿池边树，僧敲月下门"，其中的"敲"字得来，着实费了一番脑筋。其中还有一段动人的故事。据宋人《苕溪渔隐丛话》引《刘公嘉话》载：贾岛到长安后，有一天骑驴上街，忽然诗兴大发，吟起诗来："鸟宿池边树，僧推月下门。"一时觉得"推"字太俗，后想出一个"敲"字来。是用"推"好还是用"敲"好，一时间拿不定主意。于是，在驴背上伸手作"推"和"敲"的姿势，走着走着撞上了京兆尹韩愈的仪仗队。韩愈亦是当时一位官场诗人，问明原因后，既未生气然觉有趣，遂停下马来帮贾岛思虑诗句。少顷，回贾岛曰：

"'敲'字佳矣！"这也是后人作诗写文章，推敲字句的来历。

随着律诗在唐代的发展，文人墨客往往将律诗"警策之句、精彩之笔"，凝注在律诗的对句之上，形成了"摘句欣赏评品"风气。宋人胡仔《苕溪渔隐丛话》前集卷第二十一·香山居士条引《蔡宽夫诗话》云："唐人饮酒，必为令以佐饮，其变不一。乐天所谓。'闲征雅令穷经史'，韩退之'令征前事为'者，今犹有其遗习也。"文中引出了以下酒令对句：

　　火炎昆仑；
　　土圭测影。

　　钼麑触槐，死作木边之鬼；
　　豫让吞炭，终为山下之灰。

这上"令"下"答"的对句，确属诗人席间游戏。联内的"钼麑"据《左传·宣公二年》载：晋灵公恨大臣赵盾多次进谏，派钼麑行刺赵盾。钼麑清晨前往赵府，见赵盾盛服将要上朝，尚早，坐而假寐，不忍下手，退而叹曰："不忘恭敬，民之主也。贼民之主，不忠；弃君之命，不信。有一于此，不如死也。"于是，钼麑触槐而死。

豫让，春秋战国间晋人，初事范中行氏，复为晋卿智瑶家臣。《史记·豫让》云：赵襄子灭智氏，豫让改名换姓，以漆涂身，吞炭自哑，多次谋刺赵襄子，欲为智氏复仇。被赵襄子所获后，赵问他何以不事中行氏而反事智瑶，答曰："范中行氏以众人遇我，我故众人报之。智伯国士遇我，我故国士报之。"愿伏诛，请得赵襄子衣服，拔剑三跃而击之后，自刎而死。对句中"木""鬼"为"槐"，"山""灰"为"炭"。此酒令拆字使然。下面再举另外一则酒令：

　　马援以马革裹尸，死而后已；
　　李耳指李树为姓，生而知之。

又据宋尤袤《全唐诗话》卷四·温庭筠载：李商隐对温庭筠说："近得一联句云：'远比赵公，三十六年宰辅'，而未得偶句。"温庭筠随即对曰："何不对以'近同郭令，二十四孝中书'？"

显而易见，在唐代，对联已经在律诗中占有很显赫的位置。对句，作为酒令或文人墨客文字游戏，已经成为即兴对答之娱。

已故唐史专家、唐诗研究学者

罗元贞教授曾断言："真正的对联，我认为开始于唐初，而成熟于武则天执政时期。"唐代诗人沈佺期、宋之问都是武则天执政时期的大诗人，合称之"沈宋"。他们和杜审言等，堪称是律诗、对联的奠基人。《新唐书·文艺传》载："魏建安后迄江左，诗律屡变，至沈约、庾信，以音韵相婉附，属对精密。及宋之问、沈佺期，又加靡丽，回忌声病，约可准篇，如锦绣美文，学者宗之，号为沈宋。"元稹也在一篇序文曰："沈宋之流，研练精切，稳顺声势（讲究平仄），谓之律诗。"请看其代表联句：

云霞出海曙；
梅柳渡江春。　——杜审言

楼观沧海日；
门对浙江潮。　——宋之问

山月临窗近；
天河入户低。　——沈佺期

又据唐大历九年（公元774年），《竹山堂联句》记录了湖州刺史颜真卿与陆羽等名士游览竹山堂书院创作的十七副对仗句。颜真卿于公元784年题驿舍壁联：

人心无路见；
时势只天知。

也许唐代书法家皆有联句书壁嗜好。《太平广记》卷四百九十四《草书歌行》谓：怀素写字时，"起来向壁不停手，一行数字大如斗"。又《新唐书·柳公权传》："（公权）书法结体劲媚，自成一家，文宗尝召与联句……命题于殿壁，字径五寸。"唐人题壁，可能是全诗，也可能只是摘句。有时想到一个对句，书于壁上或纸上，慢慢求对。对上者即将下句写上去，这就成全了一副对联。可以认为，对联后来被写在大门上，除了题桃符的习俗外，唐人书壁的影响，也是一个原因。无锡惠山有唐代张祜题壁对联：

小洞穿斜竹；
重街夹细沙。

从上述唐诗中联句的种种表现分析，对联在唐代产生，已是瓜熟蒂落、水到渠成之事。

清代著名书画家八大山人题唐人句联：

山水还郭邑；
图书入汉朝。

【单元小结】

对联起源，"桃符"之说应该采信。因为其一，桃木板红色，与国人的红色崇拜相吻合。其二，桃符"神荼""郁垒"画像或吉祥语，用以驱鬼避邪，与国人贴春联祈福纳祥心理一致。春联就是"吉祥物"。

诸多古代经典文献中的对偶句证明：先民生活中和文字中的对偶语素，确是对联深远的文化基因和浸入骨血的文脉。

大量唐诗，尤其是唐人律诗的产生，使对句在唐代文人墨客中已经习以为常，多在酒令、题壁上出现。中国最早的对联，应该是在唐代产生。所以，对梁章钜《楹联丛话》序文中提出最早对联，是五代后蜀主孟昶所撰之"新年纳余庆；嘉节号长春"表示"质疑"。况且这副对联属于拗救联（"余"与"长"是拗，"纳"与"号"救了。）此观点愿与联界朋友商榷。

第二单元　对联规则与要素

　　对联，是以汉语言文字从形、音、义三方面进行完美结合的语言艺术载体。

　　从形体上分析，汉字方方正正、整整齐齐，每一个字都有自身的结构。大致分为独体字和合体字。独体字单独成形，不能分拆为另外别的汉字。如"人""手""左""中""右"。合体字是以两个以上的独体字组合而成，或由偏旁部首与独体字组合而成。从汉字形体上可见到上下结构的："志忐""琵琶""芬芳""雲霞"，左右结构的："明""甥""江海""砥砺"，上中下结构的："富""蕾""靈"，左中右结构的："树""街""恸""鸿"，半包围结构的："幽""函"，全包围结构的："国""园"，品字结构的："磊""巍"。把这些两两对称的汉字排列起来，好像一幅幅别具匠心的建筑物，显得疏密有致，整齐美观。如唐人陈蓬题堂室联：

　　石头磊落高低结；
　　竹户玲珑左右开。

　　"磊落"字形为"高低结"，"玲珑"字形是"左右开"。

　　从字音上吟哦，汉字音韵鲜明，平上去入各有差异，个别汉字还一字多音，或多字同音。这样颇富语音变化的汉字组合在一起，成为声调抑扬顿挫、节奏感很强的对联，具有一定的音韵美。如明代大学士解缙联云：

　　蒲叶桃叶葡萄叶，草本木本；
　　梅花桂花玫瑰花，春香秋香。

　　上联中的"蒲""桃"二字，正好谐音"葡萄"。下联中的"梅""桂"二字，也正巧谐音"玫瑰"。读来有一种音韵之美。

　　再从语义上评品，汉字大部分是一字一义，也有的汉字是一字多义的，如"道"，一指道路，又指道家。又如"面"，一指脸面，又指面食。在特定时期、特定场合，一个字就有了特定的含意。如明末清初思想家王夫之曾亲笔写过这样的一副对联：

清风有意难留我；
明月无心自照人。

由于王夫之是明代旧臣，明亡后心中仍怀反清复明之意。这副对联中的"清风"暗指清朝，"明月"隐含明朝，蕴含着作者反清复明的思想感情。还有一副类似对联：

明月有情常照我；
清风无事乱翻书。

这副对联同样蕴含着反清复明之意，只是联中的"乱""翻"二字，更包藏着以图天下大乱，推翻清朝之杀机。

汉字离不开以上所述的形、音、义三个要素。同样，对联的遣词构思要求，也是从汉字的这些特点来展开。下文我就较为详尽地讲述一下对联的基本规则，因为这是了解对联特点的基本点，也是对联入门的要点，所以我讲得细一点，便于初学者由浅入深

地掌握对联知识。按对联的规则，也算是规矩吧（因为没有规矩不成方圆，抛开了这些规矩也就不成其为对联了）。我归纳为七条。

第一条　上下联字数相等

也就是说，如果上联是五字，下联也必须是五字；上联如果是七字，下联也必须是七字。按行话讲就是四言联、五言联、六言联、七言联……文字再多的又称"中长联""长联"。下面举几副以梅花为主题的短联：

当代著名隶书大家王遐举题六言联：

铁石梅花气概；
山川香草风流。

梅开五福；
竹报三多。（四言联）

梅花香雪海；
竹节搏云天。（五言联）

瑞雪散花三六瓣；
梅花傲雪万千枝。（七言联）

君子虚怀养成竹节；
诗人风骨修到梅花。（八言联）

第二条　上下联词性相同

也就是上下联对应字词的词性要求相同，即名词对名词，动词对动词，形容词对形容词，数词对数词，副词对副词。如梅花九言联：

爆竹两三声，人间改岁；
（名词）（数词）（量词）（名词）（动词）（名词）

梅花四五点，福地迎春。
（名词）（数词）（量词）（名词）（动词）（名词）

第三条　上下联语法结构相对应

与第二条有一定连带关系，联语的语法结构要上下一致。即主谓结构对主谓结构，动宾结构对动宾结构，是偏正结构的词必须对偏正结构的词，并列结构的词也必须对并列结构的词。《缥湘对类》提出"实对实，虚对虚"的原则，简言之就是上下联语的语法构件要相应一致，不得有差异。这里再以一副七言梅花联为例，剖析其语法结构：

清末陆润庠题联：

红豆晓云书柿叶；

碧螺春雨读梅花。

偏正　偏正　　偏正

主语　谓语　宾语

王力著《诗词格律》（中华书局 1979 年 8 月版 127 页）在谈到此问题指出："语法结构相同的句子（同句型的句子）相为对仗，这是正格。但是我们同时应该注意到：诗词的对仗还有另一种情况，就是只要求字面相对，而不要求句型相同。例如：杜甫《八阵图》：'功盖三分国，名成八阵图。''三分国'是'盖'的直接宾语，'八阵图'却不是'成'的直接宾语。……可见对仗是不能太拘泥于句型相同的。"初学对联者，只要知晓对联上下语句的语法结构一致，不出偏差就行了。

第四条　上下联字词平仄相对立

一副对联中的词语的声调是有平仄之分的，在词句的对应部位，上联是平声，下联必须是仄声。这就叫平仄相对。这里拿明代大旅行家徐霞客的一副七言梅花联为例：

春随芳草千年艳；

人与梅花一样清。

标识平仄关系如下：

平平平仄平平仄；

平仄平平仄仄平。

联语平仄下标"·"处，该字可平可仄。

再取明代书法家祝世禄五言梅花联，看其平仄关系。联曰：

草色和云暖；
梅花带月寒。

其平仄标识为：

仄仄平平仄；
平平仄仄平。

在对联规则上，还有一点虽然未列入条款之中，但我认为十分重要，加在此处讲一下较为合适（因为它也属于字词平仄相对范围）。这就是对联上下联末尾字的平仄关系。

一副对联末尾字，通常情况下必须是：上仄下平，如梅花七言联：

悬崖百丈风中立；
俏影一枝雪里香。

上联尾字"立"属仄声，下联尾字"香"为平声。绝大部分对联遵守此规则上仄下平。这条对联尾字上仄下平的规则，我认为应是对联的"底线""铁律"。这是一条不可轻易动摇的原则，也是判断是否对联的第一条件。特殊情况也有上联尾字平下联尾字仄的情况，如近代著名教育家陶行知的一副对联：

捧着一颗心来；
不带半根草去。

这是一种何等伟大的无私胸怀！读此联浑身一股热血在涌动，心灵有一种震撼，心境顿感清净！此联尾字上平下仄，顺理成章，不可移动。这副对联在对格上虽属非正格对联，但联义只能如此出格方显精神非凡，让人肃然起敬。

若说对联尾音上平下仄最有名的，还属长沙岳麓书院大门联：

惟楚有材；
于斯为盛。

长沙岳麓书院，是宋代四大书院之一，始建于公元976年，已有一千多年历史了。

清代嘉庆年间，时任岳麓书院山长（古代称书院院长为"山长"）袁名曜，为了给书院大门撰一副满意的对联，可是费了不少脑筋。袁名曜煞费苦心想出了"惟楚有材"四个字，然而又想不出下句。于是，即以此为出句嘱咐书院诸生应对。正当大家沉思良久而无对句之时，名士张中阶进书院来了，一问诸生正为对句之事犯愁时，他当场对出了"于斯为盛"四个字。山长袁名曜一听，连连点头称佳。这就是岳麓书院大门对联的来历。由于上联先出，下联是后边对出的对句，自然就确定了上下联的位置。也就是世人看到的上平下仄的一副书院名联。

其实，"惟楚有材"和"于斯为盛"都出自古语。上联"惟楚有材"出自《左传》："虽楚有材，晋实用之。"下联"于斯为盛"出自《论语·秦伯》："唐虞之际，于斯为盛。"湖南长沙，古代战国时期属楚，这"惟楚有材"自然是说，我楚地真是人才辈出之地，岳麓书院更是培养民之翘楚国之栋梁之盛地。

这样一副名联，无论如何不能因尾字上平下仄而颠倒过来的，于情于理都不允许！

在上下联末尾字平仄上，如果全平或者全仄，都不是对联。为了让初学者对此警醒并防止出格，特举如下反面例子。

上下联尾字皆平非联如：

纵横屋漏痕；
遒丽锥画沙。

"屋漏痕""锥画沙"，皆是中国书法的典型术语。先说"屋漏痕"，语出陆羽《怀素传》，是专指书法用笔技法的。屋漏雨水时雨水留在墙壁上一条条湿渍痕迹，迤迤逦逦、蜿蜿蜒蜒。以此作比喻，要求行笔时不可一泻而下，须手持毛笔时左时右涩劲、顿挫行笔，笔画显得丰富生动。再讲"锥画沙"，据唐代大书法家颜真卿《还张长生笔法》中载："偶以利锋（在沙平地上）画而书之，其劲险之状，明利媚好。自此乃悟用笔'锥画沙'，使其藏锋笔画乃沉着，当其用笔，常欲使其力透纸背，此成功之极矣。"要求笔道明利白净，藏锋沉着，笔锋正中（中锋运笔），行笔如画沙，不断左右拨动，沙不致落到笔画中。墨笔行走痕迹正中而墨色滋晕两边。

由于"痕"与"沙"皆为平声，超出了对联规则范围，故不称其为对联。舍去。

还有一种情况是：上联与下联尾字都读仄声。在古典词牌《满江红》中，上阕与下阕中各有两个这样的句子。如岳飞《满江红》中"三十功名尘与土，八千里路云和月"与"壮志饥餐胡虏肉，笑谈渴饮匈奴血"这两对相对仗的句子不是对联，因为尾字都是仄声字。又如毛泽东同志的《满江红·和郭沫若同志》中，也有两个相对仗的句子："蚂蚁缘槐夸大国，蚍蜉撼树谈何易。""四海翻腾云水怒，五洲震荡风雷激。"这同样是对仗词句，而不是对联。然而，偏偏有人择出后面两句作对联：

四海翻腾云水怒；
五洲震荡风雷激。

"怒"与"激"，明显都是仄声字（"激"为古入声字），所以这不是一副对联。希望书法爱好者不要摘取毛泽东同志这两句惊天地泣鬼神的诗句，当作对联来书写了。

第五条　上下联前后平仄相交替

这一条规则很重要，然而往往被初学者忽视。只注意了上下联上下对应字词的平仄相对立，却不顾联内前后字词的平仄相交替。所以，我在此单列出这一规则讲一下。

王力在《诗词格律》"平仄"一节指出："平仄在诗词中又是怎样交错着的呢？我们可以概括为两句话：（1）平仄在本句中是交替的。（2）平仄在对句中是对立的。"先生谈到的"在对句中是对立的"，就是我们第四条规则中所讲到的。下面我们着重讲一下"在本句中是交替的"具体要求有哪些。本人撰有一副梅花联：

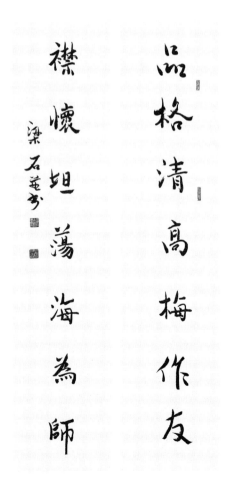

品格清高梅作友
襟怀坦荡海为师

梁石笔书

品格清高梅作友；
襟怀坦荡海为师。

此联的平仄关系是七言正格：

仄仄平平平仄仄；
平平仄仄仄平平。

王力先生说的"平仄在本句中交替"，就是上联中"品格清高梅作友"，在音步的"格""高""作"的平仄要错落开来，也就是说："格"字是仄声，"高"字必须是平声，"作"字又必须是仄声。下联也是这样要求："怀""荡""为"的声律平仄要错落开来。即"怀"为平声，"荡"必须是仄声，然后"为"必须是平声。这样错落有致的结果就是读来抑扬顿挫，有一种跌宕起伏之音乐美感。这就叫作平仄"交替"。如果没有做到平仄"交替"，行话就叫"失替"。

还拿上面这副梅花联来"说事"。如果将上下联中前四个字两两换一下位置，联语的意思似乎没有变，只是平仄关系颠倒了一下，请看：

清高品格梅作友；
坦荡襟怀海为师。

这样一来，联语的平仄关系变成如下：

平平仄仄平仄仄；
仄仄平平仄平平。

咱们看一下平仄关系发生了什么变化：上联中"高"和"格"平仄错落了，但"格"与"作"都是仄声，那就未作"交替"，是"失替"之误。同样，下联中的"荡"与"怀"平仄交替了，可是，"怀"与"为"都是平声，出现了"失替"之误。

下面我们再拿一副稍微长一点的梅花春联，分析一下是否注意了交替。联云：

梅花踏雪来，为家家百姓祝福；
爆竹凌云笑，看处处九州过年。

还是先标识联语的平仄关系：

平平仄仄平，仄平平仄仄仄；
仄仄平平仄，仄仄仄仄平仄平。

前边五言短句没问题，问题出在后边。你看"为"和"看"是联语中的领字，领字在对联中平仄不用计（可平可仄）。上联中的"百姓祝福"，音步上的"姓""福"都是仄声，是不是属于失替了？聪明的读者一定会发现：下联中的"九州过年"，音步的"州""年"都是平声，也自然是失替之误。其实，这是本人撰的一副新春联，在这里故意动了一点小手脚，把后边"百姓家家"与"九州处处"换了一下位置，旨在让大家识别平仄交替与否。联语本来面目是：

> 梅花踏雪来，为百姓家家祝福；
> 爆竹凌云笑，看九州处处过年。

大家在作对联实践中，一定要在上下联词语平仄相对的同时，必须做到联内前后平仄交替，否则，笔下的对联就出现了失替毛病。为了帮助大家认识对联平仄既上下对立又前后交替，列几副清代名人梅花联欣赏。

"扬州八怪"之一李鱓联：

> 脂红粉白春消息；
> 淡墨浓烟老画翁。

上联尤妙，写梅花联内却不著一字。"脂红粉白"写出梅花绽放的视觉美感。一个"春消息"破题，

只有梅花才会报来春天到来的好消息。下联状写自我，自称"老画翁"。

清代诗人王士禛联：

> 梅花岭畔三山月；
> 宵市楼头一草堂。

这是作者题扬州卞园联。妙在写景，把梅花放在"三山月"之下，月色梅香融在一起，足令"楼头一草堂"客人倾倒矣！

清代文学家、书法家齐彦槐撰联：

梅花不是人间白；
山色偏来竹里青。

作者构思奇巧，上联"不是"把梅花捧到琼花玉朵的境界。又用下联"山色"、"竹"之"青"，更衬托梅花之"白"，亮眼夺目。

第六条　上下联音韵节奏相协调

音乐歌谱，有 A 调、B 调、C 调、D 调，又有 2/4、3/4、4/4 等节拍。舞蹈更是节奏感很强的形体艺术。就连新兵入伍的步伐操练也要"1、2、3、4"地按口令迈步，稍不小心，后者就踩了前者的脚后跟。《三大纪律八项注意》歌曲唱得好："步调一致才能得胜利。"对联，是语言艺术。它像诗词一样，可以吟诵。由于对联对语音平仄要求相当严格，合格的对联平仄明朗，抑扬顿挫，节奏感也是很强的。这里，我们就讲一讲对联的语音节奏。下面还是拿一副梅花联吟读：

含笑一枝梅，唤醒春花万树；
破泥三寸笋，挺高翠竹千竿。

一般情况，对联语音节奏要按音步句脚为节点，通常以两个字为一停顿，空出单字又一停顿。如上面这副对联的节奏就是：

含笑／一枝／梅，唤醒／春花／万树；
破泥／三寸／笋，挺高／翠竹／千竿。

下面咱们看一下既简练又特别的三字对联的独特节奏。如：

诗书画；
松竹梅。

其语音节奏是单一性的：

诗／书／画；
松／竹／梅。

"诗书画"是文人墨客必备的艺术修为，古今诸如郑燮、吴昌硕、齐白石都是"诗书画俱佳之艺术大师"。"松竹梅"号称"岁寒三友"。

当代书画家陆维钊巧集毛泽东同志诗词中词句，成如下三字联：

冲霄汉；
起宏图。

语音节奏是"一、二"状，"冲""起"有领字之妙趣。节奏如是：

冲／霄汉；
起／宏图。

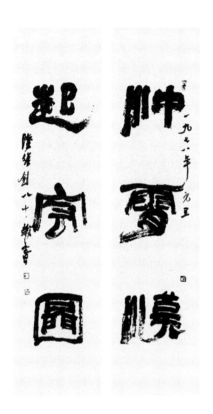

"冲霄汉"集自毛泽东《渔家傲·反第一次大"围剿"》："天兵怒气冲霄汉。""起宏图"集自毛泽东《水调歌头·游泳》："风樯动，龟蛇静，起宏图。"

这里还有一副集地名三字联，分析一下语音节奏。联曰：

龙藏寺；
虎跑泉。

此联语音节奏是"二、一"式的，如示：

龙藏／寺；
虎跑／泉。

"龙藏寺"，河北正定有此寺，寺内有一通隋朝楷书刻碑为"龙藏寺碑"。字形瘦劲宽博、富有平正中和气韵。"虎跑泉"，杭州西湖虎跑山中有虎跑寺，原名大慈宝慧寺，后改定慧寺。始建于唐朝，后多有修缮。虎跑泉水从山岩流出，甘洌醇厚。

有朋友问我："下联改作'虎头山'行否？"我告他说："不行。"理由有二：其一"虎头山"的"头"字属平声，人家上联"龙藏寺"的"藏"也是平声，失对；其二，"头"字属名词，这里相对应上联"藏"是动词，下联此处必须是仄声字才形成对仗。所以对"虎头山"是不行的！

2016年春节前夕，山西省昔阳县第四届"赞好人、学好人、做好人"全国征联评审工作，由我担纲主评审。

在评审过程中，就发现了两副应征对联，立意、构思、遣词都很好，结果在语音节奏上出了毛病，未能进入终审，很可惜。这两副对联究竟节奏上问题何在？咱们一一进行剖析。

第一副七言联：

千山梅笑迎春日；
万户鸡鸣赞好人。

只要标识一下语音节奏，就真相大白了。音步节奏是：

千山 / 梅笑 / 迎春 / 日；
万户 / 鸡鸣 / 赞 / 好人。

"迎春日"是"二、一"节奏，而"赞好人"却是"一、二"节奏。由于这一毛病判为不合格对联。

第二副是九言对联，联曰：

昔酒倾杯乐，好人须敬；
阳春醉太平，盛世当歌。

初次审读这副对联，眼前为之一亮：联首嵌入"昔""阳"，联中隐切"好人"主题。而且前后联语顺理成章，对仗工丽，不仅可以进终评，

而且还有进等级奖的可能。但是，当仔细对上下联一个字、一个字地对照审读，才发现了联中的节奏失误属败笔。语音节奏标识如下：

昔酒 / 倾杯 / 乐，好人 / 须敬；
阳春 / 醉 / 太平，盛世 / 当歌。

问题就出在"倾杯乐"是"二、一"节奏，而"醉太平"是"一、二"节奏。我们几位评委都惋惜这副对联在节奏上的失误，导致痛失进入评奖环节的机会。我想，连作者发出联稿时也不会意识到这一问题，这也是撰联不严谨、一时疏忽大意所致。希望大家引以为戒。一副联撰好后，回头多看看。不妨读一读，往往一些语病在朗读之中，就显露出了"马脚"。这时修改还为时不晚，一旦发出，"亡羊补牢"已晚矣！

在语音节奏上把握很好而成为传世经典佳联的，这里例举两副供大家欣赏。一副是民主革命先驱孙中山自题联：

愿 / 乘风 / 破 / 万里 / 浪；
甘 / 面壁 / 读 / 十年 / 书。

咬定／几句／有用／书，
养成／数竿／新生／竹。

你们是不是发现：这副对联的前半部分，上联音步平仄"咬定几句有用书"，都是"仄"声。下联的音步平仄"养成数竿新生竹"，都是"平"声。这不是犯了联中前后词语平仄"不交替"毛病了吗？也许，郑板桥知道我在这里讲对联入门课，故意写了这一副有瑕疵的对联，来作为反面教材。你别说，没准郑先生就是这么想的。你看下面这副对联不是好了许多吗？联曰：

咬定／一两句／书，终身／得益；
栽成／六七竿／竹，四壁／皆清。

为了加深大家对上下联节奏这一条规则的认识与把握，下面把一些特殊节奏的对联标识如下：

（一）五言联，通常节奏为"二、二、一"，下边这副对联是"二、一、二"。如联：

宵夜／书／千卷；
花时／酒／一壶。

（二）七言联，通常节奏是"二、二、二、一"或"二、二、一、二"。但是，下面几副节奏上有些特殊。大家注意看：

海有／真能容／之量；
月以／不常满／为心。

三万里／河东／入海；
五千仞／岳上／摩天。

笔下 / 留 / 有余 / 地步；
胸中 / 养 / 无限 / 天机。

虽 / 一片 / 桑梓 / 梦影；
是 / 无边 / 故国 / 山河。

（三）六言联，一般情况在节奏上都是如下格式：如傅山题厅堂联：

竹雨 / 松风 / 琴韵；
茶烟 / 梧月 / 书声。

也有特殊节奏的六言联。如：

在 / 有酒时 / 舞墨；
于 / 无佛处 / 称尊。

（四）八言联，平常也都是双音节奏。如清代名臣左宗棠题陕西两湖会馆一联：

百二 / 关河 / 十年 / 征戍；
八千 / 子弟 / 九塞 / 声名。

平常是这样读，可还有非常节奏的八言联，读法就有些特殊。请看下面这两副对联。一副是黑龙江虎林关帝庙联：

知我者 / 其维 / 春秋乎；
乃所愿 / 则学 / 孔子也。

另一副是本人撰的嵌"紫红青白"四个颜色字的八言联：

游 / 紫竹园 / 唱 / 红梅赞；
磨 / 青铁砚 / 写 / 白皮书。

至于十字以上乃至长联的读音节奏，一般是短字联的组合，读来节奏也明快平常。如遇有领字（一字领、二字领、三字领等）时，读出其特别节奏。拈来两副非常节奏之联咱们看一下。

问谁 / 续 / 百首 / 新诗 / 比 / 红儿 / 颜色；
有人 / 记 / 双声 / 旧曲 / 放 / 白石 / 风流。

驾小舫 / 涉中流 / 四围树 / 依 / 可人柳；
驱长车 / 出西郭 / 州里田 / 赏 / 君子花。

好了，非常节奏的对联还能列举一些，咱们只要掌握其基本规律，遇有特殊情况特殊对待就行了。大不了多放声朗读几遍，节奏自然就会读出来了。

第七条　上下联语义相关

对联，顾名思义，就是上下两个句子在字词、语义上既对又联。这就需要在撰联过程中，不能只顾及上下联字词的对仗平仄关系，而忽视了联义要相关联。具体在撰联实践中，拿捏好这个度，上下联语义既不能太近（太近了容易"合掌"），又不能太远（太远了又容易出现"无情"）。

请审读一下这副对联，在语义相关上有无问题。联曰：

　　万树梅花开福寿；
　　千家米酒报平安。

从语义上分析，这是一副春联。上下联之间拉开了一定距离，但从春节这一特定季节和人们的福寿太平心理来说，这副春联相当合格。这副春联就称得上语义相关。大家再分析一下这副对联：

　　四野桑麻沾雨露；
　　一腔肝胆照江山。

从上下联的字词平仄对仗、前后交替上品评，可以说是无懈可击的一副七言联。但是从上下联语义上考量，上联说的是农作物生长靠的是"雨露"滋润。下联却说的是为"江山"社稷甘献"一腔肝胆"的赤诚之情。上下联语义似乎无任何连带关系，所以这就不是一副合格对联。充其量，也只是罗列在一起的对仗句子。如果巧施妙笔，将上联保留换一个下联对句，就是一副很好的春联：

　　四野桑麻沾雨露；
　　满坡稼穑笑春秋。

很显然，这样改过的下联，与原来上联很搭。"桑麻"与"稼穑"，都是表现农村农业之专用名词，字面上又属同类偏旁字，另有一番韵味。语义相关词语对仗，是一副妙趣天成、农村气息浓郁的佳联。

最后，再列两副梅花佳联供大家欣赏，清代学者、书法家梁同书（号山舟）有联曰：

　　种来松树高于屋；
　　闻道梅花瘦似诗。

上联"松树高于屋"句,平淡而过。为的是衬托下联"梅花瘦似诗"。"瘦"状梅,是一种美。如果梅花如诗如画,瘦到极致,也美到极致!

另一副是清文学家、书法家齐彦槐撰联:

几生修到梅花骨;
一世争传柳絮才。

梅花,在诗人笔下的形象,多为"玉态瘦""干枝瘦""疏影淡""香在骨",还有"铁骨""素艳""孤芳""暗香""瘦影""冷香"等。上联"几生修到梅花骨",可以说是爱梅之人追求的最高境界了。"柳絮",是柳树的种子绒毛。柳树见土即生根,在此譬喻四海为家的英才。如柳宗元,到广西柳州为官,人称"柳柳州"。其文章与韩愈齐名,世称"人韩柳",唐宋八大家之一。

宋代文士林逋《山园小梅》诗中,有咏梅佳联:

疏影横斜水清浅;
暗香浮动月黄昏。

南宋诗人陆放翁《卜算子·咏梅》:

"无意苦争春,一任群芳妒。"期待的是"何方化得身千亿,一树梅花一放翁。"

元代诗人、画家王冕一首《墨梅》诗题于墨梅画中。画未被人记住,而题画诗中的妙句却流传千古,至今被人吟唱:"不要人夸颜色好,只留清气满乾坤。"

清代沈葆桢题江西湖口县石钟山梅花厅联:

梅开六十树,雪是精神,梦寄罗
浮忘物我;
航受两三人,花是知己,笑经沧
海载乾坤。

作者将梅花视为"知己",在雪中抖擞精神,达到物我皆忘之境界,依稀向往的是清气之乾坤。

清代同治进士姚步瀛笔下的梅花,亦是满目清气。联曰:

淡如秋菊何妨瘦;
清到梅花不畏寒。

清代最后一位状元刘春霖题梅花联:

晓汲清江然楚竹；

自锄明月种梅花。

当代国画大师黄宾虹笔下的梅花，乃是另一番面目：

心肠铁石梅知己；

肌骨冰霜竹可人。

【单元小结】

对联的基本规则是：（1）上下联字数相等；（2）上下联词性相同；（3）上下联语法结构相对应；（4）上下联字词平仄相对立；（5）上下联前后平仄相交替；（6）上下联音韵节奏相协调；（7）上下联语义相关。初学对联写作的朋友，一定要把这七条规则烂熟于心，当作对联入门的"不二法则"。如果自己创作出了春联或其他实用性对联，返回头来用这些规则检验一下合格与否。凡我国独具中国特色的传统文化艺术，都有其"成方圆的规矩"。如京剧唱腔就有"二黄""散板"等固定曲牌，旦角唱腔四大名旦梅兰芳、程砚秋、荀慧生、尚小云创立的流派，也各有其规矩与特色。再如书法艺术，笔法、墨法、章法，都有一定的规则。对联也与书法艺术一样，有一定法度。但是按辩证法的科学观点来讲，法无定法，无法是艺术的最高境界。已故著名诗人臧克家在为本人与胞弟梁栋主编的《中国对联宝典》作序中指出："一副好的楹联，应该是动人的诗句，有情感，有思想，有寄托，有情趣。一味地在字面上下功夫，讲对仗，论平仄，即便把古代的对联歌诀背得滚瓜烂熟，什么'天对地，雨对风，大陆对长空。山花对海树，赤日对苍穹'，也绝不会写出饶有诗味的楹联来。"他还意味深长地说："格律要讲究，但这是技术，不是艺术。艺术，是活生生的东西，给人以美感享受，给人以启发与思索。"我也从多年的对联创作实践中体会到：一副好的对联，必须先看立意与形象构思，主题鲜明，做到切人切事。然后才考虑词语对仗平仄，不合适的地方加以修改。切不可开笔就考虑对仗平仄，这样容易束缚创作手脚，影响海阔天空的想象与构思。

万竹当亭若无日；
一湍抱岭不随流。

——（清）王文治

十亩苍烟秋放鹤；
一帘凉月夜横琴。

——吴湖帆

第三单元　对联特征与性能

对联是独具汉语言特色的文化载体。从她的起源产生起，经过几千年中国历史的朝代更替，经过几千年社会的发展变化，经过几千年漫长的民俗风情的演化，对联的文化特征越来越显现出鲜明的民族性、强烈的时代性、深刻的思想性、广泛的群众性、抒情风雅的文学性、审美的艺术性、奇妙的趣味性。

第一节　鲜明的民族性

当代著名学者、红学家周汝昌先生，在本人编著的《中国古今实用对联大全》序言中指出："对联是我们华夏民族的一种'独门'的文化现象和文学形式。所谓'独门'，是说全世界就只有我们特有，我们专善。比如在西方，就不曾听说有对联这种名目的产生和存在。道理安在？这就是一个高深的文史哲综合性的大课题，而绝不是一桩细琐的'闲文'，或偶然的'异象'。我的理解是，对称与和谐之美，大约是我们这个宇宙中的诸般至美中的一大关目。而华夏民族最能感受它，表现它，赞颂它，运用它。"中国的方块汉字相对独立，单音上口，单义抒情，这就为对联的字数、音律、句式、联义等方面的对仗准备了独特的语言条件。另外，汉语的对偶特点，在几千年华夏民族口口相传中得到丰富。因此，对偶遗传了华夏民族的文化基因，对联，则是渗透在华夏民族骨血里的文化情结。

民国初年，曲滢生编《宋代楹联辑要》载联曰：

夜眠人静后；
早起鸟啼先。

这样简短的对联，近乎口语，但又对仗。自然天成，不落痕迹。连最普通的民间谚语中，随便捡几个，都是相当工整的联语。如：

路遥知马力；
日久见人心。

良言出口三冬暖；
恶语伤人六月寒。

酒逢知己千杯少；
话不投机半句多。

近代著名书法家于右任题联：

与钟山不朽；
为民族争光。

第二节　强烈的时代性

对联是优秀的传统文化。凡是文化，就必然打上各个不同时代的烙印。比如歌曲，有时候忘了歌词但一听旋律，就能勾起人们对那个特殊时代的记忆。对联也是这样，不同时代有不同时代的对联。如元代大书法家赵孟頫笔下的春联就是：

日月光天德；
山河壮帝居。

清代名臣左宗棠笔下的春联，道出了官场的得意与冷酷。联曰：

十年官比梅花冷；
一夜春随爆竹来。

到了民国初年，市民门上贴的春联就是：

联合人心同一德；
共和国体重三民。

抗日战争时期，冯玉祥将军写的春联是：

要想着收复失地；
别忘了还我河山。

抗美援朝年代，有人贴的春联是：

抗美援朝，万民有责；
保家卫国，满户光荣。

著名诗词理论家、教授王力先生

在改革开放初期，写下这样一副春联：

做好公民，爱国坚持四原则；
开新局面，兴邦全靠两文明。

1984 年恰逢中华人民共和国成立 35 周年，著名学者苏步青先生题写这样一副春联：

春满九州，大庆欣逢卅五载；
人迎四化，小康定看两千年。

1992 年春节，党的十届三中全会（1978 年）过去 13 年。农村实行家庭联产承包责任制，得到了政策实惠。湖南联家胡静怡据此撰联：

十三年政策归心，农民放胆；
九万里丰收醉眼，华夏扬眉。

到了 2000 年新世纪元旦，本人写下这样一副春联，迎接新世纪曙光。联曰：

元启于一，一心报国开新纪；
旦即是朝，朝气满怀赴大潮。

第三节　深刻的思想性

对联言简意赅，历来就是文人墨客用以抒情言志的文学体裁。咱从古代说起。

宋代政治家、文学家王安石写道：

人怜直节生来瘦；
自许高材志更刚。

宋代诗人、书法家黄庭坚题联：

心持铁石要长久；
胸吞云梦略从容。

明代永乐进士、内阁辅臣杨士奇有一副告诫儿子的对联：

不畏官司千状纸；
只怕乡民三寸刀。

"千状纸"，从做官的心理讲，不愿意接受诉讼状纸，状子一多，公务繁忙不堪。上联反其意：即使是有千份状纸，我也不怕。怕的是"乡民三寸刀"啊！"三寸刀"，即三寸舌。有道是人言可畏。民心不可违，老百姓的唾沫星子也能把你淹死。

清代楹联大师梁章钜评价此联"世族药石"，足见联语中蕴含的思想品格极高！

清代能臣、虎门销烟英雄林则徐一副题壁联，倾倒千古后人。联云：

海纳百川，有容乃大；
壁立千仞，无欲则刚。

"有容""无欲"，足以表现作者之高尚情操。

清代道光进士、著名文学家俞樾题联曰：

欲除烦恼须无我；
历经艰难好做人。

言简意赅，道出了作者无私无畏

的思想品格，令人钦佩不已！

清代政治家、著名学者曾国藩题联：

> 不为圣贤，便为禽兽；
> 莫问收获，但问耕耘。

读此联，令人心灵为之震撼！此种道德高标何人能及？真乃惊天地泣鬼神之警句格言。

在中国近代历史上，最让人肃然起敬的当是近代著名思想家、"戊戌六君子"之一谭嗣同。他在清廷断头台前，视死如归，仰天长啸，喊出八个字：

> 有心杀贼；
> 无力回天。

这是何等气魄的浩然正气！此时，我激动万分，情不自禁吟出谭嗣同的《狱中题壁》诗句："我自横刀向天笑，去留肝胆两昆仑。"

我国近代伟大思想家、作家鲁迅先生自题联：

> 横眉冷对千夫指；
> 俯首甘为孺子牛。

下联语句原出自清代洪亮吉《北江诗话》中诗句："饮饱甘为孺子牛。"鲁迅先生巧借并融入自己的思想情感，反其意而用之，将"饮饱"改作"俯首"。二字一改，摈弃了原句颓废低下之情调，换上了甘做人民大众之牛的全新思想。在此，我又想到鲁迅先生的另一句名言：我愿是一头牛，吃的是草，挤出的是奶。

湖南益阳市委原副书记龙爱冬，在任时清廉如水，口碑颇佳。他有一副自题对联：

> 品正风清，当官贫到为民日；
> 心安理得，卸任荣于在职时。

这才是为官者的荣辱观。这当是一个当代清官的思想境界与独特风范！"心安理得"四个字，可不是所有官员都能享受到的，是只有"品正风清"的真正共产党人才能达到的思想高度与生活体验。面对这样一副对联，我想，对于那些肆意侵吞国家资产而身价上百上千亿元的富豪，以及那些贪得无厌的贪官污吏，自感无地自容的了！唉！也许人家并不汗颜哩！

当代杰出诗人、书坛草书大家沈鹏先生有一副自题七言联：

> 偶美沙鸥飘碧海；
> 甘随孺子作黄牛。

先生自题此联，意在自勉。想到先生曾题书过叶圣陶联句："得失塞翁马，襟怀孺子牛。"这副对联中的"甘随孺子作黄牛"，追随的就是所书之联语思想高境界。与前面鲁迅先生"俯首甘为孺子牛"，既是一种心灵感应，脱化出下联妙句，更是沈鹏先生生活积累的思想升华。

当代著名楹联家、书法家唐棣华先生，是我在楹联界最早的朋友。唐先生对联都是自己书写，更见独特的笔墨情怀。他有一副自题对联，拈来一读：

廉不诉穷，勤不诉苦；

公而忘私，乐而忘忧。

上联中"廉不诉穷，勤不诉苦"。这是一种有很高的思想觉悟的人才能达到的境界。"廉不诉穷"的人，以穷为乐，为官不腐，是骨子里压根就不想腐，认为腐败是肮脏污浊的东西，不能沾身！"勤补拙，俭养廉。""勤不诉苦"，更是一种保证"廉不诉穷"的思想根源和生活基础。有如此高尚情操的人，自然就能达到下联中"公而忘私，乐而忘忧"的思想高度！

下联"私"字平声，对上联的"穷"也属平声。虽有对仗瑕疵，但想来无其他合适字替代，故保留原貌。按形式服从内容及不因词害义的原则，此失对之处无伤大雅。

毛泽东同志说："人是要有一点精神的。"我们作对联也一样，对联是要有思想的。思想是什么？思想是灵魂，是精神。如果一副对联从语义上读不到一种思想气质，一种精气神，那这副对联即便是对仗工整无隙，词语再华丽精彩，也是无用的。充其量是一堆字词堆积，毫无艺术生命力。所以，创作一副对联，要把自己独特的思想情感写进去，也就是动真情、抒真情。你写的东西首先感动自己，才能感动读者。如果写干巴巴只讲字词对仗、平仄合格的对联，还不如不写。

第四节　广泛的群众性

"群众性"是什么？就是"人民性"。作为一种文学体裁，我把对联称作"两行文学"。毛泽东同志早在1942年5月23日《在延安文艺座谈会上的讲话》明确指出："我们的文艺是为什么人的？是为工农兵创作，为工农兵利用的。"在为人民大众所喜好、为人民大众服务这一点上，我认为，对联从产生那一天起，就和民间民俗紧密联系在一起。对联，是牢牢扎根在人民大众土壤里的一株花朵也好，一棵大树也罢，反正对联是与人民大众的生活联系最密切的文化品类。中国诗词太高雅，从古至今那是文人墨客玩的文化。唯有对联，与人民大众息息相关。单就对联中春联，就足以使人民大众喜欢了几千年了。每到年节前的腊月，你去城乡集散地的集市庙会逛一逛。哎呀呀！那高高挂起的一串串红灯笼之下，铺天盖地摆放着的是红彤彤、亮晶晶、耀眼喜人的印刷品新春联。这种扑面而来的"中国红"，便是华夏民族独有的"中国文化""中国气派""中国吉祥"。挑选几副喜庆的满意春联，回家过年。中国民间过年还流行有这样一句话："有钱没钱，贴对子过年。"换句话说就是，不管穷人富人，过年门上都要贴大红春联，图的是一个喜庆、图的是平安吉祥！尤其是在农村，不仅大门上张贴春联，还要在粮食囤圈上贴"五谷丰登""风调雨顺"的春条，在猪圈、鸡窝边贴上"六畜兴旺"的春条。现在富裕了，家家户户有汽车了，还要在汽车上贴"人过一年求富贵；车行千里永平安"的小春联。下面就选几副古今使用频率最高的春联，供大家评品。如古代流传多少年，而如今人们还沿用的春联：

天增岁月人增寿；
春满乾坤福满门。

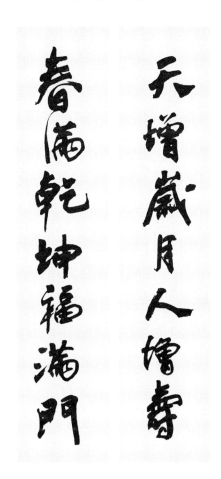

和顺一门生百福；
平安二字值千金。

幸福堂前无限乐；
长春花下有余香。

传家有道惟忠厚；
处世无奇但率真。

传家有道惟存厚
处世无奇祇率真

肇纪大兄属
醇士戴熙

秧歌一扭山村乐；
春雨几番麦穗香。

大豆摇铃铺地绿；
高粱擎炬映天红。

我把这些古今一直都用的春联，叫作"长寿春联"。

本人有意创作了一组老百姓生活气息较浓的春联。有的散发着泥土香，有的乡音犹存，我把这些春联叫作"接地气春联"。如：

牛背笛声迎晓日；
田头犁影亮春光。

前面我说过，对联就是扎根在人民大众土壤里一枝花、一棵树。所以，对联越是反映人民大众的生活情趣、丰收喜悦，就会越花开争奇斗艳、树长枝繁叶茂。一旦脱离了群众、脱离了生活，对联就成了无源之水、无本之木。

近年来，每逢春节前，中国文联及中国书法家协会就要号召各级文联、书协，组织当地书法家们深入农村、厂矿、社区、军营，送福送春联到基层。这意味着人民大众以苍山厚土养育了文化艺术，文化艺术回头要知道感恩来回报社会。对联，是老百姓接触最多的文化载体。农村的红白喜事离不开对联文化，人们在对联文化孕育与教化中，潜移默化地获益良多。这就充分证明了对联的人民性、群众性，贯穿于人民群众日常生活中，波及生活的方方面面。

第五节　抒情的文学性

文学，即人学。人，既有七情六欲，又有喜怒哀乐。我把对联称作是语言十分凝练的"两行文学"，她与古典诗词最一致的就是其浓烈的抒情性，"诗言志，歌咏言。"请看古代先贤们是如何用对联来抒情的吧！

南宋著名诗人陆游（1125—1210）字务观，号放翁，浙江山阴（今浙江绍兴）人。孝宗进士，曾任镇江、隆兴通判。后两度入蜀川任职，并投身军旅生活。在政治上主张坚决抗金。晚年退居故里，但收复中原的信念始终不渝。即有《示儿》诗曰："死去原知万事空，但悲不见九州同。王师北定中原日，家祭无忘告乃翁。"陆游的诗风不像苏轼那样豪放，多少有些悲凉凄切。他有一副六言联：

双鬓多年作雪；
寸心至死如丹。

你们看，一位风烛残年的老翁形象豁然在目："双鬓多年作雪"，白发苍苍、颤颤瑟瑟，令人伤感。下联一下子把读者的精神头提了起来，"寸心至死如丹"，这样的忠烈志士令人敬仰！联尾"雪"与"丹"的对仗，色彩鲜明，反衬"寸心"更加炽热火红。陆游还有副题自家"书巢"联，同样有一股凄凉之感。联曰：

万卷古今消永日；
一窗昏晓送流年。

明代著名画家、文学家唐寅（1470—1523），字伯虎，号六如居士，吴县（今江苏）人。工人物、花鸟，笔墨秀润俏利，多取法南宋李唐、刘松年，工写俱佳。与沈周、文征明、仇英合称"明四家"。唐寅有一副传世对联：

小亭结竹流青眼；
卧榻清风满白头。

又是一位"白头"。只是这副对

联给读者引来了一片好景致："小亭结竹""卧榻清风"。联尾用"青眼"衬托"白头"，抒发的是画家的豪放情怀。

明末清初，有一位大名鼎鼎的书法家王铎（1592—1652），字觉斯，号嵩樵，河南孟津人。南明弘光朝官礼部尚书，东阁大学士，后降清，官至礼部尚书。工行草，得力于颜真卿、米芾二家。笔力雄健，长于布白，擅

用涨墨。王铎赠友联曰：

林屋暮烟，樵归路远；
荒城落日，宦冷怀高。

王铎在中国书坛上，也算是一个悲情人物。就因为"降清"污点，在中国书法历史上矮了一大截。好在其

书法艺术太精湛，人们渐渐淡化了历史污点，看重了王铎的书法贡献。这副对联中，很明显抒发着历史污点的自责和悔恨。看上联"樵归路远"，因王铎号"嵩樵"，此"樵"指自己。感伤自己误入不归之路，远矣！联中"暮烟""落日"都是心情落寂的写照。好在"宦冷怀高"一句，虽说官场艰难凄冷，但有"怀高"看到了光明。

傅山（1607—1684），字青主，别字公它，山西阳曲人。明亡后，号朱衣道人，又有真山、浊翁、石道人等别名。康熙中征举博学鸿词，被迫异至北京，以死拒不应试。后特授中书舍人，仍托老病辞归。博通经史诸子和佛道文学，兼工诗文、书画、金石，又精医学。他提出的"四宁四勿"（宁拙勿巧，宁丑勿媚，宁支离勿轻滑，宁率真勿安排）书法美学理念，至今影响书坛。傅山是一个执拗自傲的文人，在对联创作上也自然带有此种意味。请看傅山题山西沁源郭泰祠对联：

侯不得友，王不获臣，自是神仙人物；
隐不违亲，贞不绝俗，合称有道先生。

郭泰，东汉太原介休（今属晋中）人。东汉末为大学士首领，不就官府征召，后归隐乡里。闭门教授，生徒数千人。大家注意一下傅山和郭泰的秉性，是否一脉相传，都是傲视朝廷官府？一个是"以死拒不应试""仍托老病辞归"，一个是"不就官府征召，后归隐乡里"。从这副对联措辞上，足以看出傅山对先贤郭泰的景仰点赞之情。联语虽是题郭泰祠，其实意蕴自我，都是"神仙人物""有道先生"。

郑燮（1693—1765），字克柔，号板桥，江苏兴化人。清代书画家、文学家。乾隆进士，曾任山东范县（今属河南）、潍县知县。因得罪豪绅而罢官，居扬州卖画。善画竹兰，草书以竖长撇法运笔，体貌疏朗，风格劲峭。又用隶书参入行楷，自称"六分半书"。书画风格居"扬州八怪"之首。郑燮一生喜诗文，尤爱撰写对联。这里选一副抒情意趣较浓的对联如下：

咬定几句有用书，可忘饮食；
养成数竿新生竹，直似儿孙。

"咬定"，也许是郑燮笔下的专利。他有一首《竹石》诗曰："咬定青山不放松，立根原在破岩中。千磨万击还坚劲，任尔东西南北风。"这副对联妙在前半句是实物铺垫，后半句是思想升华。上联意在"有用书"在手"可忘饮食"，下联将"新生竹"比作"直似儿孙"。这副对联虽是清代名人联，但联中有些瑕疵，请大家找一找，然后咱再交流。

清末钟祖棻（1847—1911），字耘舫，自称铁保，号铮铮居士，四川江津人，著名楹联家。他有这样一副对联：

英雄气魄云为被；
志士情怀海作家。

这是一种革命浪漫主义情怀。品评此联，让我想起20世纪60年代解放军战士热爱毛主席的一首歌，歌名忘了，但其中的歌词记忆犹新。"山当书案月当灯，盖着蓝天铺着地……"这歌词的豪情与这副对联不谋而合。让我们读后有一种心旷神怡的美感！

副七言联：

几根穷骨头，撑起气运；
两个大眼孔，看倒乾坤。

这副对联情抒得太胆大了。唯有这超乎寻常的气魄，方能写出不平常的对联。这应该是一种特殊的抒情手段。

下面咱们再看一下当代人的抒情联作中，又有几分文学含金量吧。首先我们推出当代文豪、剧作家、诗人、考古学家、书法家郭沫若，看他的一

徐悲鸿（1895—1953），现代著名画家、美术教育家。他作过这样一副对联：

　　直上中天摘星斗；
　　欲倾东海洗乾坤。

这副对联同样也是在抒情，而且，同样也是那样的激情澎湃，大有"可上九天揽月，可下五洋捉鳖"的博大胸怀！

前面几副对联太大气磅礴了，搞得我心跳都加速了。下面咱们平静一下，选几副心平气静、委婉道来的对联佳品。

先看当代书画大师，原北京师大博士生导师启功三副对联：

　　楼中饮兴因明月；
　　江上诗情为晚霞。

　　泼成墨竹千竿翠；
　　种得梅花一缕香。

　　绿波杨叶三篙水；
　　白雪梅花一笛风。

还是这样淡雅风格的对联，爽人胸怀。这几副对联，抒的是婉约情怀，自然地与启功先生慈眉善目、文雅谈吐联系在了一起。这就是文学修养深厚所透出的怡淡风韵，这是自然的流露，装是装不出来的。

同样是"明月"，同样是"梅花"，启功笔下趁兴赏月、踏雪寻梅。而山西大学中文系博士生导师、著名书法家姚奠中，则是另一番的情怀。请看此联：

不知明月为谁好？
时有落花随我行。

上联设问，意味深长。下联虽然是"落花"一片，但却恋恋不舍地"随我行"。试想，这是多么感人的画面。一位老先生在小径上踱步，一片梅花瓣落到先生肩上，似乎先生未觉。当一缕梅香沁人心脾时，先生乐了。原来是"落花随我行"的意境，打动了先生的心，也打动了读者的心。

最后，我们拈来山西书法界前辈，著名书法大家徐文达（笔名岩樵，河北完县人。生前与本人交往甚笃。在山西省政协第七届会议期间，彻夜谈艺，本人获益良多。）题扬州欧阳修祠一联：

酒酌碧筒杯，到此山翁仍一醉；
文成青史笔，允宜坡老定千秋。

欧阳修，北宋著名政治家、思想家、文学家。有《醉翁亭记》乃欧阳修所撰，此碑文由宋代大书法家苏轼（东坡）所书刻。真乃千古名文名碑！

第六节　审美的艺术性

中国是诗的国度。诗是文学金字塔的塔尖。对联，不仅应该是诗，而且是"诗中之诗"。我一直主张与倡导：要用作诗的思维和手段来作对联，使对联诗化。这是我就如今的对联一味追求冗长，不凝练的风气而说的话。

要讲对联审美，还是本人秉承的三美：语言遣词美、语音韵律美、语义诗意美。对联如果能达到这三美，那讲对联是中国的"语言艺术"就有了底气，有了分量。对联的艺术性就表现在这三美之上，尤其是诗意美。我认为："诗意美是对联语言艺术的核心。"下面还是让我们用古今对联经典作品，来评品对联艺术之美。

宋代刘少逸（977—？）江苏苏州人。幼敏。一日，随师外出拜访名士罗思纯。罗出句："家藏千卷书，不忘虞廷十六字。"刘少逸对曰："目空天下士，只让尼山一个人。"随后，又与客人对成如下一联：

一回酒喝思吞海；
几度诗狂欲上天。

这是何等的胆识与气派，出自少年刘少逸之口，真让人赞叹不已！这样诗一般的联语，读来是不是口上过瘾心里畅快！

南宋学者李焘（1115—1184），字仁甫，号巽岩，眉州丹陵（今属四川）人。幼年与私塾先生对成如下妙联：

绿水本无忧，因风皱面；
青山原不老，为雪白头。

联语诗境，在于"绿水""青山"经点化，竟然有了生命，一个"皱面"，另一个"白头"。妙哉！

明代文学家杨慎（1488—1559），字用修，号升庵，四川新都人。幼年时慧颖，一次池边洗澡时，与当地县令对成如下巧对：

千年老树为衣架；
万里长江作澡盆。

小杨慎洗澡时，衣裤挂在池塘边的树杈上，上联由此出句。对句不凡，竟将"长江作澡盆"，看出其年幼气盛、志存高远。

清代嘉庆两江总督陶澍（1778—1839），字子霖，号云汀，湖南安化人。幼年才智超人。一日，一家油坊开业，他为油坊撰如下对联：

榨响如雷，惊动满天星斗；
油光似月，照亮万里乾坤。

联语借"雷""月"作喻，顺理成章。妙在"惊动满天星斗""照亮万里乾坤"。口气可真不小。

清代学者、文学家纪昀（1724—1805），字晓岚，一字春帆，直隶献县（今属河北）人。曾主持编纂《四库全书》。他在《阅微草堂笔记》中载一副五言联：

花幽防引蝶；
云懒怯随风。

此联很有诗意。上联一个"幽"字，道出花此时是"静"态的，平心静气，唯恐发出香气"引蝶"。下联中的"懒"字，虽是一个贬义字，却把云写得很有心计，其"懒"是害怕"随风"而去嘛！这就是诗意对联。学着点！

有一副无名氏对联，写得诗意满满。拈来一读：

二三星斗胸前落；
十万峰峦脚底轻。

上联看似轻飘飘的，实则语境不凡，是"二三星斗"可不是几缕星光噢。下联异峰突起"十万峰峦"，尾字一个"轻"字，用得妙！诗的意境顿然出奇出新，好联！

哎！对了。猛然想起纪晓岚还有副奇妙对联，大家看看必定养眼。联曰：

泰山石，稀烂挺硬；
黄河水，翻滚冰凉。

唯有这"对联奇才"纪晓岚，能这样构思。"泰山石"长什么样？"稀烂挺硬"。"黄河水"是啥眉眼？"翻滚冰凉"。尤其这"翻滚冰凉"有味道："翻滚"是水沸腾之时的状态。看过壶口瀑布黄河水的朋友，一定对"翻滚"一词太有共鸣了。然而"冰凉"二字，也太来得快了！一下子把沸点降到了冰点。不得不赞叹：纪晓岚功夫了得！

清代著名书画家、诗人、"扬州八怪"之首郑板桥，作联手段也属一流水平。你们看这副五言对联：

束云归砚匣；
裁梦入花心。

啧啧啧！天下谁人能有如此神通。一手"束云"，一手"裁梦"，太神奇了吧！云彩吧倒也有形，伸手能抓得着。那梦谁见过长什么样？五彩缤纷也好，千变万化也罢，能让你拿在手中，咔嚓一剪刀像裁绸缎衣料一样任意长短扁圆吗？可是，人家三百年前的郑板桥就有这本事："束云归砚匣；裁梦入花心。"这就是艺术，不佩服不行。

年代无考。有人撰了一副形象逼真的对联，不妨拈来看看。联曰：

皂荚倒垂千锭墨；
芭蕉斜卷一封书。

形象生动，历历入目。对联的语言艺术就是这样如诗如画。

四大名著之一的《红楼梦》作者曹雪芹，书中有很多对联，令读者倾倒。这里选两副诗意盎然的精品对联，大家欣赏。

绕堤柳借三篙翠；
隔岸花分一脉香。

十里杏花经雨湿；
三春燕子逐风斜。

曹雪芹用的是什么笔？那是一支点石成金、画龙点睛之神奇妙笔呀！他笔下的对联必然是令人如身临其境的诗意对联。你看，前一联既给人视觉上的愉悦感："柳""翠"，又给人嗅觉上的满足感："花""香"。后一副对联更让人有一种身入诗境的亲切感：能让你体悟到春雨之后杏花的一股"湿"气，又看到春燕追逐戏飞的"斜"影。诗中有画，画里有诗。

同样是一个"湿"字，在清代学者朱彝尊对联中，是如此面目。联曰：

松阴一经白云湿；
花影半帘红日迟。

这又是一种诗境："白云湿"，显然带着雨味了。"红日迟"，又是一种懒洋洋的派头。作者把自然界物象的脾气都摸透了，令人称妙！

清代学者、书法家刘墉笔下有这样一副对联：

山随画活；
云为诗留。

"画"与"诗"是人为的艺术品，可观可读，可养眼可赏心。"山"与"云"是自然界的物象。此联采用点化之功，让"山""活"，"诗""留"，不着痕迹，出神入化！

刘墉还有副写景对联，写得有声有色。拈来一看。联曰：

绕屋岚光三径客；
满帘风雨一床书。

有的对联，就如同诗人徐志摩《再别康桥》开头写的那样："轻轻的我走了，正如我轻轻的来……"下面一组这样轻飘飘的对联，读来如云、似雾、若烟、像风。请看：

陈元龙题联：

水能性淡为吾友；
竹解心虚是我师。

松涛烹雪醒诗梦；
竹院浮烟荡俗尘。

花落砚池香描字；
竹摇窗楣韵入书。

花下聆经清有味；
水边契道静无声。

月沼观心清若镜；
云房养气润于珠。

我有一副对联也有此种诗境，拈来让大家评品。联曰：

松涛有脚登峰岳；
竹影无声落院庭。

对联如诗一样读，作者就得像作诗一样作对联。所以，我在许多公开场合都向联友们讲：作对联一定要像作诗一样要求自己。立意、构思、谋篇，然后遣词、琢句，调平仄。有这样一副春联，手段太奇特了！你瞧：

揉春作酒；
剪雪成诗。

把"春"揉作酒，将"雪"剪成诗。这就是诗，这就是诗化对联。读来是"酒"醉还是"诗"醉？不得而知。

还是陶醉一下诗意浓烈如酒的对联吧。如下几副对联，足以令人醉上半天了。联曰：

云动山疑活；
溪奔石欲斜。

冷香残雪外；
画谱水仙迟。

柳飞彭泽雪；
桃散武陵霞。

推半窗明月；
卧一榻清风。

树看出屋青三面；
水为当门绿一湾。

梦回春草池塘外；
醉在梅花烟雨间。

对联的艺术性，除了上面我们欣赏到的诗境外，还有一种艺术品类既是对联的情侣，又是对联的最美搭档。她就是中国书法。对联与书法艺术的结合，那可真是赏心悦目的艺术品。当代著名书画大师王学仲在本人主编的《中国当代楹联墨宝精鉴》序言中指出："联语借书法的笔韵墨趣，更显汉字多姿多彩的形体美；书法又因联语的字词工丽、音韵和谐，愈含耐人品味的诗意美。"对联书法是一种高雅的笔墨艺术。这里只是点一下，后面咱们还要以专门章节讲到对联的书法艺术。以一副含书圣王羲之书法名帖《快雪时晴帖》对联，作

此节尾音。

雪窗快展时晴帖；
山馆闲临欲雨图。

清代初年大书家恽寿平借用"快雪时晴帖"题联：

快雪时晴抚帖候；
淡云微雨养花天。

第七节　奇妙的趣味性

在唐代，联句就是文人作诗的一种方式。习惯于一人出上句，另一人对出下一句成一联。这种对句方式，后又形成席间"酒令"。《全唐诗话》温庭筠辞条曰：

李义山（李商隐）谓曰："近得一联句云：'远比赵公，三十六年宰辅'，未得偶句。"温曰："何不云'近同郭令，二十四考中书'？"

同辞条又云：

宣宗尝赋诗，上句有"金步摇"，未能对，遣求进士对之。庭筠乃以"玉条脱"续，宣宗赏焉。又药名有"白头翁"，庭筠以"苍耳子"为对，他皆类此。

像《全唐诗话》中记载的这些前后对句，足以佐证：这种趣味性很浓的对句方式，在唐代已盛行了。

到了宋代，咱们知道苏东坡和王安石，都是宋神宗在位时的同朝重臣。由于王安石新法与苏东坡政见不和。然而，二人私下尚有诗联逗趣。相传，苏东坡与王安石一次同行，偶见一所

房子由于根基已动，造成一面墙向东倾斜之状。王安石据此口出对句戏谑苏东坡。句曰：

　　此墙东坡斜矣；

苏东坡一听，仰天大笑。指着房子下的两块石头，吟出下句：

　　是置安石过也。

联句中分别嵌入对方的名字，语带双关，妙趣横生。

另外，苏东坡和黄庭坚也有趣联唱和。一天，二人在松树下饮酒下棋。忽然一粒松子落在棋盘上，黄庭坚口出上句：

　　松下围棋，松子每随棋子落；

苏东坡笑了笑，指着河边一位垂钓者，对出了下句：

柳边垂钓，柳丝常伴钓丝悬。

秦少游是苏东坡的妹夫。一日，两人同乘一叶小舟游玩。小舟刚刚离岸，苏东坡观见岸上一个醉汉骑着毛驴摇摇晃晃的模样，非常好笑，脱口而出上句：

醉汉骑驴，点头颠脑算酒账；

秦少游也是满腹文才之人，不然也不会是才女苏小妹的如意郎君。这时候，秦少游观见船上摇橹艄公的模样，也很好笑。于是对出了下句：

艄公摇橹，打拱作揖讨船钱。

苏东坡和妹子苏小妹，也有戏对传世。阳春三月的一天，苏东坡兴致勃勃来小妹家串门。一推大门，小妹嘴快，即刻吟出了出句：

长兄门外迎双月；

苏东坡看了一眼正在窗前撒襟露怀捉虱子的小妹，有些不雅，有失大家闺秀的体面。在自己的长兄面前，怕啥！丑不避亲嘛。据此苏东坡对出

了下句：

小妹窗前捉半风。

"风"的繁体字是"風"，"半風"即是"虱"字。出句的"双月"是"朋"字。拆字妙联。

据《解学士诗》载：明永乐初年，江西省吉水出了一个神童，名叫解缙（1369—1415），字大绅，官至翰林大学士，主持编纂《永乐大典》。解缙幼年聪慧过人，对联出口成章。有一年腊月三十晚上，十四岁的小解缙要为自家门上写春联。他家对门住着一位姓曹的大官，人称"曹尚书"，已卸任告老还乡。曹家院子里栽了一片竹子，竹子高过墙头，从外面看去，郁郁葱葱，绿得可爱。解缙借这般景色，写了一副春联，贴在自家门上。春联是这样写的：

门对千竿竹；
家藏万卷书。

这副五言春联，既言门前景，又说自家风，对仗工丽，十分得体。谁知，这副春联让对门曹尚书看到后，气得

胡子直翘。心想，你解缙小小人家也配说"家藏万卷书"？尤其令他不高兴的是：我家院子长的竹子居然也写进你家对联中。哼！我让你的对联立刻不成对。于是，心眼比针眼还小的曹尚书，马上吩咐仆人，三下两下，把院里竹子探出墙外的"头"都削了一大截，从墙外就看不见绿葱葱的竹子了。这一下，曹尚书心里得意洋洋的，心想，看你还能再贴"门对千竿竹"？

小解缙开始没有理会，后来听到对面劈里啪啦作响，出门一看，对面曹尚书家挺可爱的竹子，转眼间不见了。小解缙眼珠子一转，立即明白是怎么回事了。心里一阵好笑，顿时有了主意。回家提笔用红纸写了两个字："短"和"长"，用糨糊把二字分别粘在对联的下面。门上春联变成了六言联：

门对千竿竹短；
家藏万卷书长。

曹尚书一看，气得鼻子也歪了三分。心想：我家竹子长在我家院子，与你有何相干？又何况我家竹子变"短"了，你家的书反而变"长"了？

真是岂有此理！我把竹子连根拔光，看你怎么来对？一气之下，喊来仆人家丁，吭哧吭哧一阵子，把好端端的一片竹子砍了个净光。小解缙出门一看，笑得前仰后合。心想：你这个堂堂的朝廷一品大员，心胸竟然如此狭小，跟我一副对联过不去。好笑至极！那好，你跟我斗气，我故意气你。这时，小解缙心里早有了谱，回家又裁了两块红纸，分别写了两个大字："无"和"有"。出门在对联下接着贴了二字。春联这回变成：

门对千竿竹无；
家藏万卷书有。

这一下，曹尚书一看，气得胡子直哆嗦。气急败坏地发作一阵，转念一想：唉！对联是贴在人家门口的，人家愿写什么是人家的自由，关你家屁事。这不，自家的竹子砍光了，绿葱葱的风景变成了光秃秃。反观解缙家的春联又长了一大截子。这是何苦呢？自讨没趣。

在明朝，解缙确实是一位顶级对联高手。一次，明成祖朱棣在书籍中发现一个对题，虽然只是两个字，却百思不得下联对句。于是宣解缙到上书房晋见，当面让解缙对来。朱棣的上句对题与解缙的对句合成一联：

色难；

容易。

有意思的是，当解缙脱口说出"容易"二字时，朱棣还不以为然，在一旁大张嘴儿发愣哩。还反问解缙："解爱卿，你口头说容易，那对句是什么呀？"解缙不敢在皇上面前发笑，只好解释道："启禀皇上，'容易'二字就是为臣的对句。"朱棣这时才恍然大悟，君臣二人开怀大笑。

明朝戴大宾（1496—1508），字宾仲，一字寅仲，号苹庵，别号梅花秀才，兴化府（今福建莆田）人。他13岁时，适逢中秋佳节日，有一位地方显贵登门拜会他父亲，见戴大宾在庭院玩耍，于是，吟出一个二字出句，让他对下句。上句是：

月圆；

戴大宾随口对道：

风扁。

那位来客纳闷，即问他："风怎么可能是扁的呢？"戴大宾回答："风见门缝就钻，如果它不是扁的怎么能进来的？"回答得真是天真有趣。

明代画家陈道复（1483—1544），号白阳山人，长洲（今江苏吴县）人。一次，他与唐伯虎偕同出游，走近一家庄园，只见茂林修竹、亭台楼榭。于是，唐伯虎出口吟出对句：

眼前一簇园林，谁家庄子？

陈道复听了唐伯虎的出句，暗暗称妙。但脸上不露声色，顺手在地上捡起一粒石块，在砖壁上写下一行文字：

壁上几行文字，哪个汉书？

出句问"谁家庄子"，对句也在问"哪个汉书"，语带双关，耐人品味。"庄子"，一指眼前庄园，二指战国哲学家庄周。"汉书"，也是如此妙趣：既指往壁上写字的是位汉子，又言指东汉史学家班固所著《汉书》。

明代江南风流才子唐伯虎，诗书

画对联是出了奇得好。一天，唐伯虎到一位朋友家做客，观见壁挂一幅"出水芙蓉图"，竟然是一位出家僧人所画。感叹之余，口吟对句：

画上荷花和尚画；

这顺口一出，顺读与倒念，都是一样读音，顿觉有趣好玩。朋友在一旁也连连叫绝！可是，二人苦思冥想，未得下联对句。唐伯虎这一出句没想到自己临终也未能对上，而且也无人能对，只好留给后世高人了。后世真有人对上了，遗憾的是该作者"学了雷锋"，居然未留下姓名。这无名氏对句是：

书临汉帖翰林书。

这副妙联妙在回文。出句中的"画上荷"与"和尚画"假借谐音，对句中的"汉临"与"翰林"也属谐音之趣。后世还有人对唐伯虎怀有特别的崇尚情节，别出心裁地嵌入了"唐寅"，读音有趣，拈来一吟。联句是：

观音堂寺唐寅观。

此对句，取乐把玩而已。有些瑕疵不足取。

《古今巧对汇抄》载：明代成化年间，当朝名士李贤喜欢新科状元程敏政的才学，想把千金爱女许配于程敏政，但又不好直言。这一天，李贤设家宴款待这位状元郎。席间，李贤指着桌上果品出句：

因荷而得藕？

你想啊！程敏政乃才高八斗、书破万卷之才子，那是何等聪明之人。早已参透李大人的心思，又听他出句话里有话，弦外有音。立即对出了下句：

有杏不须梅。

借助谐音，语带双关。上句的"荷"谐"何"，"藕"谐"偶"；下句的"杏"谐"幸"，"梅"谐"媒"。不看字面，听读音此联义是：

因何而得偶？
有幸不须媒。

你说精彩不精彩！一副对联成就一段美姻缘，成为千古佳话。

到了清代乾隆年间，朝中出了个对联奇才，名叫纪晓岚。他的本名叫纪昀（1724—1805），清代河涧（今河北献县）人。乾隆进士，累官至礼部尚书、侍读大学士。曾主持修纂《四库全书》。乾隆皇帝在打理朝廷政事之余，也是一位喜欢吟诗作对、故弄风雅之人。一次，乾隆皇帝与纪晓岚在花园踱步。乾隆兴致突来，要与纪晓岚对对子。口出一三字句：

双碟豆；

纪晓岚应声对道：

一瓯油。

乾隆皇帝此时话头一改道：朕说的是——

双蝶斗；

纪晓岚是什么人物？既是机灵过人的老滑头，又是巧舌如簧、铁嘴钢牙的好嘴头。马上对答下句：启禀万岁，臣说的是——

一鸥游。

乾隆皇帝咄咄逼人接着道：朕说的是——

林间双蝶斗；

纪晓岚也来了个"脱口秀"：臣言的是——

水上一鸥游。

君臣二人玩了一把对句游戏，乐得开怀大笑。

传说，当年乾隆皇帝微服初下江南时，在镇江酒楼上与告老还乡的老臣张廷玉对饮。饮到高兴处，唤来一歌姬弹唱助兴。乾隆端起酒壶，欲赏歌姬御酒三杯。不料，这时的酒壶已空，只滴出几滴酒。歌姬在一旁暗暗好笑，随口吟出一对句：

冰冷酒，一点、两点、三点；

乾隆一听，不禁拍案叫绝！这样精妙有趣的对子，待朕对来。可是，思索一阵子无言以对，正在为难之时，楼下传来卖"丁香花"的叫卖声，坐在旁边的老臣张廷玉，灵机一动地对乾隆道："启禀万岁爷，有对了。"乾隆喜出望外催促道："爱卿对来。"张廷玉撷取"丁香花"三字字头对曰：

丁香花，百头、千头、万头。

歌姬出句，似拆字又非拆字，借"水冷酒"三字偏旁，笑谈乾隆皇帝倒酒时的尴尬情景。下联对句与出句珠联璧合，妙然成趣。

号称"清代篆书第一人"的钱坫（1744—1806），字献之，号小兰、十兰，自署泉坫，江苏嘉定（今属上海市嘉定区）人。钱坫有副题竹影山房联，写得很有趣味，拈来一阅。联云：

喜气成兰，怒气成竹；
无酒学佛，有酒学仙。

钱坫另题有一副八言篆书联，与上面一联很有相似之处。联曰：

学如牛毛，成如麟角；
言不文典，暮不作经。

谑趣联，在对仗上可从宽。

对联，尤其是一些口头对句，因为大都是逗趣的，趣味性较浓。而且大都是即兴创作，在对仗平仄上可以从宽。

【单元小结】

对联，是我们中华民族独有的传统文化。我们对她的民族性、时代性、思想性、群众性、文学性、艺术性、趣味性，有了较为明晰的了解。其中一些联例，是老祖宗留给我们的文化遗产，一定要把这些经典学习好、传承好。虽然这一讲离如何作对联有些距离，但是，这是对联的基本常识，很需要大家静下心来做一番基础功课。这些经典对联，如果能熟记在心，对日后作对联大有裨益！

人居东晋风流后；
家在西湖山水间。

——（清）高人鑑

朗抱相于兰室契；
清游合有竹林贤。

——（清）费丹旭

第四单元　对联功能与价值

当代著名学者、红学家周汝昌给中国对联以很高的评价："对联是一种'精粹'，一种'提炼'，一种'结晶'，或一种'升华'。它有极大的概括能力，能以最简练的形式唤起人们的最浓郁的美感，给人以最丰富的启迪，或使人深思、玩味，受到很大的教益。"对联，这种古老的传统文化，历经千年而不衰。不仅说明对联有很强的艺术生命力，而且证明对联在人民生活中，具有较强较广泛的欣赏价值与实用价值。下面我们从几个层次了解对联的功能与用途。

第一节　自抒襟抱，言志自勉

明末清初，著名思想家王夫之，在明朝灭亡后，衡山举兵起义，阻击清兵南下。起义失败之后，王夫之隐居湘西草堂。偶尔外出时，头上打伞，脚穿木屐，意思是同清政府不共戴天。清朝衡州知府深慕王夫之的才学，一日，携带重礼，登门拜访。王夫之避而不见，并题写了如下对联，贴在门上。联曰：

清风有意难留我；
明月无心自照人。

联中的"清风"喻指清朝政府，"明月"则暗喻作者仍然心仪的明朝。此联意在抒发作者反清复明的思想情愿，有明显的爱恨情结。

清代重臣李鸿章，青年时代在曾

国藩麾下做事，因为懒惰被曾国藩当众责罚。自此发愤勤勉，他还自撰一副对联自勉。联曰：

> 一万年来谁著史；
> 三千里外欲封侯。

联语中透出一股傲气，口气之大令人吃惊。可就是这样的立志对联，激励李鸿章成为清朝历史上举足轻重的人物。功过是非，褒贬自有人评。

清代著名小说家蒲松龄，文名显赫，却在科考上屡试不第、名落孙山。他曾题一副对联自勉。联曰：

> 有志者，事竟成，破釜沉舟，
> 　百二秦关终属楚；
> 苦心人，天不负，卧薪尝胆，
> 　三千越甲可吞吴。

蒲松龄决意放弃科考，不求功名利禄，转身著书立说，终因刻苦著述，撰写出传世力作《聊斋志异》，为中国古典文言小说增添了浓墨重彩的光辉篇章。

清末政治家、民族英雄林则徐，在任时披肝沥胆治黄河、兴水利，镇虎门、禁鸦片，是一位功勋卓著、政绩显赫的清官。然而，竟遭诬受贬，充军新疆。林则徐也在流放途中撰写过这样一副对联：

> 偶然风雨惊花落；
> 再起楼台待月明。

上联中的"偶然""惊花落"足以表现出林则徐的豁然大度，对政治坎坷不屑一顾。下联中的"再起"，是自己信心满满的鲜明写照。尤其后边一个"待"字，凸显了林则徐仍想为朝廷建功立业的壮志豪情。

林则徐题联：

老树苍岩含古色；
清溪白石称幽寻。

清代乾隆进士梁同书（1723—
1815），字元颖，号山舟，浙江杭州人。
他能诗文、工书法，是一位谦谦君子、
儒雅学士。他有一副自勉联很有个性。
联曰：

能受苦方为志士；
肯吃亏不是痴人。

读上联，自然会让人想起先哲孟
子《告天下》："天将降大任于斯人也，
必先苦其心志，劳其筋骨，饿其体肤，
空乏其身，行拂乱其所为，所以动心忍
性，曾益其所不能。"自警不能怕吃苦，
苦是磨砺人意志的钻石。下联讲的是
做人的道理，与"吃亏是福"有异曲
同工之哲理。启迪心志，做志士仁人。

梁同书还有一副题联：

云连沧海蓬莱阔；
势压黄河砥柱深。

清代乾隆进士彭元瑞（1731—
1803），字掌仍，一字辑五，号芸楣，
江西南昌人。他有一副自勉对联，警
示自己一要爱惜时间，二要发奋图强，
读书成才。联曰：

何物动人，二月杏花八月桂；
有谁催我，三更灯火五更鸡。

读到上面对联，让我想起伟人毛
泽东在青年时代，写过副励志自勉对
联。联曰：

贵有恒，何必三更眠五更起；
最无益，只怕一日曝十日寒。

这副对联原是明代学者胡居仁题厅堂对联，毛泽东同志当年在湖南第一师范读书时，将胡居仁的对联，做了"点化"改动。原联是这样的：

苟有恒，何必三更眠五更起；
最无益，莫过一日曝十日寒。

对照毛泽东同志改过的对联，将"苟"改作"贵"，把"莫过"改成"只怕"。虽然是仅仅的三个字，却使联意翻出新意。"贵"字有点石成金之妙，突出了"恒心"之可贵。

无独有偶。中国共产党缔造者之一的李大钊，改明代杨继盛一联"铁肩担道义，辣手著文章"为：

铁肩担道义；
妙手著文章。

李大钊将"辣手"改为"妙手"，一字之改，顿然表现一位无产阶级革命家的壮志豪情。

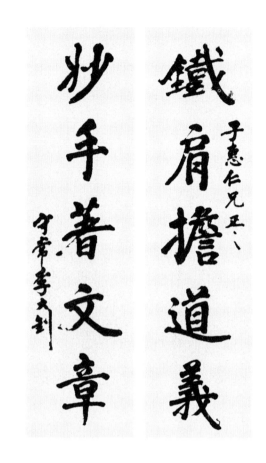

1915年10月，国民政府临时大总统孙中山，与年仅22岁的才女宋庆龄结为伉俪。孙中山感佩宋庆龄一片真诚爱情，于是，撰写了这样一副对联：

精诚无间同忧乐；
笃爱有缘共死生。

这十四个字，重如泰山。既是革命者爱情真挚的流露，又是伟人非凡情操的生动写照。令人肃然起敬！

第二节　引经据典，传播知识

在撰联中，有的撰联者匠心独运地将历史史实和人文典故写入对联，增强联语的文化内涵和语义的厚重感。如山西霍县韩信墓联云：

成败一知己；
存亡两妇人。

据《史记》载，韩信投军后，先入项羽麾下，后投刘邦，均不得重用，于是决心逃走，另谋它途。刘邦谋士萧何深识其才，星夜快马将韩信追回，这就是史传"萧何月下追韩信"。因此，韩信视萧何为知己。汉高祖二年，韩信被刘邦拜为大将。韩信忠心耿耿为刘邦打天下，平齐定楚，屡建赫赫战功。然而，西汉建立之后，汉高祖十二年，韩信在未央宫被吕后所杀，据传说引诱韩信中计者正是他的"知己"萧何。上联"成败一知己"，就是指谓萧何。故云："成也萧何，败也萧何。"韩信年幼时，家境贫寒，常常食不果腹。"信钓于城下，诸母漂，有一母见信饥，饭信，竟漂数十日。"这位漂母是韩信的救命恩人。后来，功成名就时，吕后将韩信斩杀于未央宫。下联中"存亡两妇人"，即指救命的漂母、要命的吕后。这副对联还传为：

十年成败一知己；
七尺存亡两妇人。

氏族祠堂，在古代民间较为盛行。一般氏族祠堂门口都要悬挂副切合本族史实的楹联，用以光宗耀祖。

相传，有一个小镇住着姓朱和姓项两大家族。年长日久，朱、项两家常为一些大事小情闹矛盾。姓朱的家族在镇上择址盖了一座"朱氏祠堂"，颇为气派。祠堂竣公之日，门口挂出这样一副对联：

两朝天子；
一代圣人。

上联含意是：五代后梁的梁太祖朱温和明朝开国皇帝朱元璋，皆是端坐龙廷、当皇帝的朱家先祖，故称"两朝天子"。下联指南宋著名理学家，人称"亚圣"的朱熹。

姓项的家族人等见了朱家祠堂这副对联，心里难抑愠怒，却又不便明着发作。因为人家只字未提你项家呀，反正心里堵得慌，不是个滋味。于是，项家族长计上心头，针锋相对地在朱氏祠堂对面，大兴土木，盖起一座富丽堂皇的项姓祠堂。并且兴师动众，出重金求得一副对联，黑底金字镌刻在祠堂门口。联曰：

烹天子父；
为圣人师。

上联的意思是说：秦汉时期，楚霸王项羽抓住汉高祖刘邦的父亲后，用大鼎欲将他活活煮死。下联则是：春秋时期，被称为"孔圣人"的孔丘孔夫子，曾经拜在项橐的门下，向他学礼仪。好家伙！这真是道高一尺，魔高一丈呀。

朱、项两姓家族盖祠堂，无可厚非。在各自祠堂门前悬挂光宗耀祖对联，也无可厚非。如何以此彰显自家，

而贬低或诋毁对方，那可就实实不可取了。不过，上面朱、项两家祠堂对联的概括力与针对性，可真是有一定水平。厉害了！对联，让我们长知识了。

这里，还有一副清代项某自题门联：

一门三学士；
四代五尚书。

联中的"三学士""五尚书"，并非指真的显贵名宦，而是说项家父子三人都是当时该县的学生员，分别在杭州、仁和、钱塘三个县上学。并且其祖父和父亲生前曾举明贤，合四代共五人都是读书人。这里"尚"旧读上声。

旧时，有一副题鞋店对联，由于妙用了典故，所以虽为鞋店但很不俗气。联曰：

桥边坠去留侯取；
天半飞来邺令归。

上联"留侯"，指汉代张良。典

出《史记·留侯世家》：张良刺秦始皇失败后，逃到下邳，遇一老人坠履于桥下。老人先让张良去拾，后又叫张良给他穿上。张良都强忍羞辱地照老人的话做了。老人名黄石公，当下授予张良《太公兵法》一书，并言道："读此可为帝王之师也。"果然，张良成了刘邦的主要谋士。下联"邺令"，指汉明帝时尚书王乔。典出《风俗通》：王乔为尚书郎，每月底都要到京师朝见皇上，他来去不乘车马，但每次都比乘车马的人员早到。经太史观察，方知其行走时能把双舃（鞋子）化为双凫，乘之如飞。两个典故皆与鞋有关，题于鞋店，既恰切又雅致。

清代名士、著名篆刻书画家黄易题联：

文章散作生灵福；

议论吐为仁义辞。

第三节　陶冶性灵，启智生趣

明代著名文学家冯梦龙，著作甚丰，代表作有《三言》（《喻世明言》《警世通言》《醒世恒言》）、笔记《古今谈概》等。冯梦龙幼年好学，私塾先生很是赏识。一次，私塾先生出句让他对，他根据先生的思路灵机一动，

对成了这副趣联：

塔顶葫芦，尖捏拳头捶白日；

城墙箭垛，倒生牙齿咬青天。

联语巧妙地运用形象化语言，运

用"捏""捶""生""咬"几个动词，把对联写活了。

传说，《三国演义》的作者罗贯中，少年时十分仰慕《水浒传》作者施耐庵的才学，总想有机会当面去拜访一番。一天，在山西太原清徐的罗贯中，专程跋涉到江苏兴化施耐庵的住所登门拜师。施耐庵初见罗贯中，就感到他年纪虽小，但谈吐不凡，内蕴奇智。于是，出对句以试其才。施耐庵先以厅前山石"屏风"出题曰：

屏山出巧云，方知石秀；

罗贯中一听出句，不仅首嵌"屏"字，而且暗含《水浒传》中杨雄得义弟石秀的帮助，在翠屏山杀死潘巧云的故事。罗贯中也以及时雨宋江落难清风寨，后得小李广花荣历尽风险，搭救宋江的故事，对道：

风寨逢时雨，更觉花荣。

从中可以看出施耐庵的慧眼识才与敏锐，罗贯中的机智与学识。

鲁迅先生幼年时，在绍兴的"三味书屋"读书。一次上对课，寿镜吾先生出了一个三字对题：

独角兽；

学子们马上七嘴八舌对了起来，有的对"双头蛇"，有的对"三脚蟾"，有的对"六耳猴"，寿镜吾捋着八字胡，不住地摇晃着脑袋，觉得都不中意。这时候，鲁迅站起来，对道：

比目鱼。

先生一听，脱口而出："妙！"

梁启超小时候聪慧过人，才学出众。一天，他随父亲到友人家做客，见院中有一株含苞怒放的杏树，便随手采了一朵藏在衣袖里，不料被其父发现了。其父教子很严，但又不便当众责备儿子，就巧妙地在筵席上故意出句让儿子对。一来暗暗批评儿子的不规行为，二来在众人面前试试儿子的聪明才智。开席之前，父亲笑着对梁启超说："我这里有一个对句，你如能对得上，方可入席就餐，否则，只能为长辈们斟酒，不准落座。"说罢，吟出了对句：

袖里笼花，小子暗藏春色；

梁启超听后先是吃了一惊，后来才明白父亲的用意。思索片刻，脱口对道：

堂前悬镜，大人明察秋毫。

话音刚落，招来满堂喝彩。在场友人无不佩服梁父教子有方，同时惊叹梁启超竟有如此敏锐的才思。

郭沫若幼年聪颖好学，是私塾里的尖子学生。有一天，私塾先生外出回来，大发雷霆。原来是附近寺院的和尚告状，说孩子们翻墙进入寺院，偷吃了寺院的桃子。先生问："究竟是谁带头偷摘寺院桃子？"见孩子们大眼瞪小眼，无人回答。先生别出心裁，口拈一对句让孩子对，对得上就免罚，对不上就每人挨十下板子。先生的对题是：

昨日偷桃钻狗洞，不知是谁？

郭沫若才思敏捷，对出了下联：

他年折桂步蟾宫，必定有我！

先生一听，转怒为喜，称赞郭沫若对句对得好，不仅对得工巧，而且表达出立志成才的远大志向。

清代著名书法家顾光旭题联：

万事莫如为善乐；
百花争比读书香。

第四节　联捧名胜，引人入胜

　　我国是一个文明古国，有五千多年的悠久历史。名山大川、名胜古迹，都闪烁着灿烂光辉。祠庙、殿堂、楼阁、亭榭、园林，随处可见楹柱上悬挂着切人、切事、切景的名胜对联。这些对联有长有短，长则几百字，短则三五言。古今名人笔下的名胜对联，不仅是名胜景点的文化点缀，而且成了名胜景点耀眼的名片。正如：人们一提起四大名楼，自然会首先想到黄鹤楼上唐代诗人崔颢的诗《黄鹤楼》，和李白的"眼前有景道不得，崔颢题诗在上头"；又会想到鹳鹊楼上唐代诗人王之焕的《登鹳鹊楼》五言绝唱；还会想到滕王阁上唐代诗人王勃笔下的《滕王阁序》；再会想到岳阳楼上宋代名家范仲淹的《岳阳楼记》。上述这四大名篇诗文成就了四大名楼的名声。同样我认为，有不少名联佳对也"捧"红了不少名胜园林。试想，如果我们所游览的名胜景点没有了那些联语、书法精湛的对联，该是多么的大煞风景。这也就是对联文化的魅力与文化价值所在。

　　杭州飞来峰冷泉亭，至今亭柱上还挂着一副六言名联，出自明代著名书画大家董其昌之手笔。联曰：

泉自几时冷起；

峰从何处飞来？

上下联皆以设问句写就，将答案留给了前来游览观光的后来之人。就是这样一副问句对联，引来后世诸多名人费神作答。

清代道光进士、文学家俞樾，有一年重阳节，携夫人来飞来峰游玩散心。当行至冷泉亭时，被董其昌题写的这副对联吸引住了。夫人要俞樾解释联义并作答。俞樾毕竟是当朝大学士，他巧妙地把联语中的问词"几时""何处"改了一下，吟道：

泉自有时冷起；

峰从无处飞来。

夫人听了俞樾的回答，笑着摇了摇头，意思是"不满意"。俞樾打趣道："那你说呢？"俞夫人也是满腹经纶之人，随口吟道：

泉自冷时冷起；

峰从飞处飞来。

过了数日，俞樾又带着次女秀逊来到冷泉亭小憩。他给女儿谈起上次与其母对答联语之事，秀逊凝神望着亭柱上的对联，沉思一会儿，便吟道：

泉自禹时冷起；

峰从项处飞来。

俞樾听了女儿的对句，一边点头称妙，一边思索：上联中的"禹"字，那是指治水的大禹，答得有理。至于下联中的"项"字，竟一下子蒙住了，只好问女儿。秀逊胸有成竹地解释道："项羽曾有歌曰：'力拔山兮气盖世。'若不是当年项羽将此峰拔起，安能飞来乎？"俞樾听罢，连声叫好！

后来，到了清朝末年，洋务派首领左宗棠就飞来峰冷泉亭名联，也撰了这样一副对联：

在山本清，泉自源头冷起；

入世皆幻，峰从天外飞来。

上联语义出自"在山泉水清，出山泉水浊"。在山里时泉水本来是清澈的，要说泉水变冷了，那大概是从源头就开始冷了。下联借飞来峰的民间传说，认为人生在世如梦如幻，好像山峰是从天外飞来的。你瞧，明代董其昌的一副问句对联，给后来到冷泉亭游览者留下一个谜，不断地引起游人作答。几百年来游人各人有各人的答案，众说纷纭，搞得冷泉亭反而不"冷"了！

杭州西湖畔，有个"西湖天下景"亭。给这座亭子题名的人叫黄文中，民国时期甘肃临洮人。1934年，经历过政坛波折的黄文中先生远离陇上，寓居西湖。也曾向往同林和靖那样终老林泉。在杭州三年，他先后为西湖题写过十七副楹联。其中最有名的当属"西湖天下景"亭柱联：

> 水水山山处处明明秀秀；
> 晴晴雨雨时时好好奇奇。

此联用叠字连环手法写就，顺着读倒着读可以有多种读法，很奇妙。

据说，习近平同志时任浙江省委书记时曾为此联正名说过话。1972年，当时杭州园林部门为"西湖天下景"亭子换了新制楹联。联语仍然是黄文中原文，但书法换成了"任政"。1984年，黄文中女儿黄国梅女士得此消息，先后同杭州有关部门联系，但进展不大。到了 2005 年，她就给时任浙江省委书记的习近平写信，要求恢复家父黄文中楹联原貌。习近平予以批办，两个月后，"西湖天下景"亭柱楹联再现黄公风采。

南京莫愁湖上有座胜棋楼。何谓"胜棋楼"？其中有一段传说。相传明太祖朱元璋定都金陵（今南京）之后，常到莫愁湖湖心亭与开国元勋徐达下围棋。一天，君臣二人从早到晚就下了一盘棋。明太祖以为是自己胜了，徐达在一旁也不作声，只是请皇上仔细看看棋盘。傍晚时分，明太祖借着灯光一看，又惊又喜，发现徐达的棋子居然排的是"万岁"二字，黑白分明，甚是醒目。朱元璋喜出望外，高兴异常。一句话就把莫愁湖御赐给了徐达。徐达后人在君臣二人下棋的地方，建了一座气派非常的楼阁，取名"胜棋楼"。楼上悬挂有这样一副对联：

> 世事如棋，一局争来千古业；
> 柔情似水，几时流尽六朝春。

登此楼，见此联，让游客自然想起"胜棋楼"的传说故事，平添几分雅兴！

游客来到湖北武汉，黄鹤楼这般秀伟的千古名楼，自然是首选景观了。提到黄鹤楼的来历，还有一个神奇的神话传说：武汉蛇山的黄鹄矶，早年有座楼阁，楼主姓辛，在山顶上卖酒。一次，他免收了一位道长的酒钱，那道长为表谢意，临走时用橘子皮在酒楼墙壁上画了一只鹤，并告诉楼主道："你店里来了客人，只要拍拍手，壁上的鹤就会飞下来，蹁跹起舞。"此种神奇景象引来了四海人士，酒楼从此生意兴隆，辛氏也很快成了当地富翁。过了十个春秋，那位道长复来，吹起铁笛，一朵白云飘来，黄鹤也随着笛声从壁上飞下，道长骑着黄鹤飞上青天。自此，辛氏就把酒楼命名为"黄鹤楼"。

在黄鹤楼上，有一副无名氏题的对联：

> 青莲应怪我来迟，不敢乱题诗，
>   恐被隔江鹦鹉骂；
> 黄鹤已随仙去久，倘教重弄笛，
>   定惊远岫凤凰飞。

唐代诗人崔颢《七律·黄鹤楼》诗云："昔人已乘黄鹤去，此地空余黄鹤楼。黄鹤一去不复返，白云千载空悠悠。晴川历历汉阳树，芳草萋萋鹦鹉洲。日暮乡关何处是，烟波江上使人愁。"传说大诗人李白（号青莲居士）迟崔颢而登临黄鹤楼，见粉壁上题有上述一诗，赞叹道："眼前有景道不得，崔颢题诗在上头。"吟罢，李白拂袖而去。李白未就黄鹤楼再题诗，却借黄鹤楼有题咏。如《黄鹤楼送孟浩然之广陵》一首七绝唱道："故人西辞黄鹤楼，烟花三月下扬州。孤帆远影碧空尽，唯见长江天际流。"

咱们反过头来说题黄鹤楼的这副对联：上联由李白登楼自叹来迟未敢再题诗的典故引发开去，写得颇有情趣。下联从黄鹤楼神话传说落笔，妙语连珠。这确是一副佳联。

1958年春，毛泽东同志游览成都武侯祠时，认真浏览了祠内的对联，尤其在清代赵藩题写的对联前伫立良久，反复吟读。随后，他要陪同参观的同志，把祠内三十多副对联都抄录下来送他品读、研究。那副清代赵藩题写的对联是：

能攻心则反侧自消，从古知兵非好战；
不审势即宽严皆误，后来治蜀要深思。

清光绪二十八年冬，四川盐茶使赵藩撰写的这副对联，意蕴深刻、颇富教益。上联概括了三国蜀相诸葛亮的用兵之术：公元 225 年，诸葛亮率大军讨伐彝族叛乱势力时，制定了"攻心为上，攻城为下"的策略，他七擒七纵孟获，孟获第七次被释放时，深怀感激之情，心服口服地对诸葛亮说："公，天威也，南人不复反矣！"由此证明"攻心"之威力。"反侧"，原意是卧不安席。"反侧自消"，意即叛乱势力自然会烟消云散。下联是指出四川巡抚岑春煊及其后任刘秉章的反面教训：他俩不顾当时四川的实际情况，不顾民心众意，主观武断发号施令。前者宽大无边，后者酷似暴秦，结果造成了坏人横行霸道，好人怨声载道的后果。让人们通过此联，接受自古以来治蜀的正反两方面的经验教训，从而把川蜀治理好。充分反映了作者的良苦用心与从政智慧。

河南省南阳武侯祠，有副清代顾嘉衡撰写的对联：

　　心在朝廷，原无论先主后主；
　　名高天下，何必辨襄阳南阳。

南阳武侯祠在南阳西郊卧龙岗，传说诸葛亮当年隐居在此。这副对联的意思是：不论对先主刘备还是后主刘禅，诸葛亮都是忠心耿耿。诸葛亮已经名满天下了，还分什么出生地是襄阳还是南阳！据说，当年湖北的襄阳和河南的南阳，曾为诸葛亮的出生地争议不休。对联作者顾嘉衡当时任南阳知府，经过缜密调查，肯定诸葛亮生于襄阳。但襄阳与南阳两地毗连，襄阳旧属南阳郡管辖，故《前出师表》有"躬耕于南阳"之说。

1958 年 9 月，时任中共中央委员、共青团中央委员会第一书记的胡耀邦同志，到河南检查工作时，在南阳卧龙岗武侯祠观赏上述那副对联后，深思良久，并触景生情改写成了如下这副对联：

　　心在人民，原无论大事小事；
　　利归天下，何必争多得少得。

这样改写过的对联，充分表现出胡耀邦同志"心在人民""利归天下"的为民情怀。他生前曾说："共产党人参加工作，不是为了享福，要在为人民服务中去追求人生的乐趣与价值。"

斗转星移，时过境迁。二十六年后的1984年4月4日，时任中共中央总书记的胡耀邦同志坐火车途经南阳，在南阳火车站接见当时的南阳地委书记等人时，专门询问了令人印象深刻的南阳武侯祠对联。他语重心长地告诫各级干部：要经常深入基层深入群众，心里才会装着人民，时刻想着人民，才能真正为人民群众做一些实事、好事。

2013年11月27日，中共中央总书记习近平同志在山东菏泽调研时同菏泽市及各县区重要负责人座谈，当场念了一副对联：

得一官不荣，失一官不辱，勿道
一官无用，地方全靠一官；
吃百姓之饭，穿百姓之衣，莫以
百姓可欺，自己也是百姓。

这副对联，至今还悬挂在河南内乡县衙大堂之上。联语说的官民关系，封建社会的官吏尚能有此认识，共产党人更应该有更高的思想境界。习近平同志在讲话中引用此联，旨在要求

党的干部明白自己身上的责任，不忘初心，牢记使命，要有担当意识，责任意识，为官一任，造福一方。

清代名臣左宗棠题大明宫联：

承恩数上南薰殿；
退朝擎出大明宫。

第五节　题联居所，彰显嘉风

清代"扬州八怪"之一的郑板桥，虽为朝廷命官，但一直厌恶做官。在山东范县任知县时，他曾写信给郝表弟道："人皆以做官为乐，我今反以做官为苦，既不敢贪赃枉法，积造孽钱以害子孙，则每年廉俸所入，甚属寥寥。苟不入仕途，鬻书卖画，收入较多于廉俸数倍。早知今日，悔不当初。"于是，他告病辞官。有两首诗就是抒发自己这种厌官情绪的。其一，《画竹别潍县士民》："乌纱掷去不为官，囊囊萧萧两袖寒。写取一枝清瘦竹，秋风江上作渔竿。"其二，《画菊与某官留别》："进又无能退又难，官途局蹐不堪看。吾家颇有东篱菊，归去秋风耐岁寒。"郑板桥弃官返乡后，友人李啸村题赠其一联：

三绝诗书画；
一官归去来。

清代康熙进士、武英殿大学士、兵部尚书张鹏翮题眉山三苏祠联：

一门父子三词客；
千古文章四大家。

"三苏"，是指苏门父亲苏洵，长子苏轼、次子苏辙。"三词客"亦指"三苏"。下联中的"四大家"，是指韩愈、柳宗元、欧阳修和苏轼。"唐宋八大家"之称，始于明代茅坤。茅坤根据古代科举考试的需要，着重于文章的声调、气势、开合、转折、正反等技巧法度，从古代散文中选出了适于诵读的文章若干篇，编成《唐宋八大家文钞》一书，作为应试举士们必读的范本。就文学成就而言，苏门的苏洵与苏辙尚逊色于苏轼，亦不足以称大家。作者客观公正地评价了"苏门父子"在古代文坛上的地位。

清代同治进士、内阁大学士、两广总督张之洞题黄冈苏东坡故居联：

五年间谪宦栖迟，试较量惠州麦饭，儋耳蛮花，那得此清幽山水；

三苏中天才独绝，若尚论东坡八诗，赤壁两赋，还是公游戏文章。

上联中"五年间"，是指苏轼于元丰三年被贬黄州，到元祐元年（1086年）召回京师，经过五六年时间。"谪宦"，指因罪而被降职或流放的官吏。"栖迟"，有淹留、隐遁之意。苏轼先是竭力诋毁王安石变法，为朝中新派所不容。后又不满于旧党集团"专欲变熙宁之法，不复较量利害，参用所长"的倒行逆施。从熙宁四年（1071年）起，两次要求调出京师而到地方去。此句借用刘长卿"三年谪宦此栖迟"诗意。"惠州"，原称祯州，宋天禧五年改为惠州，1913年改为惠阳县（属广东省）。苏轼于绍圣元年（1094年），被贬为宁远军节度副使，来到惠州。"儋耳"，即今海南省儋县，为我国少数民族黎族聚居区。"蛮花"，儋耳地方的特有花草。古称南方少数民族为"南蛮"。苏轼于绍圣四年（1097年）从惠州再贬琼州别驾，治所在儋耳。下联中的"三苏"，指苏轼与其父苏洵、其弟苏辙。"八诗"，指苏轼在黄州作的八首诗，旨在讽刺攻击新法。"两赋"，指苏轼的《前赤壁赋》和《后赤壁赋》。上联言苏轼一

再遭贬官，淹留隐遁边远。试作比较，惠州麦饭、儋耳蛮花都不如黄州清幽山水。下联言苏轼文学创作成就很高，字里行间，流露出作者对苏轼屡遭贬官之愤愤不平的情绪。同时，对苏轼满腹文才、文章冠世大加推崇赞扬。

刘树君题惠州东坡故居联：

此是东坡旧居，应是文光联北斗；
恰好西湖对峙，长留诗境在南州。

惠州东坡故居在今广东惠阳东江江畔，苏轼贬至惠州时建此而居。

清代以清正廉洁、不畏权贵"直声震天下"的江春霖，曾题明代杨继盛故居联：

三疏流传，枷锁当年称义士；
一官归去，锦衣今日愧先生。

杨继盛（1516—1555），明朝官吏，字钟芳，号椒山，容城（今河北容城）人。嘉靖进士，授南京吏部主事，后改兵部员外郎。瓦剌俺答南侵，仇鸾请开马市，他以"仇耻未雪，议和示弱，有辱国体"劾鸾。后被仇鸾、严嵩所诬，

贬狄道典史。待仇鸾获罪下狱，杨继盛被召回，擢刑部员外郎，改兵部武选司。旋因奏劾权臣严嵩十大罪状，反被下狱，三年后被杀。杨继盛故居，在北京宣武门外达智桥，故居名为"松筠庵"，1787 年（清乾隆五十二年），改为杨椒山祠。

上联中"三疏"句：杨继盛任兵部员外郎时，曾上疏论开马市"十不可、五谬"，得罪了大将军咸宁侯仇鸾，被贬官。后被起用，任兵部武选员外郎期间，又上疏权贵严嵩"十罪、五奸"，被下狱，备受酷刑，不屈被杀。这里的"三"字，言其多，非确切数字。下联"一官"，乃作者自指。此时江春霖还在任，故有"锦衣"之词。江春霖与杨继盛颇有相似之处：江在御史台时，其中以上疏列举 12 件事弹劾军机大臣袁世凯交结亲贵、多树私党、权势太重事，以及连上七疏严劾庆亲王揽权纳贿，"老奸误国，多引匪入"事最为著名。江因耿直敢言，1910 年，终被摄政王以皇上名义，旨斥"回原衙门行走"。江眼看朝廷腐败，灭亡已不可避免，遂以母老告归。江归原故里十年后病卒，其时江母仍在世。故末代皇帝溥仪之师陈宝琛送挽联云：

　　七上弹章，惟有故臣悲故国；
　　十年归养，那堪贤母哭贤儿。

有道是"物以类聚，人以群分"，直臣江春霖以亲身经历，切身体会到前朝杨继盛当年"三疏"之悲壮、"枷锁"之苦难，因而，撰联赞颂杨为"义士"，痛感自己愧不如"先生"。在江春霖 60 岁生日时，同僚刘葆良代汤蛰仙赠一寿联云："高冈凤凰，孤唳天表；空山松柏，共保岁寒。"友人警其岁寒共保，而终于不保。

清朝大臣陈廷敬（？—1712），初名敬，字子端，山西泽州（今山西晋城）人。顺治进士，康熙十四年（1675 年），擢内阁学士，兼礼部侍郎。康熙二十五年，迁工部尚书。时修辑三朝《圣训》《政治典训》《方略》《一统志》《明史》等。康熙四十二年，擢文渊阁大学士，兼吏部尚书。陈廷敬有一副自题故居联：

　　春归乔木浓荫茂；
　　秋到黄花晚节香。

陈廷敬晚年告老还乡，心想自己宦途飞黄腾达，一生功绩卓著，年虽老矣，但应保持晚节。于是，他的此种心情在联文中得以表达。用"乔木""黄花"作比，勉励自己要保持晚节。

清代文学家、书法家王文治（1730—1802），字禹卿，号梦楼，江苏丹徒人。乾隆进士，官云南临安知府。能诗，其书法源出明代董其昌，兼学张即之，而得力于李邕，善以侧锋取势。与翁方纲、刘墉、梁同书齐名。他自题故居联：

槐为王氏传家树；
杏是唐人及第花。

上联中的"槐"，《宋史·王旦传》："〔旦父祜〕尝论杜重威使无反汉，拒卢多逊害赵普之谋，以百口明符彦卿无罪，世多称其阴德。祜手植三槐于庭，曰：'吾之后世，必有为三公者，此其所以志也。'旦幼沉默，好学有文。祜器之曰："'此儿当至公卿。'"后旦果为宰相，而后世王姓者，亦必署称"三槐堂"。下联中的"杏"，即指杏花开放的二月天。"唐人"，这里指汉族人。作者借"槐""杏"之物，抒发王氏世代有成的豪情。

清代名臣、禁烟民族英雄林则徐（1785—1850），字元抚，又字少穆，晚号俟村老人，福建侯官（今福州）人。嘉庆进士，入翰林院，先后在浙江、江苏、湖北、河南、山东等地任职，清廉干练，政绩颇佳。道光十七年初，任湖广总督，严禁鸦片，卓有成效。十九年，出任两广总督，严缉走私烟贩，惩处受贿官史。迫令英美烟贩交出鸦片237万余斤，在虎门当众销毁。又会同水师提督关天培筹划海防，倡办义勇，屡挫英国武装挑衅。因受朝内投降派诬陷，旋被革职，流放新疆伊犁。道光二十四年（1845）起，被起用为陕甘总督、陕西巡抚、云贵总督。二十九年，受命为钦差大臣，赴广西镇压拜上帝教。病故于广东普宁县。林则徐自题福州藻山故居联：

郊原雨足云归岫；
台阁风清月在天。

道光二十九年（1850年）四月十四日，林则徐回到福州城后，获知道光帝讣讯，震动很大。他追怀往事：知遇、特达、信任、遣戍、召还、起用，引起一种感恩怀主的情怀，使他"恸哭攀髯"，以致病体益剧，而不能入京"谒梓宫"。他预感到自己的政治生涯将随道光帝的驾崩而结束，于是，百感交集地题写了这副故居联。"云归岫"，表达自己将"归"的无奈心态。联内的"清"字，是个人心境的写照。在林则徐"赠沅澧某知县"一联中，也曾用到过"清"字："一县好山留客住；五溪秋水为君清。"一个"清"字，可以概括其一生。

清代思想家、史学家魏源（1794—1857），字默深，湖南邵阳（今邵阳市）人。道光进士，历任东台县、高邮知州。研究经史颇深，与龚自珍同属"通经致用"的文学派。同时，又熟于经济掌故，尤精史地学。依据林则徐所辑西方史地资料《四洲志》和历代史志等，辑成《海国图志》一百卷，主张"师夷之长技以制夷"，又自建船厂、炮舰，练军经武，以加强海防，抵御外国侵略。1842年，入裕谦幕府，曾参加浙东抗英战役，痛愤时事，著《圣武记》，叙述清朝开国至道光年间的军事历史，兼述各项军事制度。并参与编写《皇朝经世文编》等。有人题魏源故居联：

远岫壶觞，庭余花色邀文藻；

幽人松竹，座有兰言惬素心。

上联中"邀"，邀请。李白《月下独酌》诗："举杯邀明月，对影成三人。"下联中"惬"，快意满足。《后汉书·杨彪传》载："天下莫不惬心。"这两个字把"花色"与"兰言"写得生动活泼了许多。也让整个联语平添几多文采。

伟大的革命先行者孙中山（1866—1925），名文，字逸仙，号中山，广东香山（今中山市）人。他自题中山县故居联：

一椽得所；

五桂安居。

孙中山故居，在广东中山县翠亨村。1866年，孙中山诞生于此。房为两层楼建筑，为先生自行设计。庭院左边酸子树，乃先生从南洋带回种子，亲手栽种的。上联中"椽"，本意为梁上支架屋面与瓦片的木棒子，这里专指房屋。下联中"五桂"，山名，在翠亨村西南方。联语朴实无华，表达了先生随遇而安的博大胸怀。读来令人肃然起敬！

郁达夫（1896—1945），是我国著名文学家。"创造社"主要成员之一，后加入"左联"。浙江富阳人。他有一副自题故居联：

绝交流俗因耽懒；
出卖文章为买书。

作者直抒胸臆，不遮不掩，表现出作者襟怀坦荡，"绝交流俗"、甘愿清贫的崇高品格。

叶圣陶（1894—1986），现代著名作家、教育家。江苏苏州人。1921年，与茅盾、郑振铎等人发起组织文学研究会。早在"五四"时期他就以自己的作品作武器，投入了反帝反封建的民主革命斗争。新中国成立后，曾任教育部副部长。其创作风格朴素自然，语言凝炼精致。有"优秀语言艺术家"之称。著名学者、书法家李叔同曾题叶圣陶住所联：

寒岩枯木原无想；
野馆梅花别有春。

李叔同（1880—1942）号漱筒，晚号晚晴老人，法号弘一，即弘一法师，他性情淡宕，笔下联语也显得恬淡不俗。联内用"寒岩""枯木""野馆""梅花"写景，却对住所主人无欲且有为的人生作了极好的评价。

李叔同题联：

饮诸佛法海；
放大智慧光。

第六节　嬉笑怒骂，针砭时弊

对联，是一种特殊的语言艺术。其中的语言技巧，有一种很神奇的魅力。如同一个人说话，会说话的能把人说笑，不会说话的可能会把人说跳（动怒）。对联，讲究语言艺术。或幽默诙谐，或绵里藏针，或单刀直入，或一针见血。讽刺也是一种语言艺术，要讽刺得恰到好处，又起到教育作用。犹如医生治病，是通过吃药或者针灸拔罐，甚至手术，达到治病救人的目的，而不是把病人整死。当然，对于那些社会丑恶现象以及反面的东西，要毫不留情地予以鞭挞、讽刺、批判。

清代乾隆年间，历任朝廷户部、兵部、工部侍郎的阮元，晚年告老还乡。一日，他布袍葛履，只身一人出游扬州平山堂。此处古刹风铃，香烟莲座，清静得犹如到了极乐世界。阮元走进堂内，方丈以为来者是位村叟，不以为然地道："坐。"吩咐小僧："茶。"后听阮元谈吐不凡，猜想此人可能是满腹经纶之人。随即改口道："请坐。"并吩咐小僧："敬茶。"当方丈问起尊姓大名、来自何方时，阮元也不隐瞒，如实相告。这时，方丈顿时露出尴尬之相，连忙起身作揖恭请道："请上坐。"并吩咐小僧将茶杯换掉："敬香茶。"短短几分钟，方丈换了三副面孔。阮元看在眼里，反感涌上心头。急忙告辞离去。方丈自知失礼，忙赔笑脸请阮元到后堂小憩，并请阮元给留一件墨宝。阮元也不推托，胸有成竹地写下一副对联：

坐，请坐，请上坐；
茶，敬茶，敬香茶。

阮元居然把方丈招待他的前后语串联在一起，活现出方丈势利面孔。

中日甲午海战，北洋水师惨败。李鸿章因此受到朝廷"褫去黄马褂"的处分。后又因赴日签订丧权辱国的《马关条约》，遭到国人的切齿痛恨，都骂他是地地道道的卖国贼。当时，扬州苏昆名丑杨鸣玉（又名杨三），在演《白蛇传》"水斗"一场戏时，故意对穿黄色褂子出场的鳖精打诨道："娘娘有旨，攻打金山寺，如有退缩，定将黄马褂剥去！"在场观众心领神会，满堂哄然大笑。时隔不久，杨鸣三被李鸿章差人暗害了。为此，梨园界愤愤不平，有人写了这样一副对联：

> 杨三已死无苏丑；
> 李二先生是汉奸。

"苏丑"即指"杨三"，"李二"即指李鸿章（因李在家排行老二）。联语指名道姓地痛骂"汉奸"李鸿章，痛快之极！

19世纪末，意、美、英、法、俄、德、奥、日八国联军，用大炮轰开中国大门，闯进紫禁城，犯下不可饶恕的侵略罪行。然而，腐败无能的清政府不仅割地赔款，还向八国联军屈膝求和。

据说，在一次清政府与八国联军"议和"会议之前，有一个日本国代表想当众羞辱中国人，就冲着清政府代表言道："听说贵国有一种特殊的文学形式，叫作对联。我今天出一上联，看在座的中国人哪位能对出下联？"他念的上联是：

> 琴瑟琵琶，八大王，王王在上；

八国联军代表中懂中文的明白联意，一个个得意忘形地狂笑不止。

一个外国人拿中国独有的对联形式，公然口出狂言，这岂不是孔子面前卖弄文章，关老爷帐前耍大刀吗？面对帝国主义的文辞挑衅，清政府代表身后一位文职官员站起来。义正辞严地说道："这有何难，听我对来！"说罢，高声对道：

> 魑魅魍魉，四小鬼，鬼鬼犯边。

这时再看八国联军代表，一个个愕然瞠目，呆如木鸡。他们没想到中国的文字如此厉害，对得真是针锋相对、更高一筹。

1904年夏10月10日，是慈禧太后的70岁生日。章太炎先生尽管身陷囹圄，仍大义凛然，满腔义愤地撰写了一副讽刺慈禧老佛爷的"祝寿联"。联文是：

今日到南苑，明日到北海，何日
再到古长安？叹黎民膏血全枯，
只为一人歌庆有；
五十割琉球，六十割台湾，而今
又割东三省！痛赤县邦圻益蹙，
每逢万寿祝疆无。

上下联运用排比句，又有递进之
势，加强了作者忧国忧民的正义情感。
同时，痛快淋漓地揭露了慈禧太后垂
帘听政四十年的罪恶统治。尤其令人
称妙叫绝的是，章太炎先生愤怒挥笔，
把当时一些阿谀之徒颂扬慈禧"一人
有庆，万寿无疆"的献媚祝词，颠倒
过来用之，滑稽中透出几分辛辣。

1923年6年，反动军阀曹锟逼迫
黎元洪下台，以5000银圆一票贿买
国会议员590人，被选为"大总统"，
世称贿选总统。当时，有人借前清遗
老王闿运捧敬袁世凯的对联，在上下
联后各添四言短语，写成这样一副对
联：

民犹是也，国犹是也，无分南北；
总而言之，统而言之，不是东西。

王闿运联首嵌了"民国总统"。
这副对联添了"无分南北""不是东
西"，直截了当骂贿选总统曹锟"不
是东西"。

毛泽东同志在《改造我们的学习》
一文中，曾引用过这样一副明代解缙
写的对联：

墙上芦苇，头重脚轻根底浅；
山间竹笋，嘴尖皮厚腹中空。

这副对联用形象化的语言，把"墙
上芦苇"和"山间竹笋"描写得惟妙
惟肖，又拟人化了，旨在讽刺不切实
际、夸夸其谈之人。毛泽东同志在文
章中引用这副对联的目的，是劝诫我
们党内的某些同志，要脚踏实地，力
戒空谈。他说："对于没有科学态度
的人，只知背诵马克思、恩格斯、列
宁、斯大林著作中的若干词句的人，
对于徒有虚名并无实学的人，你们看，
像不像？"他还劝同志们把这副对联
记下来，或者把它贴在自己房子里的
墙壁上，以便引起警觉。

第七节　行业广告，招徕顾客

古往今来，行业商铺对联很受商界业主欢迎。其主要原因是，行业对联的用语切合门店营业的特点，能起到特殊的广告效应。再加上漂亮书法和雕刻油漆的美化，挂在门店两旁的行业对联，既是一种文化装饰，又可招徕顾客，兴隆生意。

"民以食为天。"人在家离不开吃喝，出门在外，更得吃好喝好。有道是"穷家富路"，就是这个道理。旧日有这样一副饭店对联：

充饥不必描画饼；
止渴何须望梅林。

这副旧日饭店对联别看不起眼，却化用了"画饼充饥"和"望梅止渴"两个成语典故。《后汉书·卢毓传》载："选举莫取有名，名如画地作饼，不可啖（吃）也。"从这句话，后来就产生了"画饼充饥"这个成语。宋代苏轼《二王书跋》中曾引用过这句话，

曰："画地为饼未必似，要令痴儿出馋水。"

南朝刘义庆《世说新语·假谲》载有三国时曹操领兵的一个故事：一天，曹操率领魏军赶路，天气炎热，一时又找不到水喝，士兵们一个个口渴难忍，难以走路。曹操心生一计，传令道："前面有一片大梅林，岂不美哉。"士兵们听说有梅子，嘴里都流出口涎来，立刻觉得不怎么口渴了，站起来跟着曹操继续赶路。这就是"望梅止渴"的来历。

饭店门口挂这样的对子，一边画饼充饥，一边望梅止渴，又反其意而用之。意在吊过往行人的胃口食欲，好进店来吃喝一顿，留下吃喝钱。

你再看刻字店门口的一副对联：

窃比萧曹刀作笔；
追踪虞褚简为笺。

上联中的"萧""曹"是指汉朝

的萧何、曹参。二人都曾是沛吏，后率沛子弟归依汉高祖刘邦。萧何后封酂侯，曹参则封平阳侯。曹参任齐相9年，又继萧何为汉惠帝丞相。《汉书》赞曰："萧何曹参皆起秦刀笔吏。"

下联中的"虞""褚"是指唐代书法家虞世南与褚遂良。二人继承东晋王羲之、王献之书法传统，与欧阳询、薛稷合称唐初四大书法家。

这副对联嵌入上述名人，而且皆与刀笔、书法有关，切人切物，恰到好处。

下面我们再来看一副国画店门前对联：

水上纵毫，范宽山石；
雪中缀景，摩诘芭蕉。

上联中的"范宽"，字仲立，华原人。宋朝著名画家，善画山水。所画山峦势壮雄强，好作密林，水际喜作突兀巨石。代表作有《关山雪》《雪山萧寺图轴》《雪景寒林》等。

下联中的"摩诘"指唐朝画家、诗人王维。因喜佛教《维摩诘经》，故取其为字。王维有一幅《袁安卧雪图》，雪景中缀有芭蕉，历来被人们所称道。

这副对联从古代两位名画家的画风特色下笔，切题切业，勾勒出了国画店的特点，起到了宣传自己、招徕顾客的效果。

韩江酒楼有联曰：

韩愈送穷，刘伶醉酒；
江淹作赋，王粲登楼。

"韩愈"，唐代著名文学家、"唐宋八大家"之一。"刘伶"，西晋名士，"竹林七贤"之一。"江淹"，南朝著名文学家。"王粲"，东汉末年文学家、"建安七子"之一。此联将以上四位历史名人组合在一起，旨在嵌入"韩江酒楼"四字。行人一看，哇！名人配名楼，吾岂不登楼，"名"上沾光！妙哉！

咱们再欣赏一副君山茶亭联：

楚尾吴头，一片清山入画；
江南湘北，半潭秋水煮茶。

君山，位于湘南洞庭湖畔。君山

茶，又名君山银针茶，始于唐代，清朝时被列为"贡茶"。据《巴陵县志》载："君山产茶嫩绿似连心。"又据《湖南省新通志》载："君山茶色味似龙井，叶微宽而绿过之。"此联一开头，就向读者交代清君山茶落的地理位置："楚"指湖北，"吴"指江苏，"江"指长江，"湘"指湖南。如此景观上一茶亭，管教"青山入画"，敢勺"秋水煮茶"，这样惬意之茶亭，让人未

品君山茶，心早已醉了！

当代著名书法大师启动题联：

洗砚鱼吞墨；
烹茶鹤避烟。

【单元小结】

对联，从华夏几千年历史长河中走来，必然带上各个朝代的社会烙印，也从字里行间自然而然地体现那个时代的社会价值。这是对联的社会功能所决定了的。

对联，说得透彻一点，她是一种文化。既然是文化，就必须也应该为特定的朝代、年份、氛围、名胜助兴和捧场。名胜古迹中的山水、园林风景给了联家太多的创作灵感与激动。反过来，联家笔下的名胜对联应该也必须是对"滋养"楹联艺术本体的回馈。我在第四节中，大胆地提出"联捧名胜"。这一个"捧"字，我酝酿了很久，既然我们眼前的"江山"是在"助"文人墨客产生创作灵感，写出足以传世的对联佳作，那我们用手中的笔墨撰出对联"捧"一下"江山""名胜"，不应该吗？那是太应该的了！这也就充分体现出了对联特有的文化价值。

第五单元　对联品种与分类

谈到对联的品种与分类的话题，我们可以追溯到清代的梁章钜。可以说梁章钜先生是最先把对联分类作为一个课题，并且上升到对联理论高度来认识和探讨的。梁章钜先生把对联分为十类：故事、应制、庙祀、廨宇、胜迹、格言、佳话、挽词、集句、杂缀。我认为，梁章钜先生在筹划编纂中国第一部楹联总集《楹联丛话》，乃至随后的《楹联续话》《楹联三话》等，在当时的情况与境遇，是出于编书的系统性、可读性、传世性，都是很好的分类法。但是，时过境迁，从清代道光年间的梁章钜时代，到21世纪的电子化时代，而且是像古典诗词、对联这种传统文化受到很大冲击的当下，还沿用梁章钜先生的分类法，既不科学也不合时宜。很简单一个道理，

古诗词，尽管美得令人神魂颠倒，但是这些韵味十足的吟唱已淡出了当代人的视野，甚至大部分中国人都不读古诗词了，更不用奢谈创作古诗词了。所幸的是，对联较古诗词好得一点，即对联在中国人生活中还有用，例如春节贴春联、结婚贴婚联、祝寿挂寿联，长辈友人去世后，需要送挽联。再说得远点，名胜园林还需要对联来装点，不然，景点就缺少了文化内涵。所以，对联在人们心目中还有那么点实用价值。说"实用主义"也好，说"民间意识"也罢，对联就应该顺应人民群众的意愿来取舍。这也就是我在对联品种与分类问题上的出发点。鉴于上述观点，我按对联在现实生活的用途分为：春联、婚联、寿联、挽联、名胜联、门店联、题赠联。

第一节　春联

春节，是海内外中华儿女独有而一年为首的节日。春联，又是春节的文化标识。特定的传统节日，张贴特有的春联，彰显的是华夏儿女的民族自豪与文化自信。春联的措词除了突出"迎春""祝福""吉祥""平安"等特点外，还必须突出一个"春"字。我一直认为，春联应该也必须姓"春"。一副春联贴在门口，应该彰显自家春风得意的喜气，让人们从春联中读出春意、感受到春光、欣赏到春色，让习习春风扑面而来。

年年岁岁春相似，岁岁年年联不同。新春佳节张贴新春联，内容上要求"新"。不能每年都是老面孔，每年都写"一夜连双岁；五更分二年""天增岁月人增寿；春满乾坤福满门"。我希望有点文化修养的人，都能动一番脑筋，把自己的豪情壮志写进春联，把自己对未来生活的憧憬写进春联，让春联透出个性色彩、自家气象。今天，咱们在这里借助这个"对联公开课"的平台，学习作对联，目的就是让大家都能自己作对联、写对联。最起码来说，自家门上的对联是自己来写，这样的春联才更有个性，更有意思。

说到春联，咱们先看一下《坚瓠集》中载有一则元代鼎鼎大名书法家赵孟頫以一副春联赚得一把紫金壶的佳话：话说有一天，赵孟頫路经江苏扬州迎月楼，楼主早闻赵孟頫之大名，就求赵给迎月楼作一副春联。赵孟頫让楼主摆上文房四宝，一挥而就写出一副春联：

春风阆苑三千客；
明月扬州第一楼。

主人大喜，遂以紫金壶奉酬。

明代著名旅行家徐霞客，笔下一副春联传吟至今。联曰：

春随芳草千年艳；
人与梅花一样清。

下面欣赏一组古今名人笔下的春联：

清代郑板桥五言春联：

深心讬豪素；
努力爱春华。

吴湖帆六言春联：

梅粉旋生春色；
柳丝初透晴烟。

李可染七言春联：

云山得伴松桧老；
天地无私花柳香。

沈尹默八言春联：

春兰早芳，秋菊晚秀；
浊醪夕饮，素琴晨张。

阎锡山，晚年居住台湾省思念故

土家乡，在自撰的一副春联内，流露出对故乡的思念之情。联曰：

> 频年迁播异乡，最难忘三晋云山，
> 六朝城郭；
> 今日欢欣佳节，且来看淡江春水，
> 横海楼船。

另外，既然是"新春联"，就必须有"新意"不可以新盏烹旧茶，让人品出一股陈旧味。如二十年前时，老百姓贴出的春联，大都是"干四化""实现四化"之类的词语。如：

> 人心向四化；
> 燕语报三春。

> 四化蓝图图图美；
> 九州春色色色新。

> 迎新年，三江春水三江酒；
> 干四化，一寸光阴一寸金。

走进新时代，新春联内容也必须"与时俱进"。让新时代的新春联，跟上时代的步伐，具有时代气息。这才是名副其实的"新春联"。

以习近平同志为核心的党中央，高瞻远瞩，审时度势，向全国人民发出实现民族伟大复兴的中国梦的号召。为此，我撰写了100多副"美丽中国梦"的主题新春联。这里择几副如下：

> 龙人追梦想；
> 燕侣嫁春风。

> 中国梦圆香茉莉；
> 小康景美赛苏杭。

> 春江花月成诗梦；
> 时代风流动画题。

> 化雨春风开梦境；
> 登枝喜鹊吻梅香。

为让13亿多中国人共享改革开放成果，把小康愿景与小康福祉写进"新春联"，这应是当代对联人的责任与担当。请看下面一组共建共享小康的主题新春联：

> 大美春天刚破晓；
> 小康福地正开犁。

> 微信同聊中国梦；

对联品种与分类

彩铃共贺小康年。

福字贴红丰稔岁；
春风又绿小康家。

精准扶贫民致富；
从严治党国扬威。

但是，话又说回来，时效性较强的"新春联"，在特定的时代看来是新鲜的、切合时宜的，但时过境迁之后也就过时了。所以我说，类似"天增岁月人增寿；春满乾坤福满门"这样的春联，尽管看起来是一副传统古春联，但任何春节用作春联，都可以说得过去，不新也不旧。我把这类春联称作"长命春联"或"长效春联"：

雪映丰收景；
梅香幸福春。

三星拱照平安宅；
五福登临康乐家。

和顺一门生百福；
平安二字值千金。

春风化雨千山秀；
红日增辉万木荣。

心地光明千丈雾；
家庭和睦四时春。

笑看春色来何早；
试问梅花开几枝。

就暖春光偏著柳；
解寒云影半藏梅。

满襟和气春如海；
万丈文澜月在天。

　　近年来，印刷业的创新发展真叫个迅猛异常。一到腊月，那些金光灿灿、印刷精美的春联，铺天盖地塞满了城乡年货市场。虽然印刷品春联词语低俗，全是"发大财""转好运"之类，但其色彩斑斓、金边金字，很吸引老百姓的眼球。另外，老百姓图省事，掏钱买几副印刷品春联，春节时门上一贴，也就是过年了。我认为，印刷品春联的盛行甚至泛滥，可以说是"喜忧参半"。喜的是大部分老百姓根据自己喜好，买上几副市场上内容有限的春联，一图红火热闹，二图省事方便。忧的是印刷品春联在千门万户一贴，放眼望去，千篇一律的联语，千篇一律的色调，既无内容上的高下，又无书法上的韵味。这样一来，现代化的色彩浓了，传统的那股年味淡了。记得没有印刷品春联那些年头，每逢春节，我都会踏着白雪，挨家挨户驻足欣赏门前贴的红彤彤的春联，那白雪映衬的大红春联，真是一道别致的文化风景。再加上品评谁家春联字词优美，符合联律，谁家春联书法讲究，富有笔墨韵味。回味当年游览

乡间春联的情景，如今仍历历在目，浓浓的年味犹存。可惜，这样独特的文化氛围景象，已经渐行渐远。不过，近年春节前，各级文联和当地的书法家协会，都要组织书法家下农村、进军营、入社区，向人民群众送"福"、写春联。这种文化活动应大力提倡，使手写春联走进寻常百姓家，让这种优秀传统文化更好地服务人民大众。

　　这一节，我们只是就春联是对联中的一个类别来谈。至于春联的创作，留待谈到对联创作时再细讲。春联应是对联的重头戏，值得期待。

第二节　婚　联

婚姻，是人类社会的必然产物，是每一个人的终身大事。男大当婚，女大当嫁，世世代代，繁衍生息。婚姻，古时候又称"昏姻"或"昏因"。汉朝的郑玄言道：婚姻指的是嫁娶之礼。在我国古代的婚礼中，男方通常在黄昏前到女方家迎亲，而女方此时随着男方出门上轿，这种"男以昏时迎女，女因男而来"的习俗，就是"昏因"一词的起源。我国最早解释词义的专著《尔雅》，对婚姻作如下解释："婿之父为姻，妇之父为婚……妇之父母，婿之父母相谓为婚姻。"婚姻一词这里指的是姻亲关系。

婚礼，是婚姻关系确定的仪式。一对情侣两厢情愿，择黄道吉日，随着吹吹打打的笙乐，新郎用花轿将新娘娶进家门，美美满满地喜结百年好合。

婚联，又称喜联。在新婚大喜之日，门口和婚礼厅及宴会厅都要张贴婚联，借以渲染烘托婚庆佳期的喜庆气氛。

婚联，究竟始于哪朝哪代？无从查考。有人把清代乾隆年间，纪晓岚的一副贺婚联，被认为是最早的婚联，联曰：

绣阁团圆同望月；
香闺静对好弹琴。

上联引用"吴牛喘月"典故，下联借用"对牛弹琴"典故。纪晓岚是当时出了名的"对联才子"，自然撰联有非凡之处。这副对联是他贺天津太守牛稔文儿子新婚之大喜的，上下联皆撷取与"牛"有关的故事，而在联语中将"牛"字故意隐去，可谓妙趣之联作。

我国古代，人们在新婚大礼之日，就有吟唱祝贺新婚的诗句。我国最早的诗歌总集《诗经·周南》篇，唱道：

窈窕淑女，君子好逑。
……　……
窈窕淑女，钟鼓乐之。

古代的文人墨客，在一些喜庆场合都要吟诗对句，以此取乐并显示文采。宋代才女苏小妹就有在新婚之夜难新郎的佳话：

苏小妹是大文豪苏东坡之妹，能诗善文，相传与江南才子秦少游结为夫妻。新婚之夜，苏小妹别出心裁，出了一个对句让夫君秦少游对。对得上则可入洞房，对不上则吃"闭门羹"。苏小妹出的对句是：

闭门推出窗前月；

一时间，竟将新郎秦少游难住了。他在洞房门前踱来踱去，口里不住念叨着新娘苏小妹的出句。这时，恰好苏东坡尚未入睡，见此情景，即知其究竟。心想，小妹俏皮，新婚之夜出对难新郎，我何不为妹夫秦少游解围？只见院内有座莲池，池中清水映着天上明月。于是，苏东坡拣起一颗小石子，投向莲池。"扑通"一声，顿时，提醒了陷入窘境的秦少游。他喜出望外地对道：

投石冲开水底天。

苏小妹在洞房里开始也为夫君对

不出对子而着急。一听秦少游把对句吟出，欣喜若狂地从洞房走出来，迎请新郎入了洞房。

传说，二人进了洞房之后，上床之前苏小妹又出对子想再难一下秦少游。不过，此番新娘未把新郎难住。心有灵犀一点通，洞房内二人世界，二人对的对联是：

微笑吹灯双得意；
含羞解带两痴情。

梁章钜《楹联丛话》中，收录了这样一则婚嫁联话：镇子上有潘、何两家议婚。女方家姓何，对男方姓潘家言道：两家联姻，喜结秦晋之好。我们对聘礼多少无甚要求，只望女儿过门后有饭吃就行。男方潘家更痛快，对女方何家说道：嫁妆听便，只希望令媛婚后为我们潘家生儿续嗣。结婚大礼吉日，有贺婚者根据两家议婚的想法拟了一副对联：

有水有田方有米；
添人添口便添丁。

这副对联不仅意含吉祥祝福之趣，而且巧妙地将两家姓氏"潘"和

"何"，分别拆嵌于上下联。别有情趣！

婚联，有的将新婚佳日嵌于联首。这在清代就有先例。清朝道光年间，俞樾的外孙元月十六日新婚，他题贺联曰：

十六良宵，对明月金樽，还如元夕；
一双佳偶，看春风玉树，总是孙枝。

有人在八月初十完婚，门口即可张贴这样的婚联：

初鼓月才明，高手欲攀丹桂蕊；
十年闺待字，赤绳已系玉人心。

婚期如定在二十日，则可张贴这样的婚联：

二分事业，百倍功夫，四化英雄
　　建树日；
十载幽思，一朝遂愿，百年伉俪
　　偕荣时。

婚联中嵌日期与年龄的，还有如下一副佳构。现代学者胡适的婚姻，是由"媒妁之言，父母之命"定下的。胡适从美国留学回国任北京大学校长后，即与家乡女子江冬秀喜结姻缘。

他们的婚礼是在家乡第一个采用的文明婚礼，引得方圆几十里的人们前来观看。举行婚礼当天，胡适亲自撰题了两副婚联。一副是：

旧约十三年；
环游七万里。

联意是说，二人从订婚到结婚，经过了13个春秋。胡适从美国留学回国，环球旅游了7万里。第二副婚联则是先拟出了上联：

三十夜大月亮；

上联写出后，下联故意空着，旨在请前来贺喜的长辈贤士来续对。胡适的一位本家胡毓蛟，虽无功名，却颇有捷才。他知晓胡适当时的年龄，于是，对上了下联：

廿七岁老新郎。

胡适听了连连称好。结婚当年，胡适已是27岁了，那时在中国结婚年龄中，确实是"老新郎"了！

我国京剧四大名旦之一的程砚

秋,字玉霜,成婚时,好友陈庸庵题贺婚联云:

日暖春烟人似玉;
蒹葭秋水露为霜。

联语于末尾以"燕足格"嵌"玉""霜"。

李敷仁先生,是我国杰出的新闻工作者,年轻时在陕西咸阳县立小学教书。有个学生叫毛百川,聪明好学,深得他的喜爱。后来,毛百川长大成人,与邻村姑娘徐芙蓉定了亲。新婚吉日,毛百川请老师李敷仁写的婚联是:

徐徐风慢慢来,芙蓉含苞待放;
毛毛雨细细下,百川清水长流。

婚联,如能切人切事地个性化,更有情趣。如某市中学有位数学教师,与一位同行老师相爱。正欲结婚时,"文化大革命"进入高潮,二人的爱情线被一场风暴割断了。粉碎"四人帮"之后,这位数学教师重返讲台,成了全市教学能手、模范教师。经朋友牵线搭桥,不久即找到了可心的伴侣。新婚之日,有人在洞房门口贴了这样一副喜联:

爱情如几何曲线;
幸福似小数循环。

新郎是数学教师,联语中巧妙地引用了数学名词"几何曲线""小数循环",语带双关,把他坎坷曲折的爱情以及祝福日后幸福美满的婚姻生活表现了出来,堪称一副绝妙婚联。

还有一种说法是,把数学的"三角""几何"嵌入联语中,也具双关之妙。联曰:

恋爱自由无"三角";
人生幸福有"几何"?

婚联,主题意旨是表现新婚夫妇恩爱情感和婚礼的喜庆场面。因此,传统婚联中多是"鸳鸯对舞""玳瑁合欢""凤凰齐舞""牛女双辉"等,无论字面上,还是语义上,都包含着成双配对的吉祥美意。更有"比翼鸟""连理枝""并蒂莲""同心结"等爱情比喻,以及"珠联璧合""花好月圆""百年好合""举案齐眉""志同道合""良辰美景""情投意合""夫唱妇随""白头偕老""天长地久""海誓山盟"等吉语良言。这些骈骊之辞合乎婚姻习俗和人们向往和和美美、双双对对、团团圆圆幸福美满生活的美好心情，都一直在婚联中运用。下面荟萃几副精彩的通用婚联：

一曲关雎歌幸福；
百年伉俪竞风流。

万里蓝天看比翼；
百年爱侣结同心。

百年恩爱同心结；
千里姻缘一线牵。

门前喜字乾坤大；
庭内爱情岁月长。

花开静处香能久；
爱到深时品自高。

共举红旗兴骏业；
相期白首缔鸳盟。

容貌心灵双俊美；
才华事业两风流。

绣帏春深和谐凤侣；
锦堂花馥瑞启麟征。

新妇新郎鸾歌新景
春台春宴燕动春情

庆端贤侄先生 家嗣嘉礼
愚叔张席辉率子孙等仝敬贺

第三节 寿 联

人的寿数（年龄），古有称谓。《庄子·盗跖》载："人，上寿百岁，中寿八十，下寿六十。"还有将三十至百岁细分为：三十岁叫"壮寿"，四十岁叫"强寿"，五十岁为"艾寿"，六十岁为"耆寿"，七十岁称"稀寿"，八十岁称"耋寿"，九十岁尊为"耄寿"，一百岁尊为"期颐寿"。

《晋书·乐志下》载："遮尹群后，奉寿升朝。我有寿礼，式宴百僚。"不管是何种方式祝人长寿，都要讲吉利美言，这些言语都是寿言、寿词、寿语。两汉晋唐时期，人们把音乐和诗歌结合在一起用以"歌寿"，这就是当时寿国、寿民、寿人的乐府诗章；同时又有宴会之间的起舞祝寿。《汉书·长沙定王发传》注中引应劭的一段话，开头说"诸王来朝，有诏更前称寿歌舞"。到了宋代，做寿、祝寿的世俗乡风日渐形成。民间做寿、祝寿要置寿堂、开寿筵、送寿礼，还要举行祝寿仪式等。寿言、寿词、寿语也逐渐从寿国、寿民过渡到寿人，并且积淀发展成了相对固定的形式，成为祝寿专用语、惯用词。这些词语有寿星、万寿、寿康、寿纪，寿比南山、寿元无量、绥我眉寿、鹤筹添算、益寿延年等等。也大概从那时起，寿联开始出现。到南宋时期，寿联越作越巧，出现了对联内容契合做寿者诞辰日期的"切日寿联"。

南宋江西庐陵人孙奕《履斋示儿编》载，吴叔经曾为黄耕叟夫人作百岁期颐寿联曰：

天边将满一轮月；
世上还钟百岁人。

百岁寿星黄耕叟夫人三月十三日生，书"天边将满一轮月"，意蕴十五日不到，即切其十三日诞辰。到了元、明、清时期，民间做寿祝寿更是普及，蔚然成风气。有寿联曰：

北斗临台座；
南山献寿诗。

麻姑酒满杯中绿；

王母桃分天上红。

清代乾隆皇帝八十诞辰时，由他自己出句，大臣彭元瑞对出下联，合成一副十分工雅吉祥的八十寿联。联曰：

窃比于我老彭，十分已得一分；

曰若稽古帝舜，八旬还有三旬。

乾隆出句出自《论语·述而》"窃比于我老彭"。彭祖，姓篯，名铿，尧时封于彭城（今徐州），寿八百岁。乾隆皇帝八十寿，恰是其十分之一，故言"十分已得一分"。下联"曰若稽古帝舜"，语出《尚书·舜典》。"帝舜"，即虞舜，姓姚，有虞氏，名重华，传说活了110岁。联内"八旬还有三旬"，正与其110岁相合。

同样是为乾隆皇帝八十诞辰祝寿，纪晓岚与彭元瑞二臣，皆以乾隆在位五十五年和八十寿为数撰呈寿联。各不相同，各有千秋。

彭元瑞的祝寿联是：

龙飞五十有五年，庆一时五数合天，五数合地，五事修，五福被，

五世同堂，五色斑斓辉彩服；

鹤算八旬逢八月，祝万寿八千为春，八千为秋，八元进，八恺登，八音从律，八风缥缈奏丹墀。

上联的"龙飞五十有五年"，点明了乾隆登龙位"五十五年"。下联为了与上联对仗，巧妙地将乾隆寿辰"八月"嵌入，不然只言八十寿数形不成对仗。妙思之作。

纪晓岚的思路与彭元瑞基本相同，有些撞车之嫌。不过，有所不同的是：彭元瑞将乾隆在位的"五十五"用在上联开篇，把乾隆寿数与寿辰月份（八旬又八月）用在下联之首。而纪晓岚将乾隆寿数与寿辰月份（八旬又八月）用在上联之末。纪晓岚的寿联是：

八千为春，八千为秋，八方向化八风和，庆圣寿八旬逢八月；

五数合天，五数合地，五世同堂五福备，正昌期五十有五年。

《庄子·逍遥游》载："上古有大椿者，八千岁为春，八千岁为秋。"五福，旧指寿、富、康宁、攸好德、考终命。彭元瑞与纪晓岚二人皆从此

而构思，岂有不撞车而雷同之理！

李渔，字谪凡，号笠翁，浙江兰溪人，清代戏曲理论家，长于楹联，有《笠翁对韵》行世。清人朱建三，生于七月七日，住在南京百花巷。他为好友朱建三贺寿联曰：

> 七夕是生辰，喜功名事业从心，
> 　　处处带来天上巧；
> 百花为寿域，羡玉树芝兰绕膝，
> 　　人人占却眼前春。

李渔还撰过一副贺友人张半庵夫妇双寿联，寿诞之日正值中秋佳节。寿联颇有趣味：

> 月圆人共圆，看双影今宵，清光
> 　　并照；
> 客满樽亦满，羡齐眉此日，秋色
> 　　平分。

寿联中，有人惯用古代神话中寿星仙人以及一些民间优美动人的传说故事。如：

清代余际昌贺孟瓶庵夫人何氏七十寿联：

> 人间贤母曾推孟；
> 天上仙姑本姓何。

上联嵌入"孟""母"，引出孟母三迁的佳话。下联点出八仙之一"何""仙姑"。

又如有人贺女士寿联，用到了"王母""灵娥""麻姑"等仙人。联云：

> 瑶池桃熟，王母降柬；
> 碧沼荷开，灵娥陪观。

> 贤淑七旬人，经几度七二风光，
> 　　献出麻姑仙草；
> 导引三摩地，应独有三千岁月，
> 　　结成王母蟠桃。

有人在撰写祝寿联时，巧妙地将寿者的名字嵌入，足见功夫。如高燮贺郑逸梅六十寿联，将"逸梅"嵌在寿联中。联云：

> 人澹似菊；
> 品逸于梅。

又如有人为梅兰芳祖母撰贺七十寿联：

寿觞恰庆重三节；
乐府更翻二度梅。

"重三节"：旧历三月初三日，恰是梅兰芳祖母生日。"二度梅"：京剧名。又以双关妙趣，指梅兰芳祖父梅巧玲、父亲梅竹芳。

1953 年 12 月 26 日，是毛泽东主席 60 寿辰。出于和毛泽东主席都是湖南老乡的情谊，国画大师齐白石呈送一副篆书对联祝寿：

海为龙世界；
云是鹤家乡。

当代楹联界"泰斗"赵云峰，2014 年 8 月恰逢先生"米寿"（88 岁寿诞），我送上一副祝寿联：

云淡自悠然，鹤鸣重八；
峰高堪仰止，松挺大千。

联首以"鹤顶格"嵌入"云""峰"。"重八"暗切"八八"米寿。

1991 年重阳节，被称为"上海第一老人"的苏局仙先生逢 110 岁寿诞。山西楹联家赵云峰、郭华荣联名献上一副贺寿联：

盛世集千祥，争爱南极星辉，期颐晋六，年年喜祝南山寿；
神州臻百福，允教北辰斗曜，达尊逾三，处处欣开北海樽。

在撰写祝寿联时，用语非常讲究。长生植物有松、柏、灵芝，长寿动物有龟、鹿、鹤。用以作喻的祝寿联：

芝兰气味松筠操；

龙马精神梅鹤姿。

松柏常滋仙掌露；
凤凰新浴璧池春。

高龄稔许同龟鹤；
瑞世应知有凤毛。

通常为父亲祝寿，多以"椿"作比喻。《庄子·逍遥游》载："上古有大椿者，以八千为春，八千岁为春。"大椿喻男人长寿，后专为父亲代称，亦有称"椿庭"的。如：

颂祝遐龄椿作纪；
筵开寿宴海为樽。

杏苑风和，长春不老；
椿庭日永，上寿无疆。

同样，为母亲祝寿时，多以"萱草"作比。《诗·卫国·伯兮》载："焉得谖草，言树之背？"毛传："谖草令人忘忧，背，北堂也。""谖"同"萱"，意谓北堂树萱。后人们专以"萱堂"指母亲的居室。贺母寿联如：

慈竹荫东阁；

灵萱茂北堂。

因此，每遇祝贺父母双寿联，就这样写：

桃李争春喜双寿；
椿萱并茂庆齐眉。

椿萱并茂河山寿；
庚婺同明日月辉。

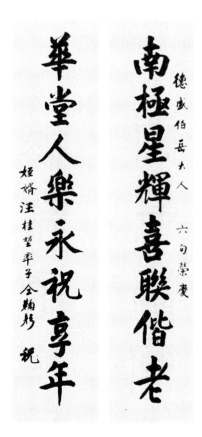

南极星辉，喜联偕老；
华堂人乐，永祝享年。

寿联中巧妙地以月份的特征，点明做寿者之寿期。如以"杏花"言二月寿，"桃花"指三月寿，"石榴"为五月寿，"荷花"是六月寿，"菊花"代九月寿，"梅花"谓腊月寿。还有"火树银花"代指元宵节，"牛牛星辉"代指"七夕节"，"桂香月圆"代指中秋节，"金葵向阳"代指国庆节，"金菊朝阳"代指重阳节。

二月寿：

花开红杏酣春色；

酒进南山作寿杯。

三月寿：

桃花雨润韶华丽；

椿树云深寿域长。

五月寿：

绮席称觞，香浮蒲绿；

华堂舞彩，包映榴红。

六月寿：

莲沼鸳鸯歌福禄；

椿庭鹤鹿祝年龄。

八月寿：

露浥青松多寿色；

月明丹桂酿灵根。

九月寿：

北海开樽倾菊酿；

南山献颂祝椿龄。

腊月寿：

喜爱梅红逢腊月；

寿添萱绿护春云。

除了通常撰写祝他人寿联之外，还有文人墨客的自寿联。如清代俞樾六十岁自寿联：

三多以外有三多，多德多才多觉悟；

四美之先标四美，美名美寿美儿孙。

上联"三多"，指多福、多寿、多子。作者又补充了"三多"。"三"加"三"恰为"六"切题。下联"四美"，原指美音、美味、美文、美言。作者又别出心裁补充自创"四美"。美上加美，俗中寓雅，自成一格。

当代书画大师刘海粟八十九岁集句自寿联：

彩笔昔曾干气象；

流年自可数期颐。

上联集唐代诗圣杜甫《秋兴八首》（其八）中句。下联集北宋诗词名家苏轼《次韵子由三首·东亭》中句。集前贤诗句如同己出，抒发自我情感与期望，亦有高格。

有一副渔翁自寿联，联语自然，好像随口哼来，很是豁达痛快！这副自寿联是：

水上漂流数十年，就凭这一张网、几颗钓，福也福，寿也寿；

人间风雨千百次，无奈我青兜笠、绿蓑衣，去便去，来便来。

民间有"六六大顺"吉语，但也有一种说法："人活到六十六岁，是人生的一道坎。"所以，有的地方就有这样一种风俗：父母不论哪一位每逢六十六岁生日那天，儿女会割上一大块猪肉或羊肉祭天，以保老人平安度过"六六"这道坎儿。我在六十六岁时，撰写了一副"六六"自寿联，抒发自己乐观世事的人生态度。联云：

六六顺耶？六六坎耶？顺亦罢，坎亦罢，任尔去吧！只信人生如梦，梦中苦辣酸甜，全吞咽；年年福也！年年寿也！福之乎，寿之乎，待吾享矣！直教肝胆入诗，诗里风花雪月，乐逍遥。

想不到我撰的这副"六六"自寿联，不胫而走，不少联界友人都说好。更令我吃惊的是：有的联友在电话里随口把联语背了下来。这就证明这副自寿联在读者中产生了共鸣，产生了一定社会反响。

第四节　挽　联

挽，又作輓，牵引的意思。古代，送葬出殡牵引灵车棺柩前进时，所吟唱的哀歌，称作挽歌。屈原《九歌·国殇》，即是一首哀悼殉国将士的挽歌。屈原在汨罗投江而死之后，汨罗江两岸人民吟唱"月影茫茫，江水洋洋，歌我屈子，哭死昏王"的挽歌来挽悼屈原。汉乐府中的《蒿里行》《薤露行》，是专写挽悼内容的诗。据有关史料记载，西汉刘邦统一天下后，齐人田横率五百壮士逃居海岛上。刘邦恐田横日后东山再起，便派人传旨赦免田横等，并准备在洛阳召见他。不料，田横却不愿面见刘邦，就在应召途中自刎而死。田横的门生故旧闻讯后，十分悲痛哀伤，便作了《蒿里》《薤露》的悲歌来悼念田横。据《古今注·音乐》载：这两曲悲歌后来由李延年改为二章二曲，用《薤露》送死去的王公贵人，用《蒿里》送死去的士大夫庶民百姓。隋唐之后，律诗臻于完善，出现了以寄托哀思为内容的格律体挽诗，其中就有了挽联。

《能改斋漫录》载：北宋韩绛兄弟皆为宰相，门前植有梧桐，京师人以"桐人韩家"呼之。韩绛去世后，陆农师送挽联：

棠棣行中排宰相；
梧桐名上识韩家。

据传，这是我国有史料记载的最早挽联。

又据南宋叶孟德的《石林燕语》记载：我国最早的一副挽联，是北宋苏子容挽韩绛联：

三登庆历三人第；
四入熙宁四辅中。

上联是说，韩绛在宋仁宗庆历年间考取举人、进士和状元，皆得第三名。下联是说，韩绛在宋神宗熙宁年间四入宰辅为相。这也是对逝者的盖棺论定的缅怀评说。

以上两副所谓"最早挽联"，皆

是挽韩绛一人。两副挽联皆是讲死者生前的功名爵位，毫无哀悼之情。平心而论，这种挽联非挽联之上品。

我认为，挽联，通常是死者家属或生前好友所献，必然字词含着深深的痛心疾首之哀伤情感。挽联的内容要求较为庄严肃穆。一般来讲，上联可概括和突出死者的功德、品格，下联则表达挽者对死者的缅怀哀悼之情。如果只是颂扬死者的高风亮节、功德业绩，而毫无哀悼之情，那还叫什么挽联？所以，写挽联，必须饱含挽者对死者的追思哀悼之情，动真情写实感。"情动于衷而形于言"。好的挽联，字字泣血，声声感人，读来令人不禁潸然泪下。当然，挽联，一定要掌握分寸，区别特殊身份与一般身份。

下面我们披阅几副挽联，看其能打多少分？首先从清代大人物说起：

刘统勋（1699—1773），字尔钝，号延清，山东诸城人。雍正进士，乾隆时官至东阁大学士兼军机大臣，甚为朝廷所重。乾隆三十八年十一月，卒于上朝之舆中。乾隆闻讯，失声痛哭，亲往吊唁。并嘱纪晓岚为其代笔，赐挽联一副，联曰：

岱色苍茫众山小；
天容惨淡大星沉。

上联中"岱"，指东岳泰山，有"泰岱"之称。杜甫《望岳》诗："岱宗夫如何？""众山小"，亦出自该诗："会当凌绝顶，一览众山小。"联语以五岳之首泰山作喻死者，可见刘统勋在乾隆心目中的位置：群臣之首。下联中"大星沉"，比喻死者为大星陨落。"天容惨淡"四字用得好。喻指乾隆皇帝此时此刻的哀伤心情。封建社会，皇上爷就是天，死者令乾隆爷痛哭流涕，岂不是连上天也为之黯然失色？挽联就应该这样写，联中有作者的影子，而且是悲痛哀伤的影子。

上面是纪晓岚为乾隆皇帝代笔挽联，堪称挽联精品之作。下面咱们看一下纪晓岚署名挽朱筠一联：

学术各门庭，与子平生无唱和；
交情同骨肉，俾予后死独伤悲。

朱筠（1729—1781），字竹君，一字美叔，又号笥河，顺天大兴（今北京大兴）人。乾隆进士，曾任翰林院侍读学士。著有《笥河集》。与纪晓岚交谊深厚，在当时堪与齐名。博闻宏览，好金石学，精通书法。上联中"子"，指朱筠。旧时对别人尊称。下联中"俾"，作使解。"予"即是我。纪晓岚挽朱筠一联，上联是铺垫，精彩之笔在下联。尤其"独伤悲"三字，表达了作者与死者感情至深。而且，恰与前文"交情同骨肉"形成呼应，更显悲伤之哀情。挽联之上品无疑。

咱们再看一下纪晓岚自挽联是如何写的：

浮沉宦海如鸥鸟；
生死书丛似蠹鱼。

平心而论，纪晓岚自挽联较之以上两副挽联大为逊色。毕竟自挽联都是本人还健在，心情很平静，达不到撕心裂肺、悲痛欲绝的程度。如遇境界高者，对生死看得很淡，甚至视死如归。心情平淡，不起一点点波澜，怎能翻出语言感人的浪花？也许是自挽联大都平平的缘故。纪晓岚自挽联，比喻精彩！

若论挽联中的经典之作，我会首推清代曾国藩挽乳母联。咱们先看这副挽联原文：

一饭尚铭恩，况抱负提携，只少怀胎十月；
千金难酬德，论人情物理，也应泣血三年。

读此联时，你设身处地换位联想一下，自然而然，会感同身受地产生共鸣，潸然泪下。前面短句巧妙地化用了韩信"一饭铭恩""千金报德"的动人故事。上联一个"况"字，把乳母的"恩""德"提了起来。尤其尾声的"只少怀胎十月"与"也应泣血三年"两句，真是感人至深。这可以说是曾国藩掏心窝子的话了。就从曾文公对乳母如此情深，我就敬仰此公人品之高尚！

既然我们把对联看作是文学作品，类似诗词的一种语言表达形式。那么，文学是什么？文学是人学。文学是以写人的感情生命为载体的作品。而且，人们素来认为，人间悲剧乃是文学的最高"金字塔"。挽联是什么？挽联可以说是对联这种中国文学的悲剧作品。我认为，因为在对联品类中，唯有挽联是动情的，而且是用真情实感来遣词造句作联的。我不是说，其他的对联形式如春联、婚联、寿联、名胜联、题赠联，就不是抒情之作。我是说，挽联在对联大家庭中，是悲情一类。试想，其他别的对联，都可以用红纸书写，而且像春联、婚联、寿联必须用红纸。挽联呢？只能也必须用的是白纸书写。这就是挽联的严肃性与非常性。在我眼里，挽联创作是对联创作的高级表现。挽联写得优劣，决定一个对联作者创作水平高下。理由仍然是那三个字"联抒情"。所以，我一直把挽联看得很重，理由也是那三个字"联抒情"。

清代的文学最高成就是对联，所以，就有了与"唐诗""宋词""元曲""明小说"匹配，形成蔚然大观的"清对联"。无疑，在清对联中，挽联的品诣也很高。上文我们已经管中窥豹地观赏了纪晓岚与曾国藩的挽联。下文咱们再有选择地从"清对联"中，选取几副精品挽联开一下眼界。但是，这仍然是清代联海中的一朵浪花，清代联豹之一斑而已。

第一：何绍基挽魏源联：

烟雨漫湖山，佳壤初封，千古儒
　林凭吊奠；
姓名留宇宙，遗篇在案，几行涕
　泪点斑斓。

观此联，从"千古儒林凭吊奠""几行涕泪点斑斓"两句，足以把人带入哀声恸人的凄切场面。加之联语前文，皆属死者专指独享，更显挽联的唯一性。切人切事切情，为挽联精品。

第二：林则徐挽关天培联：

六载固金汤，问何人忽坏长城，
　孤注竟教躬尽瘁；
双忠同坎凛，闻异类亦钦伟节，
　归魂相送面如生。

关天培（1781—1841），字仲因，号滋圃，江苏淮安人。清末爱国将领。1834年任广东水师提督，支持钦差大臣林则徐的禁烟政策。林则徐被诬陷撤职后，他继续训练水师，修筑海防炮台，曾多次击退英国侵略军的进攻。1841年2月25日英军进攻虎门，琦善不发援兵，关天培孤军奋战，壮烈牺牲。林则徐在流放新疆途中，突闻噩耗，撰写此挽联。

上联中，作者在向天发问："问何人忽坏长城？"让人热血沸腾，怒火中烧。关天培鞠躬尽瘁，为国捐躯，英雄形象顶天立地，令国人钦佩敬仰。下联"双忠同坎凛"，指关天培和参将寿廷章，在无援的困境中浴血死战，双双为国尽忠，彰显了伟大的民族气节。尤其"闻异类亦钦伟节"句，反衬英雄形象之高大伟岸。林则徐这副挽联，胸中激荡浩然正气，眼中已无悲情热泪。字字掷地有声，称得上是一首惊天地泣鬼神、可歌可泣的民族史诗。

第三：佚名挽陈化成联：

> 昔时未读五车书，雅量清心，温如玉，冷如冰，是大将实是大儒，使天下讲道论文人愧死；
> 此日竟成千秋业，忠肝义胆，重于山，坚如石，忘吾身不忘吾主，任世间寡廉鲜耻辈偷生。

陈化成（1776—1842），字莲峰，福建同安人。清末著名爱国将领，鸦片战争中在上海吴淞抵抗美军入侵，英勇战死。上联中"五车书"，典出《庄子·天下》："惠施多方，其书五车。"后用"学富五车"形容博学。在此言将军虽行伍出身，未读多少书，但是个气度不凡、品格高洁之人。尤其"使天下讲道论文人愧死"句，是对前句的反讥论说。下联在赞扬陈化成以身殉国英雄壮举的同时（陈化成曾表示："武臣死于疆场，幸也。"），无情

地鞭挞那些"寡廉鲜耻辈偷生"。这副对联同样充满了悲愤之情，令读者义愤填膺。虽属佚名但一定是撰联高人。不然，不会有如此精彩之传世名联。

第四：沈葆桢挽夫人联：

> 念此身何以酬君，幸死而有知，
> 　奉泉下翁姑，依然称意；
> 论全福自应先我，顾事犹未了，
> 　看床前儿女，怎不伤心。

沈葆桢（1820—1879），名幼丹、翰宇，福建福州人。道光进士，授编修，迁御史。历任广、饶、九、南兵备道，赣南总兵，江西巡抚，福建船政大臣。其夫人为林则徐之女。上联中"泉下翁姑"，指作者故去的父母。以此称夫人之贤惠。下联中"论全福"句，意在安慰死者。读此联令人心生凄然悲情，眼泪连珠。

第五：彭玉麟挽子联：

> 怎能够踏破天门，直到三千界请南斗星、北斗星，益寿延年将簿改；
> 恨不得踢翻地狱，闯入十八重问东岳庙、西岳庙，舍生拼死要儿回。

彭玉麟（1816—1890），字雪琴，号退省庵主人，吟香外史，湖南衡阳人。与曾国藩、左宗棠并称"大清三杰"。平生能诗，尤善画梅。与郑板桥墨竹并称"清代书画二绝"。这副挽联感情真挚，充满浪漫主义色彩。上联欲上天，下联欲入地，尤其"恨不得踢翻地狱"句，将失子之痛的悲恸心情表达得淋漓尽致！

一代名伶、著名京剧艺术大师、梅派创始人梅兰芳，艺术造诣颇高，诗书画皆通。请看他挽诗人徐志摩联：

> 归神于九霄之间，直看噫籁成诗，
> 　　更忆拈花微笑貌；
> 北来无三日不见，已诺为余编剧，
> 　　谁怜推枕失声时。

诗人徐志摩死于空难，故云"归神于九霄之间"。上联巧妙化用梁启超赠徐志摩联语"此意平生飞动，海棠影下，吹笛到天明"之意。下联"无三日不见"句，反映梅兰芳与徐志摩交谊深厚。"一日不见，如隔三秋。"三日不见更觉漫长之思念矣！挽联情切切意绵绵，字里行间流露出作者无

限悲痛之情。

一代名伶、著名京剧艺术大师、京剧"四大名旦"之一程砚秋，又名艳秋，别名承麟，满族，北京人。6岁学艺，13岁成名，17岁独立成班。"九·一八"事变后，改编并演出反映民族危亡的《亡蜀鉴》。日寇占领华北，他愤然绝迹舞台，深居农圃。新中国成立后，曾任中国戏剧学院院长等职。独创一种幽怨婉转、若断若续、高亢与低回、柔中寓刚互为表里的程派唱腔。代表剧目有《锁麟囊》《荒山泪》《春闺梦》等。

1958年3月9日，程砚秋逝世。梅兰芳夫人福芝芳送了这样一副挽联：

> 晚年遭暴力，受尽折磨，惨遭恍
> 　　同尤二姐；
> 纠正逢盛世，欣看昭雪，流派承
> 　　继有红娘。

上联深情缅怀程砚秋大师在旧社会悲惨遭遇，如13岁倒嗓，而荣蝶仙强迫其赴上海演出，多亏罗瘿公借贷将其从荣处赎身出师，改姓程。抗战时期又无演出自由。坎坷演艺生涯，就如同自己演过的《尤二姐》那样令

人感伤。下联又写同辈、后学受"左"的迫害，有幸终于昭雪，程砚秋扮演的"红娘"又出现在舞台上。联语真挚感人，只是对仗略有瑕疵。但无伤大雅。

写挽联，一般都是晚辈挽长辈，或友人相挽，或挽烈士，挽领袖人物等。在遣词用语上大多采用赞扬之辞。但是，挽联必须表达悼念哀惜之情意，切不可只顾单纯地赞扬和歌颂死者。弄不好挽联就写成了寿联。如下面这一副挽毛泽东同志联：

　　五卷雄文指航向；

八方钦敬仰光芒。

这副对联就很不像是挽联。假如这样修改一下，就是挽联了。你看：

　　恩泽永存，五卷雄文指航向；
　　音容顿杳，万民泣泪仰伟人。

另外，在挽联书写时，必须在上联上款处书"沉痛悼念×××○○千古"。在画"○"部位写"大人""长辈称呼""恩师""先生"等。下联落款处要书写自己谦称"敬挽"，如挽祖辈、父辈，落款书：×××携儿女敬挽。

第五节　名胜联

中国，是有五千年历史的文明古国，名胜古迹遍布全国各地。可以这样说，凡有名胜的地方，诸如名山五岳、亭台楼阁、园林堂榭、寺院观庵、祠庙陵墓等，随处可见楹联（对联悬挂于楹柱上称楹联）。清代梁章钜曰："天章稠叠，不啻云阑星陈。"名胜联，已远远超出其本来意趣，融入了名胜之中，成为名胜中一个不可或缺的文化景观。

名胜联，与大自然是融为一体的。四时、万象、山水、云月、林木、花卉等无所不入名胜联。名胜联是天人合一、联书合一的文物。

北京中南海瀛台"静谷"，四面环水，仅一汉白玉桥与北岸相连，曾是清朝历代皇帝讲习听政之所，甚为清穆雅秀、钟灵大气。这里有一副石刻楷书楹联：

胜赏寄云岩，万象总输奇秀；
清阴留竹柏，四时不改芫葱。

湖南邵阳双清亭联：

云带钟声穿树出；
月移塔影过江来。

"云"和"月"在联语中，赋予了强烈的动感，把景物写活了。

写"云"和"月"景色，还数上海豫园得月楼联最诱人。联曰：

楼高但任云飞过；
池小能将月送来。

这副对联中的"云"与"月"，更与游人有亲近感。游人登上得月楼，撕片"云"垫在座下，尽情赏"月"。

名胜之地，无山不秀，无水不灵。山水给名胜古迹平添了几多自然美。人道是"桂林山水甲天下。"桂林北

有舜山，唐代即建有"舜祠"。舜祠附近有南薰亭。《史记》载："昔者，舜作五弦之琴，以歌南风，辞曰：'南风之薰兮，可以解吾民之愠兮。'"南薰亭以此而得名。清人蒋绮龄撰联云：

山从衡岳分来，数云外芙蓉画本，
　都收眼底；
水向苍梧重汇，听江头琴筑元音，
　犹在心间。

人们又说"桂林山水甲天下""阳朔山水甲桂林"。让我们再去阳朔看看阳朔画山的一副山水联：

水作青罗带；
山为碧玉簪。

唐代诗人韩愈有诗曰："江作青罗带，山如碧玉簪。"此联从诗句脱化而来，写阳朔山水之青碧之美。

浙江杭州西湖，美喻西子。杭州西湖玉泉联更美。联曰：

水翻鸭绿；
山叠螺青。

据说这是清代乾隆皇帝御笔所题。简短八字，如同一幅青绿山水图。

当代著名书法大师沙孟海题联：

到处溪山如旧识；
此间风物属诗人。

在杭州西湖西南方向，临近钱塘江有座五云山。山腰间有一亭，近可瞰钱塘大潮，远可望西湖胜景。亭上有一副对联：

长堤划破全湖水；
之字平分两浙山。

上联中"长堤"，指西湖苏堤。下联中"之字"，指形如"之"字的钱塘江。

山水园林，相互映衬，交相辉映，相得益彰。山水无园林，难免有些孤寂冷漠；而园林无山水，又显得少了几分灵秀之气。上海半淞园有这样一副对联：

静把山光，想云林大手笔；
平分水色，得并州快剪刀。

上联中"云林"，指元代著名画家倪瓒（号云林，善画山水），作者欲借其绘画之"大手笔"。下联借用杜甫《戏题王宰画山水图歌》诗句："焉得并州快剪刀，剪取吴淞半江水。""山光""水色"笔下顿时生辉。

安徽黄山，虽未列五岳之中，但有"黄山归来不看岳"之说。可见，黄山的"松、石、云"奇观，历来备受游人推崇。有副黄山联，是专门写黄山九龙瀑的，颇有气势。联云：

九匹白练出奇观，连续奔腾，远
望如八骏骅骝添赤兔；
三岭松涛鸣爽籁，抑扬起伏，乍
听似千军健卒赴疆场。

"八骏"：《周天子传》载为赤
骥、盗骊、白义、逾轮、山子、渠黄、
华骝、绿耳。上联以骏马奔腾之势比
喻九龙瀑布，如雷贯耳。下联中"三
岭"，指黄山的三大高峰，即莲花峰、
天都峰、光明顶。作者用"千军健卒
赴疆场"形容黄山松涛声色俱厉，声
势雄壮！

清代名士、书法家崇绮题联：

洗壁留名题岁月；
倚阑垂手弄云烟。

名胜联，如果没有人物的主宰，
只有山水风物陪衬，既显得单薄浮浅，
又无历史厚重感。所以，名胜联必须
穿插历史人物。有形象有故事，更为
名胜联增光添彩。

如山西永济二仙庙联：

几根傲骨，撑持天地；
两个饿肚，包罗古今。

相传，商殷末年，孤竹君有两个
儿子，长子伯夷，次子叔齐。孤竹君
对叔齐较为偏爱，在他将死之时，立
下遗嘱，让叔齐继位。孤竹君死后，
叔齐感到兄长伯夷比自己强，要让位
于兄长。而伯夷却以父命难违为由，
极力推托。于是，两个都不肯继位，
双双弃商投奔周国。后来，周武王起
兵讨伐商朝，伯夷、叔齐叩马谏言，
力阻武王伐纣，未能奏效。不久，商
朝灭亡，周统一天下。兄弟二人深感
亡国之痛，便双双逃到首阳山隐居。
宁肯采食野果野菜，也不吃一粒周朝

派人送来的粮食，最终双双饿死在首阳山。后人为纪念他们，即在永济首阳山上建了二仙庙。

又如陕西韩城太史祠联：

刚直不阿，留将正气凌霄汉；
幽愁发愤，著成信史照尘寰。

司马迁（公元前145—公元前86），字子长，司马谈之子，汉代皮氏龙门（今山西省河津市西辛封村）人。西汉史学家、文学家和思想家。曾在朝做过史官"太史公"，故其祠称太史祠。这副对联概括了司马迁的一生。汉武帝天汉二年（公元前99年），名将李广的孙子李陵率兵抗击匈奴。几场鏖战之后，李陵终因寡不敌众被俘，降于匈奴。司马迁因替李陵申辩而受到牵连，被打入牢狱，身受奇耻大辱的"宫刑"（割去生殖器）。司马迁在狱中受尽折磨，欲自杀，又想我为何自寻短见？追思前贤：西伯侯因于姜里而演《周易》，孔子困厄不遇而传《春秋》，屈原因屡遭放逐而赋《离骚》，左丘双目失明而著《国语》，孙子双脚被斩而著《兵法》等等，一位位"受辱而不羞，弃小义，雪大

耻，名垂于后世"的杰出人物，给了司马迁极大启发与活下来的勇气。他在狱中操笔著述，完成了"穷天人之际，通古今之变，成一家之言"的《史记》。鲁迅先生曾评价司马迁之《史记》为"史家之绝唱，无韵之《离骚》"。

北京通县华佗庙，庙内有联云：

妙施仁术，殁而失其传，是五禽之戏犹存，奈余卷摧烧，伤心狱吏；
耻附权奸，死亦得其所，彼一世之雄安在，看千秋享祀，稽首医王。

《后汉书》载：华佗曰："古之仙者，为导引之事，以求难老。吾有一术，名五禽之戏。一曰虎，二曰鹿，三曰熊，四曰猿，五曰鸟。"传说，神医华佗为曹操治头痛病，华佗坚持给曹开颅根治，曹操怀疑他要加害自己，便将华佗关押在狱中。华佗自知死期将至，为了感激狱吏对他的关照，遂将一生行医的总结《青囊书》送给狱吏，以求将此传于后世，济世救民。狱吏将这部书带回家交给妻子保存。不久，华佗死于狱中。当狱吏回家时，

忽见妻子正在撕《青囊书》烧火做饭，急忙从灶膛中抢出几页残缺不全的书稿，十分伤心。

四川剑阁姜维祠有一副对联，写得颇见功力。不仅概括了姜维的英雄事迹，而且还把姜维的忠孝之心和盘托于世人面前，感人至深。联曰：

> 雄关高阁壮英风，捧出热心，披开大胆；
> 剩水残山余落日，虚怀远志，空寄当归。

姜维（202—264），字伯约，天水冀县（今甘肃甘谷东南）人。原是魏将，后降蜀，曾拜为征西将军。诸葛亮病逝后，姜维秉承遗志统领蜀兵，继续伐魏。当时魏将钟会率兵攻打剑门，姜维顽强抗敌，使剑门固若金汤。蜀汉后主刘禅于景耀六年降魏，并命镇守剑门的姜维投降。姜维无法抗旨，只好屈从。但他"人在魏营心在蜀"，时刻未忘诸葛丞相兴蜀大业。正当他伺机"东山再起"之时，将士作乱，姜维自刎而死。当他的腹部被剖开后，竟发现"其胆大如鸡卵"。《三国演义》中有诗叹姜维曰："天水夸英俊，凉州产异才。系从尚父出，术奉武侯来。大胆应无惧，雄心誓不回。成都身死日，汉将有余哀。"如果说这副对联的上联写姜维的"忠"，那么，下联就是写姜维的"孝"。姜维归顺诸葛亮之后，母亲还在魏国。母亲思子心切，捎信到蜀。信中未写一个字，只是用纸包了一味草药"当归"，暗示儿子应当归来探母。姜维是个大孝子，但身肩蜀将大任，国事家事，当以国事为重。况且回魏探母，必然有去无回。忠孝焉能两全？于是，姜维也给母亲寄了一味中草药"远志"，并附言："良田万顷，不在一亩，但有远志，不在当归。"从中足以看出姜维兴蜀振国的雄心大志。读这样的名胜联，其人其事，感人肺腑！

陕西马嵬坡杨贵妃墓联，让人们从唐明皇李隆基与杨贵妃的宫廷艳史，以及发生在马嵬坡的故事中，体味其中的历史教训与联语内涵。联曰：

> 谷铃如诉旧愁来，蜀道秦川，过客重谈杨李氏；
> 墓粉还将秋色补，雨尘云梦，伤心何似汉唐陵。

杨贵妃（719—756）名玉环，号太真，唐代蒲州永乐（山西永济）人（有说陕西华阴人）。天生丽质，容貌丰润。通晓音律，能歌善舞。734 年（唐玄宗开元二十二年）纳为玄宗第十八子寿王李瑁王妃，时杨氏年 16 岁。737 年，玄宗宠爱的武惠妃死去，后宫数千宫娥，无一能使玄宗满意。高力士为讨玄宗欢心，向玄宗推荐了寿王妃杨玉环。740 年，玄宗幸温泉宫，使高力士至寿王宫召杨氏，令其出家为女道士，号太真。745 年，又入宫，深得玄宗宠爱。天宝四年封为贵妃，姊妹皆显贵。堂兄杨国忠为相，操纵朝政，国事败坏。天宝十四年，安禄山叛乱，玄宗出奔，行至马嵬坡，军士哗变，逼玄宗诛杨国忠，赐杨贵妃白绫自尽，时年 38 岁。玄宗唐明皇对杨贵妃的钟爱可谓是"三千宠爱于一身"。玄宗亲谱《霓裳羽衣曲》，召见杨贵妃，令乐工奏此曲行乐。赐杨氏金钗钿合，并亲自插于杨氏鬓发间。玄宗对后宫人道："朕得杨贵妃，如得至宝也。"杨贵妃于 755 年 6 月 1 日在长安华清宫，庆祝生日。玄宗令梨园置乐，于长生殿奏《荔枝香》新曲。对于杨贵妃之死，历代文人墨客多持同情之心。白居易有《长恨歌》唱道："行客见月伤心色，夜雨闻铃断肠声。""马嵬坡下泥土中，不见玉颜空死处。"有人在马嵬坡驿馆题诗一首："马嵬烟柳正依依，重见銮舆幸蜀归。泉下阿蛮应有语，这回休更怨贵妃。"诗意也在同情杨贵妃，为她洗脱"红颜祸水"的罪名。杨贵妃，作为一代备受皇上宠爱的皇妃，死后却不能入唐陵，难免令人同情。这副对联流露同情之余，也带几分讽刺批判之意。

长剑一杯酒；
高楼万里心。

——于右任

第六节　门店联

门店联，是指商业区的门面装饰联。有道是："人靠衣装马靠鞍，门店全靠好门面。"对联在商业门店装饰上，占有举足轻重的导购作用。一副与经营商品销售理念十分贴切的对联，是无声的叫卖声，是有文化的广告。

如粮店联：

粮乃国之宝；
民以食为天。

上联出自《初学记》卷27，引范子计然曰："五谷者，万民之命，国之重宝。"下联出自《史记·郦生列传》："王者以民人为天，而民人以食为天。"又据《管子》曰："王者以民为天，民以食为天。"

如针线铺联：

慈母手中，美人帐里；
老媪磨杵，采娘度人。

旧日市面上有专门经营针头线脑之店铺，现代社会已统并于百货商场，或日用小商品市场。这副对联读来，有一种藏而不露的含蓄感。联语看似未写"针线"二字，却句中隐含"针线"。上联"慈母手中"，句中自唐人孟郊《游子吟》："慈母手中线，游子身上衣，临行密密缝，意恐迟迟归。谁言寸草心，报得三春晖。""美人帐里"，相传曹丕所宠美人薛灵芸，妙于针线之工，虽处于罗帐之内，不借灯烛之光，穿针引线十分自如，宫中称"针神"。下联"老媪磨杵"，相传唐代诗仙李白幼年读书时，尝遇老媪，磨杵不辍。李白不解问道：何为？媪答：欲磨铁杵做针。李白十分感动，自觉勤奋读书。这就是人常说的："只要功夫深，铁杵磨成针。""采娘度人"，唐代冯翊《桂花丛谈·史遗》载：郑侃之女采娘，于七夕祭织女，得金针一枚，自此绣技绝巧，亦告邻家姊妹效之。这也就是七夕节乞巧的来历。

这副对联美中不足的是，对仗略有瑕疵，尤其是重用了"人"字。在此说明，引起注意。

如服装店联：

行看细布裁成锦；
自有新装可入时。

上联中"细布裁成锦"，很自然地向人示好：吾有做锦衣之绝技妙手。下联"新装可入时"，更说明，我店有时尚服装。意在招徕顾客。

在旧社会，老百姓目不识丁者居多，故市面上常有"代笔业"。从事代笔者，专门为人写信、写状子等，收取一定代笔费。有一家笔墨店对联是这样写的：

书成却许群鹅换；
赋就能令纸价高。

上联典出《晋书》。东晋山阴（今浙江绍兴）有一位好养白鹅的道士，十分喜爱书法家王羲之的书法作品。而王羲之又十分喜欢这位道士的白鹅。道士曰："为写《道德经》，当举群鹅相赠。"王羲之欣然书写完毕，笼群鹅而归。李白有诗云："山阴道士如相见，应写《黄庭》换白鹅。"下联是说，左思撰写《三都赋》，构思了整整十年。赋写成之后，抄录者极多，一时造成洛阳纸价昂贵并且难买，这就是"洛阳纸贵"一纸难求的来历吧。这一副对联是代笔者的一番妙意所为，他想借王羲之的书法与左思《三都赋》妙文，宣传自己的文笔好，用以招揽代笔生意。

清代书法家王图炳题笔墨店联：

对月漫题拓鹤咏
临池常写换鹅经。

有一家笔店门前，悬挂这样一副对联：

五色艳争江令梦；
一枝春暖管城花。

联语巧妙地化用了古代两个有关"笔"的故事。上联出自南朝梁文学家江淹"梦笔生花"的传说：江淹被朝廷贬为吴兴县令，一日到郊外游玩，当晚在无名山上借宿。江淹入眠后，梦见仙人送他一支五色神笔。自此他文思敏捷，落笔成章，成了一代文魁。因此，该山后来被称作"梦笔山"。下联出自唐朝韩愈《毛颖传》寓言：秦时蒙恬将军南伐楚，次中山，将大猎，围毛氏族，拔其毫，载颖而归。秦始皇封之于管城，号管城子。寓言把笔比拟为人，说毛颖为中山人。此联以"江令""管城"暗藏两个"笔"字，人与物对比，实与虚相较。让人加深了对"笔"的兴趣。自然为的是招揽自家生意。

还有一副笔店对联，同样在下联借用了"梦笔生花"的神话传说。联云：

一气呵成凭运腕；
五更梦处顿生花。

联语运用的是"欲擒故纵"法，明明是毛笔店，可在联语字面上看不到"笔"的痕迹。其实这副对联的每一个字都是围着"笔"来转的。这就是这家笔店主人的高明之处。

民国初年，成都有一家茶馆兼酒店的小楼，老板为了招徕顾客，在开业当天，特意请人题写了这样一副对联：

为名忙，为利忙，忙里偷闲，饮杯茶去；
劳力苦，劳心苦，苦中作乐，拿壶酒来。

市面上过往人群，"偷闲"者有之，"作乐"者有之，看了这副对联，情不自禁要登楼光顾一番，品茶饮酒，生意一派兴隆。

2000年新世纪龙年，我的老家昔

阳县城有一家酒楼，即将隆重开业。酒楼取名叫"迎客楼"。老板是一位停薪留职、下海经商的文化人。开业之前，专门找到我，要求为酒楼撰题一副对联。我为其撰的对联是：

> 有名店，店有名，名扬四海；
> 迎客楼，楼迎客，客满一堂。

此联巧妙采用"顶针连珠"手法，读来颇有韵味。开业那天，门庭若市，楼上楼下座无虚席。事后，老板高兴地对我说："你这副妙联比我在报纸上登广告都管用。"这就是对联文化的魅力。

还有一副类似口语的茶馆联：

> 忙什么？喝我这雀舌茶，百文一碗；
> 走哪里？听他摆龙门阵，再饮三杯。

读着这副对联，就如同茶馆老板站在门口，彬彬有礼，笑容可掬地招呼过往客人。"百文一碗"，把价格也写上对联，广而告之。追求的是一种文化广告效应。

当代著名诗人、书法大家沈鹏先生为山西太原"迎泽宾馆"，题书一副对联：

> 迎四海烟云，汇八方新雨；
> 泽环球行旅，承三晋遗风。

这副对联，首嵌"迎泽"。巧妙地将四海宾朋、八方旅客，比喻为"烟云""新雨"。四个动词作领字，把迎泽宾馆员工的满腔热情表现出来，既有餐饮服务的温度，又有对联文化的高度。

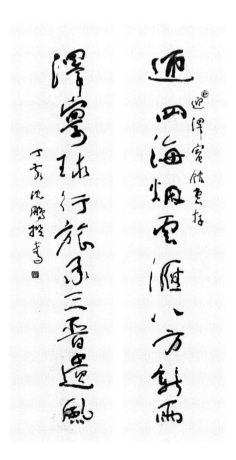

第七节 题赠联

古往今来，在文人墨客交往之间，利用对联这种抒情载体，又加上书法题写。或自题悬于白壁，或题赠友人，都是那么高雅而富有韵致的事。咱们先从自题联说起。

清代开对联之文风，最有成就者，当推纪晓岚。他有一副七言联：

过如秋草芟难尽；
学似春冰积不高。

这副七言对联，可以说是纪晓岚对联传世之代表作。颇富哲理，耐人寻味。他还有一副自题书斋联：

书似青山常乱叠；
灯如红豆最相思。

上联比喻大胆奇特，"书似青山常乱叠"，好家伙！那他的书斋该有多大呀？这就是文学对联，诗意对联。下联中"灯如红豆"，颇有新意。虽然王维《相思》诗："红豆生南国，春来发几枝。愿君多采撷，此物最相思。"但把"灯"花比喻"红豆"者，出自纪晓岚之手笔。

郑板桥自题书斋一联：

富于笔墨穷于命；
老在须眉壮在心。

到底作对联的高人，上下联自身就形成强烈对比。上联中"富"与"穷"，下联中"老"与"壮"。毕竟是清代"怪"人，笔下之对联也不同于别人，"怪"中出彩！

清代袁枚（1716—1789），字子才，号简斋。钱塘（今浙江杭州）人，别号随园老人。清乾隆进士，善诗，工骈文。诗论主"性灵说"。著有《小仓山房集》《随园诗话》等。袁枚自题书室联曰：

放鹤去寻三岛客；
任人来看四时花。

上联的"三岛"，是指西湖的小瀛洲、湖心亭、阮公墩。下联的"四时"指春夏秋冬四季。

清代"扬州八怪"之一黄慎（1687—约1770），字恭孝，又字恭懋，号瘿瓢子、东海生，久居扬州。善书法、楹联。著有《蛟湖诗钞》等。

黄慎自题书室一联：

看花临水心无事；
啸志歌怀意自如。

先生虽生活清苦，以卖画终其一生。但持有文人一身傲骨，为人豪放不羁，不计功名利禄。联语表现的是豁达胸襟和自适心态。人如其联，联如其人。

清代梁章钜自题书屋一联：

闲看秋水心无事；
静听天和兴自浓。

这是一副集句联。上联出自唐代皇甫冉《秋日东郊》诗："闲看秋水心无事，卧对寒松手自裁。"下联出自唐代刘禹锡《和仆射牛相公见示长句》诗："静得天和兴自浓，不缘宦达性灵慵。"上下联集句中的"秋水""天和"，皆在《庄子》中觅到踪迹：《庄子·秋水》有"万物一齐，孰短孰长"，心胸宁静如水。《庄子·知北游》有"若正汝形，一汝视，天和将至"。意在天然和气自来身边。此联贵在虽集人句如己出一般，表达庄子无心无意然自得道之哲理。

清代包世臣（1775—1855），字慎伯，号倦翁。安徽泾县人。清嘉庆举人，官至江西新喻知县。以经史之学名于时，亦工书法。包世臣自题书斋一联：

喜有两眼明，多交益友；
恨无十年暇，尽读奇书。

联语一"喜"一"恨"，表明了作者的生活态度。"交益友""读奇书"，呈现在世人面前的又是一种人生高境界。

清代奇才彭玉麟自题书斋联云：

水得闲情，山多画意；
门无俗客，楼有赐书。

上联写山水灵性，将满腹文章化为画意诗情。下联写门庭景况，情趣高雅，地位显赫。帝王所赐之书之珍贵，让人称羡。联中前后句形成自对，画面感、韵律感，油然而生。

清代名臣、民族英雄林则徐一副自题联，倾倒世代后人。联曰：

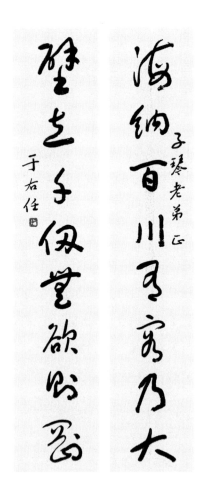

海纳百川，有容乃大；
壁立千仞，无欲则刚。

清道光十九年（1839 年），林则徐在虎门查禁并焚烧鸦片时，书题此联自勉。此联语大气磅礴，砥砺心志。上联"海纳百川"，典出《管子·形势解》："海不辞水，故能成其大。""有容乃大"，典出《书·君陈》："有容德乃大。"下联"壁立千仞"，典出《水经·河水注》："其山惟石，壁立千仞，临之目眩。""无欲则刚"化用孟子"至大至刚"的浩然正气。这副对联从"海""壁"起兴，抒发作者博大胸怀、无所奢求的高尚品格与人生境界。

林则徐晚年有一副自题联，抒发了一种旷达悠然的思想情怀，联曰：

坐卧一楼间，因病得闲，如此散
才天感恕；
结交千载上，过时为学，庶几秉
烛老犹明。

清代名士俞樾自题书屋一联：

仙到应迷，有帘幕几重，阑干几曲；
客来不速，看落叶满屋，奇书满床。

俞樾晚年讲学杭州诂经精舍 30 余年，治经子小学，工诗词，喜作楹联。这副对联表述的晚年生活景况，倒也逍遥自在。

清代布衣书法家邓石如（1523—1598），本名琰，字石如。因避清仁宗讳，以字行，又字顽伯，号完白山人。怀宁（今安徽潜山）人。工书法，善篆刻。邓石如自题书屋联云：

茅屋八九间，钓雨耕烟，须信富
不如贫，贵不如贱；
竹书千万字，灌花酿酒，益知安
自宜乐，闲自宜清。

读此联，让人自然想到归隐田园，过"世外桃源"生活的陶渊明。陶在《归田园居》诗就有"方宅十余亩，草屋八九间"吟唱。"钓雨耕烟""灌花酿酒"，这是何等闲适自在的生活状态。一种豁达超然、淡泊无欲的大自在，令人直呼清静至极！

近代文人、著名藏书家王咨臣（1913—? ），江西婺源人，生前自题藏书楼联：

环壁列奇书，有史有文堪探讨；
小楼多佳日，宜风宜雨足安居。

作者书写这副对联时，一定是一种逸然自得的心境，有"奇书"，有"佳日"，一种"满足感"油然而生。

中华民国创立者、民主革命先行者孙中山，有副自题联：

愿乘风破万里浪；
甘面壁读十年书。

这是孙中山抒情言志之联作。上联写动下联写静，动则乘风破浪，一往无前；静则面壁读书，心静如水。

近代民主革命家杨度自题一联：

但哦松树当今事；
愿与梅花结后缘。

吉鸿昌将军自题联：

松间明月长如此；
身外浮云何足论。

上联出自唐代诗人宋之问《下山歌》："松间明月长如此，君再游兮复何时。"下联出自唐代诗人白居易《重题》："胸中壮气犹须遣，身外浮荣何足论。"作者将"浮荣"改作"浮云"，不仅为与上联"明月"形成工整对仗，而且为抒情之需要。《论语·述而》曰："不义而富且贵，于我如浮云。"在吉鸿昌将军看去，什么高官厚禄，什么荣华富贵，统统都如过眼"浮云"，何足而论！

题赠联，是古代文人雅士相互馈赠的文化妙品。类似诗人之间的唱和，通常都要用书法写就，赠给对方。有的珍藏，有人装裱之后悬于厅堂。宋代词人张先，在朝为官时与苏轼同僚，成忘年交。张先晚年退居乡间后，年逾八十还娶十八岁女子为妾。为此二人唱和有诗。张先诗曰："我年八十卿十八，卿是红颜我白发。与卿颠倒本同庚，只隔中间一花甲。"苏轼赠张先诗曰："十八新娘八十郎，苍苍白发对红妆。鸳鸯被里成双夜，一树梨花压海棠。"一日，苏轼登门造访。戏题如下一联：

诗人老去莺莺在；
公子归来燕燕忙。

联中的"莺莺""燕燕"，把张先比作拈花惹草的风流韵士。张先也不避讳，捋着胡子笑作酬答联，以表白自我。联曰：

愁似鳏鱼知夜永；
懒同蝴蝶为春忙。

苏轼胞妹苏小妹嫁与秦少游为妻，苏轼和秦少游成了内兄弟关系。苏轼对秦少游词作只知吟风咏月，缺乏社会内容的创作倾向心存异意，很想批评提醒一番，但又不便当面直说。于是，写了一副很含蓄的对联赠予秦少游。联曰：

山抹微云秦学士；
露花倒影柳屯田。

"山抹微云""露花倒影"，分别是秦少游《满庭芳》和柳屯田《破阵子》中的词句，以其人之句戏评其人词风，倒也俏皮幽默。秦少游从联语中悟出内兄苏轼的一番苦心，之后，词风为之大变，受到苏轼的好评。

清朝道光年间，梁章钜三子梁恭辰出任郡守，林则徐题赠一联给梁章钜。联曰：

曾从二千石起家，衣钵新传贤子弟；
难得八十翁就养，湖山泪识老诗人。

当时，林则徐已是六十三岁老翁了，虽曾被朝廷流放新疆，但仍心存朝廷。梁章钜回赠林则徐一联：

麟阁待劳臣，最难西域生还，万
顷开荒成伟绩；
凤池诏令子，喜听东山复起，一
门济美报清时。

梁章钜在《楹联三话》卷下曰："适
承公以长联寄赠，余不揣固陋，亦勉成
数语报之。虽不足以揄扬赞美，而情往
似赠，兴来如答，亦聊记一时翰墨缘也。"
此联寄往关中后，林则徐已调往云贵
总督上任。"未知得达与否。"

林则徐虎门销禁鸦片壮举，著称
于世。然而，其政绩还以治水最突出。
从中原黄河，到江南浏河，都留下了
林则徐治水利民的足迹和功劳。潘锡
恩治河有方，深得林则徐赏识。出于
对潘锡恩的敬重，林则徐赠联一副：

三策治河书，纬武经文，永作江
淮保障；
一篇澄海赋，掞天藻地，蔚为华
国文章。

早在嘉庆十六年大试时，潘锡恩
因作《澄海楼赋》而名登皇榜，高中
进士。赋文立意高远，词藻优美，感
情充沛，一时轰动朝野。

这里有一副林则徐题赠云帆贤弟
一联，词语对仗工稳，书法也颇见功
夫。联云：

丽句妙于天下白；
高才俊似海东青。

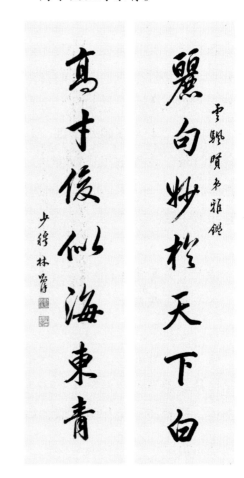

清代曾国藩题赠何栻一联，用典
之工，恰切其人。联云：

千顷太湖，鸥与陶朱同泛宅；
二分明月，鹤随何逊共移家。

何栻（1816—1854），字廉昉，号雅谷，浙江桐乡人。道光进士。曾任吉安知府。罢官后流寓淮扬。上联"陶朱"即范蠡，佐勾践灭吴，报会稽之耻，知勾践可一起共患难，不可一同享安乐，于是，隐姓埋名，与鸥鸟为侣，治产业巨富。复尽散其财如陶，自号陶朱公，致富累万。"泛宅"，《史记·货殖列传》：泛宅，谓以船为家。《新唐书·张志和传》载："愿为浮家泛宅，来往苕霅间。"下联中"何逊"，字仲言，南朝梁东海郯人。《梁书》《南史》皆有传：何逊在扬州任官时，每逢梅花盛开，常吟哦梅下。后在洛阳为官，仍思梅不得，于是，请再任扬州。与鹤相随，寒梅绽放时节，大开东阁，邀文人雅士，吟哦笑傲终日。杜甫有诗曰："东阁官梅动诗兴，还如何逊在扬州。"

清人何溱集王羲之《兰亭序》字为联。20 世纪 30 年代初，瞿秋白与鲁迅在上海共同领导新文化运动，建立了深厚的革命友谊。鲁迅觉得何溱此联切合自己与瞿秋白之间的友情与心愿。故书此联赠给瞿秋白。联云：

人生得一知己足矣；
斯世当以同怀视之。

人生得一知己足矣
斯世当以同怀视之

疑又道光属

洛文录何廉昉句

黄兴与汤增璧为挚友，在推翻清廷的辛亥革命中，同甘共苦、共襄功勋。黄兴在南京留守时题赠汤增璧一联：

立节可为千载道；
成文自足一家言。

上联中"立节"，出自《淮南子·氾论训》："季襄陈仲子，立节挽行，不入夸君之朝，不食乱世之食，遂饿而死。"汉李陵《答苏武书》云："诚以虚死不如立节，灭名不如报德也。"联意：自立革命品节，千载可留名节。

下联中"一家言"，出自司马迁《报任安书》："亦欲以究天人之际，通古今之变，成一家之言。"《曹丕典论论文》："唯干著论，成一家言。"联意高瞻远瞩，凭个人独特见解，成自家言论，足以传世诲人。

1931 年元旦，京剧四大名旦之一程砚秋收荀慧生之子荀令香为"入门弟子"。有人题赠程砚秋大师一联曰：

> 玉润霜操，远绍程门三尺雪；
> 砚池秋沁，平添荀令一分香。

上联"玉润霜操"，语出《宣和画谱》卷十二："杜衍以女妻之，时谓冰清玉润。"《南齐书·沈麟士传》："玉质蹭洁，霜操日严。"日寇侵华国耻之时，程砚秋以灌园自给，谢绝演出，足见其如玉之润，如霜之洁的节操与民族气节。"程门三尺雪"，语出《宋史·杨时传》："一日见颐，颐偶瞑坐，时与游酢待立不去。颐顿觉，则门外雪深三尺矣。"颐，程颐，宋代大师。后即以"程门立雪"句为尊师重道之典。下联"砚池秋沁"，语中嵌"砚秋"，并与"玉润霜操"对仗。后文"荀令一分香"，言东汉

荀彧为尚书令，身有香气，坐处历久不散（见《太平御览》卷七〇三引《襄阳记》）。后世人称"荀令香"或"令君香"。唐代诗人李商隐《韩翃舍人即事》诗："桥南荀令过，十里送衣香。"即指此情。王维《春日值门下省早朝》诗："遥闻诗中珮，暗藏令君香"亦指此态。此联意在祝贺程砚秋大师收了荀令香为弟子，实乃梨园幸事！

1961 年，时任台湾国民党总政作战部主任、国民党元老、一代书法大师于右任，题赠蒋经国一联：

> 计利当计天下利；
> 求名应求万世名。

"天下利""万世名"，当是仁人志士毕生追求的最高境界。作者言外之意更加深刻，即希望蒋经国要以中华儿女的最高利益为追求，早日实现祖国统一大业。可惜！国民党已在台湾大失所望。

于右任题赠友人凤翔先生联云：

> 天机清旷长生海；
> 心地光明不夜灯。

这副赠友联巧用比喻，"长生海"呈现清旷之境地，"不夜灯"更光明之心胸。读此联令人心旷神怡。

【单元小结】

我们站在时代需要的高度，为古老而美丽的对联分类：春联、婚联、寿联、挽联、名胜联、门店联、题赠联。之所以这样分，是对联的实用性所决定的。说到底，在现代化日益发展发达的当代社会，对联之所以比古诗词受到人们青睐，原因只有一点，就是对联的实用价值。说到这里，自然会扯出书法来讲一下。古老的书法艺术，已十分明显地从实用性退出来，步入了纯艺术的殿堂。然而，我们对对联的七个分类，恰恰都与书法紧密联系在一起。所以说，对联的实用价值带动了书法的实用价值。反过来说就是，书法只有和对联结合才能体现其仍然存在的实用价值。这一讲，只是从对联分类上分别讲这七个类别的实用对联，给大家呈现的是平面的，从古至今较为典型的各类对联。至于这些实用性很强的对联如何创作？如何创作出各种品类的精品对联？这一讲只是点到为止，丝毫没有展开来同大家交流其各自的创作理念与创作方法。留待后面具体课程时我们立体地再聊，好吗？这一单元，仅仅是对联实用角度的分类，仅此而已。

在书面上供欣赏的巧趣联，也有童颖、戏谑、嘲讽、机警等。按联语字数分类，还有超短联、短联、长联、中长联、特长联。这些离人民大众的生活远了点，都不在实用范围，故不在此单元中讲述了。大家可以找有关资料浏览一下。

第六单元　对联对格与品诣

第一节　正　对

南朝刘勰在《文心雕龙》中，最早提出"正对"概念。他说："正对者，事异义同也。"虽然此言是指赋文，但对联也是如此。在一副对联中，上下联相对应位置的字词虽不同，但语义相关，而且形成声韵的鲜明对比。

如唐代诗人杜审言《和晋陵陆丞早春游望》：

> 云霞出海曙；
> 梅柳渡江春。

"云霞"与"梅柳"，"海曙"与"江春"，都是作者对当时春游景色的自然描写，所以后世人就用来作春联。

唐代诗人白居易《对酒》中有联句：

> 百岁无多时壮健；
> 一春能几日晴明。

"百岁"对"一春"，"多"与"几"也都是言数字。"壮健"形容人的体格，"晴明"形容春日风光。对仗工整。

清代名士俞樾（1821—1906），字荫甫，号曲园居士，浙江德清人。清道光进士，官编修，河南学政。晚年讲学杭州诂经精舍。博学工诗文，著有《俞氏丛书》。书法惯于隶法作真书。其有一副隶书五言联：

> 秋水盈波眼；
> 春山浅画眉。

"秋水"和"春山"属同类词对仗，"盈波眼"与"浅画眉"呈并列关系，主题是描摹山水美感的。自然属正对。

俞樾另有一副六言联：

前身应是明月；
几生修到梅花。

几生修到楳婲
前身應是明月
曲园俞樾邻霄六

当代诗人丁芒题黄灌区极目阁联：

赤日悬空，烟送远山飞鹤鹭；
黄河奔海，气吞高峡走龙蛇。

联中词语对仗甚工。"赤日"对"黄河"、"远山"对"高峡"、"鹤鹭"对"龙蛇"。尤其是"悬""送""飞""奔""吞""走"六个动词妙用，把眼下景物写活了。

刘勰在论述"正对"的同时，有一个论点必须向大家指出。他说："正对为劣。"他的意思是说，凡正对都是语义相近，甚至相同的对句，很容易犯"合掌"的毛病。他的话有一定的道理，但不一定全对。我们日常创作中遇到的对联，正对还是很多的。起码律诗中的"颔联"与"颈联"，在语义上基本是正对，这是整首诗的主题所决定的。一首主题鲜明的律诗，不可能也不允许有一副联句从主题中游离出去。如果出现了此种歧义对句，那就是这首诗的很大败笔。所以，"正对"是不能轻易否定的。至于"合掌"，我们是完全可以避免的。

第二节 反 对

刘勰在《文心雕龙》一文中，不仅谈到了上节提到的"正对"，也对"反对"作了这样的界定。他说："反对者，理殊趣合也。"所谓"理殊"，即上下联字词含义要截然相反。"趣合"是说，虽然词语内容呈反态，但一反一正，互为映衬，互为依存。如"天"与"地"、"晴"与"雨"、"矛"与"盾"，都是两相对立的，但又是相辅相成的对立统一体。

如杭州西湖岳墓联：

青山有幸埋忠骨；
白铁无辜铸佞臣。

联中的"青"与"白"、"有幸"与"无辜"、"忠骨"与"佞臣"，都是相反对立的。但是，这样对立，甚至水火不相容的词语，成就了这副千古"反对"名联。

南宋大诗人陆游，是我十分敬重的有思想、有抱负、有情怀的悲情诗人。他有一副六言对联我在前面举过，在这里我再次拿来当作"反对"典范。这副对联太棒了，太有血性了，太令人心动了。联曰：

双鬓多年作雪；
寸心至死如丹。

尤其"寸心至死如丹"，字字千钧，激荡着诗人的心魄，也感染了一代又一代的诗情火焰。上下联对比强烈，"年"对"死"、"雪"对"丹"，太精彩了。这就是"反对"之经典！

清代文人、书法家梁同书有一联：

能受苦方为志士；
肯吃亏不是痴人。

作者反向思维，正话反说，给人一种反常而又正常的感觉。这就是"反对"的语言魅力。

古人有一副写竹梅联，由当代著

名书画大家尹瘦石书题。联曰：

> 虚心竹有低头叶，
> 傲骨梅无仰面花。

此联仅"低头叶""仰面花"，足以表现竹与梅的高尚品格。

当代诗坛泰斗、著名诗人臧克家有这样一副对联：

> 双肩千石重；
> 白发万根轻。

仅仅十个字，掷地有声。一"重"

一"轻"，"反对"无疑。

还有两副对联，属"反对"。读来联中含哲理，给人启迪。联曰：

> 纸上得来终觉浅；
> 心中悟出始知深。

> 为人莫说成人易；
> 守业方知创业难。

清人陶绍原题联：

泼墨为云皆有意；

看山出岫本无心。

上联"有意"，下联却"无心"。这就是反对。

刘勰在《文心雕龙·丽辞》中，一方面贬"正对为劣"，同时，又褒扬"反对为优"。我认为，这种

把正对与反对笼统截然划分为劣与优，不免有些偏激和绝对化。如果正对严格把上下联的语义相关的"度"把握得恰到好处，那么这样的正对堪称佳对。反过来说，如果反对的上下联无限度"分道扬镳"，失去了对立分寸，很容易变成上下联毫不相干的"无情对"。这就适得其反，成为反对败笔了。

第三节　工　对

工对，又称严对，即上下联在字词结构、声律对仗、语义相关等方面，完全符合对联的规则要求，甚至在立意构思上有精妙之处。

古人对"工对"的要求十分严格，所以又称"严对"。严到何种程度？首先上下联对应字词的词性必须一致。即名词对名词、动词对动词、形容词对形容词，而且按北大著名教授王力先生在《诗词格律》和《古代汉语》中，把名词分为十一大类和十四小类。如天文、地理、时令、人伦、宫室、衣饰、数量、方位、颜色、植物、动物、艺文、饮食等小类。如果对联相对的

词语属于同一小类的名词相对，即为工对。

如若干小类的字：

天文类：日、月、星、风、雨、雪、霜等。

地理类：山、水、江、河、海、池、地等。

时令类：春、夏、秋、冬、年、月、晨等。

人伦类：师、友、父、母、伯、仲、叔等。

宫室类：楼、台、房、舍、门、窗、院等。

衣饰类：衣、帽、巾、带、甲、胄、

盏等。

数量类：三、六、九、百、千、万、亿等。

方位类：东、西、南、北、上、中、下等。

颜色类：红、黄、青、白、绿、蓝、紫等。

植物类：松、竹、梅、兰、菊、杨、柳等。

动物类：鱼、鸟、鹤、鹏、象、龙、虎等。

艺文类：诗、书、画、印、笔、墨、琴等。

饮食类：酒、茶、米、面、汤、菜、羹等。

形体美：心、手、头、足、发、指、肤等。

器物类：刀、枪、剑、舟、车、杯、盘等。

代词类：吾、我、尔、汝、谁、何、其等。

副词类：忽、又、最、乍、已、才、很等。

连词类：与、和、共、并、同、且、还等。

介词类：从、自、把、被、将、对于、关于等。

助词类：的、地、得、着、了、过、

也等。

语助类：也、矣、焉、哉、欤、乎、兮等。

如上所列名词小类之单字，这是较为典型的个例。所谓工对，就必须是本类名词相对才叫工对。下面举几个典型的工对经典对联：

明代赵宦光（1559—1625），字凡夫，号寒山，江苏太仓人。明代文字学者、书法家。看其篆书联：

竹开霜后翠；
梅动雪前香。

联中名词"竹"对"梅"、"霜"对"雪"。皆属同类。其余也工整无隙。惟"翠"是颜色，"香"是气味，皆作形容词对。工对。

明代徐渭（1521—1593），字文长，号青藤道士，浙江绍兴人。明代著名书画家、诗人。他自题书屋联：

雨醒诗梦来蕉叶；
风载书声出藕花。

联中"雨"对"风"、"诗梦"对"书声"、"蕉叶"对"藕花"，同类名词相对，无可挑剔。

李渔（1611—约1679），字笠鸿，号笠翁，生于江苏如皋。清初戏剧家、楹联家。有《笠翁对韵》传世。其自题联：

壮士腰间三尺剑；
男儿腹内五车书。

"壮士"和"男儿"同类相对，

"腰"与"腹"同类相对。"三尺剑"乃古剑通称，"五车书"指学富五车，形容读书多，学识渊博。

傅山（1607—1684），初名鼎臣，字青竹，改字青主，又有真山、浊翁、石人等，山西太原人。明末清初著名书法家、学者、医学家。书法诸体皆擅，尤以草书最佳。著有《霜红龛集》等。傅山有副颜体楷书联：

茶烟梧月书声

竹雨松风琴韵

竹雨松风琴韵;
茶烟梧月书声。

此联皆由名词构成,而且都是同类名词相对,堪称工对经典。

清代文学家曹雪芹(约 1715—1763),名沾,字梦阮,号雪琴,又号芹溪、芹圃,祖籍辽阳。早年在南京江宁织造府亲历一段锦衣纨绔、富贵风流生活,后败落随家人迁回北京西郊,靠卖字画和朋友周济为生。曹雪芹性情放达,爱好广泛。对金石、诗书、绘画、园林、中医、织补、工艺、饮食等均有研究。历经多年刻苦艰辛创作,写出思想性、文字性、艺术性俱佳的《红楼梦》。曹雪芹有一副对联,刻在其砚台上。联曰:

高山流水诗千首;
明月清风酒一船。

"诗"与"酒"虽不属名词同类,但在文学上,从唐代诗仙、酒仙兼于一身李白的盛名,"李白斗酒诗百篇",早已把"诗"和"酒"联系在一起,而且密不可分。后世人谈诗必有酒,饮酒必赋诗。这副对联自然是工对佳

联了。其中"高山流水""明月清风",既有知音清友之含意,又见联中自对之端倪。

提到"明月清风",我还得将前面提及的明末清初著名思想家、文学家王夫之的那副名联作为工对范例说说:

清风有意难留我;
明月无心自照人。

此联思想用意大家已经十分清楚了,咱在这里不是正谈"工对"吗,我认为,这副对联太工丽了,严谨得挑不出一点瑕疵。太完美了!

清代梁章钜题苏州沧浪亭联:

清风明月本无价;
近水远山皆有情。

又是"清风明月",不过这是一副集句联:上联出自欧阳修《沧浪亭》诗:"清风明月本无价,可惜只卖四万钱。"下联出自苏舜钦《过苏州》诗:"绿杨白鹭俱自得,近水远山皆有情。"清代嘉庆年间,时任江

苏巡抚的梁章钜在修复沧浪亭时，集此联题于亭上。集句成工对足见功夫不凡。

集句工对者，梁章钜早已在《楹联丛话》中载入："前有人集句题酒家楼者云：劝君更尽一杯酒；与尔同销万古愁。还言此联工绝。"上联集自唐代诗人王维《送元二使安西》诗："劝君更尽一杯酒，西出阳关无故人。"下联集自唐代诗人李白《将进酒》诗："五花马，千金裘，呼儿将出换美酒。与尔同销万古愁。"这样的集句联，挂在酒楼上，那真是天下绝配。称此联为工对之绝，也真绝！

清代对联中的"工对"，那真叫俯拾皆是。随便一副名人对联，都是响当当、硬邦邦的绝佳工对。请看清代书画家恽寿平（1633—1690），初名格，字寿平，号南田、白云外史，江苏常州人。他有副行书七言联，工对之上品。联曰：

千寻凤阁攀云上；
五色龙江抱日流。

这副对联中的名词"千""五"是数目类相对，"凤""龙"又是动物类相对，"云""日"又是天象类相对。动词"攀"对"抱"、"上"对"流"。上联呈现的是纵向景色，下联展现的是横向风光，立体感很强，给人以诗境的艺术享受。

南京天韵楼上有这样一副对联：

天仙都化美人来，问上界琼楼，
　　可有六朝新乐府？
韵事不随流水去，听后庭玉树，
　　依然十里旧秦淮。

联首嵌"天""韵"，自然洒脱。上联想象奇丽："美人来""上界琼楼"，似乎听到了仙女在唱美妙的"乐府"新曲。下联描绘的是旧日的繁华，大有"江山依旧，人物全非"的感慨。《玉树后庭花》是六朝陈后主所作，这个小皇帝奢侈腐化，时常命令歌女唱他写的这首歌。不久，陈灭亡。后世人们把此歌称为"亡国之音"。读下联使人平添几分悲凉。

南京是明太祖朱元璋建都之地。徐达是明朝开国功臣，其治军严明，屡立大功，深得朱元璋赏识重用，死后被追封为"中山王"。徐达官邸在南京，清人钱牧斋曾为中山王府邸撰了这样一副对联：

大江东去，浪淘尽千古英雄，问
　　楼外青山，山外白云，何处是
　　唐宫汉阙？
小苑西回，莺唤起一庭佳丽，看
　　池边绿树，树边红雨，此间有
　　舜日尧天。

联语抚今追昔，通过眼前"楼外青山，山外白云""池边绿树，树边红雨"这些景色，缅怀此地历史与人物，给人荡气回肠的英雄浩气，从中感受到无尽的诗情画意。此联从不同角度审视，确实是一副工对佳作。

借南京此地，咱们再欣赏伟人毛泽东《七律·人民解放军占领南京》中的"颔联"和"颈联"：

虎踞龙盘今胜昔；
天翻地覆慨而慷。

宜将剩勇追穷寇；
不可沽名学霸王。

品读如此撼人心魄的佳联对句，深深地被伟人的非凡气概与人格魅力所感染。这是伟人毛泽东给中华民族留下的宝贵精神财富。这既是工对，又是正对，充满了时代正能量。我们必须将这些经典对联传承好，使之流传千秋万代！

第四节　宽　对

宽对，明显是与工对（严对）相对而言的。宽对的尺度把握，一定不能脱开对联规则的约束，即字数相等、词性相同、结构相应、平仄相对、音步交替、节奏相谐、语义相关。这是对联的底线，也是不可逾越的红线，绝对不可以突破。尤其是初学者，更不可随意而为去写什么"宽对"。

下面谈一下"宽对"的允许范围：

（一）名词相对，可以不局限于同类名词相对，放宽到上下联对应处，名词对名词即可。如"山"可以对"赋"。如联：

春雨一联苏子赋；
秋烟半壁米家山。

"松"是植物类名词，"鹤"是动物类名词，宽对中"松"与"鹤"相对，成为祝寿联中的语境，美其名曰："松鹤延年"。米汉雯（清代初年），字紫来，号秀岩，明代书法家米万钟之孙，时称"小米"。直隶宛平（今北京）人。清康熙中举，博学鸿词科，官翰林院编修。请看米汉雯行楷联：

松性淡逾古；
鹤情高不群。

"地"是地理类的，放宽后可以与艺文类的"诗"相对。如联：

> 剑胆英雄三楚地；
> 笛声云鹤一楼诗。

"月"本来属天文类名词，"池"可以归地理类名词，工对是不可以相对的，但宽对可以成对。如联：

> 对月漫题招鹤咏；
> 临池常写换鹅经。

按照工对的对仗原则，属于天文类的"云"，与动物类的"鹤"是不能对的。宽对即可成联：

> 岩前倚杖看云起；
> 松下横琴待鹤归。

（二）上下联对应处，只要不在音步即节奏点上，平仄可以放宽。也就是可平可仄。如：

> 贤者天怀虚若竹；
> 幽人风致静于兰。

上联"贤"是平声，此处从宽。

下联"风"是平声，也属放宽了的。

> 名画要如诗句读；
> 古琴兼作水声听。

上联"名"平、"要"仄，属放宽。下联的"古"仄、"兼"平，也属放宽了的。

> 空钩意钓鱼当乐；
> 高枕卧游山自前。

这副对联中，上联是工对格式。下联是宽对允许的："高"平，"卧"仄，"山"平。

从上面列举的三副"宽对"品诣上分析，我们又引出人们在作格律诗时，常用的"口头禅"："一三五不论，二四六分明"。意思是说，在七言律诗调平仄时，第一、第三、第五字的平仄可以不去理论它，但第二、第四、第六字的平仄可不能马虎，必须分明。第七字是尾字，自然是格律规定好的，不须赘言了。这个口诀在撰联时，初学者完全可以用。但是作出来的对联一定是"宽对"。

王力先生在《诗词格律》一书"第三节律诗的平仄"中，专门谈到"所谓'一三五不论、二四六分明'"。他说："这个口诀对于初学律诗的人是有用的，因为它是简单明了的。"后面，他对这个口诀，持批评态度。他说："先说'一三五不论'这句话是不全面的。在五言"平平仄仄平"这个格式中，第一字不能不论；在七言'仄仄平平仄仄平'这个格式中，第三字不能不论，否则，就会犯'孤平'。在五言'平平仄平仄'这个特定格式中，第一字也不能不论。同理，在七言'仄仄平平仄平仄'这个特定格式中，第三字也不能不论……""再说'二四六分明'这句话也不是全面的。五言第二字分明是对的，七言第二、四两字分明是对的。至于五言第四字、七言第六字，就不一定'分明'……"王力先生的这番话，一来是针对律诗的平仄来讲的，二来是"工对"格式严格要求。我认为在作一般对联时，"一三五不论，二四六分明"这个口诀是可以在检验对联平仄关系时用的。只不过在五言联"平起式"和七言联"仄起式"创作过程中，不要用此口诀，否则，会犯"孤平"毛病。宽对如是：

满襟和气春如海；
万丈文澜月在天。

下联"文澜"二字皆平，就对了。假如换作"墨澜"，"墨"第三字虽不在音步节奏点上，但是仄声字，尾字"天"字是平收必须平。"澜"是平声，即是犯"孤平"了。

读书身健方为福；
种树花开总是缘。

同样，"花开"二字皆平声，就完全OK了。这都是"宽对"，用"一三五不论，二四六分明"口诀完全没错，但只是要小心。

（三）在"宽对"中，往往会遇到"名词"与"形容词"相对，或是"名词"与"动词"相对。这种情况，在集古人诗联中常常出现。如：
集唐代丁儒诗联：

天开一岁暖；（"暖"形容词）
花发四时春。（"春"名词）

集宋代苏轼诗联：

诗从肺腑出；（"出"动词）
心与水月凉。（"凉"形容词）

集唐代杜甫诗句联：

不知明月为谁好；（"好"形容词）
更有澄江消客愁。（"愁"名词）

古人题联中，亦有名词、形容词、动词相对的现象。如：

明代著名文学家、书法家祝允明自题联：

每闻善事心先喜；
得见奇书手自抄。

上联"喜"，是形容词，下联"抄"，是动词。相对自然。

宋曹（1620—1701），字彬臣，号射陵，又号耕海潜夫。明泰昌元年生于江苏盐县北宋庄（今盐都区大纵湖镇）。入清后，他拒不为官，过着隐居故里，游历山川的生活。以诗书自娱，是一位很有骨气的诗人、书法家。他有六言联曰：

满壁剑光披拂；
一帘花气淋漓。

上联"披拂"属连绵体动词，与下联连绵体形容词"淋漓"，形成对仗。

清代著名思想家、文学家王夫之自题草堂联：

六经责我开生面；
七尺从天乞活埋。

"生面"是名词，却对的是动词"活埋"。真是惊天骇俗之作！

清代隶书大师伊秉绶有一副对联墨迹，作为"宽对"，理由是："住"为动词，"稀"是形容词。从宽而对。联云：

> 好装书画终年住，
> 欲问风波此地稀。

清代著名宰相刘罗锅，叫刘墉（1719—1804），字崇如，号石庵，

山东诸城人。与翁方纲、梁同书、王文治称清代书法"四大家"。他题山东潍坊十笏园四照亭联：

> 掬水月在手；
> 弄花香满衣。

你发现没有，人家刘墉的"月"和"香"相对，在联腰上就对上。由于上联中"在"字仄声，联中瑕疵，从宽处理了，宽对一副，意境很美。

> 校书长爱阶前月；
> 品画微闻座右香。

"月"和"香"在联尾对上了，名词对形容词，宽对。

秦咢生（1900—1990），别号古循，现代著名书法家。广东惠州人。他有一副篆书五言联。上联尾字"出"是动词，下联句末字"花"是名词。这样动词与名词相对，即谓宽对。联曰：

> 朝阳方秀出；
> 嘉树有鲜花。

有副菜市场春联，也是形容词与名词相对。联曰：

> 嫩菜鲜瓜，红黄青绿呈千态；
> 佳蔬名果，春夏秋冬供四时。

"千态"是形容词，"四时"是名词。这样五彩斑斓、鲜嫩欲滴的对联归于宽对，绰绰有余。

再看一副动词与名词相对的宽对。联曰：

> 观古知今思进退；
> 读书养志识春秋。

"进退"是连绵动词，"春秋"是连绵名词。看此联，不禁让我想到已故著名军旅书法家孟繁锦（1939—2014），吉林梨树人。曾任中国人民解放军空军政治部文化部部长。退休后，在中国楹联学会危难之时，出任学会会长。孟会长自题联：

> 心向浮云知进退；
> 名随野草任枯荣。

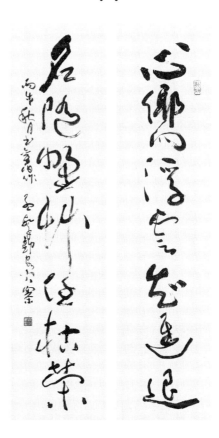

上联"进退"是动词，下联"枯荣"为形容词。联语是作者高尚人格和不计名利为中国楹联事业奔走呼号、无私奉献的最好诠释。

也许，这些所谓的"宽对"，比所谓的"工对"还精彩、还经典。在某种意义上说，工对太束缚手脚，宽对更洒脱自如。工对亦宽，宽对亦工。相对而言，不一而足。

第五节　借　对

汉语中有个别词有甲、乙两个意义，或者同一音分别是甲、乙两个字。利用这种特点，在对联中有时借义，有时借音，达到对仗的目的。这就叫"借对"。

一、借义

在处理对仗关系时，本不对仗的词义，如果词有两种含义，取其一义形成对仗。如：

安徽庐江周瑜墓联：

青春南国乔初嫁；
赤壁东风亮助威。

上联中"青春"之"青"，借义"青"颜色，使之恰与下联的"赤"成颜色词工对。后文的"乔"指周瑜夫人"小乔"，"亮"指设祭台借东风的"诸葛亮"。

旧日眼镜店联：

好句不妨灯下草；
高龄可辨雾中花。

上联中"灯下草"之"草"字，本意是难以辨认的草稿（字迹潦草）。此联借草木之"草"，与下联"花"成工对。

当代联家苏纪利题北京鲁迅中学联：

育三千桃李，传树人故事；
弘五四精神，谱爱国新篇。

上联"树人"有双关之妙，一指鲁迅（本名周树人，鲁迅是其笔名），一指教书育人。"故"有"旧"意，借来恰同下联"新"对仗。

二、借音

从字面上看似乎不成对偶，但借此字读音即可形成对偶。如：

兰州河神庙联：

曾经沧海千层浪；
又上黄河一道桥。

上联中"沧"与"苍"同一读音。借颜色字"苍"，恰与下联"黄"相对。

前几年，我在山西省楹联艺术家协会出任副主席期间，结识了颇有儒雅风度的秦瑞杰先生。其母九十岁那年夏天去世，我等一行数人专程前往运城吊唁。我撰题挽秦老太太仙逝联：

九旬母爱三春暖，孝报恩，贤报情，懿德常蒙午夜梦；
四世儿悲六月寒，眼啼泪，心啼血，瑶池新绽一株莲。

这副挽联切人切时，悲情隐隐生出一丝幻觉：秦老太太似乎驾鹤游仙，灵魂化作了王母"瑶池""一株莲"。更具匠心的巧用了"借对"，即"午夜梦"借音"五夜梦"，恰与下联的"一株莲"相对。

清代书法家何绍基题联：

游者当知山所向；
静时犹有水能听。

第六节　流水对

流水对，又叫串对。顾名思义，上下联在内容上或承接、或转折、或递进、或因果等，相连贯在语气上如同行云流水，通顺畅快。

一、承接关系

在内容题旨上，下联似乎是上联的继续和延伸。

著名书法家吴大蜀题联：

芳林新叶催陈叶；
流水前波让后波。

乐器店联：

韵出高山流水；
调追白雪阳春。

上联的"高山流水"，出自《列子·汤问》："（俞）伯牙善鼓琴，钟子期善听。伯牙鼓琴，志在高山。子期曰：'善哉，峨峨兮若泰山！'伯牙鼓琴，志在流水。子期曰：'善哉，洋洋兮若江河！'"比喻乐曲高妙，遇到知音。传说后来钟子期去世了，俞伯牙鼓琴无知音。于是，将琴摔烂，哀哉！再无知音之人。下联的"白雪阳春"，是"阳春白雪"的颠倒，为与"高山流水"对仗。"阳春白雪"，原指古代楚国的一种高雅歌曲，楚国辞赋作家宋玉《对楚王问》：

"客有歌于郢中者……其为阳春白雪，国中属而和者数十人。"有道是："阳春白雪，和者概寡。"上联与下联，内容承接自然，都是言古代乐曲，同时语气连贯，如行云流水。

二、转折关系

上联是一种意思，下联却另辟蹊径，反向思维陈述另一种意思，形成截然不同甚至相反的转折关系。

旧日雨具店联：

不求天上长行雨；
但愿人间总有晴。

"雨"和"晴"，是反义词。从雨具店的生意角度考量，自然是希望老天爷"长行雨"。但是，此联作者高人一等，偏偏来了个"不求天上长行雨"，反而"但愿人间总有晴"。这个"晴"，具双关之妙。既指天"晴"，与"雨"对仗，又含人"情"之义。这副对联贴在雨具店，更显店主的思想境界之高，绝非唯利是图之人。

理发店有联曰：

虽为毫末技艺；

却是顶上功夫。

上联"毫末技艺"，自行贬义。把理发贬为末等不起眼的雕虫小技。下联"顶上功夫"，与上联来了个180度大转弯，笔锋陡转，说理发是"绝顶功夫"。这样的转折变化，使联语有一种新奇幽默感。

还有转折关系的流水对，表现作者高雅脱俗的人生境界。联云：

宁可卑微为尘土；
不愿扭曲作蛆虫。

三、递进关系

上联是一个层次，下联递进到更高的层次。大有"欲穷千里目，更上一层楼"的味道。

集唐代诗句联：

岂有文章惊海内；
更无亲族在朝中。

上联集杜甫诗句，下联集杜荀鹤诗句。"岂有"二字是故意的铺垫，"更无"似乎旱地拔葱，给人一种高端豁然的感觉。

伟人毛泽东《七律·冬云》吟道：

独有英雄驱虎豹；
更无豪杰怕熊罴。

上下联也是一种递进关系。但是，这副递进关系的流水对，让我们看到的是一位顶天立地的反帝、反修勇士的形象。"虎豹""熊罴"在"英雄""豪

杰"面前，只能是"纸老虎"，只能是不堪一击的失败下场。

四、因果关系

上联是前因，下联是结果。

如劝学主题对联：

黑发不知勤学早；
白头方悔读书迟。

联中"黑"与"白"、"早"与"迟"，形成鲜明的对比，也向人们说明了一种因果关系，劝勉人们从小勤奋学习，莫到头发白了为"读书迟"而懊悔不已！

旧日眼镜店一联：

不是胸中存灼见；
如何眼底辨秋毫。

"不是"是前因，"如何"是结果。作者本意是让路人进店来，掏腰包配眼镜的。故意设了这么一个"局"：如果"不是"我老板有此"灼见"，那么"如何"有你明察秋毫的眼睛？还不是这副眼镜的功劳？赶快掏钱吧，晚了眼镜卖完了。这就是手段，

流水对之功效大矣！

再欣赏伟人毛泽东《七律·到韶山》中的一副"颈联"：

为有牺牲多壮志；
敢教日月换新天。

荡！想起为了推翻吃人的旧社会，建立人民当家做主的新中国，无数先烈为革命抛头颅洒热血，伟人的六位亲人先后为革命献出了宝贵的生命。这样惊天地泣鬼神的英雄气概与豪言壮语，唯有伟人毛泽东才会写出来，吟出来。在伟人的胸中"为有"是一种义不容辞的大义。在送儿子毛岸英赴朝参战时，伟人毛泽东对彭老总说："我毛泽东的儿子不上前线，谁上？"这得有多么大的胸怀和气魄，才会有如此非常的抉择呀！这才是伟人，这才称得上是亿万人民敬仰的伟人！

1959年6月25日，伟人毛泽东回到阔别32年的故乡韶山。伟人登临养育他的故土心潮澎湃，诗情激

第七节　自　对

什么是自对？简言之，就是自己对自己。自己何来？上下联中各边有词语形成对仗，所以，自对也称边对，就句对，当句对。宋人洪迈在《容斋随笔》中谈到诗中当句对说："于句中自成对偶，谓之当句对。"王力先生在《汉语诗律学》中指出："先在出句里用并行语作成颇工的对偶，这样，既自对而又相对，虽宽而亦工。"上述虽然是针对诗的自对而言，对联自对也如此。但是，我们必须明白：自对，对于诗而言比对联简单。因为诗的句式已成定格，无论五言、七言，只能出现个别词或词组自对。而对联就不同了，因为对联每一联的字数和句数没有任何限制，短的一句三五字，长的上百字几十句。句式结构，变化万千，其自对的形式也是变化无穷。除了单句双边字与字自对以及词语自对外，多句联中，会出现句与句自对。从古今对联佳作中来看，有一字自对，二字自对、多字自对，甚至全联呈现自对的情况。下面细致观来。

一、一字自对

在古今律诗和对联中，上下联出现一字之间成对。

唐代诗人王维《汉江临泛》诗联：

江流天地外；
山色有无中。

上联中的"天"与"地"自对，名词之间自对；下联中的"有"与"无"自对，副词之间自对。这里顺便说明一下，我说的联中自对，不仅字面上名词、动词、形容词、副词成对，而且字词的声律也要平仄成对。如果是平对仄，仄对平，可以。如果是两字自对，可以是平平对仄仄，也可以是仄仄对平平。也可以是平仄对仄平或仄平对平仄。但"乾坤"与"忧乐"不能为自对，因为"忧""乐"是平仄，而"乾""坤"是平平。又如"江山"对"岁月"，是平平对仄仄，可称自对。但"山水"对"岁月"，就不称其为自对了。

南宋诗人陆游题"书巢"联：

万卷古今消永日；
一窗昏晓送流年。

上联中的"古"与"今"自对，下联中的"昏"与"晓"自对。"昏晓"是一天中黄昏与拂晓的简称，不仅词性自对，而且平仄声律自对无疑。传世经典佳联，要求背诵。

杭州西湖岳坟联：

正邪自古同冰炭；
毁誉如今判伪真。

上联中"正""邪"反义自对，"冰""炭"反义自对。下联中"毁""誉"反义自对，"伪""真"反义自对。此联通篇正反成对，堪称是反对之经典之作。

清代书画家江标（1860—1899），字建霞，号萱圃。元和（今江苏苏州）人。光绪年间进士。著有《灵鹣阁诗稿》。他题七言篆书联：

日铸一瓯云雾气；
岁寒三友雪霜心。

上联中"云"与"雾"自对，下联中"雪"与"霜"自对。

古籍《菜根谭》中有一联：

宠辱不惊，看庭前花开花落；
去留无意，任天上云卷云舒。

开篇的"宠"与"辱"反义自对，"去"与"留"反义自对。

二、二字自对

单句或多句对联中，出现二字自对的现象，还真是比比皆是。瞧瞧，清代郑板桥题苏州网师园濯缨水阁联：

曾三颜四；
禹寸陶分。

上联"曾三"，指孔子弟子曾参。曾言道："吾日三省吾身，为人谋而不忠乎？与朋友交而不信乎？传不习乎？"意思是说，每日反省自己的忠心、守信、复习三个方面。"颜四"，指孔子另一弟子颜回，他有"四勿"，即"非礼勿视，非礼勿听，勿礼勿言，勿礼勿动"。下联"禹寸"，是言古时候治水的大禹，珍惜每一寸光阴。《淮南子》曰："大圣大贵尺璧，而重寸之阴。""陶分"，是指学者陶侃也是位珍惜时光的名人，他珍惜的是"每一分时光"。他曾言道："大禹圣者，乃惜寸阴，至于众人，当惜分阴。"郑板桥怪人也，怪人能将这四个古典名人名言，集于一联。怪兮不怪也！尤其两两自对，叹为观止。

四言春联：

风调雨顺；
国泰民安。

这是一副全联呈现二字自对春联。主谓结构自对，天衣无缝。

清代著名书法家梁同书（1723—1815），字元颖，号山舟，晚号不翁，浙江杭州人。他有这样一副书法题赠联：

闲为水竹云山主
静得风花雪月权

间为水竹云山主；
静得风花雪月权。

上联"水竹"与"云山"名词自对，下联"风花"与"雪月"名词自对。工整自然，不仅联内自对工丽，而且上下联对仗贴切，堪称工对精品之传世之作。

北京故宫三友轩联：

丽日和风春澹荡；
花香鸟语物昭苏。

上联的"丽日"与"和风"自对，下联的"花香"与"鸟语"自对。对于对联初学者而言，还要说明一点：凡对联中有联中自对的，你只去审视上下联单边自对工整与否，至于自对部分的上下联关系是否成对，这就不是你操心的事了。这就是自对在对联中的特殊"通行证"。你可能看到了，上面一联，自对工整，可上下一对比："丽日"怎么和"花香"对仗？"和风"怎么对"鸟语"？这不乱套了吗？好好把心放肚子里吧，只要上下联自对工整无瑕，至于上下联不对仗也没关系的。这就是自对的妙处。

朱筠（1729—1781），清代书法家，字叔美，号竹君，又号笥河。顺天大兴（今北京）人。乾隆十九年（1754年）进士。著有《笥河集》。其有篆书七言联：

曾探赤壁黄山胜；
宜与梅妻鹤子游。

上联"赤壁"与"黄山"成自对，下联"梅妻"与"鹤子"成自对。是指北宋诗人林逋。

三、三字自对

清末诗人、外交政治家黄遵宪（1848—1905），字公度，别号人境庐主人，广东梅州人。他以外交官身份先后到日本、英国、美国、新加坡考察资产阶级情况，被誉为"近代走向世界第一人"。他题梅州人境庐联：

三分水，四分梅，添七分明月；
五步楼，十步阁，望百步长江。

上联"三分水"与"四分梅"自对，下联"五步楼"与"十步阁"自对。"分"字和"步"字属同字相对，在这种自对格式中是允许的。因为这个字在三字自对中包含着，如果这个字游离出来，那就不行了。

有人题江苏江阴双忠祠联：

僮可烹，妾可杀，城不可亡，矢志保江淮半壁；
生同岁，死同年，神亦同祀，精忠比日月双辉。

"双忠"指唐代张巡、许远。张巡，唐邓州南阳人，开远进士。许远，唐杭州海宁人。安禄山叛乱时，张巡为真源令，许远为睢阳太守。二人协力守睢阳（今商丘）数月，兵粮俱尽城陷，张、许遭杀害。上联中"僮可烹"和"妾可杀"自对，下联中"生同岁"和"死同年"自对。作者妙用三言自对句，衬托张巡、许远二人誓死精忠大唐的英雄气概，以及后人对二人的崇敬之情。

民国初年，窃国大盗袁世凯，倒行逆施，不得人心。有人送袁世凯一副挽联：

总统府，新华宫，生于是，死于是；
拥戴书，劝进表，民意耶？帝意耶？

上联"总统府"与"新华宫"自对，下联"拥戴书"与"劝进表"自对。连接下文，对袁世凯是一种绝妙的讽刺。

四、四字自对

江苏江阴望江楼联：

杏花疏雨，杨柳轻风，酒兴汹浓春色饱；
扬子澄波，君山滴翠，诗人风流此间多。

上联中"杏花疏雨"与"杨柳轻风"自对；下联中"扬子澄波"与"君山滴翠"自对。

清代名士阮元（1764—1849），字伯元，号芸台，江苏仪征人。乾隆进士，官至体仁阁大学士，加太傅。主编《经籍纂诂》，校勘《十三经注疏》。他题杭州西湖联：

胜地重游，在红藕花中，绿杨荫里；
清游自昔，看长天一色，朗月当空。

此联的自对前加了领字。上联领字"在"之后是"红藕花中""绿杨荫里"自对，下联领字"看"之后是"长天一色""朗月当空"自对。

前几年的一个夏天，我在朋友的盛情邀请下，到山西临汾在建的湿地公园视察。这里位于汾河之畔，建有亭台楼榭、拱桥绿地，尤其是拔地而起的"望河楼"，飞檐翘斗，雕梁画栋，煞是气派。我应邀为望河楼撰联一副。联曰：

邀月登楼，听蛙鼓有声，荷香无语；
临汾望眼，看历山壮色，壶口飞烟。

此地东面有名山"历山"，南面毗邻"壶口瀑布"壮丽景观。上联"听"领"蛙鼓有声""荷香无语"自对，下联"看"领"历山壮色""壶口飞烟"自对。

山西运城著名联家廉宗颇撰题南京凤凰台联：

栏杆拍遍，总教人眼角含愁，心头隐恨；
胆略放开，且看我空中运笔，天上生辉。

上联"总教人"三字领"眼角含愁""心头隐恨"自对；下联"且看我"三字领"空中运笔""天上生辉"自对。

五、五字自对

上海市嘉定秋霞圃延绿轩联：

苔痕上阶绿，草色入帘青，便赏眼前生意满；
挽蔬夜雨畦，煮茗寒泉井，不知山外有尘寰。

上联"苔痕上阶绿""草色入帘青"自对，这是集自唐人刘禹锡《陋室铭》

之名句。看着眼熟，借来与下联五言自对成对："挽蔬夜雨畦""煮茗寒泉井"。

六、全联自对

上海辛园联：

移石栽花种草；
烹茶酌酒围棋。

上下联奇妙现象出现了：三个自对词组，而且都是动词和名词的组合。这样自对也就罢了，上下相对也无懈可击。神了！

当代诗人、楹联家于海洲题海南五指山联：

峰耸林深花奇雾绕；
晨凉午热夕暖宵寒。

上联是当地景物描写，下联是一天时令感觉。上下联各四个词组皆成自对。亦妙！

清代梁章钜题桂林中福亭寺联：

金碧焕楼台，远眺盘龙，近招白鹤；

烟云生几席，风来北牖，亭对南薰。

你快来瞧瞧，此联除了"焕""生"二字外，全是自对。上联中，"金碧"形容词与名词"楼台"自对，而"远眺盘龙"与"近招白鹤"又是词语自对；下联中，"烟云"与"几席"名词自对，"风来北牖""亭对南薰"也是词语自对。太奇妙了！

再看杭州葛岭联，也呈现全联自对的奇观。联云：

跨鹤登临，看日出扶桑，潮来凫赭；
扪云顾盼，正天心日出，水面潮来。

上联中的"登""临"自对，后文的"日出扶桑""潮来凫赭"自对。下联中的"顾""盼"自对。后边的"天心日出""水面潮来"自对，另外，不知你发现更奇特的现象没有：上联和下联错落位置的"有规则重字"。"日出"两次出现，"潮来"两次出现。重复安排得鬼斧神工。不，这不叫"安排"，这是自然天成的神奇妙联！

七、多项自对

上面出现了全联自对，而且妙相

丛生、奇观叠现，让大家眼花缭乱。下面这副长联更奇妙。咱先拈来看看是何等非常模样。李联芳题湖北武昌黄鹤楼联云：

> 数千年胜迹，旷世传来。看凤凰孤屿，鹦鹉芳洲，黄鹄渔矶，晴川杰阁。好个春花秋月，只落得剩水残山。极目古今愁，是何时崔颢题诗，青莲搁笔；
> 一万里长江，几人淘尽。望汉口斜阳，洞庭远涨，潇湘夜雨，云梦朝阳。许多酒兴诗情，仅留下荒烟夕照。放怀天地窄，都付与笛声缥缈，鹤影蹁跹。

怎么样？看出些门道没有？咱这里是谈自对的，就这一副长联，就囊括了前面几节所见到的自对现象。一字自对："古""今"；"天""地"。

二字自对："春花""秋月"，"剩水""残山"；"酒兴""诗情"，"荒烟""夕照"；四字自对："凤凰孤屿"与"鹦鹉芳洲"，"黄鹄渔矶"与"晴川杰阁"，"崔颢题诗"与"青莲搁笔"；"汉口斜阳"与"洞庭远涨"，"潇湘夜雨"与"云梦朝阳"，"笛声缥缈"与"鹤影蹁跹"。你仔细瞧瞧，厉害不厉害！一副对联用了六处自对，这算不算对联创作中的奇迹？可以与孙髯翁所撰的云南昆明大观楼长联媲美。

自对，在对联创作中是一种技巧，一种手段。自对在一副对联中起着上下对仗不可替代的作用。自对的语言美，营造并强化了对联的层次美、结构美、对称美、音韵美。在对联创作过程中，如果要让对联上下对仗之外的对偶更丰富、更具艺术魅力，那么就用好自对吧！

第八节　并肩对

何谓并肩对？顾名思义，即上下联并肩而行，不轻不重，不偏不倚。你依着我，我傍着你。相互依存，相互关联。平等相处，平分秋色。此种对式在对联中占相当大的比重。尤其古对联中佳对较多，举例如下，供大家学习。

明代左光斗（1575—1625），字遗直，号浮丘，安徽桐城人。明万历进士，官至左都御史。他有一联：

风云三尺剑；
花鸟一床书。

明代书家王时敏（1592—1680），字逊之，号烟客，晚号西庐老人，江苏太仓人。工诗文，善楷隶，癖好山水。他有题联：

德从宽处积；
福向俭中求。

清末书画家任颐（1840—1896），早年名润，后改名颐，字伯年，浙江山阴航坞山人。人物、山水、花鸟皆擅，尤以花鸟见长。他题五言联：

不俗即仙骨；
多情乃佛心。

清代书家黄易（1744—1802），字大易，号小松，仁和（今杭州）人。曾任济宁同知。工书，娴熟隶法。他有此联：

格超梅以上；
品在竹之间。

清代查昇（1650—1707），字仲韦，又字汉中，号声山，浙江海宁人。康熙进士。能诗、工书。他有一联：

花香穿座去；
鸟语入窗来。

明代程邃（1605—1691），字穆倩，号青溪，又号垢道人，自称江东布衣，安徽歙县人。他有六言联：

一张琴，半壶酒；
三尺剑，万卷书。

清代汪士铉（1658—1723），原名僎，字文升，号若谷，改号退谷，又号秋泉，他书题联曰：

鸟吟当户竹；
花傍绕池山。

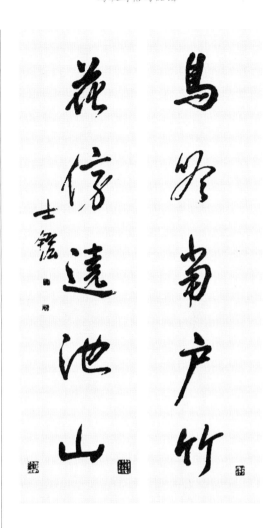

明代董其昌（1555—1636），字玄宰，号思白，又号思翁、香光居士，江苏松江人。明万历进士，官至南京礼部尚书。工书法，以小楷最精，行书名世，亦善山水。自言："赵孟頫书因熟而俗态，吾书因生而秀色。"他题七言联：

苍松翠柏窥颜色；
秋水春山见性情。

清代高其佩（1660—1734），字
韦之，号且园，又号南村，辽宁铁岭人。
他有一联云：

软红不到藤萝外；
嫩绿新添几案前。

清代王文治（1730—1802），字
禹卿，号梦楼，别署快雨堂、柿叶轩，
江苏丹徒人。工书，楷书为佳，为人

称道。他书题此联：

宝篆凝香留睡鸭；
彩笺和墨写来禽。

清代翁方纲（1773—1818），字
正三，号覃溪，又自号苏斋，顺天大
兴（今北京）人。乾隆进士，历任仕
学官，擢内阁学士，迁鸿胪寺卿。书
法真行篆隶均工。他题书七言联：

屏围燕几成山字；

簟展凉轩作水纹。

清代何绍基（1799—1873），字子贞，号东洲，晚号蝯叟，湖南道州（今道县）人。道光进士，历任编修、四川学政等。工诗善书，得力于颜真卿。参以北魏《张玄墓志》及唐欧阳通、李邕笔法，遒劲峻拔，自成风格。请欣赏何绍基一副题书联：

流水点红桃雨霁；

长林迸绿笋芽肥。

清代陈孚恩（？—1866），字子鹤，江西新城人。道光拔贡，历仕侍郎、巡抚、尚书等职。后以党附载垣夺职，戍伊犁。后伊犁陷落，全家赴难。工书法。他有如下一联：

翠竹依庭留凤集；

乔松绕户看鸾翔。

清末杨守敬（1839—1914），字惺，别署邻苏老人，湖北宜都人。同治举人。工四体书，饶有金石气。他题书此联：

画悬古木棲鸦影；

琴谱平沙落雁声。

清代李准（1871—1936），原名继武，字直绳，号恒斋、默斋，别号任庵，四川邻水县人。是百年来维护"南沙诸岛"主权最有贡献的海军高级将领。其所著《广东水师国防要塞图说》，至今仍是我国政府用以证明对东沙、西沙等海岛主权的重要文献。他曾题书篆书联：

古柳阴中来走马；
好花深处有鸣禽。

清代齐彦槐（1774—1841），字梦树，号梅麓，江西婺源人。书法家、文学家。他题有一联：

梅花不是人间白；
山色偏来竹里青。

清代刘熙载（1813—1881），字伯简，号融斋，晚号寤崖子，江苏兴化人。道光进士，官至左春坊左中允，广东学政。工书法，喜诗词。著有《艺概》及《昨非集》。他有一副自题联：

左壁图书，西园翰墨；
南华秋水，北苑春山。

清代龚自珍（1792—1841），又名巩祚，字尔玉，又字璱人，号定庵，又号羽岭山民，浙江仁和（今杭州）人。道光进士，晚清思想家、文学家。

他题有这样一副对联：

读万卷书，行万里路；
综一代典，成一家言。

第九节　映衬对

映衬对，指上下联一为正意（作者撰此一联的本意），一为衬托。这就在联语语气上稍稍表现出一轻一重。如果说上一节提及的"并肩对"是五五开，那么"映衬对"的上下联分量比，大概是四六开。通常情况是：上联轻些下联重些。必须在撰联时，掌握好上下联的差别分寸，一方为主，一方为映衬。如山水之间，水映山，显山露水。如梅雪之间，梅傲雪，雪衬梅香。正如宋代卢梅坡《雪梅》诗："梅须逊雪三分白，雪却输梅一段香。"

明代范凤仁，字道小，号梅隐，江苏吴县人。流寓浙江嘉兴，隐居不仕。工书画篆刻。他题书五言联：

早完一岁赋；
多读几年书。

清初陈邦彦（1678—1752），字世南，号春晖，又号匏庐，浙江海宁人。康熙进士。工书。他有一联云：

丘壑自成性；
春秋常赋诗。

清代傅山题联：

性定会心自远；
身闲乐事偏多。

清代纪晓岚题书一联：

太极两仪生四象；
春宵一刻值千金。

清代刘墉题书一联：

文如秋水尘埃净；
诗似春云态度妍。

清代王图炳（清初），字澄川，江南华亭（今上海市松江）人。书学董其昌。他题书此联：

自得云林雅趣；
且凭泉石清吟。

清代张燕昌（1738—1814），字芑堂，号文鱼，又号金粟山人，浙江海盐人。工书画，善篆隶行楷。他有题书联：

最养百花惟晓露；
能生万物是春风。

清代姚鼐（1732—1815），字姬传，号梦穀，又号惜抱先生，安徽桐城人。曾任刑部郎中。工书。他题写如下对联：

室临春水秋怀朗；
坐对贤人躁气无。

清代陈鸿寿（1765—1822），字子恭，号曼生，别号翼庵，浙江钱塘（今杭州）人。曾任知县、同知等。诗文书画均工，书精古隶，兼及篆刻行草。他题书如下一联：

课子课孙先课己；
成仙成佛且成人。

清翟云昇（1776—1858），字舜堂，号文泉，山东掖县人。道光进士，官国子监助教。工隶书。有《五经岁编斋集》。他题书一副对联：

于古人书无不读；
则天下事大有为。

清代赵子谦（1829—1884），初字益甫，号冷君，号悲盦，浙江绍兴人。精篆刻书画，书法北魏碑志，自成流派。他题联：

江上飞云来北固；
潮连沧海欲东游。

著有《艺舟双楫》等。他题书此联：

山水之间有清契；
林亭以外无世情。

清代吴大澂（1835—1902），字清卿，号愙斋，又号恒轩，江苏吴县人。工书，以篆书最精。他题书篆书联：

清代包世臣（1775—1855），字诚伯，号慎伯，晚号倦翁，安徽泾县人。

藉甚声华金鼎重；

湛然心迹玉壶清。

清末刘春霖（1872—1942），字润琴，号石筼，直隶肃宁（今河北肃宁）人。中国科举制度中最后一位状元。工书法，尤以小楷见长。他题书某茶馆一联：

应费明河千斛水；

要分清署一壶冰。

清末谭延闿（1880—1930），字祖安、祖庵，号无畏、切斋，湖南茶陵人。工书，有"近代颜书大家"之称。他题书对联：

幽圃落花多掩径；

短篱疏菊不遮山。

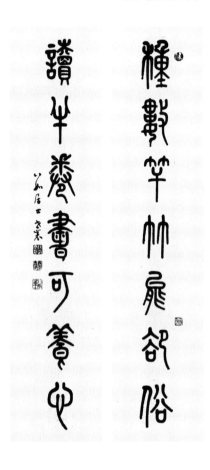

徐世襄，较早一批清政府派送欧洲留学的学子之一。工书法，尤善篆书。他题书一副篆书联：

种数竿竹能却俗；
读半卷书可养心。

清代陈白崖书题此联：

事能知足心常惬；
人到无求品自高。

人到"知足"，自然心情愉悦。人到"无求"，这是一种寡欲清心的人生境界，品格自然会高出常人一大截。

第十节　无情对

以上我们谈到的正对、反对、工对、宽对、借对、流水对、自对、并肩对、映衬对九种对格，都是"有情对"。何谓有情对？即上下联之间有一定的连带关系，非"近亲"即"近邻"。这一节，我们讲"无情对"。在对联七规则中，最后一条即明确规范了上下联语义相关。而无情对，恰恰是上下联语义故意制造不相关，甚至经过巧妙构思，极力使上下联字词在同类词上和声律平仄上，达到严格的对仗，近乎"工对"。但是，在联义内容上，尽可能"绝缘"、不搭界，越是风马牛不相及，越是"无情"，越是绝妙的无情对。前人襟霞阁主人《对联作法》道："无情对……就是把意义绝不相同的字，互相对仗，而且越不相侔，越是称好。"如下面一例：

有人出句：

公门桃李争荣日；

最佳无情对句是：

法国荷兰比利时。

以上"公"与"法"、"门"与"国"、"桃李"与"荷兰"、"争荣"与"比利"、"日"与"时"，字面上和声律平仄方面，都是对仗很严谨的。但整句语义衡量，却是全不相干的。这就是很精彩的无情对。

还有一例：

庭前花始放；
阁下李先生。

"庭前""阁下"，字面似乎是方位之说。然而，"阁下"又是一种尊称。"花始放"是一种现象，"李先生"却是对人的称呼。毫无关联。这个无情对出自明代冯梦龙《古今谭

概》卷二十九《谈笑部·随口对》，是说李东阳任华盖殿大学士时，有一次班庶吉士去拜见他，有人尊称他为"阁下李先生"。于是，李东阳出上句"庭前花始放"，请班庶吉士对之。众人认为这也太容易了，可又吟念不出对得工整的句子。就在众人各自沉思犯难之时，李东阳哈哈一笑道："你们刚才怎么称呼我来着？"大家这才恍然大悟，连声叫好。

清朝末年，有一药店掌柜凭贩卖名贵中草药，赚了一大笔钱，并用重金买了个"五品官"。当他将顶戴花翎、天青朝服穿戴好，赫然出现在大庭广众场合时，其中有溜须者念出一对句：

五品天青褂；

然后，不少知情者，无不掩口而笑。这时，有人当场接茬吟出下句：

六味地黄丸。

在场的人有知底细者，明白其讥讽之意。药店掌柜自是最解其意，扫兴离开现场。上句"五品天青褂"，从其穿戴打扮出言。下句"六味地黄

丸"，却是一种千古名方中成药名。一语道破药店掌柜的天机，揭了其老底。

江南水乡，有人以一种洋酒出句征对。出句：

三星白兰地；

过了个把月，正逢五月，仍无人揭牌应对。正当他出门时，天下起了绵绵细雨。主人喜出望外地对道：

五月黄梅天。

"三星白兰地"与"五月黄梅天"，对得天衣无缝，"三""五"是数字对，"星""月"是天文词对，"白""黄"是颜色词对，"兰""梅"是植物花卉词对，"地""天"是天文地理词对。太精彩了，可惜是风马牛不相及的无情对。一个是法国名酒名，一个是中国南方梅雨季节的天气现象。让人叹为观止。

再看这个无情对：

五风十雨梅黄节；
二水三山李白诗。

"五风十雨"，语出《论衡·是应》："风不鸣条，雨不破块，五日一风，十日一雨。"此句言南方"黄梅节"晴雨无常。"二水三山"，指唐代诗人李白《金陵凤凰台》诗："三山半落青天外，二水中分白鹭洲。"句中"梅"与"李"是植物又是花果名对，"黄"与"白"是颜色对，"节"与"诗"属名词对。堪称又一个奇妙无情对。

你瞧下面两人对句：

难凭只手擎南宋；
能使双眸复大明。

上句是故意拿南宋爱国将领文天祥说事，情理之中。下句是在描写眼镜之功能。上下句互不搭界，一说"南宋"，一说"大明"。下句"大明"语带双关。无情对是也！

我在多年对联研究创作中，也得出了个无情对，在这里探讨一下如何？

一是：前些年，我在客厅小桌上养了一盆文竹。那纤细的枝节，挺拔向上，似云非烟的叶子，翠绿可人。有一天，我就思谋，可否以"文竹"

为题，凑个无情对？当我想到《水浒传》中人物"武松"时，高兴得独自叫好。于是就有了这一个二言无情对：

文竹；
武松。

"文"对"武"天造地设，恰切无比。"竹"对"松"也是绝配，"岁寒三友"中择其二友。"文竹"是植物，是观叶花卉。而"武松"是古代英雄人物，武松打虎的故事家喻户晓。上下句对仗十分工整，语义却相差甚远，毫不沾边。

二是：有一天，我独自一人在大街上散步时，从我身边走过一位美女，散发出一股淡淡的香气。当时，只是瞟了一眼，未加理会。当美女走到我前面时，头上梳的两个马尾辫一甩一甩，很觉得有趣。也许是美女发型美的诱惑，于是，就产生了给"马尾辫"对对子的想法。当时想到过羊角沟、牛王庄、虎头山、鸡冠花，但都不满意。最后敲定的是：

马尾辫；
猴头菇。

"马"与"猴"是动物相对，马仄猴平，合律。"尾"与"头"是部位相对，尾仄头平，也合律。"辫"与"菇"是名词相对，辫仄菇平，也合律。语义风马牛不相及的是："马尾辫"是小姑娘的头发造型，可观。"猴头菇"是一种珍奇菌菇，可食。

我还积累了如下一些三言无情对，抄录来供大家把玩："龙头拐"对"马尾松"；"春秋配"对"日月潭"；"决死队"对"养生堂"；"老三届"对"新四军"；"牛得草"对"虎刺梅"；"斗地主"对"闹天宫"；"桃花节"对"稻草人"；"唱忐忑"对"吃葡萄"。

四言无情对："早春二月"对"半夏三钱"；"小家碧玉"对"大国沙文"；"昙花一现"对"孟母三迁"；"白眉大侠"对"赤脚医生"。

有人说："无情对即流水对。"切勿偷换概念，混淆视听。无情对是"无情"，流水对不仅"有情"，而且是打断骨头还连着筋的"有情"。痴人说梦一样，不予理睬罢了！有人说："无情对可以不讲语法。"纯粹又是荒谬之言。"无情对"的语法技巧很高，恐怕是不可轻易驾驭得了的。还有人说："无情对是拼盘。"谓之曰：

"莫把拼盘当对联。"有那么一点意思，没有见过拿鸡爪子和大龙虾搭一盘的。必须重申：无情对是"对"，不是"联"。如称无情联，那就是大错特错了。正因为它的上下句是内容毫无关联的工对，才称其为"无情对"。

【单元小结】

对联的对格很丰富，也很有意思。如果大家静下心来，认真仔细地琢磨这一单元所列诸种对格，和各种对格的特殊品诣，就会自然对对联产生兴趣。在研究唐诗初期，有句口头禅"熟读唐诗三百首，不会作诗也会吟"。把此语借来讲对联也很搭调。工对与反对，正对与宽对，都是相对而言的，不是绝对的。大家在学习这些对格时，一定要灵活辩证地去掌握它，运用它。对格是认识对联的基础，初学的朋友要把它们的特点记在心中。最好将有的典型对格佳联背诵熟记，这对日后进入对联创作是有益的。这就是打基础。基础打好了，楼体盖得越高越漂亮。基础不扎实，在创作实践中难免"掉链子"。

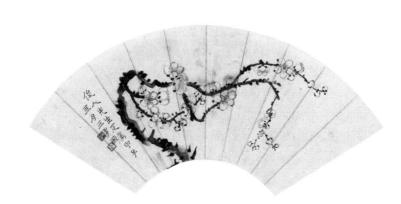

第七单元　对联格律与形式

这一讲，我们谈对联格律。其实在第二单元论及的对联规则与要素，就属于对联格律的一部分。不过，前面规范的是对联的"规格""格式"。这一单元，我们着重在对联的声律上，讲一些知识性的东西。

咱得弄清对联与律诗的区别，即二者的相同点与不同处。

先说联与诗的相同点：（1）直观上都分行。（2）立意构思上都要高、上、新。（3）遣词造句都要用形象思维。（4）奇妙大胆的想象是二者都需要的。（5）上下联语对仗是二者都必须遵循的。（6）声律平仄是二者的基本要求。（7）一副联（包括律诗中的"颔联""颈联"）尾文必须上仄下平。（8）联义相关，不得游离主题。

再说联与诗的不同处：（1）对联是两行，所以又叫"两行文学"。即便是长联也不例外，只是分句多了，整体上还是两行。（2）对联上下不需要押韵，这是与律诗最明显的区别。而诗必须押韵。（3）对联字数不限，还可以多个分句组成，随意性强。但是律诗通常只有八句（分五言律诗、七言律诗，排律可不受八句限制），而且每句字数也定好了的，不得增减。（4）律诗有粘的讲究（即二三句、四五句、六七句之间要声律相粘）。但对联上下联对句，只讲对仗与声律和谐、节奏相当。（5）律诗中的"颔联""颈联"，可以提出来作"诗联"供书法家题写。但对联就叫"对联"，不可称为"诗联"。

第一节　关于旧四声

自从有了诗歌体裁以后，语言声律就产生了。尤其魏晋以后，骈体韵文的出现，再加上南朝齐梁间诗人沈约、谢朓创立"永明体"诗，诗中声律比较自觉运用。汉字单音，宜于讲声律。魏晋时，李登作《声类》十卷，吕静作《韵集》五卷，已分出清、浊音和宫、商、角、徵、羽诸声。另外，孙炎作《尔雅音义》，用反切注音。当时也只是以宫、商之类分韵，还没有四声之概念。南北朝时，由于受佛经"转读"吟念的启发与影响，创立了"四声"之说。即旧四声：平、上、去、入。其间，周颙作《四声切韵》，沈约作《四声谱》，创"四声""八病"之说。从齐梁"四声""八病"盛行之后，再把四声二元化，分为平（平声）、仄（上、去、入声）两大类，自此有了平仄之说。随着诗的声律发展变化，每句诗与每句诗之间的平仄也发生了变化。"调平仄术"的产生，和连接诗句之间的"粘法"产生，更显现出每句诗用五字、七字，要比用四字、六字更富有音乐美，节奏也更有变化。这样，从齐梁时略带格律的"新体诗"，经过一百多年的发展，到了唐代，律诗达到了声律相当严密讲究的阶段。五言律诗与七言律诗，以一种固定的格律形式定格了下来。

翻开浩如烟海的《全唐诗》，五律、七律是唐诗的主要诗体之一。律诗既讲究声律，又讲求对仗。八句成章律诗，中间三、四句习惯称作"颔联"，五、六句习惯称作"颈联"。举例说明如下：

杜甫五律《春望》

国破山河在，
城春草木深。
感时花溅泪，
恨别鸟惊心。 ｝颔联
烽火连三月，
家书抵万金。 ｝颈联
白头搔更短，
浑欲不胜簪。

李商隐七律《无题》

相见时难别亦难，
东风无力百花残。
春蚕到死丝方尽，
蜡炬成灰泪始干。　　〕颔联
晓镜但愁云鬓改，
夜吟应觉月光寒。　　〕颈联
蓬山此去无多路，
青鸟殷勤为探看。

多少年来，律诗中"颔联"与"颈联"的格律，包括字词的对仗关系与声律要求，可以说就是对联的基本格律，所以，律诗和对联的关系就是：诗就是联，联也是诗，诗中有联，联内有诗，所以，我一贯告诫对联作者，要多读些古今律诗的精品，甚至学作几首律诗。假如你会作律诗了，作对联就是驾轻就熟的事了。

古人学诗之第一步，当重音韵。音韵之中，尤以练习四声为最要。四声如何？"平上去入"是也。

关于旧四声平仄歌诀，来历见《康熙字典》卷首刊有明朝僧人真空《玉钥匙歌诀》："平声平道莫低昂，上声高呼猛烈强，去声分明哀远道，入声短促急收藏。"这就说明了旧四声

的发音特征：平声的声调特点是中平，不高不低、不升不降，轻而且长。仄声包括上、去、入三声，其声调特点是有升有降，读音短促。其中上声是升调，去声是降调，入声是短调。

清代康熙皇帝命令朝廷词臣编一部官韵书，于是，将金代官韵书，供科举考试之用的"平水韵"，改定为《佩文诗韵》。人们在诗词创作中沿用的"平水韵"与《佩文诗韵》是一回事，"佩文"是康熙皇帝的书斋号，故有此名称。那么，"平水韵"来历如何？据有关辞书说："平水韵，原为金代官韵书。平水是旧平阳府城（今山西临汾市）别称，因刊行于此，故名。"过去有人认为，"平水韵"是指南宋江北平水人刘渊所编的《壬子新刊礼部韵略》。他于宋淳祐十二年（公元1252年）合并《广韵》"同用"部为107韵。后经学者考证，认为一般所称的"平水韵"，应为金代山西平水书籍官王文郁编的《平水新刊礼部韵略》。他于金正大六年（公元1229年）将《广韵》"同用"韵部合并起来，成为106韵，是按照金代功令合并的。从年份上看，此书比南宋刘渊编书早23年。其实，"平水韵"最早应为金代山西平阳人毛麾于金大定十六年（公元1176年）

编成的《平水韵》。此书比王文郁所编韵书早53年，可惜书已佚失，只见于书目。据此分析，王文郁、刘渊所编的韵书都是因袭之作，所以都有"新刊"之词。王文郁所编之书对后世影响较大，一直流传到清代。康熙年间《佩文诗韵》，即是此"平水韵"。

从大量的律诗与清联声律的"调平仄法"考量，绝大部分都依据"平水韵"。即便是当代的不少诗词与对联专家与学者，都仍然坚持用"平水"调"调平仄。他们之所以这样做，理由是：律诗与对联是中华民族汉文化传统格律化极强的文学形式，它的漫长形成过程和发展，都是以古汉语为基本条件的。律诗与对联中有不少平仄声律规定的汉字有独特的韵味，与现代汉语声调有一定反差。有个别汉字标旧声与标新声有截然不同的音韵效果。为了尊重传统，不至于失去原有的汉字声韵美感，所以，有不少人坚持以旧四声"调平仄"。

第二节　关于新四声

上一节我们谈及的"平水韵"，已经沿用了800余年。按照发展变化的观点考量，以及人们对语言使用的新思维、新要求，社会文化层面，有一种更新诗韵的需求呼声。于是，《中华新韵》应运而生。尤其是1965年，中华书局上海编辑所依照《中华新韵》归纳现代汉语为18个韵部，编成了《诗韵新编》。它的突出特点是在8个韵母后，列有入声字，注了汉语拼音，标有声调，表示出这一入声字归入现代汉语中何声。凡本韵不同声调的字都注明另有其他某声。我认为，旧四声与新四声最大的辨声障碍在旧四声的"入"声字上。因为新四声中只有"阴平、阳平、上声、去声"四声，而明显没有了"入"声。那么"入"声字跑哪里去了？少部分归"阴平"，大部分归"阳平"。

在运用新四声调平仄时，很简单，"阴平""阳平"为平声，"上声""去声"为仄声。新四声分调歌诀是："阴平——起音变高一路平，阳平——从低到高向上升。上声——先降然后再扬起，去声——高处降到最低层。"用明显的符号标识就是：阴平"－"，阳平"ˊ"，上声"ˇ"，去声"ˋ"。

主张律诗与对联创作用"新声调平仄"者认为，当代人毕竟不是古人，不必要因循守旧死抱着"平水韵"不放。从音韵学的发展新观点讲，我们现在推广普及的是普通话，普通话的语音是"新四声"：阴平、阳平、上声、去声。那么，现代人作律诗、对联，就应该用"新四声"来调平仄。因此，用新四声代替旧四声势在必行。这是社会发展的必然，也是"笔墨当随时代，文章反映生活"的要求。

第三节　新旧四声共存并行

旧体格律诗和对联，是中华民族优秀传统文化的组成部分。旧四声在调平仄上具有特殊的音韵魅力，在现代律诗与对联创作中，仍有很强的艺术生命力。我曾经撰文《对联乃"国粹"之声韵辩》，在楹联界引起不小反响。我的观点是：既然承认中国对联类似于京剧、陶瓷、国画、书法篆刻等中国非物质文化遗产，对联创作就应以古声为主，新声为辅。我的论点是：书法创作沿用的是繁体字；京剧念白与唱腔沿用的是程式化的声腔。如果这些具有传统文化特点的因素废弃了，对联作品全是新声对联，那么向联合国教科文组织申报对联列入世界非物质文化遗产名录就失去了本质意义。我的观点很明朗，即既然对联是古代传统文化遗产，就应保留其古风味古声韵。新声对联可以有，但不主张是主流，更反对用新声对联取代旧声对联的霸道提法。2010年初，此文在《中国楹联》与《对联》杂志同时发表后，引起联界一股轩然大波。支持我观点者有之，反对我观点者也有之。我为联坛正当而健康的学术讨论而高兴！

旧四声调平仄，在现时代能存在，证明还有存在的价值。新四声调平仄，有人追捧与实践，证明其有一定市场。我同意在对联创作中，在不排斥旧四声的前提下，积极试用新四声，或者亦古亦今，双轨并行，各随其便。旧四声与新四声同时共存，双轨并行，既利于旧四声的创作和对古对联遗产的借鉴与赏析，又利于新四声在对联创作中的尝试与创新。

在旧四声与新四声共存并行的情况下，必须遵循并坚持一个原则，即在一副对联中，不得新旧混用。说得透彻一点，就是你在调平仄时，上下联应采用一种声律。要么都用旧声，要么都用新声，绝不可以上联用的是旧声，下联一时疏忽用的是新声。这种造成不伦不类、半旧半新的情况，一定要杜绝！如这样一副对联：

千里寒风扬白雪；
五福小院绽红梅。

这副对联中，"白"和"福"是旧韵入声字。上联"白"从旧声，为仄，下联"福"却从新声，为平，这就叫作新旧声混用了，是绝对不允许的。

下面咱们以"中国梦"为主题词，分别写进旧声对联和新声对联中，看分别是什么状况。如按旧声标平仄，"国"字属仄声，"中国梦"是"平仄仄"。对联就是这样：

策马同追中国梦；
迎春共乐小康年。

如按新声调平仄，"国"字归了阳平，属平声，"中国梦"的平仄关系是"平平仄"，对联就成了这个样子：

神龙舞动中国梦；
喜鹊欢歌大有年。

另外，还有一个对联鉴赏与判断标准问题。实行"新旧四声双轨制"，势必出现新旧声两个标准。比如著名诗人、书法家、中国佛教协会原主席赵朴初题四川峨眉山青音阁联：

天著霞衣迎日出；
峰腾云海作舟浮。

"出"字在此联按仄声调平仄，是旧声联。按旧声标准评品，这是一副形象生动、比喻新颖，十分精彩的写景联。但是，入声字"出"字在新声属平，这副联马上变成"出"与"浮"皆平的问题。一下子成了一副不合格联。新旧两种标准下，这副对联得出截然相反的评判。所以，在当下新旧四声共存并行的情况下，首先对联作者要掌握"新旧四声不得混用"的基本原则。其次就是对联的评判者与读者，要对面前的对联作精确的判断。怎么判断？看联中的"入声字"，如从仄，即为旧声对联。如从平，即为新声对联。假如出现两个入声字，一从仄而另一字从平，那就是新旧声混用了，毫不客气淘汰出局！

这里，专门觅到一副赵朴初先生的楹联墨宝。下联的"相"字，属两音字。以平声 xiāng 相，如相称、相对、相处、相亲等。从仄声 xiàng 相，如相片、相貌等。在此联中，"相"字从仄。联曰：

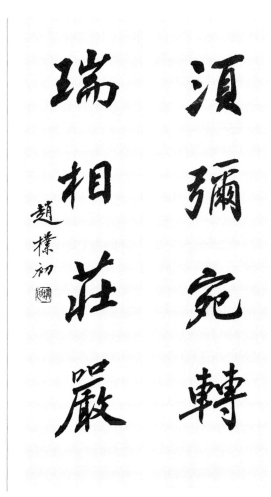

　须弥宛转；
　瑞相庄严。

第四节　对联声律格式

王力先生《诗词格律》第三节"平仄"中指出："平仄在诗词中又是怎样交错着的呢？我们可以概括为两句话：（1）平仄在本句中是交替的；（2）平仄在对句中是对立的。"我认为，对联的声律也遵循此原则。下面按字数多少分别标识平仄：

一、二字联

二字联有两种平仄格式。

仄起式：仄仄；

平平。

如毛泽东幼年对私塾先生对句：

濯足；

修身。

平起式：平仄；

仄平。

如明代戴大兵对私塾先生对句：

风扁；

月圆。

二、三字联

三字联有三种平仄格式。

平起式（一）：平平仄；

仄仄平。

如春联：

春风绿；

对帖红。

平起式（二）：平仄仄，

仄平平，

如集古帖联：

争座位；

上阳台。

［注］《争座位》是唐代颜真卿的行书帖稿。《上阳台》是唐代诗人李白的传世名帖。

仄起式：仄平仄；

平仄平。

如本人偶题古装戏名巧对：

失、空、斩；

荒、锁、春。

［注］上联是指京剧舞台上演的诸葛亮的三个折子戏：《失街亭》《空城计》《斩马谡》。下联是指当代京剧程派大青衣张火丁演出的程派代表剧目：《荒山泪》《锁麟囊》《春闺梦》。

三、四言联

四言联有两种平仄格式：

平起式：平平仄仄；

仄仄平平。

宁斧成（1897—1966），字宗侯，号老腐，满族，辽宁沈阳人。久居津京。书法宗汉魏，尤精篆隶。隶书用淡墨，自成一格。他题四言联：

青云得路；
赤壁之游。

仄起式：仄平平仄；
　　　　平仄仄平。
如：时贤题书联：

虎移泉眼；
龙作浪花。

四、五言联

五言联有两种平仄格式：
平起式：平平平仄仄；
　　　　仄仄仄平平。
如本人题过一副赠画家王俭庭墨
竹联：

凌云持劲节；
抱石有虚怀。

仄起式：仄仄平平仄；
　　　　平平仄仄平。
如清代郑板桥自题居室联：

室雅何须大；
花香不在多。

又如长城居庸关联：

辽海吞边月；
长城锁乱云。

清代书法家徐良行草五言联：

静者心多妙；
飘然思不群。

下联中"思"从仄（在古声中属两读音字）。

五、六言联

六言联只有仄起格式。但有三变通：

第一种：仄仄平平仄仄；
　　　　平平仄仄平平。

如徐悲鸿先生题联：

白马秋风塞上；
杏花春雨江南。

第二种：仄仄平，平平仄；
　　　　平平仄，仄仄平。

如本人曾题友人藏古代书画展联：

魏晋书，明清画；
惊天地，泣鬼神。

第三种：仄平平，平仄仄；
　　　　平仄仄，仄平平。

如本人题赠天津书画名家王颂余嵌名联：

颂山河，挥笔墨；
余智慧，献中华。

六、七言联

七言联有两种平仄格式。

平起式：平平仄仄平平仄；

　　　　仄仄平平仄仄平。

如清代刘墉七言行书联：

　　　琴余相鹤风生竹；

　　　雨过笼鹅水满溪。

又如伟人毛泽东《七律·长征》中诗联：

金沙水拍云崖暖；

大渡桥横铁索寒。

仄起式：仄仄平平平仄仄；

　　　　平平仄仄仄平平。

如清代著名书画家禹之鼎题联：

　　　秀句惊人时夏玉；

　　　清言对客总如兰。

又如当代书法篆刻家葛介屏题联：

　　　酒对一樽怀我友；

　　　花明四壁是君家。

如按"一三五不论，二四六分明"标平仄之放宽之说，七言联平仄格式衍生出如下两种格式：

之一：仄平平仄平平仄；
　　　平仄仄平仄仄平。

如近代书法篆刻家赵叔儒题联：

手中书坠初酣枕；
窗下烛残正局棋。

之二：平仄仄平平仄仄；
　　　仄平平仄仄平平。

如现代学者、书法家吴玉如题联：

楼背绿杨新沐雨；
湖唇红日半粘云。

七、八言联

八言联有两种平仄格式。

平起式：平仄仄平，平平仄仄；
　　　　仄平平仄。仄仄平平。

如明代著名书画家董其昌题书斋联：

秋月春花，当前佳句；
法书名画，宿世良明。

仄起式：仄仄平平，平平仄仄；
　　　　平平仄仄。仄仄平平。

如本人为某书画家量身定作联：

杜甫草堂，清风瘦月；
石涛画稿，响水奇峰。

八、九言联

九言联有三种平仄格式。实际上是前面四、五言格式的组合。

其一：仄仄平平，平平平仄仄；

平平仄仄，仄仄仄平平。

如乾隆题畅春园寿萱春永殿联：

璇阁香清，露华滋蕙畹；
萱阶昼永，云锦蔚荷裳。

其二：仄仄平平，仄仄平平仄；
　　　平平仄仄，平平仄仄平。

如汪良之题黄山卧云庵联：

石诡松奇，自是有仙骨；
僧闲云懒，到来生隐心。

其三：仄仄仄平平，平平仄仄；
　　　平平平仄仄，仄仄平平。

如清代诗人题乾阳古洞联：

拍手欲弹琴，请君面壁；
澄心来问道，呼我开门。

九、十言联

十言联的平仄格式，可以解析为两个五言联的格式组合，或者是四言和六言（或六言和四言）的组合。因此，有如下三种格式：

其一：仄仄仄平平，平平平仄仄；
　　　平平平仄仄，仄仄仄平平。

如题黄山高台联：

高阁逼层霄，举头红日近；
远山收入画，回首白云低。

其二：仄仄平平，仄仄平平仄仄；
　　　平平仄仄，平平仄仄平平。

如钱君匋集宋人词句题上海抱华精舍联：

红粉墙头，燕子来时春社；
秋千影里，梨花落后清明。

其三：平平仄仄平平，平平仄仄；
　　　仄仄平平仄仄，仄仄平平。

如清代名臣左宗棠题吴县柳毅井联：

驰骋云路三千，我原过客；
管领重湖八百，君亦书生。

还有一种较为特殊的平仄格式：
平仄仄，仄平平，平平仄仄；
仄平平，平仄仄，仄仄平平。

如抗日爱国将领冯玉祥题成都武侯祠联：

成大事，以小心，一生谨慎；
仰清风，于遗像，万古清高。

十、十一言联

十一言联的平仄格式，可以分解前面的四言加七言的组合格式，也可以掉过头来是七言加上四言原组合。还可以是五言加六言的组合格式，乃至也可颠倒过来。总之，灵活运用即成。

其一：
仄仄平平，仄仄平平平仄仄；
平平仄仄，平平仄仄仄平平。

如朱元璋题南京莫愁湖胜棋楼联：

世事如棋，一着争来千古业；
柔情似水，几时流尽六朝春。

其二：
仄仄平平，平平仄仄平平仄；
平平仄仄，仄仄平平仄仄平。

如题陕西勉县武侯祠联：

水咽波声，一江云汉英雄泪；
山无樵采，十里定军草木香。

其三：
仄仄仄平平，仄仄平平仄仄；
平平平仄仄，平平仄仄平平。

如明代书画家徐渭题杭州吴山极目阁联：

八百里湖山，知是何年图画；
十万家烟火，尽归此处楼台。

其四：
平平仄仄仄平平，平平仄仄；
仄仄平平平仄仄，仄仄平平。

如题杭州西湖葛岭山门联

登临绝顶看扶桑，丹霞着色；

点缀名山有勾漏，旭日来朝。

其五：

仄仄平平仄仄平，平平仄仄；

平平仄仄平平仄，仄仄平平。

如题北京新会会馆联：

紫水黄山五百年，必生名世；

橙香绿葵八千里，共话乡风。

十一、十二言联

十二言联的平仄格式，大致可参照五言和七言组合格式，或七言和五言组合格式，还可以是六言和六言，或三个四言的组合格式。凡举如下四种平仄格式：

其一：

仄仄仄平平，仄仄平平平仄仄；

平平平仄仄，平平仄仄仄平平。

如题长沙岳麓山爱晚亭联：

山径晚红舒，五百夭桃新种得；

峡云深翠滴，一双驯鹤待笼来。

其二：

仄仄平平平仄仄，平平平仄仄；

平平仄仄仄平平，仄仄仄平平。

如题绍兴县萧相国祠联：

除去祖龙苛阁泽，万家歌武治；

评量功狗当高名，一代属文终。

其三：

平平仄仄平平，仄仄平平仄仄；

仄仄平平仄仄，平平仄仄平平。

如题江苏镇江东来阁联：

槛前一带沧江，不古不今图画；

帘外数声啼鸟，非丝非竹笙歌。

其四：

平平仄仄，仄仄平平，平平仄仄；

仄仄平平，平平仄仄，仄仄平平。

如集古人句题居室联：

海棠开后，燕子来时，黄昏庭院；

红粉墙头，秋千影里，临水人家。

字数再多的对联，亦可依次类推，举一反三，以不变应万变。只要把四、五、六、七言对联的平仄格式掌握好，熟练在心，遇到撰写多字对联，甚至中长联、长联，也会迎刃而解的。

中长联、长联标识平仄法，分如下四种：

（一）平仄单交替法。也就是在上下联各分句句脚，采用一平一仄交替规则，我把它叫做"间隔式"。如上海豫园卷雨楼联：

临碧上层楼，疏帘卷雨，曲槛临
（平）　　　　　（仄）

风，乐与良朋数晨夕；
（平）　　　　　（仄）

送青仰灵岫，幽涧闻莺，闲亭放
（仄）　　　　　（平）

鹤，莫教佳日负春秋。
（仄）　　　　　（平）

清代邓石如题碧山书屋长联，是典型的"间隔式"调平仄的长联：

沧海日，赤城霞，峨眉雪，巫峡云，
（仄）　（平）　（仄）　（平）

洞庭月，彭蠡烟，潇湘雨，武
（仄）　（平）　（仄）

夷峰，庐山瀑布，合宇宙奇观，
（平）　　（仄）　　　（平）

绘吾斋壁；
（仄）

少陵诗，摩诘画，左传文，马迁史，
（平）　（仄）　（平）　（仄）

薛涛笺，右军帖，南华经，相
（平）　（仄）　（平）

如赋，屈子离骚，收古今绝艺，
（仄）　　（平）　　　（仄）

置我轩窗。
（平）

又如本人在为山西省水利厅撰联时，也运用了"间隔式"。联云：

水利人四季倾情，冬披雪，春浴
（平）　　　　（仄）

沙，夏经雨，秋历霜，宿露餐
（平）　（仄）　（平）

风苦为乐；
（仄）

创业者八方涉足，北毗蒙，南邻
（仄）　　　　（平）

豫，西接秦，东连冀，引黄入
（仄）　（平）　（仄）

晋史无前。
（平）

（二）平仄双交替法。即上下联各分句句脚，采用了两平两仄交替规则，也就是平常说的"平顶平，仄顶仄"两两交替的格式。此格式最早源于南北朝"骈文"，因为骈文讲究音韵交替之美，四六言句脚平仄形成"仄平平仄"对仗。这样的句式组合成文，吟起来声调很协调，形成"仄平平仄仄平平仄仄平平仄……"由于这种声韵规律恰似马之前行后蹄踏着前蹄的蹄印走，每个蹄印都要踏两次。如果以一边的马蹄为"平"，另一边的马蹄为"仄"，左右轮流，就形成了"平平"之后便是"仄仄"，而"仄仄"之后则又是"平平"。又由于马的后蹄最后的站立点，与立定时前蹄的站立点，是固定状态，像似单出头，所以联语的开头与末尾句脚，应该呈现的是单平或者单仄。这就是所谓的"马蹄韵"，也称"马蹄格"。

如悬于河南内乡县县衙大堂一联：

吃百姓之饭，穿百姓之衣，莫道
（仄）　　　　　（平）

百姓可欺，自己也是百姓；
（平）　　　　　（仄）

得一官不荣，失一官不辱，休说
（平）　　　　　（仄）

一官无用，地方全靠一官。
（仄）　　　　　（平）

又如方梦园题扬州第五泉联：

大江南北，亦有湖山，来自衡岳
（仄）　　　（平）

洞庭，休道故乡无此好；
（平）　　　　　（仄）

近水楼台，尽收烟雨，论到梅花
（平）　　　　　（仄）

明月，须知东阁占春多。
（仄）　　　　　（平）

再如黄建管题南京鸡鸣寺豁蒙楼联：

遥对清凉山，近临北极阁，更看
（平）　　　　　（仄）

台城遗址，塔影横江，妙景入
（仄）　　　　　（平）

樽前，一幅画图伟胜迹；
（平）　　　　　（仄）

昔年凭�墅处，今上豁蒙楼，却喜
（仄）　　　　　（平）

玄武名湖，荷花满沼，好风来
（平）　　　　　（仄）

座右，数声钟磬答莲歌。
（仄）　　　　　（平）

（三）多平一仄法。上联除末尾一字标"仄"外，前边所有分句句脚皆"平"。下联反着用即可。民国年间吴恭亨《对联话》卷七载："忆予垂龆时请业于朱恂叔先生，研究作联法，问句法多少有定乎？曰：'无定。'昌黎言之，高下长短皆宜，即为联界示色身也。又问：'数句层累而下，亦如作诗之平

仄相间否？'曰：'非也，一联即长至十句，出幅前九句落脚皆平声，后一句落脚仄声，对幅反是，此其别也。'"因此，法式出于朱恂叔先生，后人称"朱氏规则"。也有人形象化为"钓竿韵"，意思形容此格式"平平平平仄；仄仄仄仄平。"前面像长长的钓鱼竿，尾部像垂钓鱼丝。

如杨鹤子题杭州于谦祠联：

千古痛钱塘，并楚国孤臣，白马
（平） 　　　（平）

江边，怒卷行堆雪浪；
（平） 　　　　　　（仄）

两朝冤少保，同岳家父子，夕阳
（仄） 　　　（仄）

亭里，心伤两地风波。
（仄） 　　　　　　（平）

又如清代名臣彭玉麟题西湖岳飞忠烈祠联：

史笔秉丹书，真耶？伪耶？莫问
（平） 　　（平） 　（平）

那十二金牌，七百年志士仁人，
（平） 　　　　　　　（平）

更何等悲歌泣血；
　　　　（仄）

墓门荟碧草，是也！非也！看跪
（仄） 　　（仄） 　（仄）

此两双顽铁，亿万世奸臣贼妇，
（仄） 　　　　　　（仄）

受几多恶极阴诛。
　　　（平）

再如清人题山西平定县移穰村戏台联：

金镜高悬，大千世界全包，看眼
（平） 　　　（平）

前离合悲欢，都是现身说法；
（平） 　　　　　　（仄）

黄粱倏梦，百万因缘尽历，听台
（仄） 　　　（仄）

上笙歌丝竹，如同静夜闻钟。
（仄） 　　　　　　（平）

"朱氏规则"联语，犹如语法中的排比句，在音韵上有一种紧锣密鼓的紧凑感。但是，不宜分句太多，一般四五个分句足矣。否则，一平到底，一仄到尾，显得韵味少了点。

（四）分节多层法。在撰写长联过程中，可以在构思与谋篇布局时，把上下联各分几个"节"来调其平仄。

每节可以是三至四个分句。三句可以是"两仄一平"或"两平一仄",四句可以是"仄平平仄"或"平仄仄平"。在层次上,节与节之间有机衔接,上一节句脚与下一节句脚可以是同一声调。这种手法称"贯气"。民国年间蔡东藩《联对作法》载:"凡句与句相迭,句分而意相属,或二句或三句乃尽者,谓之节。""长联必有节奏。即如以四句为一联,亦多分两节。起二句为一节,末二句为一节;或起三句为一节,末句总束为一节。"又云:"联对愈长,节数愈多。每节自一句起,至四句止,上节末句煞脚字音为平声,则下节起句之煞脚字音仍应用平声,其用仄声亦如之。惟出联结束句,总应用仄声字煞脚。对联结束句,总应用平声字煞脚。此固联对之通例也。"作长联最难,难就难在既要分"节",但又要"节"与"节"连贯,不能"脱节""断气"。想要做到这一点,我想,上面讲到的"平仄单交替法"与"平仄双交替法"(马蹄格),甚至"朱氏规则",都可以灵活运用。作长联就像是作文章,只要章节清晰、层次分明,上下联各司其意,既相对又相联,这就是正经格律。被誉为"古今第一长联"的清代孙髯翁笔下的昆明大观楼长联如下:

> 五百里滇池,奔来眼底。披襟岸帻,喜茫茫空阔无边。看东骧神骏,西翥灵仪,北走蜿蜒,南翔缟素。高人韵士,何妨选胜登临。趁蟹屿螺洲,梳裹就风鬟雾鬓,更苹天苇地,点缀些翠羽丹霞。莫孤负四围香稻,万顷晴沙,九夏芙蓉,三春杨柳。

> 数千年往事,注到心头,把酒凌虚,叹滚滚英雄谁在?想汉习楼船,唐标铁柱,宋挥玉斧,元跨革囊。伟烈丰功,费尽移山心力。尽珠帘画栋,卷不及暮雨朝云,便断碣残碑,都付与苍烟落照,只赢得几杵疏钟,半江渔火,两行秋雁,一枕清霜。

这副 180 字的长联,洋洋洒洒,文采飞扬。上联写滇池山水风物,下联写云南历史人文。借景抒情,评古论今,气势磅礴,动人心魄。足见"万树梅花一布衣"之孙髯翁乃长联圣手!此鸿篇巨制,开长联之先河。后人仿作颇多,但皆逊色。尤其是,清五百里滇池，奔来眼底，披襟岸帻，喜茫茫空阔无边。看东骧神骏，西翥灵仪，北走蜿蜒，南翔缟素。高人韵士，何妨选胜登临。趁蟹屿螺洲，梳裹就风鬟雾鬓；更蘋天苇地，点缀些翠羽丹霞。莫孤负四围香稻，万顷晴沙，九夏芙蓉，三春杨柳。

昆明孙髯翁先生旧句

数千年往事，注到心头，把酒凌虚，叹滚滚英雄谁在。想汉习楼船，唐标铁柱，宋挥玉斧，元跨革囊。伟烈丰功，费尽移山心力。尽珠帘画栋，卷不及暮雨朝云；便断碣残碑，都付与苍烟落照。只赢得几杵疏钟，半江渔火，两行秋雁，一枕清霜。

光绪十四年戊子春正月二日 西林岑毓英重立

代阮元竟然将髯翁原联窜改，为世人不屑。梁章钜在《楹联丛话》中言道："……阮芸台曾改窜数字，另制联板悬之。而彼都人士，啧有烦言，旋复撤去。"有人写一首诗嘲讽阮元。诗曰："软烟袋（阮元号芸台，谐其音）不通，萝卜韭菜葱，擅改古人联，笑煞孙髯翁。"伟人毛泽东对孙髯翁笔下长联也赞誉有加，对阮元的改联也作了批注："死对，点石成铁。"他在1962年中共七千人大会期间，特意向云南省委领导同志询问大观楼长联情况，笑着说："那是天下第一长联啊！作者孙髯翁是清代寒士，很有才气，论史作文，心得独到……"可见此副长联在中国对联史上的地位与文化价值非同一般！

【单元小结】

中国对联，是一种似诗非诗的独特品格的文学形式。说其"似诗"，是说在格律声韵上与古体诗（律诗）要求一样严格。说其"非诗"，是说在形制上只两行，不像律诗的八行。另外，对联与律诗最大的不同点，在于对联上下句之间"不押韵"。这就规定了对联较律诗而言，有了很大的灵活性。这种灵活性，是建立在符合对联格律的前提下的灵活和自由。有人把诗词创作喻为"戴着镣铐跳舞"，那么，对联创作也像是这样的舞蹈，丝毫不可大意地突破"格律"去跳什么花拳绣腿。这一单元的对联格律，与第二单元所讲的对联的七个要素，可以说是对联的基本规则。我认为，概括起来也就是对联的一个核心，那就是"对仗"。对联的两个基本点，那就是声律的"平""仄"。要求大家尤其是对联初学者，一定要将这一单元和第二单元的内容结合起来，弄懂，吃透，达到融会贯通，为对联创作打好基础，练好基本功。如果说除了这两个单元的其他单元可以"走马观花"的话，那么这两个单元我们一定要"下马观花"，甚至是"用心观花"而不仅仅是用眼了。另外，我希望大家把这个单元的内容熟透于心，因为这些格律性的东西，犹如代数中的某些公式或几何中的某个定理，在对联创作过程中常常会用到。所以这一单元的对联格律与形式，一定要下功夫学到手。当然，要熟练地掌握对联创作技巧，甚至达到"随心所欲不逾矩"、游刃有余的程度，非一日之功。但是只要基础打扎实了，日后必然会风生水起、心驰笔往地进入对联创作之佳境。

第八单元　对联修辞与技法

这一单元，我们讲对联修辞与技法。这仍然是基础性的课程，这些东西在日后对联创作时，都会用到的。

为了方便大家系统掌握修辞手法，咱们分语法修辞、字词修辞、音韵修辞三部分来讲。

第一节　语法修辞

语法修辞是我们进行诗词对联创作必须具备的语言技巧。诸如比喻、比拟、夸张、排比、衬托、借代、飞白、通感、双关、双兼、转口、换位、回文、分总、设问、用曲、集句、摘句等。下面一一进行说明。

一、比喻

比喻，俗称"打比方"。对某一事物描写时，利用与其相似的事物作比，使语言生动、形象，增强艺术感染力。比喻有一种长于描绘形象的艺术效果，所以，在对联中用

于写景状物。

如南宋抗金名将宗泽，幼年聪慧。一天，嫂子领他上山砍柴。见满山松树参天，嫂子出句让宗泽对，以试才智。出句：

山上古松，探出龙头望月；

宗泽想到园林紫竹风景，脱口对道：

园中紫竹，攒起凤尾朝天。

上联以"龙头"比喻古松，下联

以"凤尾"比喻紫竹。这是从事物外形特征上作比喻，倒也形象可观，遂成巧对。

清代"扬州八怪"之一的郑板桥有一副名联，大胆巧妙地运用了比喻。联云：

> 黄山云似海；
> 天姥日为丸。

广东潮州高台楼上有一副对联，比喻运用得非常精彩。联曰：

> 雨打波心，看见茫茫象眼；
> 风吹水面，浮出片片龙鳞。

广东新会圭峰山读书亭一联，巧用比喻将诗情画意展现在游人面前。联曰：

> 鸟语和溪音，自在笙簧，不假人间丝竹；
> 山云笼树色，天然图画，何劳笔下丹青。

上联中用"笙簧"来比喻"鸟语和溪音"，"丝竹"犹如在耳；下联中用"图画"比喻"山云笼树色"，"丹青"历历在目。比喻恰切生动。

比喻，这种修辞手法，有时在一个对句中连用，更能表现让人对景物产生身临其境的美感。如南京乌龙潭驻马庵联：

> 水如碧玉山如黛；
> 凤有高梧鹤有松。

江苏扬州新月楼一联，也是连用比喻之佳联。联曰：

蝶衔红蕊蜂衔粉；
露似珍珠月似弓。

治学常用的一副励志七言联，也用到了比喻。联曰：

书山有路勤为径；
学海无涯苦作舟。

有人用比喻手法，来表现学习专心致志、持之以恒的精神，很有艺术感染力。联云：

学如逆水行舟，不进则退；
心似平川走马，易放难收。

二、比拟

比拟，有拟人、拟物之分。把事物当作人来描写，赋予事物以人的动态或思想感情，使事物活生生地呼之欲出，这是"拟人"。把甲物照乙物的特征来描写，此谓"拟物"。

如南宋绍兴进士李焘，幼年聪颖过人。一次，私塾先生出句考他：

绿水本无忧，因风皱面；

李焘应声对出这样的下联：

青山原不老，为雪白头。

出句的"无忧""皱面"和对句的"不老""白头"，都应该是描写人物的词，在此来修饰"绿水"和"青山"，使景物人格化了。拟人手法用得恰到好处，自出机杼。

清代书画名家郑板桥有一副春联，就是拟人手法的对联典范。联曰：

春风放胆来梳柳；
夜雨瞒人去润花。

"放胆"与"瞒人"，给"春风"和"夜雨"以生命，有知有觉，有情有义。一个前来"梳柳"，一个前去"润花"，形象生动，历历在目。

昆明三清阁一联，更见新奇，让"鸟说""花笑"。联曰：

听鸟说甚？
看花笑谁？

杭州灵隐寺天王殿联：

峰峦或再有飞来，坐山门老等；
泉水已渐生暖意，放笑脸相迎。

此联从飞来峰、冷泉亭引发想象。上联大胆假想：如果再有峰峦飞来，让它"坐山门老等"，下联更见妙笔，从反向思维着墨，写冷泉不冷了，反生暖意，故让天王"放笑脸相迎"。联语以人格化语言，写得诙谐俏皮，

别开生面。

清代书画家张问陶（1764—1814），字仲冶，号船山，又号老船，又称蜀山老猿，四川遂宁人。乾隆年间进士。书题一联：

种花密似连畦菜；
结屋宽于著岸船。

上联"种花"比作"连畦菜";下联"结屋"拟作"著岸船"。足见笔下功夫。

以物拟人的艺术手法,将无生命之物变得有了生命感觉,生动形象,这种比拟技巧对联中常见。另有以人拟物的手法,似乎不多见。下面拈两副这样的对联。

郑逸梅先生是当代文化学者,善著雅俗共赏的短小美文,有"补白大王"之称。诗人高燮题赠郑逸梅一联:

人澹如菊;
品逸于梅。

郑逸梅,本姓"鞠","鞠"是"菊"的古写。此联不仅全嵌"鞠逸梅",而且以人比拟"菊"和"梅",赞其品格,手法别致。

当代著名画家李苦禅,题一副吟竹联。名为写竹,实为写人。人竹互比,恰成佳联:

未出土时便有节;
及凌云处尚虚心。

还有一种比拟,就是以物拟物。这种手法,在对联中偶有所见。如明代才子程敏政拜见当朝宰相李贤时,李贤设宴相待,并出句:

螃蟹浑身甲胄;

程敏政随即对道:

凤凰遍体文章。

上联以"甲胄"拟"螃蟹";下联以"文章"拟"凤凰"。以物拟物,倒也让人感到形象特别,有一种新奇之感。

三、夸张

夸张,就是运用形象化的语言,有意识地对所说的事物加以超出实际的描绘,给人以异乎寻常的感觉,以增强艺术感染力。

宋代文士刘少逸(977—?),江苏苏州人。11岁时欲拜当地一名士为师。那位名士不想轻易收他,即出对句考他的才思。出句曰:

一回酒渴思吞海;

刘少逸听这位名士口气不小，自己也大着胆子吟了对句：

> 几度诗狂欲上天。

上联"吞海"，写其酒量之大；下联"上天"，说其诗兴一来狂劲之高。虽极尽夸张之能事，但用来写酒量大、诗兴高，倒也更显其豪迈情感与浪漫精神。

明代嘉靖太师梁储（1451—1527），字叔厚，号厚斋，别号郁州居士，广东顺德人，幼年敏慧。一天傍晚时分，其父携他到池边洗浴。父亲出句曰：

> 晚浴池塘，摇动一天星斗；

梁储出语不凡，对道：

> 早登台阁，挽回三代乾坤。

上联实写景物，下联虚抒情怀，皆运用了夸张的艺术手法。梁储语在言志，后来果然高中成化进士第一名，官至吏部尚书、华盖殿大学士。

清代李文田（1834—1895），字畬光，号若农，广东顺德人。题联云：

> 少年说剑气横斗；
> 长夜读书声满天。

"说剑气横斗""读书声满天"，都有夸张的成分，读来令人精神振奋。

民主革命先行者孙中山先生，曾题联：

满堂花醉三千客；
一剑霜寒四十州。

花香能醉人，可见花气之香浓烈。然而"花醉三千客"，着实是夸张之言。下联"霜寒"是形容长剑出鞘，寒光亮眼。要说"霜寒四十州"，也属夸张之语矣！

在对联中，夸张手法的运用，是要有一定胆量的。如有人题湖南某姓氏祠堂联，就是说大不说小，给一点颜色，就敢涂遍整个世界。这副祠堂联曰：

修祖庙以大门闾，恢复南楚名家、
　　西江名旅；
登宗亭而小天下，遥企洞庭非阔、
　　衡岳非高。

好家伙！在此联作者眼里，天变小了，地变窄了，连八百里洞庭也显"非阔"，连南岳衡山也显"非高"。这口气夸张得够份儿，夸张得到家了！

清代书法家张启后楷书七言联：

万里烟波濯纨绮；
千章杞梓荫云天。

四、排比

排比，将结构相同或相似、语气一致的词语连续排列在联中，表达意义相关的内容，借以增强语势，并加深对主题的表现。

如：武汉东湖一联云：

鹄比翼，花颦眉，柳拂裙，画意更兼诗意；

林蕴幽，水凝碧，山环翠，东湖不让西湖。

台湾省台北市太古巢有一联，很精彩地运用了排比艺术手法，增加了联语的韵味。联曰：

三顿饭，数杯茗，一炉香，万卷书，何必向尘寰外求真仙佛？

晓露花，午风竹，晚山霞，夜江月，都于无字句处寓大文章。

清代骈文家吴锡麒（1746—1818），字圣徵，号谷人，浙江钱塘（今杭州）人。乾隆进士，官至国子监祭酒。曾题一联：

有山有水有林亭，映带左右；

可咏可觞可丝竹，怀抱古今。

近代著名教育家陶行知先生创办"晓庄师范"时，亲笔为"犁宫"书题对联：

> 与马、牛、羊、鸡、犬、豕做朋友；
> 对稻、粱、菽、麦、黍、稷下功夫。

联语一字多行排比，与禽畜"做朋友"，对五谷杂粮"下功夫"。旨在痛斥当时的反动派，连六畜都不如，宁与这些家畜家禽交友，也不愿与那些禽兽为伍。

五、衬托

衬托，是用描述环境、气氛等或其他条件作陪衬，烘托出主体事物所要表达的思想感情。

衬托，还有陪衬与反衬之分。运用同类事物特点来衬托主体的叫"陪衬"，运用相反的事物特点来衬托主体的叫"反衬"。这两种衬托手法，在对联中常见运用。

下面这副对联巧妙运用了陪衬手法，联曰：

> 鹦鹉能言难似凤；
> 蜘蛛虽巧不如蚕。

上联用"鹦鹉"陪衬"凤"；下联用"蜘蛛"陪衬"蚕"。

清人钱陈群书题一联，上联中"藜火"陪衬"书案月"，下联中"笔花"陪衬"墨池云"。

> 藜火光联书案月；
> 笔花香泛墨池云。

相传，明代才子唐伯虎看上了华府的丫环秋香姑娘。唐伯虎为了与秋香见面，乔装改扮成书童，混进华府。这天，华太师出对子试儿子才学，儿子无言以对，唐伯虎在一旁对出了下联。这副对联是：

> 假山真鹿走；
> 死水活鱼游。

上联的"假"反衬"真"，下联的"死"反衬"活"。反义衬托，更显生动。

下边一联，也很明显是反衬妙联。联曰：

> 竹疏烟补密；
> 梅瘦雪添肥。

清朝光绪三年（公元 1877 年），四处遭灾，哀鸿遍野。当时李鸿章任当朝宰相，翁同龢任户部尚书。李是安徽合肥人，翁是江苏常熟人。有人撰联嘲讽之。联曰：

> 宰相合肥天下瘦；
> 司农常熟世间荒。

此联匠心独运，不仅把李鸿章、翁同龢二人的官职、籍贯嵌入联内，而且"肥"与"瘦"、"熟"与"荒"，形成极其鲜明的反衬对比。字里行间，寓讽含刺。

六、借代

借代，就是甲、乙两事物有一定的关系，不直接说出甲，而用乙来称代。借代的语法修辞特点，在于起代替作用，而不是比喻作用。借代，还可分为代物、代人。

如北洋军阀张勋，60 岁生日时，有人送一副联讽之。联云：

> 荷尽已无擎雨盖；
> 菊残尤有傲霜枝。

联语出自苏东坡《赠刘景文》诗句。上联"擎雨盖"代指清朝官员头上的帽子，下联"傲霜枝"代指清代男士头后的辫子。这副对联讽刺张勋已到了"荷尽""菊残"末路，破败不堪。

有这样一副对联，上联写昼夜循环，下联写湖山倒影。联曰：

昼夜循环，兔走天边乌入地；
湖山倒影，鱼游松顶鹤栖波。

上联"昼夜"不言太阳与月亮，却用"乌"与"兔"来代替。又与下联的"鹤"与"鱼"，形成统一的动物名词类对仗，给人以新奇之感。

以上二联是代物，下面举一代人对联。

湖南醴陵红拂墓联：

红拂有灵应识我；
青山何幸此埋香。

"红拂"，隋朝宰相杨素侍姬。她不恋相府荣华富贵，却私奔布衣李靖。唐初，李靖受命平广西，红拂随之，病故于醴陵。下联末尾"香"字，指古代女子所用香粉。此处也代指红拂。

又如下面描写妇女精英一联：

皆替红颜添俏丽；
顿教巾帼显风流。

联中借用"红颜""巾帼"代指妇女。

清代名臣左宗棠题联：

万卷藏书宜子弟；
诸峰罗列似儿孙。

下联以"诸峰"代指"儿孙"，用景物借代人物，手法大胆新奇。

七、飞白

飞白，明知其错而故意仿效的辞

格。具体地说，就是明知所写的人物在发音、用字、用词、造句的逻辑方面有错误，故意仿效其错误的原样记录下来叫"飞白"。恰当地运用飞白，会使形象更逼真，并增强幽默讽刺效果。

如清代乡间有位庸医，不仅看不了病，还常因误诊把人治死。纪晓岚截取唐代诗人孟浩然《岁暮南山》诗句："不才明主弃，多病故人疏。"故意将原诗句错位，将"才"与"明"、"病"与"故"颠倒一下，写成了一副讽庸医联：

不明才主弃；
多故病人疏。

清代宣统年间，有位翰林大学士，致书胡秋辇论宪法研究会一事，误将"辇"字写作"辈"，"究"字写作"宄"。有人据此撰一联嘲讽之。联曰：

辇辈同车，夫夫竟作非非想；
究宄共穴，九九还将八八除。

字形相似，但毕竟不同。作者将错就错，利用"飞白"修辞手法，对这位"大学士"做了绝妙的讽刺。

八、通感

通感，是在人的感觉上故意错位，造成一种似乎不合理但又合情。人们在感受事物过程中，通常有视觉、听觉、嗅觉、触觉之分。故意将听觉事物写成视觉意象，能给人一种异样的新鲜感。

清代名士、书法家杜逢时题联：

爱看春山疑读画；
静研古墨试听香。

下联"听香"即为通感。"香"是可以闻的、尝的，怎么能"听"呢？作者用了一个"试"字，足见聪明。

如上海嘉定秋霞圃莫藻风香室联：

芳草有情，夕阳无语；
流水今日，明月前身。

上联中的"夕阳无语"，就是通感修辞手法下的特殊语境。本来"夕阳"是人们视觉下的意象，"无语"是听觉语境。这样的错觉搭配顿然出新意。

有这样一副对联，全联全是用通感写就。品一品有几分鲜味？联曰：

吃墨看茶，听香读画；
吞花卧酒，喝月担风。

动词和名词搭配得都不是习以为常的东西，正是这"不平常"，给人一种异样的新鲜。

前面曾谈及我在题山西临汾望河联中，用过"蛙鼓有声，荷香无语"。这"荷香无语"就是通感。你想呀，

"荷香"是一种嗅觉意象，"无语"属听觉词汇，这样的搭配"通感"之美感矣！

我又想起一个极其美妙的通感诗句："秀色可餐。"此语出自晋·陆机《日出东南隅行》诗："鲜肤一何润，秀色若可餐。"此美语形容秀色异常。一指女子姿色美丽诱人，二形容眼前景色秀丽异常，令人赏心悦目，可以茶饭不思了。难怪现在有妙语："为观众提供一场无比美丽的'视觉盛宴'。"这"视觉盛宴"可以说是最时髦的通感语素。下面一副对联，就有通感妙语"秀色可餐"。联云：

秀色可餐，一笔丹青足果腹；
朱弦疏越，几行诗句满开心。

九、双关

双关，即在一定的语言环境中，运用一个语音、一个词语，或一个句子，同时关联两种不同的事物，表达双重含义，而又言在此，意在彼，也称"多义关连"。内含的意义是暗蕴的，凡表明字面意义的叫表体，表明内含意义的事物叫本体。一般来说，运用双关表达内含的意义，才是写作

对联修辞与技法

的真正目的。这种修辞手法是一种"一箭双雕""一举两得"。古人形象化又叫"一石二鸟"。有时又是"话里有话""指桑骂槐"的表达方式。双关是一种传统的语法修辞手法，在对联中较为常用。

双关在对联中有三种表现手法：一是谐音法，二是借形法，三是寓意法。

1. 谐音法： 明末，朝廷一位白衣御史衣锦还乡。乡下有几个秀才，出言不逊，御史便出一联句嘲讽之：

　　劈绽石榴，红门中许多酸子；

那几个秀才面面相觑，无言以对。白衣御史轻蔑地笑了笑，掀了一下白袍子，对道：

　　咬开银杏，白衣里一个大仁。

上联中"酸子"，表面上是说石榴籽，实际上是讽刺那几个嘴尖腹空的酸秀才。下联借"银杏"自喻，"大仁"又恰与"大人"有谐音之妙。一语双关，对比鲜明。

江南水乡三月的一天，有一个秀才在田埂上遇一农夫挑着一担河泥，由于田埂路窄，二人谁也不肯让路。农夫放下担子，要与秀才对对子，对不上者让路。秀才满口答应，心想不信我一个读书人对不过一个泥腿子。只听农夫指着泥担子出句道：

　　一担重泥逢子路；

秀才一时不解其意，无言以对，只好红着脸挽起裤子，脱掉鞋子，为农夫让路。惹得在田里插秧的众农夫失声大笑。这一笑，笑醒了懵懂秀才，对出了下联：

　　两岸夫子笑颜回。

出句中的"重泥"一语双关，实指泥挑子，虚指谐音的"仲尼"（孔子，字仲尼）。"子路"是孔门弟子。对句中也有此等妙趣："夫子"语切双关，既指众农夫，又指孔夫子。"颜回"也是孔门弟子，此处秀才用来自喻。

2. 借形法： 相传，有位穷苦出身的秀才，因代人写状子受了株连，官府要拿他问罪。他到了大堂上，向县官一跪，大喊"冤枉"！可好县官是个清官，也不动气，口出对子问道：

云锁山头，哪个尖峰敢出？

那秀才灵机一动，对出了下联：

日穿洞壁，这条光棍难拿！

县官一听，知秀才满腹文章，未必是那种偷鸡摸狗、男盗女娼之徒，非但未予治罪，反而将秀才留在县衙，当了一名文笔公差。这可真叫因祸得福！

此出句与对句，都用到了双关。出句中"尖峰"形状上是个"刺头"，好大胆！你竟敢冒犯王法？对句中"光棍"，实指日光穿洞壁，射进黑屋的一束光柱。又指自己孤身一人，光棍一条，不能拿我问罪呀！语带双关，对得精彩！

3. 寓意法：旧时市场上秤店题着这样一副对联：

轻重得宜，大权在手；
偏正不倚，双纽关心。

上联"大权在手"，是掌秤人自豪之言辞，手握一杆秤，即掌握着衡重量轻的"权力"。语带双关。下联"双纽关心"，也是采用一语双关手法，一方面指两个秤纽贯穿于秤杆中心，另一方面秤的足够关系自己的"良心"。这个"关"字，既是贯穿，又是关连。

清代"扬州八怪"之一的郑板桥，有一副题《竹梅图》联：

虚心竹有低头叶；
傲骨梅无仰面花。

表面上看，这是一副题吟竹子与梅花的吟物联，实际上蕴含着做人的道理。"低头叶""仰面花"，是两种形象、两种生活态度、两种人格的体现。此联语带双关，寓意深刻。

十、双兼

双兼，又称两兼。顾名思义，双兼有同时兼顾两边的意思。具体到一副对联中，某一个关键字，既属前词部分，又与后面字词合成而形成另一层词义。形象一点说，就好像一个人脚踩两只船，这边离不了，那边也有关联。

如：明代天顺进士李东阳（1447—1516），字宾之，号西涯，湖南茶陵人。诗人、书法家。他幼年聪慧，有人曾以其姓名戏出句让他对对子。出句：

李东阳气暖；

李东阳乍一听，好像是在呼叫自己，但又有一层意思。依此方法即对出下联：

柳下惠风和。

"柳下惠"，春秋时期鲁国士大夫。"阳""惠"二字，在上下联各有双兼妙用。属前时，是直呼姓名。归后时，与后文的字词构成了描写春意和畅的意境。饶有情趣。

又如：现代小说家、戏剧家老舍撰写过一副双兼修辞的嵌名联。联曰：

素园陈瘦竹；
老舍谢冰心。

上联中"素园"，即韦漱园，是近代著名翻译家；"陈瘦竹"，是现代小说家兼戏剧理论家。下联中"谢冰心"，是现代著名女作家。联内的"陈"与"谢"，有双兼之妙。既是后文的姓氏，又是前文之动词："陈"为陈设、栽种，"谢"为致谢、拜谢。可谓双兼修辞之妙品。

民国二十三年，易君左寓居扬州，

曾以《闲话扬州》一文，大谈"扬州姑娘"，引起扬州地方人士的不满，惹出了一段麻烦事。时适林森（子超）获选连任国府主席。有人把这两个人两桩事穿合在一起，写成了如下一副对联：

> 易君左闲话扬州，引起扬州闲话，易君左矣！
> 林子超主席国府，连任国府主席，林子超然！

上联中的"易君左矣"中的"左"，本是"易君左"名字的一部分，但与后面的"矣"结合，单独作动词用，在联中又作"偏邪"解。"左"字意在双兼。下联中的"林子超"，是国民党西山会议派成员，1932年起任国民政府主席。为避免同蒋介石发生冲突，他不住重庆，而住峨眉山洪椿坪和青城山建福宫，像隐士一样过着山林野趣生活。因他资格老，蒋介石也乐于利用这张牌，竟得连任，下联即言此事。"林子超然"中的"超"，本是"林子超"姓名的组成部分，却又与后面的语气助词"然"字结合，表示置身事外，有超脱政界、与世无争，悠哉悠哉的意思。这就是一字双

兼之妙趣。

十一、转品

转品，亦称转类。王力《古代汉语》谓此为"词类的活用"。由于语言表达的需要，凭借上下联的条件而临时转变词性，这种词语的灵活运用，在对联修辞学上叫"转品"。如"画"字，是名词，也可转为动词用。"渔唱"属动词，也可转为名词。在对联中巧妙运用转品修辞手法，能使语言更生动、活泼，增强其趣味性。

下面这副对联就很好地运用了转品法：

> 解衣衣我，推食食我；
> 春风风人，夏雨雨人。

上联出自《史记·淮阴侯列传》，下联出自《说苑·贵德》。从字面上看，好像是叠字，又像顶真。其实不然。同样的汉字，字音相同，字义却不同。"衣""食""风""雨"，在联内，第一个作名词，第二个就当动词用了。这就是典型的转品。

还有一副对联，亦运用了转品手

法。联曰：

宜宾，宜宾住；
乐山，乐山居。

"宜宾"，地名也。"宜"又为"适合"之意，"宾"又与"住"结合，解作"客人住"。下联亦然，"乐"又可作"好"解，"山居"为隐居之意。

成都望江楼吟诗楼有一联：

花笺茗碗香千载；
云影波光活一楼。

下联中的"活"为动词，转品为形容词。因上联中的"香"为形容词。

在有的对联中，形容词也可转类成动词。于右任题赠筱明联：

惠月朗虚室；
清风怀故人。

上联"朗"为形容词，与下联中作动词的"怀"对品转类，作动词。

还有一种情况是，原作名词，由于联语的需要全都转类为动词。如济

南珍珠泉联：

襟带七十二泉源，到处皆马啼秋水；
管领一百八州县，无时不虎尾春冰。

上联的"襟带"与下联的"管领"，本来是名词，现在全变词性了，变作动词了。

十二、换位

换位，出于联语的某种需要，调换句中词语的位置，以达到一种特殊效果。

对联中运用换位手法，多半是为适应对仗的需要。如下面一联：

五风十雨梅黄节；
二水三山李白诗。

上联中的"梅黄"，本应是"黄梅"节。为了使"梅"与"李"相对，"黄"与"白"相对，故将"黄梅"换位作"梅黄"。

著名京剧表演艺术家程砚秋先生，由上海到北京演出时，有人题贺联云：

艳色天下重;
秋声海上来。

下联中的"海上",就是"上海"的换位。也是出于与上联"天下"形成相对而考虑的。

但是,对联中的词句换位,也不单纯是为了对仗。章太炎当年曾为慈禧太后七十寿辰题联:

今日到南苑,明日到北海,何日再到古长安?叹黎民膏血全枯,只为一人歌庆有;
五十割琉球,六十割台湾,而今又割东三省。痛赤县邦圻益蹙,每逢万寿祝疆无。

将"一人有庆","万寿无疆"中的"有庆""无疆",换位作"庆有""疆无",意在对慈禧太后以辛辣的讽刺!

十三、回文

回文,即运用词序回环往复的语句,表现两种事物或情理上的相互关系,也称回环。一般情况下是上句的结尾,作下句的开头。联语中的回文

运用,更见妙处。

回文联,大致有两类:一类是原句回文;另一类借谐音回文。

清朝乾隆年间,乾隆皇帝微服出访回京时,路经一个名叫"天然居"的餐馆用膳。回朝之后,乾隆帝闲坐无事,猛然想起"天然居",竟然吟得一回文妙句:

客上天然居;

顺读为"客上天然居",倒读也成句:"居然天上客"。尤其这"天上客"居然有飘飘欲仙的感觉!可是,苦思不得有回文之妙的对句。过了数月,乾隆皇帝下江南,途经河北正定大佛寺。到寺内上香拜佛之时,随从纪晓岚对出了回文下句:

人过大佛寺。

乾隆皇帝默默一吟,顺读"人过大佛寺",倒念就成了"寺佛大过人"。妙!妙!乐得乾隆皇帝连声称妙!

有的回文联,顺读与倒读,语言一样,语义不变。如厦门鼓浪屿鱼腹

脯联：

> 雾锁山头山锁雾；
> 天连水尾水连天。

还有的回文联，借用谐音，使联语顺读与倒读，语音与语义一模一样。

明代风流才子唐伯虎，但见友人墙壁上挂有一幅《荷花图》，一问画者是位和尚，于是便吟出对句：

> 画上荷花和尚画；

巧借"和尚"与"荷上"的谐音关系，这个对句，成回文之妙。当时，唐伯虎乃至祝枝山、文征明、陈道复等才子文人，皆未对出回文下联来。后来，一位不知名的墨客对出了下联：

> 书临汉帖翰林书。

"临"与"林"、"汉"与"翰"，巧借谐音，才使得此句顺读和倒读趋于一致。这副妙联被联界推为回文联之经典佳作。

对联中，还有一种情况是在整个联语中，有部分回文。如杭州西泠印

社联：

> 面面有情，环水抱山山抱水；
> 心心相印，因人传地地传人。

上联中的"水抱山山抱水"和下联中的"人传地地传人"，就是部分回文。

十四、分总

分总，即在对联中，对同类事物分述或总述的一种修辞手法。巧妙运用分总法，可达到眉目清晰、一目了然的艺术效果。

清代姚祖同（1761—1842），字亮甫，浙江钱塘（今杭州）人。授内阁中书，累迁兵部郎中、内阁侍读学士。他曾题西北总督松筠联：

> 三德知仁勇；
> 一官清慎勤。

"三德"，语出《礼记·中庸》："知、仁、勇三者，天下之达德也。"下联语出自宋代·吕本中《官箴》："当官之法，惟有三事：曰清，曰慎，曰勤。"清代康、雍、乾三朝均以此训戒朝臣。

这副对联就采用了"先总后分"的分总法。

方志敏烈士生前题写过一副对联，用的也是先总后分手法。联曰：

> 心有三爱：骏马、奇书、佳山水；
> 园栽四物：青松、翠竹、白梅兰。

下面这副对联换了一种分总手法：

> 雪月梅花三白夜；
> 酒灯人面一红时。

上联中"雪""月""梅花"是分述，"三白"是总述；下联的"酒""灯""人面"也是分述，"一红"是总述。这是先分后总手法。分总，还有四种特殊情况：

一是隐去总述词语。如题海州云台山联：

> 世外凭临，一面峰峦三面海；
> 云中结构，二分人力八分天。

上联隐去了总述的"四面"，下联隐去了总述的"十分"。这样巧妙的处理，更显含蓄、更显精炼。

二是分述部分有共体现象。如：

> 四史：记、书、志；
> 三光：日、月、星。

上联中"四史"，是指《史记》《汉书》《后汉书》《三国志》。将《汉书》《后汉书》归拢统称为"书"。这样方可与下联的"日、月、星"成对。

三是总述部分，由指代性词语替代了。如康有为题杭州西湖三潭印月联：

> 岛中有岛，湖外有湖，通以卅折画桥，览沿堤老柳，十顷荷花，食莼菜香，如此园林，四洲游遍未尝有；
> 霸业销烟，禅心似水，阅尽千年陈迹，当朝晖暮霭，春煦秋月，山青水绿，坐忘人生，万方同概更何之。

"如此园林"中的"如此"二字，就是替代总述部分的指代性词语。

四是总述部分又用一种分总的方式来表述。如有人用湖南长沙街道名写成的对联：

> 东牌楼，西牌楼，红牌楼，木牌楼，
> 东西红木四牌楼，楼前走马；
> 南正街，北正街，县正街，府正街，
> 南北县府都正街，街上登龙。

上下联表达总述部分的"东西红木四牌楼""南北县府都正街"，又用一种分总手法，即"东西红木""南北县府"是分述，"四"和"都"则是总述。这样处理，由分到总，又总中再分，层层叠叠，林林总总，给人以琳琅满目、层次分明又浑然一体的感觉。

十五、设问

设问，即采用疑问的语气来代替一般的叙述，目的是引起人们的注意，有加深印象的艺术效果。通常是只问不答，也有自问自答，或自问他人答的。

如江苏吴县罗汉寺弥勒殿一联，就是只问不答，这叫明知故问。联云：

> 布袋全空容甚物？
> 跏趺半坐笑何人？

这种只问不答的设问对联，作者只是发问，压根就不用你来回答，况且也无标准答案。如贵州飞云洞联：

> 洞辟几时？问孤松而不语；
> 云飞何处？输老鹤以长闲。

清代撰联高手钟祖芬（号云舫）题某茶社联：

> 忙什么？喝我这雀舌茶，百文一碗；
> 走哪里？听他摆龙门阵，再饮三杯。

1917年间，毛泽东在安化农村搞调查，同行好友夏默庵出句，好像在问毛泽东。毛泽东也不作答，吟出相同问句的对子。联曰：

> 杨柳枝上鸟声声，春到也？春去也？
> 青草池边蛙句句，为公乎？为私乎？

有的设问对联，前边问，后面即答。如海南倒坐观音庙联：

问大士缘何倒坐？
恨凡夫不肯回头。

福建福安县署大堂联：

什么叫做好官？能免士民咒骂，
　　足矣；
有何称为善政？只求狱论公平，
　　难哉！

本人曾应山西洪洞"根祖杯"征联题一联：

何处寻根？槐树情圆千载梦；
此间问祖，祠堂礼祭一炉香。

对联中的设问，只是一种撰联的修辞技巧，绝不是自己挖坑自己跳，或者自己挖坑让读者跳。都不是！只是明知故问，或有问即答，运用此手法来吸引读者眼球罢了！

十六、用典

用典，即在对联中引用典故。典故有两种含义：一是引用历史故事，叫"事典"；二是引用古代名句、成语，叫"语典"。如有这样一副专门写矿业开采的对联：

娲女炼来，天亦可补；
愚公移去，山之为开。

上联用"女娲补天"神话，《淮南子·览冥训》载："往古之时，四极废，九州裂，天不兼复，地不周载……女娲炼五色石以补苍天。"此联句把矿石比作女娲所炼五色石，以美丽的神话传说赞美矿业。下联引用"愚公移山"故事，语出《列子·汤问》。采矿者每日挖山采石，正与愚公移山相同。联语引用两个神话人物，都是劳动者力量与智慧的化身。用典贴切妥当，增强了联语的浪漫色彩。同时，给矿山开采者增添了创业精神与自豪感。

又如某乐器店的一副对联：

秦楼有迹传萧史；
吴市何人识伍员。

这副对联是题乐器店的，作者就有意撷取了两个与乐器"箫""笛"有关的历史故事。上联见《列仙传》载：春秋时期，秦穆公有一部下叫萧史，善于吹箫。箫声一起，能招来孔雀、白鹤。秦穆公女儿弄玉也喜欢吹箫，即嫁于萧史。后来，萧史以箫声引来凤凰，萧史乘龙，弄玉乘凤，双双仙去。下联见《史记·范雎蔡泽列传》，传说，春秋吴国大夫伍子胥曾囊载出昭关，夜行昼伏，至于陵水，无以糊口，乃稽首肉袒，鼓腹吹篪，乞食于吴市。篪，以竹制成，单管横吹，类似笛子。此联引用两个历史故事，都与乐器有关，作乐器店联，恰切。

还有题项王庙一联，引用了两个较为著名的历史故事："破釜沉舟"与"鸿门宴"。联云：

> 鹿野舟沉王业兆；
> 鸿门斗碎霸图空。

上联引用《史记·项羽本纪》，秦末农民起义中，秦军将巨鹿城团团包围。各地义军赶来解围，见到秦军声势浩大感到害怕，都不敢交锋。唯独项羽不怕，率兵渡河。为表示有进无退的决心，渡河之后，项羽下令士兵只带三天干粮，将烧饭用的锅（釜）砸碎，将渡河的船只沉入河底。士兵

们同仇敌忾，一往无前，经过激烈鏖战，大破秦兵，解了巨鹿之围。下联同样也引自《史记·项羽本纪》：公元前206年，刘邦攻占了秦国都城咸阳后，派兵把守函谷关。不久，项羽率四十万楚军攻入，进驻鸿门，准备在此消灭刘邦。经项羽叔父项伯调解，刘邦亲自赴鸿门会见项羽。宴会上，范增命项庄舞剑，欲乘机刺杀刘邦。这时项伯亦拔剑舞，尝以身掩护。最后，樊哙带剑执盾闯入，刘邦始得脱险。刘邦脱险之后，张良代刘邦以白璧一双献项羽，项羽受纳。又以玉斗一对赠范增，范增"置之地，拔剑撞而破之"，曰："夺项王天下者，必沛公也，吾属今为之虏矣！"

上下联十四字，概括了巨鹿之战和鸿门宴，显示出项羽率兵有王者之气势，但在鸿门宴上，放走刘邦，最终未成霸业。此联用典精当，言简意赅，高度概括了项羽之得失。

上面列举了几个引用"事典"的对联，下面列举几副引用"语典"的对联。

清代蒲松龄屡考不第，遂放弃功名，专心著述，著成文言体小说《聊斋志异》。他题联自勉。联曰：

有志者，事竟成，破釜沉舟，

 百二秦关终属楚；

苦心人，天不负，卧薪尝胆，

 三千越甲可吞吴。

"破釜沉舟"，成语典故，故事梗概已在上文讲到，不再重复。"卧薪尝胆"，是说越王勾践为了洗刷亡国之奇耻大辱，睡在柴堆里，面前吊一颗苦胆，时常尝尝胆汁之苦味，以激励自己勿忘国耻，以图东山再起。加之越国大夫范蠡献西施作"美人计"，最终灭吴复越。

使用"语典"作对联的一副格言名联：

俯仰不愧天地；

褒贬自有春秋。

上联出自《孟子·尽心·上》："仰不愧于天，俯不怍于人。"意思是说：一个人能严于律己，做到仰不愧，俯不怍，是人生一大幸事。下联化用《谷梁传》中评《春秋》说："一字之褒，宠逾华衮之赠；片言之贬，辱过市朝之挞。"意思是说，对一个人的评价是褒是贬，历史会做出明确回答的。

此联庄丽典雅，寓意深刻。

清代李渔青年时代自勉联，也用了古人典故。联曰：

年十五而为人师，当时仅见"文中子"；

岁二九而选博士，今朝复睹"汉终军"。

"文中子"，隋朝王通的谥号。王通年轻时即为人师，后弃官讲学。初唐名臣魏征、房玄龄等皆出其门下。"汉终军"，西汉青年外交家终军。终军十八岁时，即被选拔为博士第子。李渔意在用前人青年杰士来激励自己。

中华人民共和国成立前夕，郭沫若为东北图书馆题联，也用到了"语典"。联曰：

宋人方守株待兔；

大道以多歧亡羊。

上联的"守株待兔"，典出《韩非子·五蠹》。意思是形势变化了，不要用老眼光看待新事物。下联的"多歧亡羊"，典出《列子·说符》：杨子的邻居丢了羊，请众人去追，结果没有追到，空手而归。问为什么没有追着？回答说："歧路之中又是歧焉，吾不知所之，所以反（返）也。"心都子评论说："大道以多歧亡羊，学者以多方丧生。"原意是说做事见异思迁，为学泛而不专，就不会有所建树和成就。此联意在劝勉人们读书不仅要有新思维、新眼光，更要专心致志，方可学有所成。

对联用典，还有一种手法是藏而不露的，这叫作"藏典"。如旧日朱姓祠堂有这样一副对联：

紫阳世泽；
白鹿家声。

南宋朝理学家朱熹，别号紫阳，曾在白鹿洞书院讲学。其后人以朱熹为氏族荣光，因此以此撰联，悬于朱氏祠堂，光宗耀祖。

诸葛人家悬有这样的对联：

有庐堪千古；
读策定三分。

联中藏三国蜀相诸葛亮。

本人在创作《百家姓氏新春联》时，有不少地方就运用了藏典手法。如题王姓春联：

鹅体字碑千古法；
鸭头丸帖一家书。

上联隐切东晋杰出书法家，后世人称"书圣"王羲之。其性爱鹅，而其笔下的"鹅"字也别具一格。今浙江绍兴存有王羲之的"鹅字碑"，碑上"鹅"字写作"鵞"。下联隐切王羲之第七子王献之，书法与其父齐名，世称"二王"。存世书法有《鸭头丸帖》等。

清代书法家祁寯藻题联：

真澹宕如苏玉局；
最风流是白香山。

上联"苏玉局"，指北宋大学士苏轼，曾任"玉局观提举"，后人遂以"玉局"称苏轼。下联"白香山"，指唐代诗人白居易，字乐天，号香山居士。

真法宜如莊玉局

寰风流是白香山

祁寯藻

十七、集句

集句，即从古人及时贤诗词赋文中抽取现成的句子，符合对联格律，拼集成一副对联。集句联虽然联句非出自作者手笔，但只要集得高妙，既能翻出新意，又似乎出自一人之手笔，浑然天成，毫无拼接之痕。

据《蓼花洲闻录》记载，宋代初年即有人作集句联了。北宋词人晏殊得一上句："无可奈何花落去。"无

一配对，竟苦思一年，仍未成对。后王淇言道："何不对以'似曾相识燕归来'。"晏殊喜出望外，如获至宝。后他将此二诗句集入《浣溪沙》词中。又据宋人周紫芝《竹坡诗话》记载，王安石也曾有过难成对句的尴尬。一日，王荆公（王安石）作集句，得"江州司马青衫湿"之句，欲以全句作对，久而不得。一日问蔡天启："'江州司马青衫湿'可对甚句？"蔡天启应声曰："何不对'梨园弟子白发新'？"前句出自白居易的《琵琶行》，后句出自白居易的《长恨歌》，欠工。

到了清代，集句联多了起来，而且不乏精品佳作。如清代著名书法家伊秉绶集句题江苏扬州平山堂一联：

衔远山，吞长江，其西南诸峰林壑尤美；
送夕阳，迎素月，当春夏之交草木际天。

此联共集宋代四位散文名家之名篇中佳句。上联前两个短句集自范仲淹《岳阳楼记》："衔远山，吞长江，浩浩汤汤，横无际涯。"后句集自欧阳修《醉翁亭记》："环滁皆山也，其西南诸峰林壑尤美。"下联前两个

短句集自王禹偁《黄冈竹楼记》："送夕阳，迎素月，亦谪居之胜概也。"后句集自苏东坡《放鹤亭记》："当春夏之交草木际天。"

清代文学家、诗人朱彝尊（1629—1709），字锡鬯，号竹垞，浙江嘉兴人。他集句题太原晋祠贞观宝翰亭联：

文章千古事；
社稷一戎衣。

上联集自杜甫《偶题》："文章千古事，得失寸心知。"下联集自杜甫《重经昭陵》："风尘三天剑，社稷一戎衣。"此联意在颂扬唐太宗李世民的文才武功，为开创唐朝基业建立了丰功伟绩。

伟人毛泽东曾评价清代名臣曾国藩："予于近人，独服曾文正。"话说此，我不得不给大家讲一段曾国藩用一副集句对联，平息一场湘军起事的故事。

传说，曾国藩率领湘军平定了太平天国之后，在朝廷中是重兵在握、势力最大的重臣。曾国藩麾下的曾国荃、左宗棠、彭玉麟、鲍超四位顶尖人物，在南京玄武湖曾经有一场"密谋"，被称为"玄武湖会议"。会后，曾国荃曾率三十多位湘军高级将领，来见曾国藩。曾国藩对胞弟与手下这批将领的意图是心知肚明，故意推辞不见。众人见大帅不肯相见，更是群情激奋，反复请帅府门人传话求见。但是，不管是什么样的请辞，曾国藩坚决不见。后来，其弟与众人在帅府门前僵持了约一个时辰，曾国藩差人送出一副对联。联语是：

倚天照海花无数;
流水高山心自知。

看过这副对联后,有的感慨,有的摇头,有的叹息,甚至有的热泪盈眶。最后还是曾国荃说了一番话:"大家什么也不必说了,今天之事以后谁也不许再提。有什么枝节,我曾老九一人担当便是。"这样安抚之后,众将领自行散去。那么,曾国藩写的是怎样一副对联,竟然能让蠢蠢欲动、欲拥立他造反称王的湘军将领心甘情愿地散去呢?这是一副集句联,上联集的是苏东坡诗句,背倚长天,面对容纳百川的大海,居高望远,荡气回肠,气象万千。然而,这种美好景色再诱人,也不可动摇其志。下联集的是王安石诗句,点明"心自知"的心定境界。说白了,就是自己决不干对不起朝廷之事,更不可能居功自傲,造反称王。另外,联语透露出一种人生境界,那就是"花无数"般的绚丽景象对曾国藩无任何诱惑力,只有坚持始终的"吾自有定力"!这副集句联十四个字,安抚了三十多位湘军将领造反的心,平息了即将冲坝毁堤的惹祸洪流。从这一点看,曾国藩不仅是忠君意识较高的潇湘大儒,也是一位心中自有定力的正人君子。

清代名臣李鸿章有一副集《兰亭序》字题联:

世间清品至兰极;
贤者虚怀与竹同。

梁启超（1873—1929），字卓如，又字任甫，号任公，又号饮冰室主人。广东新会人。中国近代维新派、新法家代表人物。梁启超擅于集宋人词句成联，计有两三百副之多。这都是他守在夫人病榻旁，用此消遣。他说："在病榻边陪伴妻子，一边读《宋六十家词》，一边从中集句……"

先欣赏梁启超集宋人词句联墨大作：

春已堪怜，更能消几番风雨；
树犹如此，最可惜一片江山。

上联集自张玉田《高阳台》、辛稼轩《摸鱼儿》，下联集自刘龙洲《水龙吟》、白石《八归》。

独上西楼，天淡银河垂地；
高斟北斗，酒酣鼻息如雷。

上联集自李煜《相见欢》、范希文《御街行》，下联集自张子湖《念奴娇》、刘后村《沁园春》。

笑索红梅，香乱石桥南北；
醉眠芳草，梦随蝴蝶西东。

上联集自张玉田《木兰花慢》、吴文英《解连环》，下联集自苏东坡《清平乐》、陈西麓《木兰花慢》。

千里归艎，山映斜阳天接水；
一声长笛，雁横南浦月当楼。

上联集自高竹屋《后庭宴》、范希文《踏莎行》，下联集自刘龙洲《忆秦娥》、张芦川《浣溪沙》。

蝴蝶儿，晚春时，又是上般闲暇；
梧桐树，三更雨，不知多少秋声。

上联集自张泌《蝴蝶儿》、辛弃疾《丑奴儿近》，下联集自温庭筠《更漏子》、张玉田《清平乐》。

泣残红，谁分扫地春空，十日九风雨；
举大白，为问旧时月色，今夕是何年。

上联集自李珣《西溪子》、王碧山《庆清朝》、辛弃疾《祝英台近》，下联集自张仲宗《贺新郎》、姜夔《暗香》、苏东坡《水调歌头》。

梁启超集句题联，据他本人讲，"最得意的当属题徐志摩一联"。联云：

临流可奈清癯，第四桥边，呼棹过环碧；
此意平生飞动，海棠花下，吹笛到天明。

上联集自宋代三位词人词作：陆壑《高阳台》、姜夔《点绛唇》、陈允平《秋雾·平湖秋月》，下联集自宋代另外三位词人词作：李祁《西江月·云观三山清露》、王之道《青玉案·送无为守张文伯还朝》、陈与义《夜登小阁忆洛中旧游》。

此集句联说的是：1927年4月，印度诗人泰戈尔访华抵沪，徐志摩代表学界欢迎，并担任泰戈尔随行翻译。其间，他陪泰戈尔到杭州游玩。上联是对此段韵事的描述。下联讲的是徐志摩陪泰戈尔游西湖时，诗兴勃发，竟在海棠花下作诗，一直陪伴到天亮。

清末书法篆刻家赵之谦（1829—1884），字㧑叔，号悲庵，浙江绍兴人。他集唐代诗人李白诗句篆书联：

举头望明月；
倚树听流泉。

上联集自李白《静夜思》："举头望明月，低头思故乡。"下联集自李白《寻雍尊师隐居》："拨云寻古道，倚树听流泉。"

郭沫若集伟人毛泽东诗词佳句联：

风景这边独好；
江山如此多娇。

上联集自《清平乐·会昌》："踏遍青山人未老，风景这边独好。"下联集自《沁园春·雪》："江山如此多娇，引无数英雄竞折腰。"

集毛泽东与周恩来诗词佳句联：

不到长城非好汉；
难酬蹈海亦英雄。

上联集自毛泽东《清平乐·六盘

山》。下联集自周恩来《七绝·大江歌罢掉头东》。

湖南著名楹联家胡静怡有一副题咏陆游联，全是集陆游词句而成。联云：

残垣夜月，鹦鹉杯深，无处不鸣
　　蛙，伤心桥下春波绿；
铁马冰河，功名梦断，未敢忘忧
　　国，卷地西风满眼愁。

上联集自《书愤二首》《蝶恋花·禹庙兰亭今古路》《幽居初夏》《沈园二首》，下联集自《十一月四日风雨大作》《谢池春·壮岁从戎》《病起书怀》《秋晚登城北楼》。集句联贵在联语语气连贯，不显突兀，以其人诗句言其人诗情，自然也蕴含集句者的思想情感。

十八、摘句

摘句，即从同一人的诗中摘取现成句成联。一般律诗中的颔联、颈联中的精彩对句，皆是摘句联。"摘句联"与"集句联"是两个概念，切勿混为一谈。

文彭（1498—1573），明代"吴门四家"中文征明之长子。工书画。文彭从唐代诗人雍陶《七绝·韦处士郊居》："满庭诗景飘红叶，绕砌琴声滴暗泉。门外晚晴秋色老，万条寒玉一溪烟。"（"寒玉"乃是竹子别称。）摘取诗中前两句书题为联：

满庭诗景飘红叶；
绕砌琴声滴暗泉。

如陈毅元帅题成都杜甫草堂诗史堂联：

新松恨不高千尺；
恶竹应须斩万竿。

此联摘自杜甫《将归草堂途中有作》。用其诗作其联，更切人切题。

画家程十发从南宋诗人陆游《临安春雨初霁》中摘句题联：

小楼一夜听春雨；
深巷明朝卖杏花。

可是有人故作风雅地搞集句联，强拉硬扯地将"小楼一夜听春雨"和陆游的另一首诗《闻虏乱代华山隐者作》中"孤桐三尺泻秋泉"集在一起。

小楼一夜听春雨；
孤桐三尺泻秋泉。

这是一副错误的集句联，在此可以作为反面教材，引起大家注意。尤其是书法爱好者，如尚未掌握集句技巧，就不要从古今律诗中"摘句"。相比之下，"摘句"比"集句"要容易些。但要明白，律诗中的一二句和七八句不是对联，千万不要当作"摘句联"来书写。

第二节　文字修辞

文字是构成对联的基本元素，无文不成对，无字不成联。一般的文字遣词，不在此讲范围。我们所关注的，是特殊的文字修辞及其在联语中的运用技巧。诸如析字（包括拆字、拼字）、隐字、嵌字、连珠（又称顶真）、重字、叠字等。下面具体来分析讲解。

一、析字

撰联者从汉字的形体结构特征入手，或将一字分拆几个字，或将几个字合拼成一个字。形体新奇，多姿多态，拆拼贴切自然，毫无斧凿之痕。在对联宝库中，此种拆拼技巧的对联，俯拾即是。

如下面拆字联：

鸿是江边鸟；
蚕为天下虫。

左右结构的"鸿"，拆作"江""鸟"；上下结构的"蚕"，拆作"天""虫"。

洪洞县，共同三点水；
岢岚城，可风两重山。

上联中"洪洞"，拆为"共同三点水"；下联中"岢岚"，拆为"可风两重山"。

此联还有另一个版本：

洪洞县，共同三点水；
慈悲人，兹非两条心。

这是山西洪洞县慈悲庵联，拆县名与庵名，拆得自然妥贴。

明朝，江南才子唐伯虎与祝枝山相交莫逆。二人经常在一起游山玩水、吟诗作对。一日，欣悉徐贞卿夫人喜得贵子，唐伯虎即以此事出对题如下：

半夜生孩，亥子二时难定；

出句不仅巧妙地点出了生孩子的时间，而且独具匠心地将"孩"字拆为"子""亥"二字，更奇妙的是"子""亥"又是半夜前后的两个时辰。当时，与唐伯虎同行的祝枝山，稍加思索即对出了下联：

百年匹配，巳酉两属相当。

下联把"配"拆作"巳""酉"，二字又恰是"蛇"与"鸡"两个属相。对得相当精彩！

拆字妙联，题于杭州西湖天竺顶仙庵：

品泉茶，三口白水；
竹仙庵，两个山人。

上联"品"拆作"三""口"，"泉"又拆作"白""水"；下联"竹"拆为"两""个"、"仙"拆为"山""人"。

联中拼字连用：

此木为柴山山出；

因火成烟夕夕多。

上联中"此""木"拼作"柴"，接着"山""山"又拼作"出"；下联中"因""火"拼作"烟"，接着"夕""夕"拼作"多"。

下面这副对联，除了拼字外，后文在字面上做文章。如联：

因火生烟，若不撇开总是苦；
采丝结绥，又加点缀便成文。

一撇一捺写作"人"。如下一联从"撇""捺"上析字，动态上对"若"与"苦"；"各"与"名"做形象化的比较倒有几分趣味，也蕴含做人哲理。耐人寻味。联曰：

若不撇开终是苦；
各能捺住即成名。

有一副景物拆字联，在写景中拆字。联云：

秋月高天，一边红色一边绿；
鲜花遍地，半在水中半在山。

上联中"秋"中有"火"有"禾"，故为"一边红色一边绿"；下联中"鲜"字拆作"鱼"与"羊"，所以说"半在水中半在山"。妙联！

中国汉字，一字一形，千姿百态。有不少汉字独立成形，如山、水、石、花、色。但有的汉字，是相互依存，你中有我，我中有你。如"茶"字、"米"字，二字中都有"木"字。在祝寿联中拆字，"茶"可为"艹"加"八""十""八"，即108岁。民间称"茶寿"。而"米"呢，拆作"八""十""八"，即称"米寿"。这样字形结体特别的组字、拆字，产生一种视觉上的美感。如下面两副对联：

王老者，一身土气；
朱先生，半截牛形。

上联"王""老""者"三字中都有"土"，故"一身土气"；下联"朱先生"三字中皆含"牛"，故"半截牛形"。饶有情趣。

三个土头考老者；
五家王子弄琵琶。

上联中的"考""老""者"

三字，都是"土"字打头；下联中的"弄""琵""琶"三字，又有五个"王"字。这样的汉字组成联语，颇具巧思妙构，读来细品，妙趣横生。

二、隐字

隐，即藏。把联中的关键字，独具匠心不露痕迹地隐藏在某一个字中，犹如捉迷藏一样。一经点破，也就真相大白了。严格从汉字结构上讲，与拆字有相似之处。不过隐字是故意不全拆，留有一手，因而，更具妙处。

如丁卯年春节，某家题有这样一副春联：

亭下爆竹声声，送岁寒归去；
柳边灯火盏盏，迎春意来临。

上联中的"亭"字下面隐"丁"字，下联中的"柳"字，隐着"卯"字，切"丁卯"春。

用同样手法，"癸卯"年春节这样写：

葵心向日，无边芳草连天绿；
柳树笼烟，有韵笛声遍地春。

很显然，"葵"字的"艹"下便是"癸"，"柳"字去掉"木"旁，即是"卯"了。

隐字，还有一种手法，是在联语字面上故意缺字，将本意"隐"去。

传说北宋名士吕蒙正少年时，家贫如洗。有一年家门贴的春联是：

二三四五；
六七八九。
横批：南北

上联隐去了"一"，下联隐去了"十"。取谐字之妙即是"缺衣""少食"，加上横批隐去的："无东西"。

此种隐字手法，还有类似一联。清代初年有人题联讽刺投降清廷的洪承畴。联曰：

一二三四五六七□；
孝悌忠信礼义廉□。

上联意在"忘八"，谐音"王八"；下联是儒家传统伦理道德规范之辞：事父母曰"孝"，事兄弟曰"悌"，事君主曰"忠"，处事守诚曰"信"，尊敬长辈及友人曰"礼"，行侠从善曰"义"，清正拒贪曰"廉"，错而知羞曰"耻"。这里故意隐去了"耻"，即"无耻"。这叫讽刺不见刀，骂人不带脏字的高明。

旧日，乡间有一庸医，名叫"吉生"。医术太差，常治聋反致哑，治眼反致瞎。有人题其诊所一联讽之。联曰：

> 未必逢凶化；
> 何曾起死回。

明眼人一看就明白此联故意隐去了"吉""生"二字。

明代江盈科《雪涛谐史》载：一士人家贫，无酒招待友人，便以水代酒，出一上联。友人知其用意，便也仿效其隐字用法，对成一联：

> 君子之交淡如；
> 醉翁之意不在。

上联隐去了"水"字，下联隐去了"酒"字。此联主人语带歉意，以水代酒不成敬意，望友人多多谅解。而友人深知君子之交贵在友情，而不在酒。另外，此联高明处还在于：上联如不隐字，将"水"和"酒"写出来，不合联律了。为啥？两字皆仄声呀！用以隐字法，上联落尾"如"，平声；下联落尾"在"，仄声。合乎联律。

三、嵌字

嵌，镶嵌。在一副对联的上下联相对应处，嵌入特定的字，这叫"嵌字"。在七言联中不同位置上嵌字，都有一定的讲究。第一字嵌称"鹤顶格"，第二字嵌称"燕颔格"，第三字嵌称"鸢肩格"，第四字嵌称"蜂腰格"，第五字嵌称"鹤膝格"，第六字嵌称"雁翎格"，第七字嵌称"凤尾格"。

在第一字位置上嵌字的较为常见，这种格式既叫"鹤顶格"，又叫"藏头格"。如郭沫若有一副敬题伟人毛泽东的对联，他把"泽""东"以鹤顶格嵌入。联云：

> 泽色绘成新世界；
> ·
> 东风吹变旧山河。
> ·

2013 年 12 月 26 日，在纪念毛泽东诞辰 120 周年时，我主编了一部书画版《毛泽东对联》。我撰写嵌"泽""东"联，也用的是鹤顶格。

联曰：

泽雨润滋肥绿野；
东风浩荡卷红旗。

嵌字有趣的最数宋代苏门父子一家。一天，苏洵和长子苏轼、女儿苏小妹以及女婿秦少游四人在一起欢宴。席间，苏洵提议每人吟对一副，上下联必须以"凤尾格"（七言最后一字）嵌入"冷""香"二字。苏洵率先吟道：

水向石边流出冷；
风从花畔过来香。

接着，苏轼朗声吟出一联：

指石坐来夜带冷；
踏花归来马蹄香。

随后，苏小妹脱口吟道：

叫月杜鹃喉舌冷；
宿花蝴蝶梦流香。

轮着秦少游对句了，他离座先给老岳丈苏洵施礼，又向大兄哥苏轼见

礼，又冲着小妹笑笑，吟道：

嫩寒锁梦因春冷；
芳气袭人是酒香。

四人吟罢嵌"冷""香"对子，举杯畅饮。

在古代酒席宴上，以吟诗作对助酒兴习以为常。有一种罚酒助兴的酒令叫"飞花令"。追根溯源，"飞花"一词出自唐代诗人韩翃《寒食》诗中"春城无处不飞花"一句。最初的"飞花令"酒令中必须含有"花"字。行令人一个接一个吟诗句，可以背诵前人诗句，也可即兴吟句。背不出诗或背错诗者，由酒令官命其喝酒。当然，"飞花令"后来引申可以更换关键字。如嵌"春""月""雪""梅"等。

下面咱们以关键字"花"字，来一场正儿八经对联"飞花令"。这一场可以放宽，凡联句中含"花"字，即可过。

四壁岩花开太古；
一行雁字写初秋。

笔花晓点千山雨；
诗草长留五岭春。

诗怀淡处临春水；
墨味浓时数落花。

花间酌酒邀明月；
石上题诗扫绿苔。

松间石榻春云復；
花底山尊夜月开。

荷花夏送一湖水；
柳雾春笼十里堤。

风摇竹影有声画；
月照梅花无字诗。

月影移来花影弄；
琴声伴作水声听。

茶亦醉人何必酒；
书能香我不须花。

　　既然大家乐于行酒令，何不以"酒"与"诗"为关键字，加大难度接一"飞花令"。即以七字联依次嵌字：第一人在第一字上下嵌"诗""酒"，第二人在第二字上下嵌"诗""酒"，依次类推到第七家以凤尾格嵌"诗""酒"。说明一点，"诗""酒"也可，"酒""诗"相嵌，不为错。这里有七副示范联，供大家参考。

诗因韵险难成律；
酒为愁多不顾身。
（唐·牟融《有感二首》）

绿酒千杯肠已烂；

新诗数首骨犹存。

（唐·黄滔《寄罗郎中隐》）

长把酒杯凭夜月；

每将诗思泥春风。

（唐·陈标《赠祝元膺》）

雪里题诗偏见赏；

林间饮酒独令随。

（唐·司空曙《下第日书情寄上叔父》）

浣花泛鹢诗千首；

静众寻梅酒一缸。

（唐·李洞《蜀中登第答李博六韵》）

游山弄水携诗卷；

看月寻花把酒杯。

（唐·白居易《醉中重留梦得》）

西州酩尽看花酒；

东阁编成咏雪诗。

（唐·吴融《偶题》）

以上我们学的是七字联嵌字的"正格"。还有几种"别格"。

1. 魁斗格：需将两字分别嵌入上联第一字和下联第七字位置上，二字形成吊角魁斗状。如书家秦萼生嵌"云""天"楷书联：

云没长林山吐月；

风随一苇浪平天。

2. 蝉联格：需将两字分嵌于上联第七字和下联第一字的位置上。与魁斗格恰恰相反。如本人题赠书法家宋富盛先生：

博藏万卷精神富；
盛取百家翰墨香。

3. 云泥格：需将两字分嵌于上联第二字和下联第六字的位置上，寓云在天、泥在地之意。如嵌"大""风"二字联：

惟大英雄能本色；
是真名士自风流。

4. 辘轳格：需将两字分嵌于上联第一字和下联第二字的位置上。也可嵌于上联第二字和下联第三字的位置上：……以此类推，好像辘轳井中打水，绳子一匝一匝往上绞动。如本人题赠女书法家胡秋萍联：

秋色远离脂粉气；
莲萍偏带墨花香。

如果将嵌字法上下联倒过来，称"倒辘轳格"。如本人题赠天津书法篆刻家顾志新联：

矢志艺从书画印；
新知问学郑苏秦。

（下联中"郑苏秦"，指曾问道此三位老师。）

5. 卷帘格：需将两字分嵌于上下联中，其位置是：嵌入上联的字要比嵌入下联的字低一位。即上七下六，上六下五，上五下四……以此类推。好像竹帘由下而上卷起，故名"卷帘格"。如本人嵌"宿""墨"二字联：

晨临晋帖风馋墨；
夜读唐诗月宿楼。

6. 鼎峙格：需将三字嵌于上联一字下联两字。上联一字嵌在第四字位置，下联二字分别嵌在第一字和第七字位置上，形成三足鼎立状，故称"鼎峙格"。如本人题赠书画家梅墨生联：

雪里寒梅图上画；
墨中神韵笔端生。

7. 漏网格：需将三字中一字嵌于上联首位，其余二字分嵌于上下联末尾，故意留出一角放漏网之鱼。或颠倒过来嵌也可。所嵌阵势占四角之三，取"网开一角"之意。如胡静怡赠杜杏花联：

杜门春色难关，出南国一枝红杏；
联社风骚或振，胜江城五月梅花。

8.双钩格：需将四字分嵌于上下联首尾。如题韩江酒楼联：

韩愈送穷，刘伶醉酒；
江淹作赋，王粲登楼。

9.碎锦格：将所嵌字（字数不拘）分嵌于上下联中，其位置及次序不限。如题北宋"酒仙桥"联：

跨鹤酒仙应入座；
骑驴诗客或题桥。

10.碎联格：将四字（一般有连贯意义）分嵌于上下联中，其位置及次序不限。如杭州西湖"平湖秋月"联：

佳景四时，最好秋光何况月；
静观万物，欲平天下有如湖。

另外，尚有"押尾格""脱瓣格""重台格""折枝格""交柯格""合璧格""秋千格"等，因无实用价值，不必赘述。

四、连珠（顶真）

连珠，又称"顶真"，即对联中前短句末尾字，恰恰又是后边联句的打头字。如北京潭柘寺弥勒佛殿联：

大肚能容，容天下难容之事；
开口便笑，笑世间可笑之人。

著名京剧表演艺术家梅兰芳，生前十分喜欢下面这副对联：

看我非我，我看我，我也非我；
装谁像谁，谁装谁，谁就像谁。

联语中，"我"与"我"、"谁"与"谁"，呈顶真连珠式，自有戏剧表演艺术之哲理。有两则戏剧谚语，说的也是此理："既是剧外人，又是剧中人；剧外和剧中，真假一个人。""不像不成戏；真像不成艺。悟得情和理，是戏又是艺。"

湖南长沙白沙外有一副对联，顶真连珠手法用到了极致。联曰：

常德，德山，山有德；
长沙，沙水，水无沙。

在民间酒令中，除了"飞花令"嵌字吟诗作对之外，还有一种玩法叫"接龙"。也就是顶真连珠法。即第一人对联的末尾字，应该是第二人对联的首字，第二人对联的末尾字，又是第三人对联的首字，以此类推。假如有谁未接上，即视为失误，罚酒一杯。下面设计好了一组"接龙"式的春联，供大家参考。

几点梅花开五福；
数声鸟语闹三春。

春归大好神州地；
福到寻常百姓家。

家余德泽福星照；
里有仁风春意浓。

浓妆艳抹浮春色；
燕语莺歌报福音。

音借春风传喜讯；
香生福气点红梅。

梅花落处疑残雪；
柳叶开时任好风。

风载春潮圆好梦；
酒斟福气过新年。

年味浓浓汾酒醉；
墨香户户对联红。

红日无私春及第；
丰年有庆喜盈门。

门前福字乾坤大；
梦里桃源岁月新。

……

五、重字

重字，即在一副对联中允许出现重复字。这叫有规则重字。王力《诗词格律》载："律诗中的对仗还有它的规则，而不是像《诗经》那样随便的。这个规则是：①出句和对句的平仄是相对立的。②出句的字和对句的字不能重复。"我们这一讲所说的"重字"，是规则范围内的重字，是一种修辞技巧。联内"不规则重字"是病态对联，应坚决杜绝出现！

清代雍正皇帝题有一联，用到了重字。这可以判作最规则、最标准的重字联。联曰：

> 唯以一人治天下；
> 岂为天下奉一人。

要论单边重字，影响较大的要数顾宪成题无锡"东林书院"联。明末天启年间，魏忠贤等宦官阉党专权，朝廷昏暗。顾宪成、高攀龙等人在江苏无锡"东林书院"讲学，公开抨击时政，反对阉党，被称为"东林党"。其时，顾宪成题"东林书院"联曰：

> 风声、雨声、读书声，声声入耳；
> 家事、国事、天下事，事事关心。

上联重复五个"声"字，下联重复五个"事"字。而且尾部又出现"声"与"声"、"事"与"事"的顶真连珠式，更显联语的意旨与独特韵味。

明代杨慎题洱东无镜阁联：

> 一峰插水中，东是水，西是水；
> 杰阁临天外，上有天，下有天。

明代李开先题农商兼济济堂联：

> 数口业农，数口经商，糊口何多术也；
> 一心务本，一心逐末，是心孰使然哉！

清代陆润庠（1841—1915），字凤石，号云洒、固叟，江苏苏州人。同治状元，历任工部尚书、吏部尚书，官至太保、东阁大学士。他题"世补斋"联：

> 读书取正，读易取变，读骚取幽，读庄取达，读道义取坚，最有味卷中岁月；
> 与菊同野，与梅同疏，与莲同洁，与兰同芳，与海棠同韵，定自称花里神仙。

唐仲冕题"果克堂"联，首尾重字照应，联云：

> 克己最严，须从难处去克；
> 为善必果，勿以善小不为。

重字，在上联或下联出现时，比较容易掌握与识别。重字，如果交叉于上下联一定位置时，则较为见功夫。

如：传说大连星海湾曾落下陨星，

才有今日"星海"之称。我胞弟梁栋据此传说撰一联：

星不小心坠落海；
海伸高手摘来星。

"星""海"二字，在联中运用重字，位置错落有致，故属规则内重字。

安徽省著名楹联家白启寰先生贺湖北省楹联学会成立联，规范地用了重字。联曰：

楼新黄鹤，山雅木兰，三楚风流
辉九派；
节届重阳，令芳联苑，九州昌盛
艳三秋。

联中的"三"和"九"是重字，交叉得体。"三楚""九派""九州"为空间，"三秋"是时间。时空转换，切时切地。

下面由本人撰一副规则重字对联：

有志龙人图报国；
无边国域正腾龙。

"龙"与"国"重用，有章法可依。

有人题福建莆田九龙谷一联，大家看一下有无重字？用得对不对？联曰：

世外奇观，九龙共浴谷泉水；
洞中胜迹，四海同崇观世音。

此联构思很好，散嵌"九龙谷"。用了重字"世"字，但上联"世"对的是"洞"，下联"世"对的是"泉"。"洞""泉"二字处未用重字，所以这副对联不合联律，理由就一条：有不规则重字。很可惜。

下面大家互动一下，我从京剧唱段中引出一有重字对句，大家用重字手法对一个下联如何？

当代当红京剧程派大青衣张火丁在《白蛇传》中，有一段【南梆子】的精彩唱段，音乐响起张火丁深情地舞着水袖唱道："许郎夫，他待我百般恩爱，喜相庆病相扶寂寞相陪……"

大家一定发现了，唱段中三个"相"字，属重字。就以这一句为出句：

喜相庆，病相扶，寂寞相陪。

你能对一个重字对句吗？注意：出句尾字"陪"属平声，对句末尾一字必须是仄声。

六、叠字

叠字，顾名思义，即在对联中一字重复叠用，形成重叠之势。这种手法组成的对联叫叠字联。运用叠字，能赋予对联一种层层叠叠的立体感，吟诵起来，有一种"跌宕起伏，千回百转"的韵律美感。

据梁章钜《楹联丛话》载：杭州西湖孤山旧有花神庙，中祀湖山之神，旁列十二月花神，庙内悬一联：

翠翠红红，处处莺莺燕燕；
风风雨雨，年年暮暮朝朝。

上联撷取苏东坡诗句："诗人老去莺莺在，公子归来燕燕忙。"下联出自宋玉《对楚王问》句："旦为朝云，暮为行雨，朝朝暮暮，阳台之下。"因此庙已毁，这副对联也就只留记忆了。

西湖外，到杭州九溪十八涧浏览，这里有一副叠字联：

重重叠叠山，曲曲环环路；
高高下下树，叮叮咚咚泉。

联语妙用叠字，把此处的山光水色形象地展现面前，观之有层次，听之有音响。令人心旷神怡。

在日常生活用语和文章措辞中，叠字俯拾即是。如头头是道、井井有条、空空如也、面面俱到、事事如意、花花世界、口口相传、官官相护、彬彬有礼、心心相印、年年有余等。双重叠字的如瓶瓶罐罐、本本分分、年年月月、文文雅雅、兢兢业业、星星点点、忙忙碌碌、堂堂正正等。

古人有将岁月难熬、盼亲怀故的心情，写成一副叠字趣联：

月圆月缺，月缺月圆，年年岁岁，暮暮朝朝，黑夜尽头方见日；
花落花开，花开花落，夏夏秋秋，暑暑凉凉，严冬过后始逢春。

第三节　语音修辞

语音包括声、韵、调，语音修辞就是在对联创作中，巧妙地运用语音的声、韵、调的变化，如同音、谐音、叠韵、押韵、借音、一字多音等手法，使得联语音韵别致幽雅，给人以音韵美的艺术享受。

一、同音（韵）

巧妙地将音韵相同但字形不同的汉字，写在同一联语中，吟诵起来，有一种音韵和谐之美。

如宋代名士苏东坡和金山寺佛印和尚一同出游，同行的还有苏东坡胞弟苏辙。一行三人游到巫山时，佛印和尚出对句曰：

无山得似巫山好；

"无"与"巫"同音。苏东坡听出佛印上联用的是同音不同字修辞法，于是脱口对道：

何叶能如荷叶圆？

其中的"何"与"荷"属同音字。苏辙在一旁听了，也用此修辞法吟出一对句：

何水能如河水清？

苏东坡与佛印和尚齐声道："辙弟对句尤佳，以'水'对'山'，妙绝！"

元末明初，有一位文学家叫王彝。幼年时，家境贫苦，上不起私塾。可是，他生性聪颖，看过的文章，过目不忘，人称"神童"。

有一天，有人想当面见识一下王彝的奇才，煞费苦心地想出一上联出句：

天上星，地下薪，人中心，字义各别；

王彝思索片刻，出人预料地对道：

云中雁，檐前燕，篱边鹦，物类相同。

那人一听，惊喜异常地直夸王彝对得妙！"雁""燕""鹦"不仅同音，而且同为鸟类，故称"物类相同"。

明代诗人李东阳，身为翰林院修撰。有一次在京城闲逛，经过某道观时，适逢神诞之期。他见道观内，一位大道士正在指挥小道士焚香祭神，于是上前拱手施礼之后，念出出句：

指挥烧纸，纸灰飞上指挥头。

那位大道士颇通文墨，当得知出句者正是大名鼎鼎的翰林院修撰李东阳时，便以其身份对以下联：

修撰进馔，馔馐饱充修撰腹。

上联中的"指挥"与"纸灰"同音，下联中的"馔馐"与"修撰"同音。妙在其中。

1993年12月26日，是伟人毛泽东诞辰100周年纪念日。本人创意在

全国联坛举办了"骄子杯"有奖征联活动。此次征联活动得到全国各地近万名对联爱好者的响应，获得圆满成功。

此次征联，皆是以出句征联形式出现。其中有一个出句对题是：

柏坡翠柏百年翠；

"柏坡"，是指河北省平山县西柏坡，党的七届二中全会曾在此召开。老一辈无产阶级革命家毛泽东、朱德、周恩来、刘少奇等，都曾居住此地，也是伟人毛泽东"进京赶考"的出发地。西柏坡和井冈山、延安一样，被誉为革命圣地。出句中的"柏"和"百"不仅同音，而且在字形上"柏"中含"百"。最后，经过评委们评定，湖南攸县上云桥乡乌坳村欧阳东升先生的应征对句，荣获一等奖。其对句是：

梅岭红梅每度红。

"梅岭"，曾是陈毅元帅率领新四军浴血奋战过的地方。"梅"与"每"虽不同音，但同韵，"梅"中含"每"。

二、谐音

凡用谐音的对联，其中必须有音韵相谐的字或词。这是利用汉字语音相谐的特点，使上下联切韵会意，语带双关，诙谐多趣，耐人寻味。

相传，宋朝时，众文武百官有一年端午节驾龙舟游江。文臣武将各乘一船，双方都唯恐落后而被对方嗤笑，你追我赶，互不相让。当时，宋朝重文轻武，助长了文官的盛气。文臣的船眼看要被武将们甩到后边，想让武将停船，但又不便直言，便借口要与武将对对子，如能对上文臣出的上联，就让武将行前，如果对不上，则殿后而行。武将们毫不示弱，让文臣尽管出句。这时，文臣中一人念道：

八音齐奏，笛轻怎比箫和？

文臣们沾沾自喜，捋着胡须等武将们对对。少顷，武将船头站出一人，高声吟道：

二船并行，橹速那及帆快？

话音刚落，武将们相视大笑，驾船前行。文官们一个个面面相觑，只

好尾随在后。

出句中有"笛轻"是北宋名将"狄青"的谐音，"箫和"是汉代刘邦谋士"萧何"的谐音。字面上是说"笛"难比"箫"，其含意即"武不抵文"。对句中的"橹速"是三国东吴名臣"鲁肃"的谐音，"帆快"是刘邦大将"樊哙"的谐音，表面上是说摇船之"橹"加速也比不上"帆"快，其喻意则是"文不及武"。合联和谐自然，一语双关。堪称谐音之巧对。

明末清初著名文学家金圣叹，因哭祭文庙揭露贪官一事，被捕入狱。入狱前与妻儿道别时，留下这样一副对联：

莲子心中苦；
梨儿腹内酸。

"莲"谐音"怜"，"梨"谐音"离"。意为怜悯孩子心中痛苦，离别儿子腹内辛酸。

民国年间，国民党政府不顾人民死活，横征暴敛，苛捐杂税多如牛毛。劳动人民苦不堪言。当时，成都名士刘师亮写过这样一副对联：

民国万税；
天下太贫。

联语借用"税"与"岁"、"贫"与"平"的谐音关系，巧妙地讽刺当时的社会黑暗现实。

三、叠韵

在一副对联中，上下对应的双音词属于同一韵，读起来形成叠韵效果，增强对联之音韵美。

北宋大文豪苏东坡在给其弟子由的信中有一联：

随缘放旷；
任性逍遥。

上联"放旷"叠韵（ang），下联"逍遥"叠韵（ao）。短短八个字，充分彰显出苏东坡豪放不羁、豁达悠然的性情与人格魅力。

北京颐和园养云轩联：

天外是银河，烟波宛转；
云中开翠幄，香雨霏微。

上联的"宛转"叠韵（ǎn），下联的"霏微"叠韵（ei）。读来颇有韵味。

河南开封市梁苑古欢台，为汉代梁孝王所建。清代文人麟见亭题联曰：

一览极苍茫，旧苑高台同万古；
两间容啸傲，青天明月此三人。

上联中的"苍茫"叠韵（ang），下联中的"啸傲"叠韵（ao）。"两间"，指梁苍中的三贤祠，即李白、杜甫、高适三位诗人。"苍茫"意登高览胜，山水叠峦重翠，"啸傲"意言行自在无拘束，如啸傲林泉。陶潜《饮酒》诗："啸傲东轩下，聊复得此生。"

四、押韵

对联本来是不要求押韵的。但是有时为了增加对联的音韵美感，就用到了押韵。押韵联有的在联中关键字上押韵，有的在句脚押韵，有的在上下联尾字处押韵。下面举例说明。

有一副这样的写景联：

樱桃林上鹰飞过；
绿豆园中鹿跳来。

上联中的"樱"和"鹰"押韵（ying）；下联中的"绿"和"鹿"押韵（lu）。

《儒林外史》第二十二回中慎思堂一联曰：

> 读书好，耕田好，学好便好；
> 创业难，守成难，知难不难。

上联的"好"字重复押韵，下联的"难"字重复押韵。

1993年，湖南益阳市举行"国际竹文化节"征联，方予此联获二等奖。联云：

> 亮节领风骚，品尊三友，名列四君，引高朋啸傲林泉，六逸七贤齐拱手；
> 清流招毁誉，杜恨千竿，郑思一叶，任墨客激扬文字，千评万说只摇头。

称其为押韵联，是由于其上下联尾字"手"与"头"押韵（ou），只是各字声母不同，声调各异了。这是上下尾字必仄必平所规定的。

五、借音

借音联，就是前面咱们在对格中讲到的借对中的一种——借音对。

如清代文人沈期题北京陶然亭联：

> 慧眼光中，开半亩红莲碧沼；
> 烟花象外，坐一堂白月清风。

下联末尾的"清"字，即是借其同音的"青"字，与上联中的"碧"字形成颜色词工对。同时，又与"白月"形成当句自对。

六、一字多音

汉字中一字多音的现象不少，而且往往不仅是一字多音，而且一字多义。人们把这种特殊汉字写进对联，形成巧思妙构。既有情趣，又富韵味。

清代梁恭辰《巧对续录》载：某地民间发生了一桩命案，捕快将一位读书人押解公堂，读书人大感"冤枉"。断案太守心生恻隐之心，提出要与读书人当堂对对子，想从中试探一下读书人是否真凶。于是，太守出对曰：

> 杀人曾子又何曾？

"曾子"，借春秋时孔子弟子之名，曾读音"zēng"。末尾的"曾"，读音"céng"。这里就用到了一字多音。太守的语义就是质问读书人：杀人者何尝不是你？

读书人以对句辩解道：

投水屈原真是屈。

"屈"字在古代有两种读音，与上联"曾"字形成对仗。读书人对句借战国时楚国大夫屈原投汨罗江而死的典故，说明自己是"冤屈"的。

太守心知肚明，立即释放了读书人。避免了一桩冤案。

一字多音作联，最精彩最有名的当是山海关孟姜女庙一联：

海水朝，朝朝朝，朝朝朝落；
浮云长，长长长，长长长消。

上联中的"朝"字，既读"zhāo招"，以作早晨解；又读"cháo潮"，义谓朝拜、拜访。下联中的"长"字，

既读"zhǎng掌"，有成长、涨出之意；又读"cháng常"，义谓经常、漫长。依照一字多音的特征，此联读作：

海水潮，招招潮，招潮招落；
浮云掌，常常掌，常掌常消。

【单元小结】

大家也许有这样一种感觉，这一单元的内容较其他单元要多，更丰富多彩一些。有这样的感觉就对了，因为这是打基础的工作，就如同盖高楼大厦的基础，钢筋质量差不行，水泥标号低不行，各个工序都得按部就班地来，丝毫马虎不得！这一单元的内容是讲对联的一些语法、字词、音韵修辞与运用技巧，只有把这些东西学好了，学扎实了，在日后的对联创作中，就会运用得当、运用自如。有句俗话"磨刀不误砍柴工"。只要我们把这些基本功掌握好了，笔下创作的对联才会有文采、有韵味、有情趣。这都是技巧性的东西，很有必要学到手。记住这副对联："书到用时方恨少；事非经过不知难。"

第九单元　对联禁忌与弊病

前面几个单元，可以说都是为对联创作做准备的。有道是"不打无准备之仗"，又道是"成功，是为有准备的人准备的奖杯。"这一单元的内容，是和大家交流一下，对联的禁忌与弊病。我曾经考虑过，关于这一部分内容，是安排在创作即将开始好，还是放在创作之后好？斟酌再三，觉得还是安排在创作之前好些。我们有些对联创作尚未入门者，还不知道对联有哪些禁忌，有哪些容易出现的弊病。事先对此有所了解，打打"预防针"，对初学者是有好处的。这也是未雨绸缪，防患于未然。下面所讲到的几种对联禁忌，可以视为在对联创作中不可触碰的"红线"，应引起大家注意。

一、合掌

何谓"合掌"？顾名思义，即是两个巴掌合在了一起，犹如佛门弟子常见之动作。《中国对联大辞典》载："上下联完全（或基本）以同义词相对的对仗现象，叫合掌。""合掌，使语义重复，是对联创作之大忌。"大家注意界定对联合掌的要点是：同义词。

为了提高大家对"合掌"的认识，下面列举两副犯合掌大忌的对联：

> 云泽清光满；
> 洞庭月色深。

"云泽"是洞庭湖的古称，自然与"洞庭"属同名合掌；"清光"又与"月色"同义合掌；"满"与"深"，虽字不同但义相同，都形容的是月盈光足。此联的合掌属于全部合掌。

还有的合掌对联，只是局部合掌。如：

> 百年玉液开坛醉；
> 千古琼浆入口香。

"百年"与"千古",属时间词同义合掌;"玉液"与"琼浆",属美酒同义合掌。唯有后边的"开坛醉"与"入口香",分别形容酒好,令人陶醉。

二、犯"孤平"

"孤平"一忌,是从律诗衍用于对联格律的。王力《诗词格律》中"孤平的避忌"一节中讲到:"孤平是律诗(包括长律、律绝)的大忌,所以诗人们在写律诗的时候,注意避免孤平。"那么,什么情况下容易犯"孤平"呢?王力先生文中举了两种:①"在五言'平平仄仄平'这种句型中,第一字必须用平声。如果用了仄声字,就是犯了孤平。因为除了韵脚之外,只剩一个平声字了。"②"七言是五言的扩展,所以在'仄仄平平仄仄平'这种句型中,第三字如果用了仄声,也叫犯孤平。"故此说来,大家注意,"一三五不论,二四六分明"的诀语,千万不要在此种句型中使用,用了就必然犯"孤平"。

这里举一个犯孤平的对联:

诗境开千里;
藕花绽一池。

由于"藕"字属仄声,下联除了句脚字"池"这平声外,只剩下"花"是平声,故犯"孤平"。

遇到犯"孤平"的联句,能补救改正吗?能。这就牵出了"拗救"之一说。此说本来也是诗律概念,联亦可以用。

五言联平起仄收句,上联第三字拗,用第四字救。所谓救,就是补偿。大家最熟悉的所谓的古今第一副春联,五代后蜀主孟昶五言联,就是一副拗救过的对联。联云:

新年纳余庆;
嘉节号长春。

上联中"纳"字仄声(此处按"平平平仄仄"对格,应是平声字,用了仄声,即为"拗"),第四字必须"救",即本来应用仄声的反而用了平声"余"字。这就是拗救句式对联。

七言联中上联第五字拗,必须在下联对应的第五字救。如清代朱汝珍写景联:

烟光到树水先白;
雪意在云山转青。

按七言平起仄收对格，上联"平平仄仄平平仄"第五字应为"平"声字，联中"水"是仄声，拗句。只有在下联第五字处"救"，于是"仄仄平平仄仄平"的对格，第五字处仄声用"山"平声来救了。

七言联中，也有本句拗，本句救的情况。如山西吕梁碛口黑龙庙山门楹联：

物阜民熙小都会；

河声岳色大文章。

上联对格是"仄仄平平平仄仄"，第六字处应仄却用平声"都"字，拗句，第五字处应平而用仄声"小"字来补救。

当出句与对句都出现拗字时，可在对句的另一字上用反声相救，这样既构成本句自救，又构成对句相救，可称作"一拗双救"。如刘墉题潍坊十芴园四照亭联：

掬水月在手；

弄花香满衣。

出句"月""在"二字拗，应平平而仄仄；对句"弄"字拗，应平而仄，犯孤平。"香"字应仄而平，不仅救本句"弄"字，又救出句"月""在"二字。这是本句自救并对句相救的范例。

宋珏（1576—1632），字比玉，自号荔枝仙，福建莆田人。清代初年书画家。善分隶，苍老雄健，骨法崭然。他题隶书五言联：

开帘对春树；
弹剑拂秋莲。

上联"春"与下联"秋"皆平，属拗句。只有"对"与"拂"皆仄来救，方成此联。

三、不规则重字

不规则重字，是根据"有规则重字"而提出来的。此条禁忌在对联创作中，是极易犯的毛病。
如春联：

春风杨柳神州笑；
丽日桃花大地春。

上联"春"字，和下联"春"字，属重字，而且是不规则重字，故犯忌。假如上联尾字"笑"换成"丽"，那可就大不一样了。这叫有规则的重字。不仅不犯忌，而且是一副妙联。

在抗日战争时期，冯玉祥将军曾改旧联题赠有恒先生。由于抗日激情澎湃、热血满腔，在对联中重用了"日"字。看来这"不规则重字"是防不胜防呀！这副对联曰：

救民安有息肩日；
抗日方为绝顶人。

现代著名女作家冰心题梦草斋联：

世事沧桑心事定；

对联禁忌与弊病

胸中海岳梦中飞。

上联重复"事"字,下联重复"中"字。

广东槟城有一华侨经营的"天醉"酒楼,登报求征佳联。老板以"天醉"首尾相嵌出句:

天天饮酒天天醉;

福建惠安籍华侨陈敷友先生对句,获奖。对句云:

醉醉登楼醉醉天。

联语中的"天"和"醉"二字,对应位置二字在五处对仗,形成巧思妙对。

四、三仄尾、三平尾

上联末尾三字皆仄声,谓之"三仄尾";下联末尾三字皆平声,谓之"三平尾"。又称作"尾三仄""尾三平"。这两种现象都是不允许在对联中出现的。

如下面此联上联"有静气"犯三仄尾:

每逢大事有静气;
不信今时无古贤。

下面一联下联"迎新春"犯三平尾:

爆竹声声辞旧岁;
梅花朵朵迎新春。

下面一联中犯了双重病,上联"白壁玷"三仄尾,下联"青云齐"三平尾:

持身勿使白壁玷;
立志当与青云齐。

在规定"三仄尾"与"三平尾"为作联禁忌这一条上,曾有人提出可以放宽,"尽量避免"。我本人的观点是:既然是立规矩,就要立得住、说了算。不能模棱两可,宽而对之。须知"差之毫厘,谬之千里"。尤其对于初学者来说,更应严格要求。一是一,二是二。只要养成循规蹈矩的良好习惯,由必然王国步入自由王国的境界,自然有规矩就化作无规矩了,到那时,你想犯规也难。所以,在此问题上,我支持湖南联家胡静怡先生的观点:"三仄尾"与"三平尾"作为一条禁忌,不可"尽量避免"。

五、忌上联气势胜过下联，造成头重脚轻、虎头蛇尾的弊病

如下面这副对联：

山河大好英雄健；
风月多情草木柔。

很显然，这副对联的上联有上盛下弱之感，下联柔弱压不住阵脚。这样改一下，大家看是否一改下联轻浮的毛病。联云：

山河大好英雄健；
事业兴隆社稷安。

周恩来同志题赠王朴山联：

浮舟沧海；
立马昆仑。

这副对联给人的感觉是：上联荡气回肠，下联异峰突起。读此八个字，让人热血沸腾，豪情满满，充满了革命英雄主义与革命浪漫主义的艺术感染力。

【单元小结】

看起来，这个单元的内容比较简单，其实并不简单。为什么说不简单呢？你想呀，如果一副对联，你煞费苦心地作好了，拿出来让同好或高手一过目，要么犯"合掌"，要么犯"孤平"，要么又出现了"不规则重字"，要么犯"尾三仄""尾三平"等等，你说闹心不闹心？所以这一单元讲到的几条对联禁忌，一定要在脑子里绷紧联律这根弦，不要松劲。当然，这也不要成了《西游记》中孙悟空头上的"紧箍咒"，弄得谨小慎微，放不开手脚。下面我设想用六个单元，专门和大家交流学习创作对联的体会与心得。如果这些自觉或不自觉的创作理念与创作手法，能对大家有些许启示或帮助，那么我就心满意足了。

下　编

　　对联，可写景，可抒情，可言志。

　　下编的九个单元内容突出对联的创作"个性"与"诗"化，而且把对联写人物的"文学性"推向极致，旨在把新时代对联创作推向新高度。

　　如果说上编是在强调对联"有法"，那么下编即向大家传递一种"无法"的意境，因为"无法是艺术创作的最高境界"。

第十单元　对联创作与“切题美”

进入对联创作阶段，首先摆在面前的是写什么的课题。这个课题有两种情况：一种是个人主观选题创作，如春节到了要创作的春联，自题联、题赠友人联等。另一种是被动创作，如平常应酬联、应征联。

我认为，既然我们把对联视为如同诗词一样的文学体裁，那么就应该遵循文学创作规律。一副对联首先考量的是主题鲜明，这是对联创作的第一要义。在规定好对联创作主题之后，在对联谋篇构思时，首先要“切题”。切题，又称扣题、点题、破题。

第一节　春　联

下面咱先普及春联创作。春联姓“春”，这是我早些年首先提出的观点。我的意思是，创作春联一定要突出一个“春”字，明嵌也好暗切也好，你创作的春联必须有一股扑面而来的春意。如我专门为山西大同题写的春联：

大观魏邑九龙壁；
同乐平城万象春。

联首以“鹤顶格”分嵌“大”“同”二字。联内“魏邑”“平城”亦古称大同。“九龙壁”是当地名胜。下联中的“象”在此意喻动物大象，恰与上联“龙”对仗。这是一副切地切景的大同春联。其独具特点是唯一性，非大同此地门户不可用。

还有一种春联，切时性强。如鸡年春联：

新春消息鸡先报；
小院梅香鹊早知。

这副春联只有鸡年可用，别的年份不适用。

还有新华书店春联，其他别的部门不能用。这亦是切题联。联曰：

新书四库，智慧乐园增智慧；
华店百城，精神宝地长精神。

2012 年河南举办全国春联大赛，我的一副春联获奖。联云：

抒豪情，纵大河入海，大政归心，
　春满中州福气大；
抬望眼，看中岳飞霞，中原给力，
　龙兴大业赞声中。

创作此联时我运用了规则重字手法，即"大"字与"中"字重复用、交错用。"中州""中岳""中原"，皆代指河南，末尾"中"字，特别运用了河南乡土口音"中"（即"行"的意思）。这就是切题春联，河南地方特点明显。而且，当年是"龙"年。联内"龙"字相对的正是"春"字。

龙年春联莫属了。

党的十八大之后，以习近平同志为核心的党中央高瞻远瞩，提出了实现中华民族伟大复兴的"中国梦"。为了将"中国梦"这一时代主旋律，写进新春联，贴进老百姓的生活中去，2015 年年底，我创作了"美丽中国梦"新春联（100 副），在《书法导报》以较大篇幅发表。这里择几副与大家交流。（说明一点，我撰联用的是古声。）

龙腾中国梦；
民乐小康春。

华夏复兴梦；
阳春幸福年。

大豆摇铃春梦晓；
高粱擎炬夕阳红。

中国梦圆香茉莉；
小康景美赛苏杭。

宏图大展江山秀；
美梦初圆事业殊。

堪称当代英豪，追梦乘风云路近；
最是中华希望，扬帆破浪海波平。

近年来，党中央提出的正党风、扬国威一系列号召，都成了对联创作的"关键词"。此种切题佳作应运而生。

如切"两学一做"学习教育主题的佳联。江苏联家蒋东永撰联：（新声调平仄）

学党章，学讲话，两学善解人民意；
做堡垒，做先锋，一做紧跟时代潮。

湖南联家钟胜天撰联：（新声调平仄）

两学凝党魂，天上秋高，人间气爽；
一做顺民意，井湾果硕，盛世花红。

（注："井湾"是当地社区名）

江苏联家谷万祥撰联：（古声调平仄）

学是源泉，效翠柏苍松，一般信仰；
做为基石，如螺钉枕木，同样精神。

如切"三严三实"主题教育佳联。

广东联家孔令斌撰联：（古声调平仄）

三严律己，三实匡民，处世常思三省训；
一意秉公，一心效国，为官好荫一方天。

如切"社会主义核心价值观"，"富强、民主、文明、和谐、自由、平等、公正、法治，爱国、敬业、诚信、友善"简称"二十四言"。

山西著名联家、运城市楹联学会会长杨振生撰春联，切"二十四字价值观"。联曰：（古声调平仄）

三犁春雨九州润；
廿四惠风一路馨。

无处不红，两行红雨龙门对；
有情皆惠，廿四惠风中国年。

广东联家郭产波撰联：（古声调平仄）

廿四字滋心，且作箴言铭座右；
双百年励志，长留功绩在人间。

第二节　征　联

切题精到的对联,我平时较为留意。创作对联,就如同高考作文,考生必须得按考题(给出的条件)作文。切题准确,而且点题明确,甚至破题精彩,加之内容翔实,作文自然得高分。假如考生审不好题,下笔千言,离题万里。即便文笔再好,也无济于事,不仅得不了高分,甚至会打0分。因为文章没扣题,属于跑题作文,岂不遗憾!

2009年9月山东寿光市举办"农圣杯"海内外大征联,获一等奖的是江西省联家钟宇。咱们看看他这副联是怎么点题的。联曰:(古声调平仄)

得齐民要术之真,绿野铺春,青蔬织锦;
仰圣域儒风其泽,小康圆梦,大业蒸云。

上联嵌入北魏时期杰出农学家贾思勰所著《齐民要术》书名四字。书中内容不必提,就是想提对联体裁也不允许,对联要求凝炼简捷。作者以"绿野铺春,青蔬织锦",形象概括其真谛,并破题说明寿光乃中国闻名遐迩的"蔬菜之乡"。下联从另一个角度审视寿光,在孔子儒学润泽之下,此地属有150多处古文化遗迹,赞扬寿光古代文明之风。"小康圆梦,大业蒸云",与上联八言成精彩对仗,更显寿光一派欣欣向荣新景象。此联紧扣国际蔬菜科技博览会主题,做到了主题鲜明,引人入胜。

2009年11月,正值山西省第13个环卫工人节之时,太原市楹联学会、太原市市容环卫局联合举办"美洁杯"全国征联大赛。湖北联家殷德盛摘取"一等奖"桂冠。这副对联是这样的:(新声调平仄)

勤劳生至美,看朝扫晨曦,夕拾晚霞,铺开城市千重锦;
脏累证高洁,纵衣沾尘垢,发添霜雪,不改痴心一片丹。

这是一副赞扬城市环卫工人的对联。上联的"勤劳"与"至美",下联的"脏累"与"高洁",形成鲜明对比,切合环卫工人的身份与特点。首句就点明了主题,随后是联内自对句:"朝扫晨曦,夕拾晚霞";"衣沾尘垢,发添霜雪"。上联"铺开城市千重锦",与下联"不改痴心一片丹",是此联的亮点,主题得以升华。尤其"一片丹",揭示了环卫工人的美洁心灵。感人肺腑!

常言道,有比较才有鉴别。下面我有意识地把同一城市、同一主题的两次全国征联的两副获得一等奖的对联,在大家面前亮亮相。两副对联"PK"一下,大家在观赏鉴别之后,看哪副对联更切题?更是含金量满满的一等奖对联?

(1)2008年1月,上海市国际"茶文化节"组委会举办第十五届茶联大赛。评出的一等奖是:

绿韵又飘香,问春光几许;
红炉常煮翠,有珠履三千。

(2)2009年1月,上海市国际"茶文化节"组委会、上海市闸北区人民政府、《解放日报》、上海市楹联学会联合举办第十六届茶联大赛。评出的一等奖联:(古声调平仄)

客自远方来,世博和谐,一杯先染心头绿;
茶呈良友品,文明隽永,万国同斟海上春。

大家可以将前后两副获奖联,对比着看一下,究竟哪一副对联更切"上海国际茶文化节"这一主题?我先谈一下自己的看法。

后一副比前一副切题。我毫不客气地讲,前一副茶文化联,只是在含蓄地隐隐地透出一种"茶"的气息。因为人家联内有"绿韵""飘香""红炉""煮翠"。这种"不着一字"手法便是不错。但是"问春光几许""有珠履三千",太泛泛了!没有一点是大上海茶文化的氛围特点呀。可以说,这副对联不仅未扣上主题,甚至纯粹与"上海"不沾边。你们说,这样一副对联,放在哪里不行呀?

相比之下,后一副获奖联就是另外一番气象。你们看,作者从世博会作为切入点,用"一杯先染心头绿"点明"茶"题。下联一开头,干脆让"茶"

粉墨登场亮相，并且摆出一副以茶会友、以茶待客的"东道主"热情之态。"万国同斟海上春"，是此联的"破"题妙句。"万国"指国际，"海上"即上海代称。好了，这足以证明，后一副对联在切题上远远超过前一副，荣获一等奖，实至名归。您的看法如何呢？

为了加深大家对"切题"在一副对联中重要性的认识，我们再从正面欣赏几副佳联。

湖南著名联家胡静怡应湖北省楹联学会与《今古传奇》文化发展公司香港回归"回归颂"征联：（古声调平仄）

> 强权肆虐，弱国遭殃，想当初豆剖瓜分，百年耻辱千秋鉴；
> 梅蕊摇红，荆花耀紫，庆此际珠还璧返，一院芳菲两树春。

上联说的是不堪回首的旧日香港，用"豆剖瓜分"形象准确地概括"屈辱"的香港历史。下联光彩四射，"梅蕊摇红，荆花耀紫"，"荆花"代指香港特别行政区。"一院芳菲两树春"尤为精彩，这是对"一国两制"政治

术语最形象的诠释。此联将"香港回归祖国"这一抽象主题，巧妙地用形象化语言紧紧扣住，而且点明了主题，深化了主题。

湖南著名联家夏胜千题西安华清池联：（古声调平仄）

> 将军肝胆美人魂，寄迹芳池，想少帅陈兵，杨妃出浴；
> 风雨湖山词客泪，感怀胜地，有杜郎高韵，白傅长歌。

上联中"将军"是指西安事变中兵谏蒋介石的"少帅"张学良。当年，他把蒋介石软禁于华清池，逼蒋抗日，此事震惊中外。"美人"即指"杨贵妃"杨玉环，在唐明皇李隆基"三千宠爱于一身"之时，她经常在华清池洗浴。下联"杜郎高韵"，指唐代诗人杜牧有《过华清宫绝句三首》；"白傅长歌"，指唐代诗人白居易《长恨歌》。二位"词客"之诗皆与华清池、杨贵妃密切相关。此联围绕"华清池"主题选材，让古往今来的人和事为主题服务。

湖南著名联家吕可夫题甘肃泾川大云寺联：（古声调平仄）

云外起疏钟，水应山鸣，撞破天心催觉悟；

月边送远鼓，秦传陇动，叩开慧眼省晨昏。

凡是寺院佛境，哪一处没有听到暮鼓晨钟？如果此联中无"秦传陇动"四个字的"破题"，就失去泾川大云寺的特别意趣了。同时，联内妙用"撞破"与"叩开"两个动词，把整个对联激活了。

山西东门要塞"娘子关"，是大唐平阳公主镇守之关隘，又称万里长城"第九关"。这里山美水美，尤以瀑布悬泉和水上人家景观著名，是一个游人避暑休闲的旅游胜地，被誉为"北国水乡"。2011 年 10 月阳泉市楹联学会举办阳泉"旅游杯"全国征联活动，天津联家吴金城应征联获一等奖。联曰：（古声调平仄）

藩屏依在，忆云中点将，岭上操兵，纵娘子远行，浩气蒸腾千载烈；

春色可餐，喜山下听泉，潭边赏瀑，看游人纷至，雄关妩媚九州无。

上联中"忆云中点将，岭上操兵"，将当年平阳公主英姿飒爽、铁军戎装镇守此关的历史场面再现。"娘子"一词扣题，"浩气蒸腾千载烈"高度概括了巾帼不让须眉的英雄气概。下联中"喜山下听泉，潭边赏瀑"，正是描写娘子关以"水"为美的妙笔所在。尤其"雄关妩媚九州无"末句中的"妩媚"二字，画龙点睛般地点破主题"娘子关"。这副对联在切题上用足了功夫，给人一种观此联似亲临景观之愉悦美感。

就"娘子关"这个题材说"切题"，咱们把"切题"在对联创作中的"第一要义"说明、说透，对初学对联创作者大有裨益。下面再列几副"娘子关"对联，说"切题"之优劣。先请看山西联家梁璞获三等奖之联：（古声调平仄）

北国有江南，小桥流水人家，百丈高崖飞白练；

大唐留胜景，险道雄关驿站，千秋佳话壮红颜。

这副对联用语清丽干练，在切"娘子关"人文景观主题上毫无多余之字。上联写景颇有"娘子关"水的特色，"百丈高崖飞白练"一句，活脱脱把眼前美景亮在眼前。下联继续说当地特色景观，末尾"红颜"二字令人称奇叫绝，真是破题之妙笔！

在许多有关"娘子关"题材的对联中，有这样一副引起我的注意。这副对联从构思到措辞都相当见功力，就因有一个字游离了主题，而与"获奖"擦肩而过，着实可惜。我把对联原文披露给大家，请仔细看看，是哪一个字惹的"祸"？联曰：（古声调平仄）

塞中亦有江南景，看溪流桥拱，
花笑鸟啼，石岩瀑布三千玉；
城上曾飞娘子旗，控秦晋要冲，
京畿险临，巾帼名齐第九关。

初审此联，颇有几处闪光点，也是其"点题"之笔。如上联"石岩瀑布三千玉"，以及下联的"城上曾飞娘子旗"，都是相当精彩的妙句。然而，作品就怕仔细推敲（反过来也说明了在创作过程中，仔细推敲的重要性）。该联的致命硬伤，即下联中的"秦晋"二字。清楚娘子关地理位置的朋友都明白，这里是山西与河北交界之处，是山西东大门，与河北（冀）相毗邻，

与联中提到的"秦"（陕西）根本不搭界！真急死人了！就这个"秦"字坏了大事。这是由于作者对娘子关地理位置准确度没有很好地把握住，一字之差，谬之千里。从某种意义上讲，对联就是一种"咬文嚼字"的语言艺术，往往是一个字用得妙，能使全联大放异彩。相反，如果一个关键字，尤其有关"切题"意义上的字用不好，就可能使整个对联黯然失色。

就是上面这副对联中的"秦晋"二字，如果作者写成"晋冀"二字，那就美了，既切题又颇有文采，完全可以进入等级奖的对联。惜哉！惜哉！

下面再给大家列举几副撰写"娘子关"题材不切题的对联，目的是想请大家看清，这几副对联犯"不切题"的毛病在哪里？以引起警觉，得到启示。

西连晋域，东障京畿，大道千年不灭；
堞笋云霄，门凭砥柱，雄关百劫犹存。

仅从字面上看，这副对联给人一

种主题很不明确的感觉，不确定因素很多，范围说得过大，丝毫看不出有"娘子关"的影子。若说是嘉峪关、山海关，远了一些。若说是山西雁门关，似乎也不沾边。这副对联被判定为"不切题"而淘汰，毫不冤枉。

看下面一副应征"娘子关"题材对联：

> 雄关抱日，要路披星，车水马龙皆载梦；
> 绿水吟诗，青山入画，晋风冀韵最怡神。

此联用语，更显随便。漫无边际，不得要领。更何况，"娘子关"在山西境内，何来"冀韵"之说？

再看看下面一联，更可谓笔下有功夫，可惜没用在点上。由于不切"娘子关"题，所以被打入淘汰之列。联云：

> 危楼挺拔，古堡巍峨，看天置藩屏，万里长城移画轴；
> 峭壁峥嵘，清泉激滟，望云舒帷幔，千年要塞贮诗囊。

山西永济鹳雀楼，乃天下四大名楼之一。前些年中国楹联学会牵头在全国搞过一次"鹳雀楼"主题征联。本人撰一副对联，大家评品一下，看切题与否？联曰：（古声调平仄）

> 白云化羽，白鹤凌霄，白日依山诗半句；
> 黄鹄游天，黄花遍地，黄河入海景一楼。

联内散嵌"鹳雀楼"。应该属切题之笔。同时，化用了唐代诗人王之涣《登鹳雀楼》诗句："白日依山尽，黄河入海流。"

本人还应陕西省楹联学会举办的"未央杯"世界刘氏联谊大会征联，撰得一副题汉朝对联：

> 大汉王朝骄也！煌煌锦绣家邦，一统山河功属谁？当推文帝、武帝；
> 中华民族伟哉！浩浩风云历史，千秋故事梦萦我，回望长安、西安。

开篇即点题"大汉王朝"。汉文帝（刘恒）、汉武帝（刘彻）当是开创汉室江山之奠基者与创立者，故"当推文帝、武帝"。下联从另一角度，书写汉民族的辉煌历史，而且"大我"

入联，增加联语之感情色彩，翘首"回望长安、西安"。

第三节　名　联

此部分给大家共同评品几副切人、切地的名联，从中领悟"切题"在对联创作中的要义之旨。

清人江春林题北京杨忠愍祠联：

三疏流传，枷锁当年称义士；
一官归去，锦衣此日愧先生。

杨忠愍，即杨继盛，明代嘉靖年间，曾任兵部员外郎，因三次上疏皇帝，弹劾严嵩十大罪状，反被诬陷入狱，迫害致死。死后谥"忠愍"。

此联概括力很强，上联切人切事。下联写自己衣锦还乡，见先人悲壮义士反觉愧对先生。

清人郭嵩焘题汨罗屈子祠联：

哀怨托离骚，生面独开诗赋祖；
孤忠报楚国，余风波及汉湘人。

这是一副悼怀屈原的对联，联中

的《离骚》、"楚国"，足以切此人之题旨了。加之"诗赋祖"，除屈子何人敢能领受？唯有"汉湘人"。

清人游俊题成都武侯祠联：

两表酬三顾；
一对足千秋。

"两表"，指前后《出师表》。"三顾"，指刘备三顾茅庐，请诸葛亮出山扶助其成就汉室大业。"一对"指"隆中对"。这都属于诸葛亮之"专利"，"招牌性"之"名片"。非其莫属，故切题无疑。

清人梁章钜题常熟草圣祠联：

书道入神明，落纸云烟，今古竞传八法；
酒狂称圣草，满堂风雨，岁时宜奠三杯。

"草圣",即唐代著名草书大师张旭。联中"落纸云烟""酒狂称圣草",都只有在张旭身上才贴得住。切人之联不可易移!

清人程祖洛撰题台湾云林马祖祠联:

> 寰中慈母女中圣;
> 海上福星天上神。

"妈祖",传说为福建莆田林姓女子,宋代人。二十八岁于贤良港湄州屿"升天",为航海保护神。此联言简意赅,概括得十分到位。唯有妈祖能称得上"女中圣""天上神"之"慈母""福星"。

上面我们列举了几副有代表性的"切人"名联,下面我们再评品几副有特点的"切地"名联。从中汲取一些切题的绝技妙法,提高我们在创作对联时的切题自觉。

清人李芝龄题温州江心屿浩然楼联:

> 青山横郭,白水绕城,孤屿大江双塔院;
> 春日芙蓉,晚风杨柳,一楼千古两诗人。

"江心屿",是温州城外的一个孤岛,有"江南蓬莱"之称。浩然楼,取意于文天祥《正气歌》中"于人曰浩然,沛乎塞苍冥"之诗意。联语写景是围绕主题江心屿浩然楼展开,尤其"一楼千古两诗人"一句,乃破题之笔。"两诗人"指孟浩然、文天祥。

民国年间袁世凯次子袁克文题浙江嘉兴南湖烟雨楼联:

> 古木一楼寒,烟雨人间,笙歌天上;
> 扁舟双岸远,鸳鸯何处,云水当年。

上联散嵌"烟雨楼",当句自对佳句,烘托出楼外景观,有声有色,引人入胜。

中国共产党缔造者之一、曾任国家副主席的老一辈无产阶级革命家董必武,亦有一副题嘉兴南湖烟雨楼联:

> 烟雨楼台,革命萌生,此间曾著星星火;
> 风云世界,逢春蛰起,到处皆闻殷殷雷。

此联主题鲜明,联首直指"烟雨

楼"。联中的"星星火""殷殷雷"，有色有声地将中国共产党在此地成立的特殊义旨，大白于天下。

湖南当代著名楹联家吕可夫题海南五指山联：

峙天涯一手撑天，山外有山，五指何曾输五岳；
望海角千帆闹海，画中赏画，琼花岂止艳琼州。

上联写山，下联写海，"五指何曾输五岳"一句相当精彩！既是"破题"之笔，又把"五指山"的高度提升到与"五岳"比肩。令人称妙！

在对联创作"切题"一说上，我认为，一副对联的要旨是传情达意，通过联语传递出的中心意思必须通过字里行间透露出来。本人在多年创作实践中，悟出了对联"切题"与"不切题"有如下几种差异：

1. 个性与共性。"切题"者表现的是事物的个性，这个性即是此联所具有的特征，是"个例"。假如你有我有大家都有，那就不称其为"个性"而叫"共性"了，也就不切题了。

2. 唯一性与可选择性。"切题"者表现事物主题的唯一性，只能是"这一个"，而不能是"那一个"。而"不切题"就选择了灵活性，可以是"这一个"，也可以是"那一个"。

3. 专用性与通用性。"切题"者表现事物的专一性，张冠不能李戴。如果是通用了，失去了专用性，就是"不切题"之作。

4. 艺术的特殊性与真理的普遍性。对联创作是一个艺术创作过程，艺术的独一性、典型性，规定了艺术形象只能"独家"而不能是"大家"。艺术强调的是个性、特殊性，而真理强调的是普遍性，可以"放之四海而皆准"。对联要"切题"，就是艺术的独一性、原创性的反映。艺术创作张扬事物的个性，没有个性就没有艺术可言。对联创作要求的就是一种独辟蹊径、独领风骚的独特创造，只有对此时此地此人而言，绝不可放之四海而皆准。

【单元小结】

"切题"，是对联创作的第一要义。这一观点，不知在大家心中确立了没有？我想在最简单的春联创作上，检验一下大家对"切题"的理解程度。这样吧，"桃"和"柳"两个名词给大家，用这两个形象作一副春联。另外，我再给大家两种颜色：一种"红"，一种"绿"，描绘一幅春联。这样结合实际的创作练习，能加深大家在作春联时切"春"意的认识，从而形成一种"切题"自觉。只要这种自觉形成习惯，大家在对联创作实践中，就进入了"海阔凭鱼跃，天高任鸟飞"的自由天地，进入到游刃有余的境界。

朗吟白雪阳春句；
读尽牙签玉轴书。
　　　　——（近）吴湖帆

红滴砚池花泻露；
绿藏书榻树团云。
　　　　——（清）林则徐

第十一单元　对联创作之"立意美"

"立意"，是一个很抽象的词语，具象一点讲，立意就是短至一句话，长至一篇文章，要有自己的要义、灵魂。在一副对联中，文字的构成就是骨髓，其中的修辞就是肌肉，对仗平仄就是贯穿全身之血脉，其表现的思想内涵是立意。正如明末清初著名思想家王夫子所言："无论诗歌与长行文字，俱以意为主，意犹帅也，无帅之兵，谓之乌合。"

"立意"开篇之作，用哪一副好？

我认为还是用南宋词人陆游那副传世自题联：

> 双鬓多年作雪；
> 寸心至死如丹。

每当我想起这副对联，就如同诗人穿越时空，挺立面前，让我心在怦然跳动，血在沸然涌动。陆游人已故去，精神永存。这就是一副立意高远、内涵深邃对联的艺术魅力。

第一节　自题联

清代乾隆、嘉庆年间名士黄易题联曰：

> 格超梅以上；
> 品在竹之间。

以"梅"与"竹"两种人们崇尚之物，状人之品格高清。这副对联立意就很高，而且很妙。联语丝毫无板着面孔训教之意，而是运用比喻手法，将人们追求高尚品格的思想境界，形象化地立于眼前，直达心灵。

由此，我不禁想到陈毅元帅的一首吟《青松》五言诗："大雪压青松，青松挺且直。要知松高洁，待到雪化时。"

与上面一联相类似的，有清人徐良一副自题联：

品格自超梅以上；
交游只在竹之间。

这副对联由"品格"说到"交游"。何谓"交游"，就是结交朋友，也指朋友的品位。《荀子·君道》曰："其交游也，缘义而有类。""竹"，古人以此物比作君子，有"不可一日无此君"名句励人，学竹子虚怀若谷、谦谦君子之情怀。

清代名臣、虎门销烟的民族英雄林则徐自题堂壁联，古往今来被人推崇。联曰：

海纳百川，有容乃大；
壁立千仞，无欲则刚。

作者以"海"喻"有容"，以"壁"喻"无欲"，堪为既形象生动贴切，又意境高深发人警醒。难怪多少年来，不乏有识之士以此联作座右铭。

清代名士、著名书法家何绍基题联：

悟到前身应是月；
数来好友莫如书。

"悟到""数来"，可说是一种人生自觉，如能达到与"月"为伴，与"书"做友，应该是人生的一种高境界了。人生一世，烦恼之事不期而至，弄得坐卧不安、频频失眠。故有人感慨道："能睡觉，会睡觉，也算是一种本事！"何绍基可以看成是一位有"睡得着"本事的高人。你瞧他的这副对联表达了何等豁达的心态。联曰：

坐到二更，合眼即睡；
心无一事，敲门不惊。

清代官至两江总督、东阁大学士的湘人左宗棠，给世人留下堂堂正正的好形象。他的对联也十分厉害，直到今天依然有些名人喜欢用他的对联作勉。如他的一副自题联，居然在香港首富李嘉诚的办公厅堂悬挂着。联曰：

发上等愿，结中等缘，享下等福；
择高处立，寻平处住，向宽处行。

联语明白如话，却蕴含着很深的人生哲理。唯有大智慧之人方有此种大胸怀。左宗棠做到了，李嘉诚也在效仿。

李嘉诚在盛赞左宗棠此副对联的神奇作用时说："这副对联让我居上时想到下，立高时寻找宽。无论在多么错综复杂的矛盾面前，都能处变不惊，遇险不乱。既能创造一番事业，又能守住一番事业。"

左宗棠的这副对联，同样也得到荣毅仁父亲荣德生的青睐。他将此联作为家训，并请人篆刻于无锡梅园诵幽堂。他说："这副对联饱含了中国人的智慧。既彰显了儒家的积极有为、胸怀天下的高尚情怀，又有道家自持自守、圆融润通的思想内涵。"

由此，我也想到与此联有异曲同工之妙的《易经》之言："事不做尽，势不用尽，语不说尽，福不享尽，凡事在不尽处，意味最长。"

处事做人能达到此种境界者，可称得是人生成功者了。左宗棠还有一副对联，也把人生悟透了。联曰：

天下事当撒手做；
世间人到信心难。

曾国藩，在清代历史上可是个大人物。他的一些对联在立意上，既有高度也有深度。他的思想与气度，与别人不一样，笔下的对联自有一种独到的心境表露。有联曰：

养活一团春意思；
撑起两根穷骨头。

上联铺垫得精彩，"养活""春意思"，除了曾文公的奇思妙想，何人能有此种立意。"撑起两根穷骨头"，掷地有声，能感到铁骨铮铮的一个硬汉子的精神。

曾国藩还有一副传世书法对联：

官秩旧参荀秘监；
篇章高挹谢宣城。

曾国藩另有一副对联，更有一种惊天骇俗的大气派大风流。联语发了毒誓，这在中国历史上绝无仅有。联曰：

不为圣贤，便为禽兽；
莫问收获，但问耕耘。

清代历史上有位显赫人物，与曾国藩在功绩与气度上可有一拼。这个人物就是湘军首领彭玉麟。他有一副对联，同样是直抒胸臆，大有披肝沥胆的坦诚精神。联曰：

绝少五千挂腹撑肠书卷；
只余一副忠君爱国心肝。

清代著名学者俞樾，深谙宽厚、谦和之做人道理，学问做得好，人也做得好。他有两副对联立意很高，值得一读。联曰：

欲除烦恼须无我；

历尽艰难好做人。

"无我"乃是"做人"的最高境界。

惜衣惜食，非是惜财缘惜福，
求名求利，须知求己莫求人。

"求己莫求人"，是人生体悟的
结晶，是一种思想升华，是人生的哲
理，启迪后人。

俞樾还有一副对联，对自己人生
经历做了完美的概括。联曰：

三多以外有三多，多德多才多觉悟；
四美之先标四美，美名美寿美儿孙。

清代名士陈鸿寿为"西泠八家"
之一。虽满腹经纶，但做人做事脚踏
实地，从不好高骛远。自题一联恰是
自我心境之写照。联曰：

课子课孙先课己；
成仙成佛且成人。

民国年间名士、近代书画家陈衡
恪有一副对联：

高以下为体；

重乃轻之根。

联语言简意赅，把"高"与"下"、
"重"与"轻"的辩证关系，说透了。
耐人寻味。

伟人毛泽东1917年写过一副自
勉联，抒发的是少年时的壮志豪情。
联曰：

自信人生二百年；
会当水击三千里。

我认为，人的一生，无论从事何
种事业，有了自信，可以说就成功了
一半。这副对联大家仔细揣度其中的
立意自信与人生自信，对自信者是一
面旗帜，引领前进道路前行。对于某
些缺乏自信的人来说，也许是强心剂，
会让你树立自信，增强自信，勇敢面
对人生，耕耘人生，收获人生。

人民的好总理周恩来，给中华民
族留下了丰厚的精神财富。他的外交
才能、人格魅力都是后人学习的楷
模。他写的对联虽然传世不多，但一字值
万金，足以让后人学习继承的了。如
他在读中学时的一副自勉联：

对联创作之"立意美"

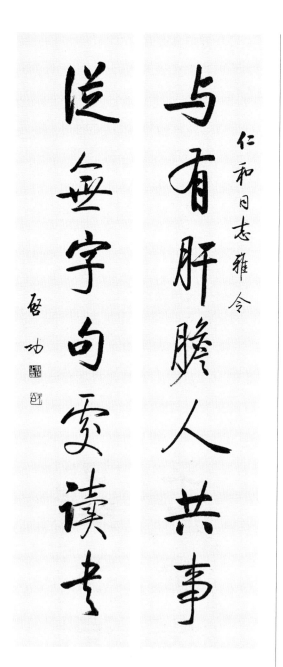

与有肝胆人共事；
从无字句处读书。

周恩来同志的这副对联，立意很高，令人当作做事与读书的高标准去

追求。"有肝胆人"是时代的弄潮儿，有抱负有担当。"无字句处"自然是指书本之外的社会知识，只有读懂读透了社会这部无字书，才能算是真正的读书高人。

被誉为"人民艺术家"的书画大师齐白石，虽然画的是人们习以为常的花鸟鱼虫，但是都各有内涵。他笔下的对联饱含超凡脱俗的思想情操。联云：

耻沾身外誉；
羞作口头交。

此联将自己的"耻""羞"观告白世人，让那些"沽名钓誉"、耍嘴皮子者无地自容。

国民党元老级人物、当代著名书法家于右任先生有这样一副自题联：

当无事时自固气；
大有为者能知人。

"固气"是一种静气。人生能做到有静气，也就到了一种高境界了。"知人"者，乃大智慧者。若达到此种高度，足以看出人的修养了。

于右任书法五言联：

圣人心日月；
仁者寿山河。

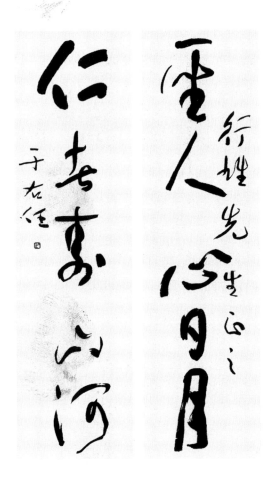

国民党当代要员、台湾地区前任领导人马英九先生，有一副自题联也有文化内涵。联曰：

黄金非宝书为宝；
万事皆空善不空。

联语贵在运用反衬：上联中用"黄金"衬托"书"之宝，下联以"万事"衬托"善"之重。

由此我又想到类似的一副对联：

清为至宝一生用；
德化良田万世耕。

本人创作对联多年，有时也爱用对联抒情言志。下面有两副自题联，与大家交流其中的立意与创作感悟。

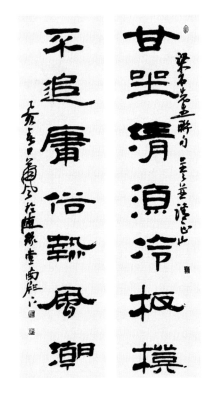

甘坐清凉冷板凳；
不追庸俗热风潮。

在立意上，我从自己亲身经历出发，内心有一种自甘寂寞、自甘淡泊的淡定，不人云亦云、随波逐流凑热闹。就是这种精神和心境支撑我走到现在。现在尽管在全国楹联界有一定名分，但我心依然，爱清静，不爱追名逐利的浮躁。在创作这副自题联时，我受到当代著名史学家一副对联的启发，联云：

板凳要坐十年冷；
文章不写半句空。

另外，我的这副自题联采用的是反对格，即上下联是反意对比。"甘坐"反对"不追"，"清凉"反对"庸俗"，"冷"反对"热"。有一点瑕疵，大家可能有所发觉吧。就是上联的"冷板凳"属三仄尾。思忖再三，无再合适的修改，有待联家高见。另一副是这样：

遇事宽容能让步；
做人豁达会低头。

这副对联在立意上，一是做人要低调，二是做人要忍让，与人方便，自己方便。在日常生活中，要摆对自己的位置。不要把自己放在高高在上的位置，盛气凌人。须知"水至清则无鱼"的道理。一个人是渺小的，只有汇入溪流，才能流入大海。否则，很快水珠就会干涸，化为乌有。说到"低头"，比如个子高的人，在过特殊低的门时，就得低头，假如你不低头必然会碰头。在人生道路上，"低头"也是一种学问。学会"低头"，也是一种人生智慧。所以，我的这副自题联，是在告诫自己和朋友：人的一生注定是坎坷不平的，"遇事"要懂得"让步"，"做人"要学会"低头"。有副对联告诫我们：

忍一言，风平浪静；
退半步，海阔天空。

第二节 题赠联

题赠联，往往是写给友人的对联。有时是主动题赠，有时是应邀题赠。凡题赠联都有一定义旨。明清两代此类对联较为盛行，存世量也较大。尤其是一些名人墨迹题赠联占了相当大的分量，这是中国对联之宝贵遗产。

明太祖朱元璋赐徐达联：

> 破虏平蛮，功贯古今人第一；
> 出将入相，才兼文武世无双。

徐达，字天德，安徽濠州人。初为郭子兴部将，后从朱元璋起兵，屡建战功。明太祖登基建国大明朝，封大将军。率兵北伐，进围大都（今北京），擒元顺帝，为明初创国功臣之首。累官中书丞相，封魏国公。卒后，追封中山王。相传，朱元璋虽杀戮功臣，唯徐达得善终。卒年五十四岁。此联对其功绩做了全面概括与褒扬。"出将入相"，此词乃朱元璋首创。古代民间戏台两侧，都有"出将""入相"门额，估计源于此。

明代名士、著名书法家王时敏题赠傅若启一联：

> 畏人成小筑，
> 褊性合幽栖。

"畏人",指品形端正之人。"褊性",指心胸狭小。此联意在称赞正人君子能成家立业,而心地狭隘之人贪图安乐栖息。

清代名臣、著名书法家刘墉题赠赵翼联:

务观万篇,半皆归里作,
启期三乐,全是达生言。

赵翼,字云崧,号瓯北,清代著名文学家、史学家。官至贵西兵备道,旋弃官归里,专心著述。"务观万篇",指南宋诗人陆游(字务观,号放翁),一生写诗近万首,半皆致仕归里后所作。"启期三乐",典出《列子·天瑞》:"孔子游于泰山,见荣启之期行乎郕之野,鹿裘带索,鼓琴而歌。孔子曰:'先生何以为乐?'曰:'天生万物,惟人为贵,吾得为人,一乐也;男贵女贱,吾得为男,二乐也;人生有不见日月,不免襁褓者,吾既已行年九十矣,是三乐也。'""达生",典出《庄子·达生》:"达生之情者,不务生之所无以为。"后即以"达生"为不受世务牵累之意。

此联立意很明确,在于用前人典故褒扬赵翼不慕权势、自甘淡泊之逸士境界。

清代名臣、著名书法家王文治题赠蒋士铨联:

前辈典型,秀才风味;
华崧品格,河海文章。

蒋士铨,清代著名诗人,与袁枚、赵翼齐名,号为"江右三大家"。上联是言此人潇洒风流,虽曾居官,而无官气,故谓"前辈典型,秀才风味"。下联中"华崧",喻其品格像华山巍峨一样崇高。"河海文章",言其文章气势浩渺,如江似海般博大精深。

王文治还有一副题赠友联:

人间岁月闲难得;
天下知交老更亲。

从联语义旨足以看出作者与受赠者之关系非同一般。"老更亲"三字足见端倪。

清代学者题赠桐峰一联：

诗堪入画方称妙；
官到能贫乃是清。

上联言艺术之趣，下联言做官之道。寥寥数字，极为深刻，就"立意"而言，堪称经典。

清代诗人王士祯题赠友人联：

淡如秋水闲中味；
和似春风静后功。

"淡如秋水""和似春风"，意趣悠然自得，令人神往。

对联创作之"立意美"

清代名士鄂尔泰题赠友人联:

除却诗书何所癖;
独于山水不能廉。

上联说"诗书",爱到成"癖"。下联精彩到极致!"不能廉",言外之意是对山水的贪婪之情了。这样表达对山水爱恋的情怀,真令人过瘾!不由得,读者也要为山水风光"贪"一把。

清代著名书法家邓石如题赠友人联:

万花盛处松千尺;
群鸟唱中鹤一声。

从字面上分析,这估计是一副祝友人寿联,因有"松""鹤"延年之美意。将"松"说成"花"的还是第一回,不过联语有"万花"二字,超出了"百花"范围,可能就把"松"这种林木也囊括其内了。下联一个"唱"字,更衬托"鹤一声"之高亢嘹亮!

清代诗人、书画家张问陶题赠云怡联:

汲水灌花私雨露;
临池叠石幻溪山。

上联中一个"私"字,顿然出彩。带得下联中的"幻"字,也有了梦幻般的光泽。

清代学者、书法家张廷济题赠一清兄联:

书手妙从生处转;
文心新向静中开。

上联是说"书法"之变法,下联是说"文心"之姿态。"妙从""转""新向""开",几个动词用得很到位,所以把平平淡淡的十四个字写得十分活泼灵动。这都归于动笔前"立意"之功。

清代史学家、楹联家魏源题赠子莹联:

事纵放心须再慎;
言虽到口更三思。

"须再慎""更三思",这是经过多么缜密思虑方能得到的三字经。

中国对联必修课讲义
——梁石教你作对联

这种人生历练、生活体验都是"立意"此联义的本钱。值得珍惜。

清代学者、书法家莫友芝题赠友人联：

江湖万里水云阔；
草木一溪文字香。

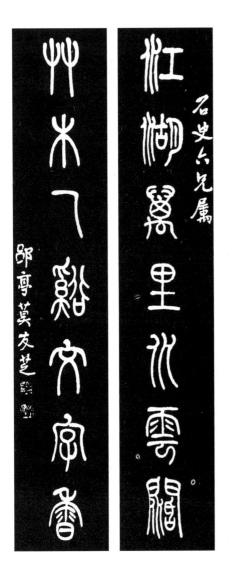

上联由"江湖"到"水云阔"，似乎顺理成章，而下联中的"草木一溪文字香"，就有些跳出一般思维。然而，这才是出乎预料的奇思妙想。这副对联的立意精彩之处正在于此。

清代名臣、学者宋湘题赠伊秉绶联：

南海有人瞻北斗；
东坡此地即西湖。

相传，当年宋湘因进京赴试，曾向伊借贷，以为资斧。伊久闻其才，愿得其以"东南西北"四方位为联，并切合其身份者。时伊将出任惠州，宋即兴题赠此联。

惠州，古泛称属"南海"。"北斗"，即泰山北斗，仰望前贤。"东坡"，言苏东坡曾谪惠州，而惠州亦建有"西湖"。此联用语不离惠州，皆在情理之中，堪称立意精到之联。

清代名士沈廷芳题赠董浩联：

书明谊道尊繁露；
画写江山见富春。

对联创作之"立意美"

董浩，字蔗林，浙江富阳人。清代乾隆进士，累官至文华殿大学士。工诗文，善书画，著述颇富。沈廷芳与董交游，相契颇深。

"书明谊道"，出自《汉书·董仲舒传》，记其对策云："正其谊，不谋其利；明其道，不计其功。""尊繁露"，乃指董仲舒著书名《春秋繁露》。上联以董之名言名著，切董浩之姓氏。下联中"见富春"，指富春江。此乃董浩之故乡之处，江水沿富春山而行，风景极佳，早为旅游宝地。元代大画家黄公望之山水长卷《富春山居图》，即取材于富春江一带山水风光。此言是说董浩之画江山，以富春江为蓝本，故更风雅名贵。

清代名士鄂比题赠曹雪芹联：

远富近贫，以礼相交天下少；
疏亲慢友，因财而散世间多。

曹雪芹晚年穷困潦倒，寓居北京香山时，好友鄂比题赠此联。能做到"远富近贫"者，确"天下少"矣！"因财而散"大都"疏亲慢友"。当是社会之真实写照。友人之间"以礼相交"，言此肺腑之言，叹世态炎凉。

孙中山忠实追随者黄兴题赠汤增璧联：

立节可为千载想；
成文自足一家言。

汤增璧，黄兴挚友，辛亥革命中两人同甘共苦，勋劳卓著。黄兴为汤增璧南京留守时所赠。

"立节"，出自《淮南子·汜论》："季襄、陈仲子，立节挽行，不入夸君之朝，不食乱世之食，遂饿而死。"汉李陵《答苏武书》："诚以虚死不如立节，灭名不如报德也。""立节"，是为标榜树立名节。"千载想"，意谓名垂千古。"一家言"，出自司马迁《报任安书》："亦欲以究天人之际，通古今之变，成一家之言。"曹丕《典论论文》："唯干著论，成一家言。"此联立意高上，读之是一种灵魂洗礼与心灵净化，精神也为此一震。

诗人柳亚子题赠高旭联：

白衣骂座三升酒；
红烛谈兵万树花。

高旭与柳亚子皆为南社组创者，

在社友中均享有较高威望。二人性格不同，诗亦各异，且在南社中多次争执，甚至互骂。1911年2月13日，南社在沪雅集，晚宴时二人饮甚，大闹酒疯，座中有袒柳者，亦有袒高者，而袒柳者居多，高遂骂座。然二人毕竟是患难至交，尤以在辛亥革命前后及反妥协斗争中，仍密切合作。复常剪烛西窗，谈兵论政。柳以此联赠高，足见相交之契。

"白衣"，犹布衣，而另有一典：陶潜好饮而不能常得。九月九日采菊东篱下，适江州刺史王弘命白衣人送酒至，即便就酌，酣饮而归。又见南朝宋檀道鸾《续晋阳秋》。"骂座"，漫骂同座者；或于酒座中骂人。《史记·魏其武安侯列传》："有诏，劾灌夫骂坐，不敬。""三升"，升，古量器，在斗之下。《广雅·释器》："十合曰升。"唯古时酒盅亦曰"升"，形亦如升。今京剧中凡饮宴，亦存此制。"三升酒"同"三杯酒"，讥其量小，常发酒疯。"红烛"，即指作者与高旭秉烛谈兵论道。"红"在此与"白"成对。

所谓"友直、友谅，乃为益友"，此联即立此意。

被毛泽东尊称为老师的徐特立，题赠某生联：

有关家国书常读；
无益身心事莫为。

联语明白如话，不须赘言。"家国"乃创业守成之根本，其书岂可不读？与"身心"无益之事，不屑一顾。皆当铭诸座右。

国民党元老、著名草书大家于右任题赠蒋经国联：

计利当计天下利；
求名应求万世名。

计"天下利"，求"万世名"，仁者之言。此联以立意为上。如按联律要求，有失对、失替之弊，警之。

本人有两副题赠友人联：

人生坎坷小心走；
世味艰辛大胆尝。

"人生"就是一条路，路有"坎坷"，自然须"小心走"。这是一种自省，也是一种劝勉。下联以另一角度写人生，即从"世味"入手。"艰辛"，是艰涩辛辣的味道，"大胆尝"之，是一种积极的人生态度，值得提倡。

　　虚名当面休伸手；
　　大事临头不皱眉。

这副对联在立意上，区别于上一副对联的，是增加了"假设"的因素。"虚名"与"大事"带有一定的偶然性、不确定性。越是如此的状态，"休伸手"与"不皱眉"就显得更加主动。这又是一种豁达的人生境界。

第三节　应征联

　　在近些年的各类征联赛事中，在对应征对联的评品中，尽管评委们的知识结构、个人生活阅历、文学修养、对联审美观点各有差异，但是，有一条是共同的，那就是把一副对联的立意高下，作为评联的重中之重。下面我们选取一些在立意上做得较好的对联，剖析其优点，补充自己在此方面的"短板"。取长补短，应该是一件提升我们对联创作"立意"水平的好事。希望大家"走走心"，有所收获。

　　香港"状元红"酒品征联。上联是：

　　千载龙潭蒸琥珀

　　"状元红"名酒始创于明朝末年，用河南上蔡县龙潭水酿制而成。"琥珀"是形容其色泽红褐透明。

　　在应征联初选作品中，有几个对句是入评委法眼的。如：

　　①十年蚌石变珍珠。

　　②几回鸡塞听琵琶。

　　③深宵牛渚下丝纶。

　　④几回郾馆醉醇醪。

　　从立意高、深、新诸方面审视，你以为这四个对句中，哪一个更胜一筹？（我在这里卖一个关子，看一下大家的眼力。)

第一对句，大家好理解，无须解释；第二对句中，"鸡塞"是古地名"鸡鹿塞"的简称，对句蕴含王昭君出塞成亲的故事；第三对句中，"深宵牛渚"，出自李白《液泊牛渚怀古》诗。"下丝纶"，意指"姜太公钓鱼，意不在鱼"；第四对句，"醇醪"指酒，形容酒的美味。

经过此次评委评品，评第一对句为佳句。大家认为如何？我认为评得不妥。理由有二：一是"千载"与"十年"，皆为时间性词语。二是虽"琥珀"与"珍珠"，属同类连绵字对仗，但是，切不可忘记这是"状元红"酒品征联，对句丝毫无酒的味道呀，"立意"上出了偏差。窃认为四个对句中，唯有第四个对句，配得上"佳句"。

天津著名联家韦化彪撰"云韶居"酒楼征联：

云汉遥迢，谁邀星斗此间坐；
韶光美妙，我把霓霞盏里斟。

首嵌"云""韶"，作者想象奇妙，让"星斗此间坐"，把"霓霞盏里斟"。立意新奇。

辽宁著名联家杨晓雁题"古贝元酒业"征联：

谁解玄机？国酒缔成古贝缘，更炫出五谷精华，千秋工艺；
我夸海口，酱香潜入诗人梦，定邀来青莲捉月，苏子问天。

作者在构思此联时，虽然还是沿用"酒"和"诗"而对的套路，但在立意上有了新意。上联点题"古贝元"（"元"借"缘"音）；下联让"诗人梦"穿越时空，引出"青莲捉月""苏子问天"妙句。

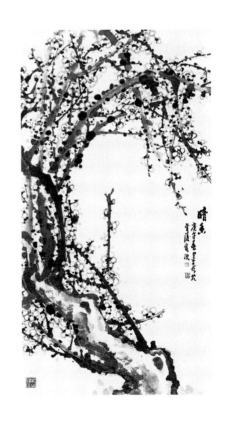

梅花，在诗人眼中，挺铁骨，傲霜雪，吐冷香，梦花魂。在一次关于"梅"主题征联中，我推崇如下两副对联。

其一：浙江著名联家陈炳通联：

笔底著清名，入赋则孤，入诗则傲；
花中寻至性，如松之古，如竹之坚。

此联立意清高。"孤""傲"二字把梅花的特性表现得十分到位，而且用"松""竹"衬托"梅"之个性超凡脱俗。

其二：湖南著名联家吕可夫题联：

嫩葩破腊，疏影凌寒，惟一身玉骨冰肌，能显风标唯有雪；
新蕊缀珠，暗香熏月，只几点素华绿萼，但传花信便知春。

古往今来，凡诗人皆爱写"梅"。"古月横枝疏影淡，新春吐蕊暗香浓。""疏影横斜水清浅，暗香浮动月黄昏。""疏影临窗和靖醉，暗香流驿放翁诗。"此联作者站在前人的肩膀上，让"梅花"在"雪"中独显"风标"；令廿四番"花信"明白：报春者唯有寒梅。此联写梅不着一字，

可见笔下功夫矣！

寻罢"梅"，再赏"莲"。湘潭"天易杯"咏莲倡廉全国征联，有广东著名联家成小诚一联，进入我的视野，让我眼前一亮。联曰：

正直汇灵根，不染淤泥，傲骨擎天书洁字；
坦诚舒阔叶，大开怀抱，淡香立世引清风。

此联立意精彩之处，在于写莲又拟人，写莲又抒情。你看，"灵根""阔叶"，是状莲之形态，"正直""坦诚"，是写人之高洁。上下联末尾七言，破题而点出"洁"与"清"。是一副有精神高度的作品。

此项应征联作品中，还有重庆联家文伟的一副对联，也十分精彩。拈来大家赏析。联曰：

爱此地集三湘秀异，百亩藕花香，伴月色蛙声，放眼长观荷照水；
忆毛公成一脉人文，千年君子气，孕清名惠政，平心得悟俭生廉。

此联作者相当会作联，在动笔之前，就胸有成竹地将此联的立意设计得十分精到。你们看，上联开头就把"湘潭"二字点到了，只不过没有说明，而是用了"爱此地"三个字，更流露作者的情怀。"百亩藕花香""月色蛙声""荷照水"，都是在写眼前景色。下联异峰突起，"忆毛公"三字，好像是高音鼓敲响。紧接着，"千年君子气""清名惠政""俭生廉"，把咏莲倡廉的主题推向了高潮。

这里还有另外一副咏莲倡廉对联，是江苏联家缪旭东题荷花仙子联：

出水亦如出世，广频传朱子荷塘，
　周公雅说；
修身更是修为，足可见清风白月，
　洁品廉怀。

上联中的"朱子荷塘"，指朱熹《观书有感》："半亩方塘一鉴开，天光云影共徘徊。问渠那得清如许，为有源头活水来。""周公雅说"，指周敦颐美文《爱莲说》。下联中的"清风白月""洁品廉怀"，是此联"立意"所在。上联是铺垫、衬托，下联才是作者撰联本意。另外，作者还妙用小

技巧："出水"与"出世"、"修身"与"修为"，对升华主题起到了点睛之作用。

1993年，湖南省益阳市举办海内外"咏竹"征联大赛，农民出身的湖南邵东赵健之应征联拔得头筹。联曰：

若松梅有节，若桃李无私，只需
　净土一方，便可顶天立地；
任雨露矜功，任冰霜肆虐，总是
　清风万里，何曾仰面低头。

竹子，历来皆是文人雅士钟爱之物。唐代诗人白居易《题窗竹》："千花百草凋零尽，留向纷纷雪里看。"诗句彰显"竹"之凌寒风骨。宋代大文豪苏东坡有名句："宁可食无肉，不可居无竹。"可见"竹"在其心中的位置之重要。明代人把"梅兰竹菊"誉为"四君子"。古往今来，人们习惯称"松竹梅"为"岁寒三友"。

此联从竹子的高尚品格精神立意，上联采取衬托法，以"松梅"之节、"桃李"之品，表现竹子"顶天立地"之形象。下联采用反衬法，用"雨露"之功、"冰霜"之虐，更彰显竹子的气节与脱俗清风。尤其"仰面低头"，形象生动地表现竹子的高风亮节。联语言竹而不着竹，竹子形象却呼之欲出，跃然纸上，足见作者之匠心与妙手。

山西古县牡丹，被誉为"天下第一牡丹"。古县石壁乡三合村生长着一株唐代的白牡丹，是我国现存最早的野生白牡丹。已木质化，株高 2.3 米，花冠直径 5.6 米，冠幅超过 33 平方米。每年五一前后开花。此株白牡丹，已有千年历史。传说在武则天当政时的一年冬天，大雪纷飞，百花凋零。武则天酒醉后下令：花园里百花择日开放。到了指定之日，群花不敢抗旨，只得违心开放。唯独牡丹不肯屈于权势，坚持不肯绽放。武则天大怒，下令将园中所有牡丹焚烧，只留下四千株发贬洛阳。这株白牡丹就是在发贬途中，逃跑出来在古县三合村扎根落户的。此传说流传了一代又一代，这株白牡丹被人们誉为"牡丹王"。

2009 年 4 月，第二届中国·古县牡丹文化旅游节在三合牡丹景区举办，同时，举办了"天下第一牡丹"全国征联活动。之后连续三年，都举办此项征联活动。下面列举三副在立意上有特色的获奖对联供大家赏析。

（1）辽宁省联家李鹏应征联：

千年古县；
一品牡丹。

此联共八个字，概括了古县牡丹的历史。在文化内涵上虽显单薄，但在当年应征联长联选出，而且大有越写越长的散文化趋势的情况下，这样一副精短联荣获一等奖，具有提倡写短联的导向性意义。

（2）吉林著名联家李俊和应征联：

雪剪云裁，尤增国色三分艳；
蜂嬉蝶闹，更醉花王一缕香。

"雪""云"，暗含白色，"蜂""蝶"，隐含香气。"剪""裁""增"与"嬉""闹""醉"，鲜活灵动地将古县白牡丹的"白"与"香"和盘托出。此联摘得第三届征联桂冠。

（3）江苏著名联家卜用可应征联：

合月魂，合雪魄，合云心，三合入仙姿，足以雍容名百代；
开盛纪，开明时，开吉地，一开昌国运，果然富贵压群芳。

此联立意另辟蹊径，以分总法构思，上联以"合"字入笔，三个"合"字切"三合"地名。下联由"开"字铺张开来，尽显花王的风采。全联大合大开，开合有度。荣获第四届征联一等奖，实至名归。

2011年间，广东有关部门举办"金中杯"纪念辛亥革命100周年全国征联活动。我撰写了一副100字的对联：

金玉之心所为何？起南粤，驰北伐，拒西风，渡东瀛，听轰隆隆巨响，清廷崩塌。联俄联共倡三民，国魂未泯，国父犹生，回首百年辛亥；
中山之志尚承此，举红旗，缚苍龙，强赤县，巡碧宇，看亮灿灿宏图，华夏复兴。同族同根期一统，海峡无惊，海鸥有恋，纵情两岸儿孙。

我在撰写这副对联前，在立意上就特意设计联义既要表现辛亥革命的历史功绩与历史意义，更要在继承中山先生遗志、振兴中华意念上，浓墨重彩地书一笔。上联以"南""北""西""东"串组，表现孙中山领导辛亥革命之轨迹，响亮点出其推翻封建王朝统治的功绩，与"联俄联共""扶助农工"的"三民主义"主张。"国魂未泯，国父犹生"，是其光感点。下联着眼今朝，以"红""苍""赤""碧"四颜色词串组，概括中华民族伟大复兴的蓝图，并与上联四方形成对仗。同样的"海峡无惊，海鸥有恋"，象征性形象地表现台海与大陆在"九二共识"的感召下，朝着光明前景而努力前行。

此联在联首嵌入"金""中"二字，切"金中杯"，又以100字与辛亥革命100周年相吻合。从内容到形式，都契合了既定主题。

【单元小结】

这一单元，仍然沿袭上一单元的交流手法，通过古今一些典型联例，来解析其在立意上的成功之处，从中得到教益。在对联创作中，所谓的"立意"，实际上是作者的一种表现对联主题的创意。这就充分彰显了作者在对联创作中的主观能动性，这种形而上的创意愈精彩，对联的精彩度就愈高，亮点就愈多，愈能感染人。我想到书法创作中，有个关键词叫"意在笔先"，我认为，在对联创作中，"意在笔先"同样重要。

东临碣石；
西出阳关。
——傅嘉仪

纵情挥笔墨；
放胆舞龙蛇。
——康　庄

第十二单元 对联创作之"意境美"

《辞海》载：意境，是文艺作品中所描绘的生活图景和表现的思想感情融合一致而形成的一种艺术境界。能使读者通过想象和联想，如身临其境，在思想感情上受到感染。中国古代文学批评家常以意境的高下来衡量作品的成败，但往往由于过分强调作者个人的主观感受，流于玄秘，造成脱离现实的倾向。优秀的文学艺术往往能使情与景、意与境交融在一起，塑造出鲜明生动的艺术形象，产生强烈的感染力。

"意境"一词，源自佛经。佛家认为，心之所游履攀缘者，谓之境，所观之理也谓之境，能观之心谓之智。这里所说的"智"与"境"，在文学上就是"意"与"境"。

我国古代学者对"意境"多有阐述。晋代陆机在《文赋》中，从"情思"与"物境"互相交融的角度说过："悲落叶于劲秋，喜柔条于芳春。心懔懔以怀霜，志眇眇而临云。"

《文心雕龙》的作者刘勰提出"神与物游"的观点，认为作家的主观精神与客观物境的契合交融，谓"意境"。唐代诗人王昌龄提出诗有三境，即物境、情境、意境，"视境于心，莹然掌中，然后用思，了然境象。"明代王世贞在《华苑危言》中，把"意境"描绘为"意象"。明代胡应麟在《诗薮》中，则把"意境"状写成"兴象"。清代王夫之又把"意境"概括为"情景"。近代学者王国维继承并发展了源远流长的"境界说"，深入探讨了"意境"的含义，揭示了诗歌创作的契机。他在1908年发表的《人间词话》中，对"意境"做了精辟见解："境非独谓景物也，喜怒哀乐亦人心中之一境界。故能写真景物、真感情者，谓之有境界。否则，谓之无境界。"

从哲学范畴而言，意境是思维对存在、主观对客观能动反映的结果，是主观的"意"（意识）与客观的"境"（存在）的辩证统一。从美学的角度看：

诗中的"意"包括作者的"情"和"理"，诗中的"境"指事物的"形"与"神"。所谓"意境"，即诗人的情理与物象形神的和谐统一。当代美学理论家宗白华《美学散步》指出："艺术的意境，不是一个单层的平面的自然的再现，而是一个境界深层的创构。"

对联创作是一种文学创作。文学创作必须有文学理论的支撑。"意境"是文学作品包括对联作品的神采表现，我们对"意境"理论上的深入了解，是应该的，也是必须的。

对联创作之"意境美"首副对联，我用一副集伟人毛泽东诗句打头。联曰：

梅花欢喜漫天雪；
玉宇澄清万里埃。

上联集自伟人《七律·冬云》："梅花欢喜漫天雪，冻死苍蝇未足奇。"下联集自《七律·和郭沫若同志》："金猴奋起千钧棒，玉宇澄清万里埃。"我将毛主席不同诗篇的两句诗集在一起，神奇地构成了一种"雪"的"意境"：那"漫天雪"飘成了银白色的"玉宇"，让我又联想到"漫天皆白，雪

里行军情更迫。"（《减字木兰花·广昌路上》句）；"横空出世，莽昆仑，阅尽人间春色。飞起玉龙三百万，搅得周天寒彻。"（《念奴娇·昆仑》）"北国风光，千里冰封，万里雪飘。望长城内外，惟余莽莽，大河上下，顿失滔滔。山舞银蛇，原驰蜡象，欲与天公试比高。须晴日，看红装素裹，分外妖娆。"（《沁园春·雪》）多么高亢雄浑的雪的吟唱！多么壮美雄伟的雪的意境！

第一节　形象思维

毛泽东同志在谈到作诗时，告诉我们："诗要用形象思维，不能如散文那样直说，所以比兴两法是不能少的……宋人多数不懂诗是要用形象思维的，一反唐人规律，所以味同嚼蜡……"

毛主席是这样说的，也是这样做的。咱们学习他用形象思维作诗的名篇佳句。如《菩萨蛮·大柏地》："赤橙黄绿青蓝紫，谁持彩练当空舞？雨后复斜阳，关山阵阵苍。"毛主席形象思维用得多好：七色彩虹构成"彩练当空舞"。随着给人们托出了景色："雨后复斜阳，关山阵阵苍。"画面立体地呈现在面前，增强了诗的艺术感染力。

下来咱们再看对联中，如何运用形象思维。

清代诗人、楹联家王澍题联：

孤峰秋气为天色；
高树流云作雨声。

联中形象具体，"天色"可见，"雨声"可听。

清人李育题草书联：

竹阴在水；
兰气随风。

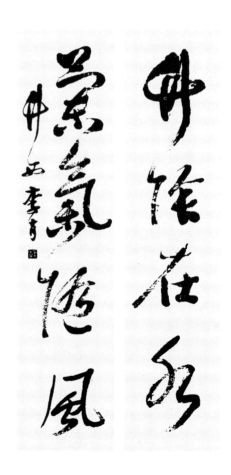

画面感很强，颇有画意诗情。

清代戏曲作家、文学家蒋士铨题联：

临水看云起；
钩帘待月来。

形象历历在目。尤其"钩帘"似见有人把门帘钩起，只待明月步入门庭了。

清代书画家戴熙题联：

帘外微风斜燕影；
水边疏竹近人家。

一幅淡淡的水乡人家图画，令人心旷神怡。

清末书法家梅调鼎题联：

山经宿雨修容出；
花倚和风作态飞。

"山""修容出"，"花""作态飞"，形象生动。

民国著名学者、书法家陆润庠题联：

鸾鹤清声随笛起；
江湖豪气荡胸宽。

上联写景，下联抒怀。堪称佳联。

民主革命先行者、思想家孙中山题联：

莫嫌老圃秋容淡；
最爱黄花晚节香。

形象鲜明，"老圃"残"淡"，衬托"黄花"更香。

国画大师张大千题联：

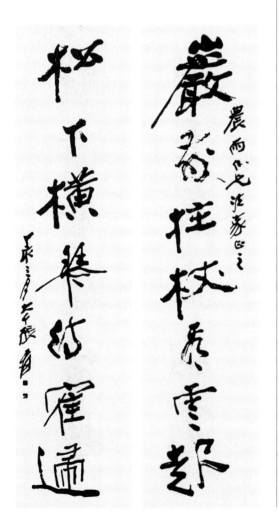

岩前拄杖看云起；
松下横琴待鹤归。

"岩前拄杖看云起"，山岩前一位老者拄着拐杖的形象，历历在目，十分传神。

小说家张恨水题联：

松成梁栋身须直；
山负云天头自昂。

作者运用形象思维，以"松"喻"身须直"，以"山"喻"头自昂"。把眼前景物人格化了。

云南丽江古城，与四川阆中、山西平遥、安徽歙县，并称为"保存最完好的四大古城"。江西省著名联家张绍斌题云南丽江古城联：

群岳有灵，肖狮卧象屏之状，护
    坝涵春，且相知虎跳金沙，龙
    蟠雪岭；
古城无恙，遣笛鸣泉响之声，随
    风入槛，犹细述云飞木府，烟
    锁翠桥。

上联"肖狮卧象屏之状""虎跳金沙，龙蟠雪岭"，都以生动形象跃入眼帘。下联"遣笛鸣泉响之声"传入耳畔。"细述云飞木府，烟锁翠桥"。联语以形象思维手法将丽江古城的景物描绘得生动入画，令人如身临其境，赏心悦目。

同样，以形象出彩而题丽江古城的湖南著名联家吕可夫一联，也很值得大家学习借鉴。联曰：

十里丽江，卧三百小桥，最动人千溪水冽，有龙漱玉泉，鱼衔月影；
一方大砚，映九天晴雪，好登顶万古楼高，看树铺春色，鸟吐花声。

上联作者用摄像机，速写般地把"十里丽江"的水景水色，呈现在读者面前，尤其"龙漱玉泉，鱼衔月影"，形象生动。下联"一方大砚"端来，"映"出丽江岸边的山光春色。"树铺春色，鸟吐花声"乃生花妙笔。此联写景层次分明，很有章法。上下联各有侧重，"一方大砚"是大形象，确是一副写丽江古城之佳联。

2010年上海隆重举办世博会。为此，山西省以独特的"山西馆"参会，并举办了"山西馆门楼"全国征联活动。经过认真评审，广东著名联家成小诚题联夺魁。联曰：

太行山立鼎，黄河水调羹，数百里煤海燃情，更煮和谐烹晋味；
世博会迎宾，杏花村举酒，五千年文明助兴，同襄盛事醉申城。

此联之所以从近万副应征联中脱颖而出，在终评会上以高票荣获金奖，是因为联语抓住了山西的山水风貌与山西经济命脉，特别是形象地突显了山西的时代精神与人文魅力。上联一开笔，让"太行山立鼎，黄河水调羹"，"煤海燃情""煮和谐""烹晋味"，既雄浑大气，又毫无概念化的空洞之感。下联用同样的形象语言，使"世博会""杏花村"都忙乎起来，"同襄盛事醉申城。"形象在这副对联中出尽了风头。

下面撷来一副对联，全篇以形象说话，让人如入清雅之室、如临幽静之境。好惬意哟！联云：

净几明窗，一轴画，一囊琴，一
　台砚，一瓯茶，一炉香，一部
　法帖；
小园幽径，几丛花，几群鸟，几
　区亭，几拳石，几池水，几片
　闲云。

"形象思维"是一种思维方式，在对联创作中，运用形象思维即可语言形象生动，达到预期的艺术效果和感染力。

第二节　意　象

意象，是美学的概念。通俗一点解释，意象就是意识中的现象。从美学观点看待意象，就是"现象"一旦受到意识的感觉，"象"就不再是单纯的事物表象，而是演变成了带有象征意义的形象。这种染上感情色彩的艺术形象就是"意象"。

当代著名楹联学家胡静怡先生在《浅谈楹联中的意象营造》一文中，这样描述"意象"：

"何为意象？原义为主观情意和外在物象相融合的心象。刘勰《文心雕龙·神思》云：'积学以储室，融理以富才，研阅以穷照，训致以绎辞；然后使玄解之宰，寻声律而定墨；独照之匠窥意象而运行；此盖驭文之首术、谋篇之大端。'自明、清以后，

意象一词则专指借助外物，用比兴手法表达作者情思。人们常说'艺术形象'，艺术形象是什么呢？它是根据现实生活中各种现象加以艺术虚构所创造出来的负载着一定思想感情内容的、因而富有艺术感染力的具体生动的图画。由此观之，所谓意象，说白了就是艺术形象。所谓营造'意象'，即是塑造具有艺术感染力的艺术形象，营造'意象'的思维过程，是通过具体的艺术形象，以充分表达作者意念与情怀的思维过程，所以也称为形象思维过程。"

以上论述，都在向大家说明"意象"是怎么回事。要想充分理解对联创作中"意象"的营造技巧，还必须从一些对联中去体悟与掌握。下面咱

们就进入对联中"意象"的艺术氛围。

清代康熙年间名臣、书法家钱陈群题联:

藜火光联书案月;
笔花香泛墨池云。

"藜火"与"笔花",都是作者看到的事物景象,经过作者情感的发酵,"意象"出现了,于是有了"书案月"与"墨池云"两种似乎不易出现的景观。

清代"扬州八怪"之一李鱓题联:

脂红粉白春消息;
淡墨浓烟老画翁。

春天的桃杏花,在作者眼中变成了"脂红粉白",画卷上的山水云烟幻化出"淡墨浓烟"。这都是"意象"在对联中的画面感体现。

清代书法家樊增祥题联:

小雨润花青见萼;
冻雷苏笋碧抽尖。

联语中处处皆为"意象",尤以"青见萼"、"碧抽尖"出彩!

"扬州八怪"之一金农题联:

清如瘦竹闲如鹤；
座是春风室是兰。

在作者眼中，面前事物都发生了变化。上联运用形容词"清""闲"，通化"瘦竹"与"鹤"，下联运用名词"座""室"兴作"春风"与"兰"。意象就是这样营造出来的。

清代中期书法家钱伯坰题联：

墨花点笔晓云湿；
芝草入帘带雨香。

"墨花"与"芝草"，意象入联之后产生了诗境："云湿""雨香"。

清代末年重臣李鸿章题联：

炼心略似无波井；
养气真如出岫云。

此联中"炼心"与"养气"较为抽象，于是，作者在联内营造意象"无波井""出岫云"，以增强联语艺术感染力。

通常情况下，为避免联意合掌，

上下联各营造一种意象。上联在视觉上看意象，下联在听觉上闻意象。如当代诗人、楹联家陈大远题作家管桦联：

泼成墨竹千竿翠，
种得梅花一缕香。

上联意象是可视的"竹""翠"；下联意象是可嗅的"花""香"。

有时为了突出主题义旨，上下联只有一种意象，如"梅""竹""荷"等题材。但是在上下联意趣上，选用该意象的两个方面来渲染一个中心题材。譬如题梅花联：

独秀百花妒；
孤香一瓣开。

"独秀""孤香"，是梅花的两个特点，这样分上下联营造梅花意象，恰到好处。又如：

瘦骨天生敢傲雪；
清香尽吐不争春。

有的题梅联中，不仅出现"梅"

对联创作之"意境美"

的意象,而且用"雪"的意象来衬托。如:

> 沙林白雪仍含冻;
> 界岭红梅已放春。

> 临水一枝春占早;
> 照人千树雪同清。

此联中"一枝""千树",都是"梅"的意象。虽嫌同类,但有"春"与"雪"意象的映衬,意境全出。

在山水景观对联中,多以"山"与"水"为意象做上下联。

清代乾隆皇帝题北京潭柘寺清怀亭联:

> 石上水流动皆静;
> 云间山出幻而宁。

"石上水流""云间山出",是此联的意象,呈现出一幅灵动的山水画。

清代咸丰年间名士薛时雨题南京乌龙潭驻马庵联:

> 水如碧玉山如黛;
> 凤有高梧鹤有松。

此联妙用比喻,"水"与"山"的意象就有了新意:"水如碧玉""山如黛"。

清代"扬州八怪"之一郑燮题焦山自然庵联:

> 山光扑面经新雨;
> 江水回头为晚潮。

"山光扑面""江水回头",运

用拟人手法营造山水意象，顿显山水灵气。

郑燮是清代著名书画家，他笔下的山水自然呈现出诗情画意。他题扬州小金山桂花厅联：

月来满地水；
云起一天山。

"月"光作"水"，"云"势成"山"。此种意象别有情趣，令读者叹为观止。

清代著名书法家祁寯藻题联：

月过初三半梳玉；
菊迎重九满篱金。

作者别出心裁，将"初三"弯弯的月亮喻作"梳子"，既形象又新鲜。下联说"重九"（重阳节）菊花呈现"满篱金"色。与上联形成对比。尤显上联妙绝！

清代光绪年间名士俞樾题联：

清风明月本无价；
近水远山皆有情。

此联中作者一下子引出四种意象："清风""明月""近水""远山"。尤其精彩的是，将"清风明月"喻作"无价"之物，"近水远山"都是"有情"之物。这都是诗人眼中之意象。

清代著名女词人叶锋仙题西泠印社四照阁联：

面面有情，环水抱山山抱水；
心心相印，因人传地地传人。

山水意象，在这副对联中出现另一种状态：山中有水，水中有山。西泠印社，自然有"心心相印"之意趣，此地名人风雅之事流传千古。

清人江蟠春题安徽六安流波蟑联：

奔水山疑动；
悬河地欲穿。

此联中的山水意象，作者妙笔传神，使得"山疑动"、"水欲穿"。

本人在游览黄山时，在"人字瀑"前伫立良久。一撇一捺为"人"，这眼前的瀑布之所以称作"人字瀑"，自然也有一撇一捺。于是，我即突发奇想，想到"西天王母"之白发与"南极仙翁"之白须。以此作为意象撰得黄山人字瀑联：

撇，飘来王母千根发；
捺，散落仙翁一缕须。

陕西师范大学著名教授、诗人、楹联家霍松林题陕西黄帝陵联：

根在黄陵，五千年古柏参天绿；
泽流赤县，九万里春潮动地来。

霍松林教授曾任陕西大学古籍整理研究所所长、文学研究所所长，中国唐代文学会副会长兼秘书长，中华诗词学会副会长、名誉会长，中国杜甫研究会会长。著有《霍松林选集》《唐代文学研究年鉴》《万首唐人绝句校注集评》等近百种。霍松林教授对中国楹联文化相当钟爱，不仅率先垂范传承对联文化，而且多有撰联。他说："对联，是华夏传统文化的主脉和根。"我们回头再来欣赏他的这副对联，联中的"根"与"泽"就是意象，而且具象为"古柏"与"春潮"。尤其从"春潮动地来"读出这样的大意象，即海内外前来祭拜黄帝陵的中华儿女络绎不绝，犹如浩浩荡荡的滚滚春潮。下面再读霍松林教授题乾陵联：

女娲任枰评，众口由来呼女帝；
乾纲终废毁，一丘何故唤乾陵。

"女娲"，华人之始祖，传说其有炼石补天之功。"女帝"，指武则天，曾在唐中叶建立周王朝，功过是非留下"无字碑"任人评说。"乾纲"，旧指君权。范宁《榖梁传序》："昔周道衰陵，乾纲绝纽。"亦指夫权。《聊斋志异·马介甫》："兄勿馁，乾纲之振,在此一举。"乾陵",唐高宗李治与武则天合葬墓。在陕西乾县梁山。

当代著名学者程千帆评价霍松林对联曰:"这些联语,或大气磅礴,或瑰丽清奇,均为河山增色许多。""兼备古今之林,才雄而格峻,绪密而思清,至其得意处,即事长吟,发扬蹈厉,殆不暇斤斤于一字一句之工拙。"

在"意象"营造上,诗人都有一种惯用思考之手段。即"意象"之事物景色,经诗人情感之演化,含有了带有人情味的内涵。如"冰雪"喻心志忠贞、品格高尚;"月亮"喻离愁别绪、思乡之情;"芳草"喻恋人情怀;"梅花"喻品格高洁;"梧桐"喻凤栖高梧,又有凄苦之意;"白云"喻思念友人;"秋水"喻期盼之情,亦指眼神;"关山"喻关塞险峻,表现思念之情;"杜鹃"喻情思凄凉;"松柏"喻不屈品性、风骨永存。……

第三节　意　境

"意境"之说,已在篇首讲过,这里不再赘述。这一节着重在对联意境上加以评品。对联作品有无意境,其意境高下深浅决定了对联作品之优劣。古语道:"举贤不避亲。"我想这一节突击"意境美"的对联,都从本人多年创作之对联中遴选。理由是在对联创作中营造意境,是一种十分"走心"的形象思维过程,其中的甘苦得失,以及奥妙技巧,唯有作者最有体悟与感受。选古今名联中的意境讲评,似乎隔了一层作者心境,所以,由我现身说法地敞开心扉、袒露心境,与大家一道交流对联创作"意境"之心路历程,可能更有亲近感、亲和力。我的出发点是好的,不知产生的效果如何?

北京大学资深教授、中国楹联学会原副会长谷向阳教授所著《中国楹联学概论》,是一部中国楹联理论的奠基之作,是一部既有厚度又有高度,既有开创性又有传承意义的学术性巨著。此著在"楹联创作指要"一章二节的"意境力求完美"中，这样评价我的一副新春联。他说："新颖完美的意境是努力追求的结果，也是精心构思的结果。"如梁石的新春联：

春信千家传紫燕；
山歌一曲动银锄。

山歌一曲动银锄

春信千家传紫燕

梁石先生政腕

庚辰元月 辛卯午

此联在 1992 年全国"农家乐"迎春征联中获一等奖。燕子是春天的使者，它及时地将春的消息传给千家万户。作者一反常态，偏让"春信"传"紫燕"，顿时给人一种耳目一新的感觉。其中蕴含着"春早人更早"之意。未等燕子传递春的消息，春意早已在人们心头了。下联让"山歌"去动"银锄"，也是别开生面。山歌是声音，是听觉艺术，"银锄"是视觉形象。此联构思新，意境美，是作者反复炼意的产物。跳出古人与时贤的窠臼，写出别人心中有而笔下无的意境来，写出令读者眼前一亮的新意来，在读者心灵上产生撞击，从而产生共鸣。这就是我们追求的艺术境界。

我在题黄山卧龙松一联中，将松树斑驳皱裂的老态龙钟状，提炼成了上联"松老成龙卧"。下联则是以上联为发端，想象出现云彩变化的意境，吟出了卧龙松联：

松老成龙卧；
云灵化鹤飞。

2009 年 10 月间，与友人相携游览太行山大峡谷（又称红豆峡）。此处满山红叶，红得热烈；谷底清潭，清澈见底。这里山光水色，触动了我

的诗意神经，生发出创作冲动，遂写
出几副太行山红豆峡对联：

红豆最相思，花香果硕情无价；
太行真化境，水秀山奇别有天。

上联由唐代诗人王维《相思》"红
豆生南国，春来发几枝。愿君多采撷，
此物最相思"生发灵感，并化出上联。
下联从眼前山水景色形象"化境"，
感叹"水秀山奇别有天"。

再从"红豆相思"古诗生意境："生
南国"又在"北方"生根，诗吟"古代"
又咏"今朝"。联云：

相思红豆重情缘，无论北方南国；
言志好诗凭意境，不分古代今朝。

题峡谷路边凉亭联：

清泉水映太行月；
绿树枝摇峡谷风。

"水映太行月""枝摇峡谷风"，
此种意境在凉亭小憩时，眼见"清泉"
与"绿树"自然而成。

2002年秋，山西省美术院院长、
著名书画家王朝瑞先生，约我为他创
作一副四言对联。

青山画意；
碧海涛声。

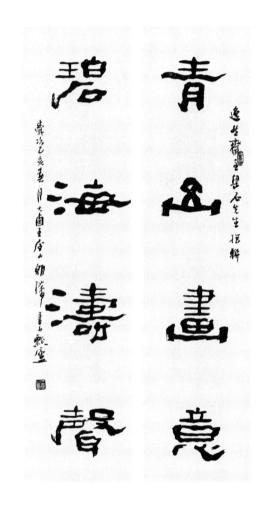

上联是视觉意境，下联是听觉意
境。两种意境相映生辉，相得益彰，
构成一副立体感很强的山水画。

样的构思，往往很自然地在对联中创造意境。这副对联，我以诗人特有的眼光与想象力，调动人们难以想象的语汇，将"黄河""瀑布"拟人化，上联"昂首天边来"，下联"纵身地下跳"，意在表现黄河瀑布的壮伟奇观。另外，上联完全是为下联做铺垫，就一个"跳"字，把壶口瀑布写成一个"胆大包天"、敢于"纵身地下跳"的勇士，给读者以触目惊心的艺术感染力。

　　尧捏石壶，壶盛千年故事；
　　舜夸海口，口吞万丈黄河。

黄河，在人们心目中，浩荡奔腾，气势磅礴，尤其是"壶口瀑布"，更是黄河的形象缩影。吉县壶口瀑布景观，被人们誉为天下黄河第一奇观。

2004年，我以黄河壶口瀑布为题材，创作了三副对联。

　　黄河昂首天边来，声轰动地；
　　瀑布纵身地下跳，胆大包天。

我在作对联的同时，也经常创作诗词。对联创作时，也习惯用写诗一

我构思此联时，从"壶"与"口"二字上突发奇想：让中华民族的先祖"尧""舜"出场亮相，一个"捏石壶"，另一个"夸海口"，引发读者产生一种"预料之外，情理之中"的艺术惊喜和审美新鲜。从而把一种诗的意境传递给读者并升华开来，达到那种"初看心中有，细想手下无"的艺术效果。同时，联语匠心独运地在上下联内不仅嵌入"壶口"，而且让"壶"与"口"二字形成顶真连珠式，让"壶""口"形象，更具艺术震撼力，引起读者共鸣。

为啥惹黄河动怒？吼地哮天，震
耳惊雷涛裂岸；
因何让壶口忍饥？吞云吐雾，凌
空倒海浪排山。

这副对联从另一个角度落笔，即
用人格化构思，让壶口瀑布生成"动
怒"与"忍饥"的独特立意，上下联
开头设问，引出下面的话题：让"吼
地哮天"和"吞云吐雾"，给读者以"震
耳惊雷"的听觉冲击和"凌空倒海"
的视觉震撼。

湖南张家界山水奇观，像黄山又
胜似黄山，虽然它的景观没有黄山那
样雄奇，但是，张家界的山势嶙峋奇丽，
一丛一处，真好像是大自然的鬼斧神
工、精心打造安排的奇丽山石大盆景。
观看张家界山水，让人目不暇接、流
连忘返。我为张家界奇观作联一副：

流云石笋诗无字；
飞瀑松涛画有声。

"流云石笋""飞瀑松涛",是眼前景色和耳畔声响。我反意构思措辞,管教"诗无字""画有声",出新出彩。

碛口,位于山西省吕梁市临县境内。这里有晋商碛口码头、古镇,背依巍巍吕梁山,面临滔滔黄河水,自然风光独特,文化积淀厚重。碛口客栈、李家山民居、西湾民居、古镇商铺、虎口碛、古商道、黄河水蚀浮雕、毛主席东渡黄河纪念碑等景点,构成了山西省级风景名胜区,有"山西省地质公园"雅称。2006 年秋,本人与山西省楹联艺术家协会数人,专程到黄河碛口采风,处处皆诗料,步步成画境。草成二十多副对联作品,这里选取两副对联。

题碛口古镇联:

依九曲黄河,称水旱码头,街上骆驼船上号;
谓千年古镇,集明清商贾,南方绸缎北方皮。

对联创作,一定要抓住题材中的特点来写,不然,就容易平庸一般化。

这副对联紧扣"九曲黄河""千年古镇"地域特点。"街上骆驼船上号""南方绸缎北方皮",这些意象构成的图景,在现在的碛口古镇街面上是看不到的,全靠作者穿越时空对当年合情合理的想象,造成意境,升华主题。

题黄河水蚀浮雕景观联:

借黄水为刀,刻成如此奇文字;
列峭岩作版,雕出这般美画图。

离碛口镇 15 公里处黄河岸边的崖壁上,呈现出凸凹起伏、变幻无穷的图案与符号,让观者生出许多奇异的想象。我抓住了"借黄水为刀""列峭岩作版"之形象,化水蚀图案为版画浮雕创作,赋予大自然神奇瑰丽诗的意境。这些"奇文字"与"美画图",是我对黄河水蚀浮雕奇观的赞美。

山西昔阳县城,近年来城市建设日新月异。不仅拓宽城中街道,而且对原有的古典建筑,本着拆旧修旧的原则,新建了梯云阁、三义阁、旧县衙等。在梯云阁落成之日,我题写了两副对联。

大汗沸山河，几度春秋，问云霞
　曾记否？
高梯悬楼阁，一城锦绣，引宾客
　尽观之。

　　"大汗沸山河"一句，被联友称
奇。坦率而言，此五字是概括昔阳在
20世纪70年代，大干促进大变化，
全县盛开大寨花的历史。其中"沸"
字，我认为用得好。好在它把当年学
大寨"吃大苦、流大汗"，治理穷山
恶水的热潮形象化了。"几度春秋"，
遥指当年岁月。"问云霞曾记否"？
一个设问句，明着问"云霞"，实是
问自己，问读者，起到了言有尽而意
无穷的艺术效果。下联是写今日昔阳，
用"一城锦绣"高度概括，"引宾客
尽观之"，笔在此戛然而止，收得利落。

是谁将画卷打开？看水绿松溪，
　山青沾岭；
非我把云梯架起，任雄心揽月，
　壮志凌霄。

　　上联以问句开篇，"是谁将画卷
打开"？后面当句自对："水绿松溪，
山青沾岭"。写出昔阳山水之美丽。
下联"非我把云梯架起"为破题之句，

接着是"雄心揽月、壮志凌霄"自对，
抒发昔阳人民之壮志豪情。这副对联
在意境上有一种大气势，如果说上联
写昔阳的平面广博，那么下联就在呈
现昔阳的立体高度。景和情达到高度
统一，给人以心旷神怡之美感。

　　山西昔阳县大寨村，是一个不足
百户人家的太行小山村。但是，在20
世纪六七十年代，是毛主席"农业学
大寨"的号召，把这个小山村变成了
红遍全国的农业先进典型。大寨党支
部书记陈永贵，这位头扎羊肚白毛巾、
肩扛犁耙、手拿旱烟袋，满手长满老
茧的庄稼汉，居然走进了中南海，当
上了国务院副总理。一个农民能成为
昔日"副宰相"级人物，在中国历史
上堪称奇迹。历史离人们远去，实实
在在的大寨依然，陈永贵当年的农家
小院，如今辟为"陈永贵故居"，供
游人参观。我为"陈永贵故居"题联：

当年茧手造田，石坝无言，讲山
　村故事；
昔日布衣从政，笑容可掬，留大
　叔清名。

　　"故居"的主人朴实无华，我应

当以朴素无华的语言来写此对联,方显其农民本色。"茧手""布衣",是陈永贵当官不像官的典型形象。上联的"石坝无言"却能开口"讲山村故事",你信吗?反正我信。于是我就这样写,这在文学上叫"不合情理的合情理"。下联是说,陈永贵在北京郊外农场任顾问期间,人们习惯称他"永贵大叔",他感到十分亲切。从老陈那满脸沧桑的笑容里,感受到的是憨厚朴实的"永贵大叔"。

【单元小结】

对联创作,要追求"意境美"。这是一种创作境界,是写景与抒情达到高度统一的艺术境界。这一单元,从理论到实践我们探讨了"形象思维""意象""意境"三个艺术理念。可以说,大家都有很大收获。不管你们信不信,尽管我本人已是古稀之人,在诗词对联创作中摸爬滚打了五十多个春秋,通过这样系统的学习,我也对这一单元所交流过的内容,有了更清晰的认知。谈到"意境"一节时,我把自己的对联习作,"敝帚自珍"地献芹于大家面前,这既是一次公开展示,也是一次社会检验。大家的眼光是众人的眼光,比我一个人的眼光要敏锐得多。在品评时我尽说好话了,似有王婆卖瓜之嫌。真心欢迎大家提出宝贵意见,达到相互交流、共同提高的目的。

第十三单元　对联创作之"情感美"

诗言志，联抒情。文字自产生那天起，就具备了记事、认知、言情的功能。对联创作，上一单元我们所说的"意境"，就包含了抒情。如果只看景，没有感情的支配，就形不成意境。只有情景交融了，意境也就形成了。我之所以再度把"抒情"提出来作为这一个单元的话题，是有意识地让大家重视对联抒情。没有抒情，对联就缺乏了温度，失去了情趣。干巴巴的两行文字还有什么意思可言。

唐代诗人白居易《与元九书》曰："感人心者莫先乎情，莫始乎言，莫切乎声，莫深乎义。"可见感情在诗人心目中的位置之"先"。

宋代大文豪苏东坡在亡妻王弗十年忌日所书《悼亡诗》，被世人称作感情最真切、感人至深的"第一首悼亡诗"。诗曰："十年生死两茫茫，不思量，自难忘。千里孤坟，无处话凄凉。纵使相逢应不识，尘满面，鬓如霜。夜来幽梦忽还乡，小轩窗，正梳妆。相顾无言，唯有泪千行。料得年年肠断处，明月夜，短松冈。"

可见，人到悲伤时，确是真情流露之时。俗话说："男儿有泪不轻弹，只是未到伤心处。"对联是语言艺术，真情下的对联，我认为是挽联。以下列举古今有真情实感的挽联。

第一节　挽　联

清代人撰挽联者居多，纪昀、严问樵、梁同书、林则徐、龚自珍、曾国藩、何绍基等，皆有"感时花溅泪，恨别鸟惊心"般感情真挚的挽联传世。

对联创作之"情感美"

但是，论其令后人为之感动不已的，还是曾国藩的两副挽联。

其一：挽莫友芝联：

京华一见便倾心，当时书肆定交，
　　早钦宿学；
江表十年常聚首，今日酒樽和泪，
　　来吊诗人。

曾国藩在人们心目中的形象，是镇压太平天国起义军的"刽子手"。但从挽联中足以看出他的人性的另一面：柔肠哀情。你们看他的这副挽友人莫友芝联，早年莫游历北京时，在琉璃厂书肆同曾国藩相遇，二人一见倾心，遂定交。"宿学"，指积学之士。下联中的"江表"，指二人在湘军中长期戎幕。追思昔日友情，以"酒樽和泪，来吊诗人"，表达作者心中之悲切。尤其"酒樽和泪"是感人肺腑之笔。

其二：挽乳母联：

一饭尚铭恩，况曾保抱提携，只
　　少怀胎十月；
千金难报德，即论人情物理，也
　　当泣血三年。

"一饭""千金"，典出《史记·淮阴侯列传》：韩信未发达时，漂母见他饥饿，曾给他饭吃。后来韩信封为楚王，赐千金报答漂母。联语义在说：乳母的恩情，远远超过漂母，一饭之恩尚不得忘，更何况哺育自己长大的乳母？"只少怀胎十月"，是与生母相比，说明乳母深恩如同生母。下联"也当泣血三年"，民间自古对父母之丧亲之痛，有"三年之祭"之说。此联称得上是挽联之经典之作。

2017年10月8日，山西经济出版社原社长赵建廷先生82岁老母亲在故里河津市北辛兴村病逝。含着万分悲痛的失母深情，赵建廷先生撰写如下哀挽慈母联：

舍四世同堂之福，草木也含悲，
　　驾鹤游仙云有憾；
报三春懿德之晖，儿孙咸尽孝，
　　衔哀泣血泪无言。

在人世间，母爱是最伟大、最无私的。作者笔下的老母亲走了，"舍四世同堂之福"，做儿子的就应"报三春懿德之晖"。母爱如山重，母恩似海深。眼下老母亲去世了，就连"草木也含悲"。尽管"儿孙咸尽孝"，但是难以弥补心灵的丧母缺憾，难得是那句"驾鹤游仙云有憾"和末句"衔哀泣血泪无言"，充分表达作者的悲痛心情。

挽联，就应该这样写。写挽者对逝者的追思、不舍之情，让读者从字里行间读出悲情、读出伤感。

爱情，是人生感情最深最美之表现。夫妻间的情感表达，莫过于生离死别。我们选取几副夫妻间哀挽之作，从中体味一下人间最真最深最爱之情感表达。

清代沈葆桢（1820—1879），字幼丹，福建闽侯（今福州）人。道光进士，官至两广总督兼南洋通商大臣。其夫人是林则徐之女。沈任江苏，巡抚夫人徐氏去世。沈葆桢挽夫人联：

念此身何以酬君，幸死而有知，
奉泉下翁姑，依然称意；
论全福自应先我，顾事犹未了，
看床前儿女，怎不伤心。

上联称夫人之贤，在九泉之下仍侍奉"翁姑"；下联先安慰死者（福建民间旧俗：夫妻以先死者为"全

福"）。"看床前儿女，怎不伤心"，语似平常语，却是最揪人心。此联感情真切，语重情长。

爱情，与人的生离死别，是文学创作永恒的主题。陆小曼是民国年间的一位才女，是诗人徐志摩夫人。徐志摩去世，陆小曼悲痛欲绝，书题挽联表达悲痛之情。联云：

多少前尘成噩梦，五载哀欢，匆匆永诀，天道复奚论，欲死未能因母老；
万千别恨向谁言，一身愁病，渺渺离魂，人间应不久，遗文编就答君心。

陆小曼失声哭道："五载哀欢"追思夫妻五载恩爱深情，"天道复奚论"哀怨悱恻，无以复加；"欲死未能因母老"一句，更是情至绝处，若不是老母年高，我欲随君而去。哀痛之极，尽在情理之中。下联更是撕心裂肺地哭诉："万千别恨向谁言"，更惆怅无奈"一身愁病，渺渺离魂"，情感悲恸到伤心处，自己也孤寡无助，最后喊出"遗文编就答君心"，表述余生要继夫之志，编就诗集实现夫君

生前宏愿。此联感情真切，令人感到爱情的伟大与深笃。

清代陈细怪（1812—1874），湖北蕲春县人。在太平天国时得中举人，后参加太平军，据说，当时天国中之对联大多出自他的手笔。他有一副挽妻联，情真意切，出自肺腑，也感人肺腑。联曰：

> 跟我半生，可怜薄命糟糠，竟归天上；
> 嘱卿来世，不是齐眉夫妇，莫到人间。

有位杨阆山者，撰有一副挽妻联：

> 天下无不散之筵席，似尔我八旬已过，存何喜，殁何悲，三岁忝增，奇则奇背卿先去；
> 人生最难堪者迟暮，纵子孙四代相依，耳也聋，眼也花，九原有觉，等一等看我就来。

此联作者看来是悲痛过极了，要不就是个豁达看人生的真汉子，对亡妻之痛看得很淡，对人的生死早已悟透。这就对着哩，死不足惜，只要夫妻二人曾经真爱过，足矣。"等一等看我就来"，足以看出作者之心境。这种视死如归的人生态度，令人钦佩。

某人挽未婚妻联：

> 尔何人，我何人，只因六礼相传，惹出今朝烦恼；
> 生不见，死不见，倘若三生有幸，愿偕来世姻缘。

这实属个例悲剧，恋爱得卿卿我我，甚至爱到海誓山盟，就差热热闹闹举行婚礼了，未婚妻撒手人寰，着实让未婚夫悲痛欲绝了。上联中的"尔何人，我何人"，似乎是胡话，语无伦次，疯癫之语，更表现作者此时的悲痛心情。下联中的"生不见，死不见"，更让人心生怜悯，怆然泪下。尾句"愿偕来世姻缘"，既表现对死者的留恋深情，又是对死者的今世诀别之无奈。

当代著名联家、北京市楹联学会创会时副会长、书法家唐棣华先生撰联名世。其中有一副代婶母写的挽夫联，很感人。联曰：

我的夫呀！多年病魔缠身，已经运舛，哪知逆贼作乱，饮恨长眠，想起好伤心，千点泪流千点血；

妻之命也！十载株连遣返，却有谁怜，虽获追悼会开，含冤难诉，哀哉直顿脚，一声哭罢一声天。

上联追述丈夫在"四人帮"横行年代里命运多舛，病魔夺去生命。下联说自己"文革"十年受株连被遣返回乡下。现虽为丈夫平了反，但人已经含冤去世。联语满含哀婉之情，读来令人酸鼻。"想起好伤心""哀哉直顿脚"，写出老妻哭故夫的真实情感与催人泪下的表情动态。"千点泪流千点血""一声哭罢一声天"，不仅对得工妙，而且把哭诉辛酸往事和痛失亲人的心情，推向了高潮。

第二节　自挽联

自挽联，是活着的人对自己的"活祭奠"。凡作自挽联者，应该是对自己十分自信者，而且对生死看得十分平淡者。但是，如果情感淡漠，用词不痛不痒，也写不好自挽联。下面看几副名人自挽联。

清代名臣纪晓岚自挽联：

浮沉宦海如鸥鸟；
生死书丛似蠹鱼。

上联以"鸥鸟"来喻"宦海"，表现纪晓岚对官场"浮沉"的独特见解。说明纪晓岚对做官意识的轻蔑。下联"蠹鱼"，指蛀蚀书籍衣物的小虫子。用此比喻自我，表现纪晓岚爱书爱到可以付"生死"。甘愿与"书丛"同生死，这是一种何等高雅的思想情操！

清代末年名臣左宗棠自挽联：

慨此日骑鲸西去，七尺躯委残芳草，满腔血洒向空林。问谁来歌蒿歌薤，鼓琵琶冢畔，挂宝剑枝头，凭吊松楸魂魄，愤激千秋？纵教黄土埋予，应呼雄鬼；

倘他年化鹤东归，一鳞香祝成本性，十分月现出全身，愿以兹为樵为渔，访鹿友山中，订鸥盟水上，消磨锦绣心肠，逍遥半世。惟恐苍天厄我，再作劳人。

"歌蒿歌薤"，指古代的两首挽歌《蒿里》与《薤露》。"鼓琵琶冢畔"，典出《世说新语·伤逝》中颜彦先死，好友张翰在他灵前鼓琴祭奠事。"挂宝剑枝头"，典出《新序·节士》岩陵季子挂剑于冢旁树上以慰战友事。上联作者大胆想象自己死后的景况，发出"生当为人杰，死亦为鬼雄"的感慨。下联则从民间转世传说入笔，想象自己来世投转人胎，并愿"为樵为渔"，在山中与麋鹿为友，在水边与鸥鸟做伴，以翰墨文章消磨岁月，逍遥自在度过半生。表示自己乐意过隐逸的平民生活，对官场污浊的生活表达厌恶之情。联语想象奇特，旷达自由。从中可以透视出左宗棠内心深处的雄强自豪以及愿过平民生活的心境。

清代道光进士俞樾在其86岁临终之前，题写自挽联：

生无补乎时，死无关乎数，辛辛苦苦，著二百五十余卷书，流播四方，是亦足矣；

仰不愧于天，俯不怍于人，浩浩荡荡，数半生三十多年事，放怀一笑，吾其归乎。

上联一开头，就把自己的"生""死"观披露于世人面前。对自己讲学著述为乐事。下联写自己的品格与襟怀。引用《孟子·尽心》之言："仰不愧于天，俯不怍于人。"回首三十多年所作所为，问心无愧。尤其"放怀一笑，吾其归乎"，表达作者心胸豁达开朗、生活洒脱乐观的人生态度。

清人林氏自挽联：

我别良人去矣，大丈夫何患无妻，愿后日再订婚姻，莫向生妻言死妇；

儿依严父艰哉，小孩子终当有母，倘他时得蒙抚养，须知继母即亲娘。

此联作者虽为女性，却有大丈夫之胸襟与气度。想自己去日无多，面对死亡竟如此淡定，而且想到的全是别人。上联平心静气安抚"丈夫"："愿后日再订婚姻,莫向生妻言死妇。"读来令人动情落泪。下联回过头来嘱咐年幼的"小孩子"："倘他时得蒙抚养,须知继母即亲娘。"骨肉分离,犹如万箭穿心悲痛,能忍此种心灵剧痛,说出此等样的话,可见这位母亲的母爱伟大。读这副自挽联,可以想见这是用眼泪泣血写就的文字,不然不会如此感人至深!

清代末年,浙江知府杨荣绪为官清正廉洁,深得民心。但是因耿直不善拍马溜须而得罪上司被革职,抑郁而终。临死之前,写此自挽联:

一死便成大自在;
他生须略减聪明。

读清官的自挽联,感到他临死方得大解脱,同时,反省今生由于太清醒而没有在官场同流合污。反向思维,来生可要"减聪明",不妨糊涂一点为好。宋代苏东坡打油诗《洗儿》："人皆养子望聪明,我被聪明误一生。惟愿孩儿愚且鲁,无灾无难到公卿。"清代郑板桥对聪明与糊涂也有独到见解。他在题书"难得糊涂"四字后,

补笔写道:"聪明难,糊涂难,由聪明而转入糊涂更难。放一着,退一步,当下心安,非图后来福报也。"后世有人把这种理念当作一种人生哲学,也许从某种意义上讲,也算是人生特殊境遇中的一种人生态度。

这副自挽联由于出自一位清官之手,自然让人读出几分伤感与无奈。

刘师亮(1874—1930),原名芹丰,晚号谐庐。四川内江人。是一位幽默谐联高手。他有一副自挽联:

伤时有谐稿,讽世有随刊,借碧血作供献同胞,大呼寰宇人皆醒;
清室无科名,民国无官吏,以白身而笑骂当局,纵死阴司鬼亦雄。

作者写谐联习惯了,自挽联也带几分诙谐之气。以此种幽默手法嘲讽时政,唤醒寰宇同胞。上联"大呼寰宇人皆醒"与下联"纵死阴司鬼亦雄",表现作者大无畏精神,以自我清白之身,做嬉笑怒骂之文章,为唤醒民众,做鬼也称雄。此等力度与手段,非刘师亮莫属了。

汤祥瑞,湖南浏阳人。大革命时

期加入中国共产党，任浏阳县达浒地区农民协会会长。后被捕，敌人用尽酷刑，但他坚强不屈，英勇就义。临刑前他咬破手指，用鲜血写了一副绝命联，亦称自挽联：

> 疾恶如仇，几根硬骨横天下；
> 舍生取义，一颗头颅落状元；

联语浩气凛然，惊天地，泣鬼神，充分表达作者铁骨铮铮硬汉子形象和为革命不惜洒热血、抛头颅的革命英雄主义精神。联内"状元"，是指烈士就义处是浏阳状元洲。

湖南湘乡一位老中医自挽联：

> 我愧无能，卅载功夫，可谓深焉！
> 　终难治贫者病根、富豪钱癖；
> 人死何知，五尺棺木，亦云足矣！
> 　更毋需经忏损产、苫块伤身。

上联写自己三十余年从医，费尽心思与功夫，却未医治掉贫富不均的社会弊病，遗憾啊！下联更显作者超然脱俗的唯物者情怀。"苫"，草荐。"块"，土块。古代穷苦人丧礼，居亲丧时，以草荐为席，以块为枕。联语以自述口吻，表现作者对身后之事坦然面对，反对请道士和尚做法事、念经超度之事。此种高风亮节确实难能可贵！

当代著名历史学家陈寅恪（1890—1969），祖籍江西修水，生于湖南长沙。先后任教于清华大学、北京大学、中山大学。国学大师胡适评价陈寅恪"是最有学问、最科学的历史学家"。陈寅恪自挽联：

> 涕泣及牛衣，卅载都成肠断史；
> 废残难豹隐，九泉稍待眼枯人。

上联"牛衣"见《汉书·王章传》，"牛衣对泣"喻夫妻共守贫困。此"牛衣"又切合作者当时身份（被打成"牛鬼蛇神"）。下联"豹隐"，见《烈女传·陶答子妻》，意为藏而避害。此自挽联"涕泣"开篇，悲悲切切，似乎在对结发老妻吐露心声，"肠断史"，喻自己"卅载"呕心沥血之作。下联中"九泉"，指黄泉阴间。"眼枯人"，眼泪流干了。此处似乎也在与老妻私语：我在那边等你。感情真切，字字带泪，声声泣血，感人至深。

第三节　挽友联

康有为挽谭嗣同联：

复生不复生矣；
有为安有为哉？

"复生"，谭嗣同之字。上联说谭慷慨赴死走了，再也不复生了。表达作者对死者哀痛欲绝的心情。下联作者自叹，我康有为失去好友的支持，还能有何作为呢？联语恰切用彼此的字和名成联，浑然天成。

杨度挽孙中山联：

英雄做事无他，只坚忍一心，能
　　成世界能成我；
自古成功有几？正疮痍满目，半
　　哭苍生半哭公。

上联称孙中山为"英雄"，赞其为实现革命大业鞠躬尽瘁，并能宽容和谅解"我"策划恢复帝制的错误。下联笔锋一转，怆然问天。意谓辛亥

革命虽已成功，但各地军阀割据，混战不绝，人民陷于涂炭，作者感叹为失去"公"而伤心痛哭。"苍生"在此指人民大众。

吴昌硕（1844—1927），原名俊卿，后以字行，别号缶庐、苦铁。浙江安吉人。近代著名书画大师，西泠印社第一任社长。他有一副挽画家任伯年联：

北苑千秋人，汉石隋泥同不朽；
西风两眼泪，水痕墨气失知音。

任伯年（1840—1896），初名润，字次远，号小楼。后改名颐，字伯年，别号山阴道人等，以字行。浙江绍兴人。近代著名书画家。与蒲华、虚谷、吴昌硕合称"海派四杰"。

"北苑"，指南唐宫苑，当时画家董源曾任北苑使，以此借指画坛。"汉石隋泥"，指汉代石刻与隋朝雕塑，在中国美术史上均占有重要地位。

对联创作之"情感美"

上联作者借古人与古代艺术成就,"同不朽"三字对任伯年绘画艺术作很高评价。下联中"西风",既说明任去世的时令为秋天,又增加了悼念之情。"水痕墨气",借指作者从事的书法绘画艺术,"失知音"充分流露出作者对死者的感情与哀思。

张伯驹挽袁克文联:

> 天涯落拓,故园荒凉,有酒且高歌,谁怜旧日王孙,新亭涕泪;
> 芳草凄迷,斜阳黯淡,逢春复伤逝,忍对无边风月,如此江山。

张伯驹与袁克文、张学良、溥侗合称"民国四公子"。袁克文一生交友无数,虽都是些笔墨文翰之交、筵宴冶游之友,但在他去世后,真心怀念他的人还真不少。其丧事灵堂上挽联挽诗层层叠叠,多到无法悬挂地步。

此挽联用词极为讲究,"落拓""荒凉""凄迷""黯淡",都是一片凄惨之景色。接着用"谁怜""忍对"二字领,表达作者满腹伤悲之情。

赵元任挽刘半农联:

> 十载凑双簧,无词今后难成曲;
> 数人弱一个,叫我如何不想他。

刘半农,诗人、杂文家,五四新文化运动先驱者,我国现代民间文艺拓荒者。其与赵元任合作多年,一个写词,一个谱曲,创作了很多脍炙人口的歌曲。

联语满含对死者的惋惜与痛悼之情。尤其在联尾妙用了一首当时广为传唱的歌名,更增添了两人之间的友情与难舍难分之哀思。

许德珩挽朱自清联:

> 人间哀中国,破碎山河,又损伤背影作者;
> 地下逢一多,辛酸论语,应惆怅清华文坛。

许德珩,早年投身辛亥革命,五四运动后创立九三学社。北京大学资深教授,新中国成立后,曾任全国政协副主席。

挽联情真意切,上联中嵌入朱自清名篇《背影》。下联又同时缅怀清华大学教授闻一多先生,将心中之"伤感""惆怅"表达得淋漓尽致。

董必武挽何亚新联：

玉梓自东归，可怜少妇含悲，惆
怅千秋席草；
鹤楼空北望，奈何故人不见，凄
凉五月梅花。

何亚新（1889—1921），原名何献，又名何萧，湖北罗田县人。1911年参加武昌起义，任葛店第三兵站部正长，不久辞职，应召入幕为参政，并任调查长，病逝于武昌。

"玉梓"，指灵柩。"鹤楼"，指黄鹤楼。上联悲切切，描述死者"东归"，"少妇含悲"之惨状，"惆怅千秋席草"，更让悲恸之情溢于言表。下联中的"五月梅花"，化用李白《与史郎中钦听黄鹤楼上吹笛》诗："黄鹤楼中吹玉笛，江城五月落梅花。"以物激情，生出无限凄凉。

孟繁锦（1939—2014），吉林梨树人，曾任中国人民解放军空军政治部文化部部长、中国楹联学会会长。著名书法家。2014年3月因病医治无效去世，享年75岁。我有一副挽孟繁锦联：

惜留往日情，最难忘虎寨酬书，
龙山合影；
痛别伤心泪，空怅望天庭鹤路，
海淀联旗。

上联中"虎寨酬书"，指2006年秋天孟繁锦会长携马萧萧、方留聚等联界名流大家，访问虎头山下的大寨村，给英雄的大寨人留下墨宝。"龙山合影"，是指接着到山西和顺县游览采风期间，在云龙山上本人与孟繁锦合影留念。下联中"天庭鹤路"是指死后"驾鹤游天"。"海淀联旗"，是说当时中国楹联学会会址设在北京海淀区。作为中国楹联旗手，孟繁锦的去世，是当代联坛的巨大损失，究竟谁来续接中国楹联大旗？心存迷茫。

联语中"惜留往日情"引出了往日的难忘记忆。"痛别伤心泪"，泪眼"空怅望""鹤路""联旗"，字里行间饱含本人与逝者的深厚情谊，同时流露出对逝者追思与恋恋不舍的情义。

王虎胜，生前曾任山西省工商管理局局长。与本人是老乡、忘年交。2012年4月间因突发心脏病去世。我撰联相挽。联云：

君走太匆忙，怎忍心撇下妻儿，
  撒手尘寰人去远；
我来痛悼念，再轻语叫声王局，
  送行冥路恨尤多。

王虎胜先生走得太急，甭说妻儿，就连他的同事都难以接受。我听到噩耗后，心绪似乎一下子突然短路，陷入了对前几日还和虎胜局长相见之中。怎么好端端一个人说没就没了！上联中"怎忍心撇下妻儿"，从遗属的悲痛心情落笔，更令人揪心落泪。下联从"我"的角度前来吊唁，"再轻语叫声王局"，这是情之所至的心灵暗示。"撒手尘寰人去远""送行冥路恨尤多"，两句把哀悼之情推向高潮，死者"人去远"了，在我的心中"恨尤多"了。充分表达了本人对王虎胜先生的不尽哀思之深情。

【单元小结】

挽联，是抒发作者真实情感的对联作品。凡是有过对联创作实践的联友都说："挽联不好写，因为联语要吐真情，得令读者心生感动，产生情感共鸣。"不知大家体悟到没有？这一单元我分三个节点选取了古今挽联，都注意了"悲切哀思"之情感寄

托。所以，希望大家在写挽联时一定调动自己对逝者的感情激动，措辞准确，不说过头话，掌握贴切度。只有真真切切的情感投入，采用泪水浸泡过的语言，才会写出感人至深的挽联。切记，挽联不可写成对死者的总结词，只看到评功说好，却毫无对死者的哀思之情。这样的挽联是不合格的挽联，所以这样的所谓挽联我一副也没有选，要求大家也不要写。要写就写动真情、讲真话，令人感动的悲情挽联。

第十四单元　对联创作之"诗化美"

说"对联是诗"，是就律诗中的"颔联"和"颈联"而言的。说到底，对联毕竟是对联，对联不是诗。如果说对联是诗，那就没有分别界定对朕与诗的必要了。

我们这一单元的课题是让对联"诗化"。那就是说，我们首先承认对联不是诗。只有在这种理念基础之上，我们才力求对联向诗靠拢，使对联"诗化"。从而创作出"诗化美"的对联。

"诗化美"这一提法是本人针对当前对联创作欠精练，并有滑向"散文化"倾向而提出来的。对联创作要竖起"诗"的高标，要像作诗一样作对联。诗化对联应当是我们当代对联人努力的方向。

第一节　富有诗人的灵感

著名诗人艾青说："所谓灵感，无非是诗人对事物发生新的激动，突然感到兴奋，稍纵即逝的心灵的闪耀。所谓灵感，是诗人的主观世界与客观世界最愉快的邂逅。"

诗词创作是需要有灵感的，对联创作要诗化，当然也要善于捕捉稍纵即逝的创作灵感。我的体会是：创作灵感，不是你想有就有的。有时在不经意间，你的眼睛触到什么事物，突然脑子里出现的意念或感动即是灵感，你要赶快记下来。如果在夜晚睡意朦胧中，有一种意想不到的感觉出现，即使掌灯你也要把它的大概意思记下来。不然，到第二天你再回忆，肯定就想不起来了。这短暂的美丽一闪念，就是"灵感"。这种灵感，也许会被抓住写成一副对联。也许是一种"意象"，经过艺术构思，扩展为出句，然后再去对下句。

长江三峡风光很美，伟人毛泽东《水调歌头·游泳》后半阕吟道："风樯动，龟蛇静，起宏图。一桥飞架南北，天堑变通途。更立西江石壁，截断巫山云雨，高峡出平湖。神女应无恙，当惊世界殊。"有一天晚上，我正坐在沙发上看中央电视台转播的新闻节目，三峡大坝合龙蓄水的消息振奋人心。突然间毛主席上面的词句激起了创作灵感，我脱口而出

"云翻三峡雨"。

随后又对出了下句：

"月泻一江潮。"

"灵感"这东西很怪，创作灵感来了，好句子从脑子里就跳出来了。没灵感的时候，半天憋不出一个想要的词。所以说，"灵感"一旦在脑子里出现，就要立即抓住不放。否则，转眼就跑丢了，十分可惜。

荷花，是诗人墨客习惯写的题材。我也想写一幅"咏荷"联，但在太原文瀛公园南面荷塘边观望了几次，只见荷叶绿盖般遮严了水面，从叶片间挺出的荷花，亭亭玉立。有的盛开，有的半开，还有的含苞未开。看着看着，就是无从下笔。有一天我在书斋

看一部小说，小说主人公是大资本家出身，却投奔革命队伍。猛然间"休问出身"四个字，从脑子里跳出来，我心想，这下有了。于是，我依此思路写下了一副咏荷联：

羞问出身，无半点泥痕污垢；
静生创意，亮一塘绿掌红拳。

创作灵感出现的"休问出身"，定稿时我改作"羞问出身"，"羞"有不好意思的羞涩含义。自己出身不好，羞于向人启齿，这是人之常情。荷花出身污泥，一个"羞"字把荷花人格化了。下文的"无半点泥痕污垢"，好像是荷花在对人澄清自己的清白。一个羞答答、娇滴滴，出污泥而不染、亭亭玉立的荷花形象，出现在面前。下联我把荷塘景色看作是荷花的"创意"。"绿掌红拳"是荷叶和荷花的意境表现。

河南著名联家张志玉题荷香联：

风荡金波，摇翠翠荷姿，铺开画
卷香十里；

云蒸湿地，看翩翩鹭影，抖落诗
情醉半湖。

这副对联的创作灵感从何而来不得而知。但"金波""湿地"，作者是肯定来采过风的，也许像我一样，不定来过几次哩。形象捕捉到的一是"翠翠荷姿"，二是"翩翩鹭影"。由此生出诗境："铺开画卷香十里"、"抖落诗情醉半湖"。这"抖落"二字出彩，有作者独一份的感受。此联用新声调平仄，由"十"字从平看出端倪。

湖南著名联家胡静怡先生为岳阳市传递奥运圣火题联，荣获一等奖。联曰：

> 岳阳楼上望君山，万顷波涛，托起一方中国印；
> 青草湖边传圣火，一堤杨柳，抖开万树五环旗。

此联作者是一位诗人，作联之前估计应该有创作灵感来激活创作思路。咱们且不去探究其灵感来自何处，单看这"中国印"与"五环旗"，就是诗人取意所在。因为这两个形象是2008年北京奥运之标志性象征性的"图腾"。作者开笔就扣题："岳阳楼上望君山"，而不是别的什么景点。"青春湖边传圣火"句，更燃起了岳阳人民喜迎奥运圣火的激情。此联画面感很强，"抖开"二字形象生动地把奥运精神传播开来。

第二节　张开想象的翅膀

《辞海》："想象，心理学名词。在原有感性形象的基础上创造出新形象的心理过程。"

诗人艾青说："没有想象就没有诗。""诗人的最重要的才能就是运用想象，所有意象、意境、象征，都是通过联想、想象而产生的。"

下面从对联实例中，看名家是如何施展想象才能的。开篇咱选一副留有墨迹的古人对联。

清代末年丁敬（1695—1765），字敬身，号钝丁，别号龙泓山人。浙江杭州人，书法篆刻家。他题一副隶书七言联：

> 豪游畅比王乔鹤；
> 良晤欣同范蠡舟。

"王乔鹤"，见《后汉书·王乔传》，传说东汉山西河东夏县王乔，曾任过县令，有神术。常自县至京城，而不乘车骑，临至，必有双凫飞来。人举

网得之，则为王乔所穿之鞋。其后，天忽降玉棺于堂前，乃沐浴服饰卧棺中。遂葬于城东，土自成坟。一说王乔即古仙人王子乔。"范蠡舟"，见《吴越春秋》，范蠡，楚国宛（今河南南阳）人。越国大夫。传说吴越之战，越亡国后，范蠡陪伴越王勾践沦落吴国后，勾践卧薪尝胆，受尽屈辱。范蠡施美人计，献出美女西施给吴王夫差。涣散瓦解吴王意志，最后战败吴国。在越国复国庆功宴上，范蠡揣度勾践有诛杀功臣之心，便连夜与西施乘小舟逃走，到山东泰山脚下过起隐居安逸生活。

这副对联由"豪游"想象到"王乔鹤"；由"良晤"想象到"范蠡舟"。可谓情理之中，预料之外。确属想象之佳作！

顾复初（1813—1894），字幼耕，又字子远，号道穆、听雷居士，江苏苏州人。清末诗人、书画家。题成都崇丽阁联：

引袖拂寒星，古意苍茫，看四壁
云山，青来剑外；
停琴仁凉月，予怀浩渺，送一篙
春水，绿到江南。

作者想象大胆，"引袖拂寒星""停琴仁凉月"。然后想象翅膀张开去，"看四壁云山，青来剑外""送一篙春水，绿到江南"。高即可拂星摘月，广即可"云山""春水"尽收眼底。

林以钺题黄冈睡仙亭联：

人笑我长眠，世上哪堪睁眼看；
我叹人尽梦，道旁曾借枕头来。

想象，在这副对联中似乎束缚了

手脚。只能在"眠"与"梦"上打转转。这也难怪,题目就作了限制,"睡仙亭"不睡又出题了。到底还是有手段,想象出了大道场:"道旁曾借枕头来",不是仙人岂有此种眠姿睡意。三千里外即可听到仙人打鼾之声了。

清代著名诗人楹联家赵藩题剑川石窟联:

众生是有缘而来,切莫宝山空手;
我佛本无法可说,何须顽石点头。

联语前半部分侃侃而谈,不动声色,后半部分突发奇想,提醒"众生""切莫宝山空手",要取点经回去噢!尤其"顽石点头",形象可掬,神来之笔。

有人题苏州网师园联:

水面文章风写出;
山头意味月传来。

"风"过荡起水纹,喻为"文章"。"山头意味"令人遐想,空灵缥缈。"月传来",意境顿出。

清代著名书法家祁寯藻题联:

竹余旧节当阶碧;
葵抱初心向日红。

此联精彩之处在下联,"葵"人格化了,不仅"抱初心",而且"向日红"。多么鲜明的艺术形象!

清代名臣彭玉麟题广州越秀山五层楼联:

星斗摘寒芒，古今独具摩天手；
乾坤留正气，霄汉常悬捧日心。

五层古楼亦属高矣，作者从一个
"高"字构思，"星斗""霄汉"皆
喻高。此联妙在想象："独具摩天手"，
伸手即可摩天，天高人更高。作者确
为撰联高手，心能想象到的地方，意
趣自然地跟上了。

清末著名楹联学家、《对联话》
作者吴恭亨题大庸观瀑楼联：

地球倒转海上立；
天汉下垂云横崩。

能使"地球倒转"，该是多么大
神通？可令"云汉下垂"，又是何等
样手段？这种大胆想象借助了夸张艺
术技巧。对联创作的想象就需要这样
的大胆思维，但一定做到心到笔到把
奇特想象借助修辞手法表现出来，这
才叫本事。

清人吴獬题岳阳楼大观园联：

大如天，君山拳石；
观于海，洞庭一杯。

首嵌"大""观"，艺术想象见
诸形象，而且大与小形成反差对比，
"天"比"拳石"，"海"比"一杯"。
这样一来，反而放大了艺术感染力。

陕西联家武晓勇题黄山飞来石
联：

苍茫云海间，留斯奇石，是神仙
　　对弈当年，误抛一子；
浩渺灵槎外，来我福人，笑世事
　　相争终日，偷得片闲。

上联经作者一番渲染，犹如仙境。
尤其想象奇妙的是，把黄山飞来石，
想象为"是神仙对弈当年，误抛一
子"，气魄大得令人吃惊；下联想象
似乎平静了许多，一副对"世事相争"
者不屑一顾的样子，"偷得片闲"到
此世外桃源做逍遥游，乐哉悠哉！

有人题杭州屏山净慈寺联：

细剪山云缝补衲；
闲捞溪月作蒲团。

如果不是奇特的想象，"山云"
怎能"剪"来"补衲"？"溪月"怎

能"捞"起来"作蒲团"?

诗人丁芒题河南黄灌区极目阁联:

赤日悬空,烟送远山飞鹤鹭;
黄河奔海,气吞高峡走龙蛇。

"极目阁"之功能就是让人放眼赏景。诗人想象"悬空""奔海","烟送远山""气吞高峡",给人荡气回肠之磅礴大气感觉。

山西著名联家杨振生题万荣飞云楼联:

登楼把北辰,舀东海,注南山,
　挽黄河九曲,高标百丈毓灵秀;
驰目揽秦月,眺汉关,觅唐寨,
　囊形胜一收,大地万荣又盛年。

此联充分运用想象,把读者带入高可"把北辰,舀东海,注南山"之境,阔可"揽秦月,眺汉关,觅唐寨"之魂。这等气派这等功力,确实借助了诗人的艺术胆量。

自古名楼,皆是既有楼又有记或诗。文为楼作记,记为楼扬名。岳阳楼、黄鹤楼、滕王阁、鹳鹊楼,无一不是如此。南京"阅江楼"2001年建成。这座楼是有点特别,《阅江楼记》是明代初年大学士宋濂作,而且选入《古文观止》。奇葩的是"有记无楼"。现在好了,"阅江楼"耸立于石头城,记与楼相映生辉:"当风月清美,法驾幸临,升其崇椒,凭栏遥瞩,必悠然而动遐思。"同时,湖南著名联家吕可夫题阅江楼联云:

六百年曾经有记无楼,枉引骚客
　南来,对山怀古,望水兴叹,
　碧瓦朱楹空想象;
一万里终可凭栏骋目,好看大江
　东去,烛盛天妃,香稠静海,
　白帆红日隐苍茫。

上联从"有记无楼"生发想象,一个"空"字写尽"六百年"之"兴叹"。下联写建起阅江楼后胜景,"一万里"尽收眼底,令人心旷神怡!

山西永济鹳鹊楼,有唐代诗人王之涣五言绝句传世,捧得名楼跻身"四大名楼"之列。我有一副题联:

鹳引我登楼,同月里嫦娥对话;
鹊邀君酌酒,与唐朝李杜谈诗。

联中如果缺乏艺术想象，必然索然无味，无诗意倾心。我想象中"同月里嫦娥对话"，"与唐朝李杜谈诗"，顿时给鹳鹊楼增添了文化气息与诗味。

永济市境内的峨眉塬头有普救寺，这是一座佛教十方院，寺内有一座始建于唐武则天时期的方形砖塔，原名舍利塔，也叫莺莺塔。其造型与西安小雁塔相似。此塔还有一个奇妙之处，就是在距塔十五米处以石块互击，即能传出蛙叫之声。因此该塔与北京天坛回音壁、四川潼南石琴、河南三门峡蛤蟆塔称作我国古代四大"回音壁"。元代历史小说《西厢记》中张生和崔莺莺的爱情故事就发生在这里。2006年夏，我携友到过普救寺，拜谒过莺莺塔，由此地流传的故事展开艺术想象，写成下面这副对联：

> 塔前佳偶成双，谁伴莺莺瞻北斗；
> 院里游人如织，君陪燕燕读西厢。

联内我以"莺莺"与"燕燕"相对。元代散曲家张养浩《寒食游廉园》诗："花柳巧为莺燕地，管弦遥递绮罗风。"苏东坡《张子野年八十五闻尚买妾述古令作诗》："诗人老去莺莺在，公子归来燕燕忙"。上联中"莺莺"是实指，即《西厢记》中崔莺莺。下联中"燕燕"是虚拟，为与"莺莺"成对。

第三节 化用诗句入联

在对联创作中，如果能巧妙地化用古诗名句入联，那么可能会增加对联的诗的意境。这种手法也许是诗化对联的一个捷径。大家可以在创作实践中尝试一下。但要灵活运用，自己的联语要与引用的诗句融在一起，像是水与奶，不能是水和油。弄不好成了两张皮，就弄巧成拙了。下面列举几副成功的化用诗句对联。

清代文学家、书法家齐彦槐题联：

四万青钱，明月清风今有价；
一双白璧，诗人名将古无俦。

宋代欧阳修《咏沧浪亭》诗中有句："清风明月本无价，可怜只卖四万钱。"此联作者将此借来，化用作上联。"本"字改为"今"，一是为自己所用之意，二是为了与下联的"古"字形成对仗。

名士陆润庠称此联"一字不能移易，实联之至佳者"。但联人梁章钜则置疑道："一双白璧，究嫌妆点，不够称佳作。"对联评品，历来见仁见智。仅就其化用前人诗句这一点，手段也算聪明，有可圈可点之处。

清人金眉生题九江琵琶亭联：

灯影幢幢，凄绝暗风吹雨夜；
荻花瑟瑟，魂消明月绕船时。

上联化用唐代诗人元稹《闻乐天左降江州司马》诗意。全诗曰："残灯无焰影幢幢，此夕闻君谪九江。垂死病种惊坐起，暗风吹雨入寒窗。"作者贬居通州（今四川达县），听到好友白居易也被贬的消息时所写。下联化用唐代诗人白居易《琵琶行》中诗句："浔阳江头夜送客，枫叶荻花秋瑟瑟。""去来江口寻空船，绕船明月江水寒。"此联化用唐人诗句题琵琶亭，似听到琵琶带雨之凄婉之声，听来有几分瑟瑟凉意。

清代书法家、篆刻家吴熙载贺友人新居联：

乐不因人，翁之乐者山林也；
居虽近市，客亦知夫水月乎。

上联化用宋代欧阳修《醉翁亭记》中句；下联化用宋代苏东坡《前赤壁赋》中句。妙在虽是借用两人之句，但如出一人之手。抒发的是同样一种高雅的文人情怀。

化用前人诗句入联高明者，化诗句于无形似如己出。有人题格言联：

板凳十年须静坐；
方塘半亩要勤开。

上联化著名历史学家范文澜联语："板凳要坐十年冷；文章不写半句空。"下联化用南宋理学家朱熹《读书有感》："半亩方塘一鉴开，天光云影共徘徊。问渠哪得清如许，为有源头活水来。"还有一副化用朱熹诗句联云：

门临半亩方塘，清心可鉴；
院挺千竿翠竹，蓄志凌云。

江苏联家程越华题来青阁联：

草色入帘绿宿雨；
春风拂槛喜新晴。

上联化用唐代诗人刘禹锡《陋室铭》："苔痕上阶绿，草色入帘青。"下联化用唐代诗人李白《清平调》："云想衣裳花想容，春风拂槛露华浓。"

上海"一壶茶"酒楼联：

最宜茶梦同圆，海上壶天容小隐；
休得酒家借问，座中春色亦常留。

下联中"酒家借问"，化用唐代诗人杜牧《清明》："借问酒家何处有，牧童遥指杏花村。"

山西河东女联家张丹薇题傅山园联：

横看成岭，侧望乃峰，四百年学集大成，尤慷慨名士高襟，不臣清主；
北苑烟茶，南庐琴韵，十余亩云攒小筑，遥想见布衣仙骨，卧对明泉。

对联创作之"诗化美"

上联开头化用苏东坡《望庐山》诗："横看成岭侧成峰，远近高低各不同。"下联开篇用傅山对联："竹雨松风琴韵；茶烟梧月书声。"全篇写傅山孤傲之风骨，足见匠心功夫。

我有一副题写庐山景观联：

庐山日照云烟紫；
·····

松盖风摇气象殊。

上联化用了唐代诗人李白《望庐山瀑布》："日照香炉生紫烟，遥看瀑布挂前川。"下联"松盖风摇"，是松涛之响造成的动静，我却用了"气象殊"，也属一种通感手法，变声音的听觉艺术为视觉艺术。在不合理中求合理，是创造诗的意境允许的。

第四节 炼字与炼意

诗是文学中最精练的体裁，对联想要追求"诗化"，必须在炼字、炼意上下足功夫。

1. 炼字。 字是语言的基本组成部分。我们常说的"遣词造句"，有了字，才有词句，所以，炼字就是一种创作基本功。古人在对联创作上强调"炼字"，主张"意胜"（有意境），就要做到"平字见奇，常字见险，陈字出新，朴字出彩"。

王维《过香积寺》诗句：

泉声咽危石，
日色冷青松。

上句"咽"字用得生动奇崛。山中危石耸立，流泉自然不能轻快地流淌，只能在嶙峋的岩石间扭曲穿行，仿佛痛苦地发出幽咽之声。下句"冷"字，让人冷不丁地有点不习惯，妙字就是要在这不习惯中出奇。夕阳西下，昏黄的残阳余晖在苍茫松林中透过，岂能不"冷"？

孟浩然《望洞庭湖赠张丞相》诗句：

气蒸云梦泽；
波撼岳阳城。

"蒸""撼"二字，写尽了洞庭湖的磅礴气势。上句用宽广的平面衬托湖的浩瀚，下句用陡起的立体来反映湖的气派。一横一纵，俱见炼字在诗中的艺术效果。

再看王维《观猎》诗句：

草枯鹰眼疾；
雪尽马蹄轻。

"草枯""雪尽"，不仅点明了冬末春初的季节，而且起到了衬托后边意象的作用。上句的"疾"，把鹰之矫健、迅捷、犀利，刻画得很准确；下句的"轻"，道出了马蹄的轻快、有力。使人如闻其声，如见骏马之态。诗人尚未对猎人做描写，通过这种生动活泼的场景描写，可见猎人捕捉猎物之神勇。

宋代王安石《泊船瓜州》中有"春风又绿江南岸"名句。就这一个"绿"字，王安石经过了反复推敲。先是用"到"字，觉得一般化，没有韵味。改作"入"字、"满"字，都不合意。更易了十几次，最终才选定了"绿"字。就这一个"绿"字，倾倒了当时后世

多少文人墨客！这是炼字的经典，给我们的启示很多。

唐代杜甫《送蔡希鲁都尉还陇右因寄高三十五书记》诗句：

身轻一鸟过；
枪急万人呼。

上句一个"过"字，用得恰到好处。北宋欧阳修《六一诗话》中，有关于此诗句的故事：陈从易一次偶得杜诗集旧本，字多脱误，至《送蔡希鲁都尉还陇右因寄高三十五书记》诗云："身轻一鸟"其下脱落一字。陈从易因此与数客各用一字补之，或云"疾"，或云"落"，或云"起"，或云"下"，莫能定。其后得一善本，乃是"身轻一鸟过"。陈从易与众客叹服，认为"虽一字，诸君亦不能到也"。

古人炼字，同时也在炼句。即以切情、切境、切题为前题，对诗句进行反复推敲、锤炼、修改，以达到出奇出新出彩的目的。炼字炼句的特点，重在一个"改"字。古人不少名诗佳句，都是经过反复推敲、反复修改后产生的。诗人皮日休曰："百炼为字，

千炼成句。"

唐人王勃《送杜少府之任蜀川》诗句：

> 海内存知己，
> 天涯若比邻。

诗句表现作者豁达广博的交友胸怀，成为流传千古之名句。岂不知，此诗句是作者从流传较广的"丈夫志四海，万里犹比邻"点化创新而成的。

王勃在《滕王阁序》中写有千古传吟之名句：

> 落霞与孤鹜齐飞；
> 秋水共长天一色。

其实，这两个对仗句脱胎于南朝庚信《华林园马射赋》：

> 落花与芝盖同飞；
> 杨柳共春旗一色。

又如唐代诗人王昌龄《芙蓉楼送辛渐》诗中有"一片冰心在玉壶"名句，用来比喻自己心地纯洁，品格高尚，

为官清廉。此诗句是根据南朝宋鲍照《白头吟》中"清如玉壶冰"的语意脱化、修改而成的。

对联中的春联，是使用范围最广的一类。而春联最能表现其特色的莫过一个"春"字了。同样是表现"春"，各人的切入点不同、手法不同，其艺术效果就不同。前面讲到王安石的千古名句"春风又绿江南岸"，是运用了"视觉"艺术表现手法。同样也是写"春"，诗人宋祁运用的是"听觉"

艺术表现手法。如他的《玉楼春》中句：

红杏枝头春意闹；
绿杨烟外晓寒轻。

"春意"，是一个抽象的概念，它本来不能与"闹"字搭配。然而，作者偏要"春意闹"，一个"闹"字，把人们带进一个神秘的意境中。同样，下句中的"寒"字本来是表示气温的形容词，岂能与表示重量大小的"轻"来搭配。可诗人故意用一个"晓寒轻"，一个"轻"字，顿时将人们带入了"杨柳烟外"的春天。这就是非常人之想，而新意往往也正出在这不平常之中。王国维在《人间词语》中曰："'红杏枝头春意闹'，著一'闹'字而境界全出。"

明代诗人顾屿《白牡丹》运用"嗅觉"艺术：

玉妃罢醉春无景；
素女凌波夜有香。

宋代诗人志南《绝句》运用"感觉"艺术：

沾衣欲湿杏花雨；
吹面不寒杨柳风。

再看宋代诗人林景熙《春暮》，则既用了"嗅觉"又用了"感觉"：

白发余春能几醉；
绿荫细雨不多寒。

以上诗句，同样是描写春的气象，眼看为"绿"，耳听为"闹"，鼻嗅为"香""醉"，肢体感觉是"湿""寒"。

清代钱大昕（1728—1804），字

読書心細絲抽繭

錬句功深石補天

竹汀錢大昕

晓征,号辛楣,又号竹汀,江苏嘉定人。乾隆进士,官至提督广东学政。工书,《墨林今话》云:"竹汀博子金石,尤精汉隶。"他题书一联:

读书心细丝抽茧;
炼句功深石补天。

《朱子语类》载:举南轩诗云:"卧听急雨打芭蕉。"朱子改为"卧闻急雨打芭蕉"。古代"听"一般指耳朵接受声音状态,"闻"则比"听"更深了一层,作"听见""听到"讲。"打"强调的是视觉形象的动作,"闻"强调的是听觉形象的声音。既然是"卧听"就不大可能是从视觉上看到雨打芭蕉,而从听觉的雨声感知"雨打芭蕉"才合乎情理。因此,把从视觉上强调动作性的"打",改成从听觉上强调声音的"闻",是由"卧"这一特定具体情况而决定的。故而又把"听"改作"闻",使"闻"与"到"前后相呼应,这样修改之后就由生活情理到艺术情理都吻合了。

我有一副给一位书画家量身定做的八言对联,也注意了用字的推敲。联云:

杜甫草堂,清风瘦月;
石涛画稿,响水奇峰。

上联中的"瘦"字,我想到杜甫那首《茅屋为秋风所破歌》,杜甫的形象是拄杖站在萧瑟秋风中的瘦弱身影,所以觉得用"瘦"字符合人物性格特征。假如此处用"明月",那就不是杜甫了。下联中的"奇"字,是从石涛名言"搜尽奇峰打草稿"提炼出来的。那个"响"字,可有不一般的用意：如果此处用了"流"或"白"，那都是视觉上的感觉。与上联同样都是给人看的，缺少一种听觉刺激。于是，我特意用了"响"字，感觉有声有色了。有了一种诗情画意中的古风雅韵。难怪这副对联被不少书法家书写，并悬挂于书斋。

2. 炼意。炼意，即作者对生活中事物产生独特的感受。在炼字的基础上，把对联写得不落俗套，跳出古人与时贤的窠臼，写出别人心中有而笔下无的意境来，写出令读者眼前一亮的新意来。在读者心灵上撞击出艺术火花，从而产生共鸣。这就是我们所要追求的艺术境界。

唐代诗人孟浩然《宿建德江》诗句：

野旷天低树，
江清月近人。

上句是远景：放眼望去，一片茫然，极目处几株稀疏的老树，天空似乎比老树还要低矮。本来，诗人此时心境沉郁，借远望以消愁。但那低沉的天空，更压抑了他的心，倍增其愁。下句"江清月近人"，是诗人笔下的

近景：俯首凝眸，只见江水清澈，一片澄净，明月倒映水中，仿佛月亮就在人的身边，伸手可触，给人一种亲近感。诗句意境清新，笔墨淡雅，词意简括。在诗人的笔下，没有情感的月亮也成了知己。下句与上句形成强烈反差，鲜明对比。其实这正是诗人的心寒之语，以眼前之景反衬心中愁郁的艺术手法。寄情于物，自我安慰。假如没有精到的炼意，笔下不会生出如此感人的诗句。这叫"诗中有觉"。

唐代诗人王之涣《登鹳鹊楼》诗句：

白日依山尽，
黄河入海流。

诗句写景，写得雄浑壮观。赞美山河同时，寓含着只有站得高才能望得远的道理。具有激励人们奋发向上、不断攀登，去开创新局面的精神与勇气。这叫"诗中有理"。

唐代诗人王维《山居秋暝》诗句：

竹喧归浣女，
莲动下渔舟。

联语清新幽丽，饶有趣味，有声有色，有静有动，给读者描绘出一幅优美的画卷。王维精通音律，擅长书画，因而他笔下的诗句既富音乐美，又颇富画意。这叫"诗中有画"。

唐代诗人李商隐《十一月中旬至扶风界见梅花》诗句：

素娥惟与月，
青女不饶霜。

联语清怨凄楚，别开意境。同时月下赏梅，作者没有发出"明月林下美人来"的赞叹，把梅花比作风姿佻佼的美人；也没有抒写"月中霜里斗婵娟"一类的颂词，赞美梅花傲霜斗雪的品格；而是手眼独到，匠心独运，先是埋怨"素娥"，继而又指责"青女"。一种难言的神态，淡淡地在笔下生花。这叫"诗中有神"。

唐代诗人杜甫《春望》诗句：

感时花溅泪，
恨别鸟惊心。

春天，在常人眼里是阳光明媚的好季节；花鸟，是平时可娱之物。可是，在国破家亡的特定时代背景下，诗人眼前的花香鸟语，都成了令人伤心落泪的风物。这叫"诗中有情"。

宋代诗人王安石《题舫子》诗句：

眠分黄犊草，
坐占白鸥沙。

"分""占"二字，用得极其准确精彩。鲜明颜色"黄"与"白"形成精致的对仗，富于独创情趣。景物意境新奇，情寓景中，"所见者真，所知者深"。五言简妙，信手拈来，如行云流水，舒展自如，而臻于妙境矣。这叫"诗中有味"。

唐代诗人白居易《钱塘湖春行》诗句：

> 几处早莺争暖树，
> 谁家新燕啄春泥。

春景洋溢着春意，诗人用笔传递春的信息。诗句字里行间弥漫着春的盎然生机，情寓景中，旖旎动人。这叫"诗中有意"。

我在春联创作中，也十分注重诗意功夫的修炼。如下面一副春联：

> 牛背笛声迎旭日；
> 田头犁影亮春光。

上联"笛声"是听觉，"旭日"是视觉，这种组合是我对生活观察后提炼出来的语言。似乎"笛声"不能"迎旭日"，但这样写感到新鲜。下联的"犁影"是具体意象，"春光"是抽象的意象，配一个"亮"字，让抽象物也生动活泼了起来。这叫"诗中有新"。

对联意境，与诗的意境一样，无情则无意，无景亦无境，情景高度统一，创作出的对联自然意境高远，自带诗意。这里我们谈及的"炼字"与"炼意"，都是创作对联而且是创作诗化对联的必修课。古人云："炼句不如炼字，炼字不如炼意。"所谓炼意，即讲究立意。立意在先，其次才是谋篇、布局。清代李渔《窥词管见》曰："琢句炼字，虽贵新奇，亦须新而妥，奇而确。妥与确，总不越一'理'字。"这就是在对联创作中，强调炼意比炼字更重要的一条明训。

第五节　"诗眼"与"联眼"

《辞海》这样解读"诗眼"：诗眼是句中眼，指一句诗或一首诗中最精练传神的一个字。也指一首诗的眼目，即全诗主意所在。李商隐《少年》诗："外戚平羌第一功，生年二十有重封。直登宣室螭头上，横过甘泉豹尾中。别馆觉来云雨梦，后门归去蕙兰丛。灞陵夜猎随田窦，不识寒郊自转蓬。"清人纪昀评"末句是一篇之诗眼"。

诗眼，其实是古人在作诗中的一种炼字法。原为江西派诗人的共同主张，主张诗句中必须有"眼"。其中一派主张五言诗以第三字为眼，七言诗以第五字为眼。而另一派主张不限一字，也不限于第几字，更不限虚实。如中国最早公园"长春中国公园"凌风亭古联：

半池水荇能藏月；
满地榆钱为买春。

联中"藏""买"二字，即为此诗之"诗眼"。

我的理解是，在一首诗中，最出彩亮眼的字即是"诗眼"。譬如我们在上一节"炼字"中提到的王安石的"春风又绿江南岸"中的"绿"字，宋祁的"红杏枝头春意闹"中的"闹"字，都是这首诗中的"诗眼"。

对联中的"联眼"，是从诗的"诗眼"借过来的。用以对联创作中锤炼推敲在联语中闪光出彩的字，使得这一字的妙用，意境全出。如清代同治状元、书法家陆润庠题联：

红豆晓云书柿叶；
碧螺春雨读梅花。

联中的"读"字即"联眼"。此处可以用"赏""看"，但都不如"读"字贴切入眼。因为"碧螺春雨"是听觉意象，只有"读"方有声。"读梅花"，也许读出香气，也许读出风骨。使人有想象的空间余地，颇有诗味。

清代书画家钱楷题联：

客到西园倾竹叶；
人来东阁访梅花。

这副对联也与"梅花"结缘。古人有"踏雪寻梅"，此联中一个"访"字，联眼的出现，使"梅花"顿时人格化成为风流雅士。诗的意境由联眼牵出，引人入胜。

清末文人萧少白题湖南新邵顺水

桥联：

英雄下马拜秋色；
古木归鸦乱夕阳。

元代散曲家马致远《天净沙·秋思》："枯藤老树昏鸦，小桥流水人家，古道西风瘦马。夕阳西下，断肠人在天涯。"散曲中的意象在此副对联中，折射出影子。作者炼字很见功夫，抽取马致远散曲中的典型形象，题眼前的"顺水桥"。"乱"字该是"联眼"，将失意之情凝于诗意之中，令人思索回味。

上面对联妙用一个"乱"字，表达作者思乡情绪。联眼之功可见一斑。我有一副对联，也用"乱"字作联眼，描画的是城市院落绿荫荫的"爬山虎"。联云：

雏羽水鸥闲啄露；
俏皮山虎乱爬墙。

见过爬山虎的朋友都会感叹其爬墙的绝技太高，我用"乱"字活脱脱描写出其动态与意趣。

古人云："吟安一个字，捻断数根须。"炼字之功只要扎扎实实下到了，即可下笔自有神助，写出自己满意读者会意的佳作来。

【单元小结】

炼字、炼意、炼诗眼，归根结底就是一个字：炼。俗话说："只要功夫深，铁杵磨成针。"对联创作，是一种十分见功夫的活儿，又是一种十分走心的活儿。诗化对联不是一句两句话可以说清的，要求大家用诗人的眼光审视对联，用作诗一样的立意、想象、构思、谋篇去创作对联，力争让你笔下的对联多几分诗意，这就达到诗化对联的目的了。有位歌坛名家说："歌不是唱出来的，是说出来的。"有成就的影视表演艺术家在谈到自己的演艺体会时会说："无表演痕迹的表演，是最高层次的表演艺术。"联想到我们的对联创作，我想，是不是一开始就处于很自然的状态，善于捕捉创作灵感，抓住稍纵即逝的闪光点，将意念、意象化作形象语言，化作对仗语素，化作诗意对联？因此，我说"对联是化出来的"，只有化出来的对联才不拘谨，不做作，处于自然而然的心灵梦幻状态，文字在经过形象思维的发酵酝酿过程，破壳生羽，破茧成蝶。

世盛花盈树；
春新月满楼。

——周志高

调寄西江月；
诗吟北国风。

——谭以文

第十五单元　对联创作之"人物美"

这一讲的内容，是从对联的文学性派生出来的。我在这里之所以如此重视人物在对联创作中的位置，是因为古往今来的对联传世作品中，直接用对联表现人物性格特征的很少，甚至几乎没有。我在这里专门设一个单元来讲人物对联，带有某种探索性，尝试性，希望引起大家关注。从而把人物对联创作推广开来，使对联创作真正与文学同步。

人物对联创作，实际上在中国楹联界已经有人在做，只不过没有提到文学创作的高度来认识，并指导创作罢了。大家熟知的"嵌人名联"就是人物对联创作。下面就先讲"嵌人名联"的创作，接着再讲"人物联"的创作。

第一节　嵌人名联

嵌人名联，顾名思义是在联语中镶嵌人名的对联。它不同于镶嵌门店、事物名对联。虽然嵌名联都是将名称运用嵌字格式嵌入联内，但是它绝不是简单地将字嵌入了事（那只是单纯的嵌字），而要考虑的是你所嵌的是人的名字。人的名字是一个人的代表符号，把人名嵌入对联，这副对联就有了具体人的属性。另外，人与人是有差异的，男与女，老与少，工人与农民，从文的与习武的等等。所以，嵌人名联必须嵌出人的特征来。我把嵌人名联创作喻为漫画肖像创作，漫画高手善于抓对象的面部特征，寥寥三两笔即把人物画得很像。嵌名联创作就要有这种眼光与笔力，掌握人物特征，嵌得准确、自然。

清人秦涧泉游杭州岳王墓后题写过一副嵌"秦桧"联：

> 人从宋后羞名桧；
> 我到坟前愧姓秦。

作者姓"秦"，当看到岳王墓前跪着的秦桧夫妇铸铁跪像时，心中肯定萌生有"愧姓秦"的情感。作者在立意上不只是单纯地为嵌字而嵌字，而是在嵌入"秦""桧"姓名的同时，用了"羞"和"愧"两个带有感情色彩的字，充分表现自己鲜明的爱憎。

清代名臣曾国藩虽说是个镇压太平天国起义的"铁手腕"，但也是位曾与青楼女子有染的"情种"。《曾国藩全集》中有两副嵌名挽联格外打眼。一副是湘乡县城挂头块牌的粉头"大姑"死的时候，曾国藩送了一副

挽联：

> 大抵浮生若梦；
> 姑从此处销魂。

联语满含对死者的追思哀情，可以想见曾国藩与这位"大姑"关系不一般。不然不会这样魂牵梦绕、肝肠寸断地黯然伤神。

另外，同治三年，曾国藩攻下太平天国首府金陵后，为了使江南这片富庶之地焕发生机，深受儒家文化熏陶的理学家曾国藩，居然"效管仲之设女闾"，允许在金陵设立妓院。"招四方游女，居以水榭，泛以楼船，灯火箫鼓，震炫一时，遂复承平之盛。"一时十里秦淮，白舫红帘，烟花柳巷。有骚客写诗曰："何须风流久寂寞，青青无复柳千条。谁知几劫红羊后，又见春风舞细腰。"当又一位青楼女子春燕去世后，曾国藩送挽联曰：

> 未免有情，对酒绿灯红，一别竟
>   伤春去了；
> 似曾相识，帐梁空泥落，何时重
>   见燕归来。

这还有何话说，一副饱含深情的

嵌"春""燕"名字的挽联说明了一切。如不是与女子有过肌肤之亲、云雨之欢，又有情感交流、诗文唱和，绝对写不出如此令人悲切心碎的对联。咱们撇去曾国藩与以上"大姑"与"春燕"二位青楼女子暧昧关系不说，单就这两副"嵌名挽联"而言，可谓动心动情之作，堪称嵌名联精品。

现代著名文学家端木蕻良挽许地山联：

> 未许落花生大地；
> 不教灵雨洒空山。

许地山（1893—1941），笔名落花生，现代作家。曾任香港大学中文系主任。

联内不仅嵌"许地山"，而且也嵌入了笔名"落花生"。"不教灵雨洒空山"，表达作者对死者的哀戚之情。

北京大学资深教授、中国楹联学会原副会长谷向阳，2010年8月，应邀赴台湾出席"第15届海峡两岸中国现代化学术研讨会"。此间，适逢93岁高龄的台湾发展研究会会长梅可望博士寿日，遂题"嵌名联"贺寿。联曰：

> 可得梅魂臻至善；
> 望能仁者寿遐龄。

联内嵌入"梅""可""望"姓名，贴切自然，不着痕迹。"臻至善""寿遐龄"饱含贺寿之美意。加上作者又以书法联呈贺大寿，岂不乐哉！

山西联家马志成有一副嵌名联，上下联共嵌入了古今八位名人。联云：

> 上东坡，过板桥，梅村探芹圃；
> 出老舍，游秦观，山谷藏稼轩。

上联依次嵌的是"苏东坡""郑板桥"、"吴梅村"、"曹雪芹"（号芹圃）；下联依次嵌的是"老舍"、"秦观"（秦少游）、"黄山谷"、"辛弃疾"（号稼轩）。可谓趣味嵌人名联。

嵌人名联，是一种特殊的对联创作，要在嵌入人名的前提下，讲究语言艺术。并非简单地将人的名字嵌入上下联就叫"嵌名联"。要切合被嵌者的身份特征、习性爱好。强调人物个性化，笔下所嵌之人是"这一个"而不能是"那一个"，绝非"千人一腔，万人一面"的一般化。请看有人为叫"慧明"者所撰嵌名联：

> 慧眸观气象；
> 明耳听风声。

联语以"鹤顶格"嵌入"慧""明"，却丝毫看不出被嵌者的身份特征，毫无人物个性。可以说凡叫"慧明"者皆可套用之。而且，读此联语，让人感到被嵌者是个善于察言观色、见风使舵的小人。这种不管对象特征，为嵌字而嵌名的做法，应该引起大家注意。

同时，嵌人名联必须视场合与用处不同而区别对待。如在新婚典礼上为新郎、新娘撰写新婚名联，遣词就不能用平常的语汇，而要用"良缘天长地久，佳偶比翼双飞"等爱情甜蜜语，营造祥和喜庆气氛。

如友人请我为一对新婚夫妇撰写嵌名联，给我的参考资料是：男的叫常蔚，山西人；女的叫初冬阳，山东人。二人都在阿联酋金融部门工作。我据此撰联之一：

> 常蔚龙翔齐鲁凤；
> 东阳彩结女儿娇。

直接把新郎"常蔚"与新娘"冬阳"的名字嵌入上下联。从名字上看不出喜结良缘之意趣，后文必须突出婚庆之主题了。"龙翔齐鲁凤"，既交代了新娘来自山东，又点明"龙凤呈祥"之婚姻佳事。"彩结女儿娇"，进一步渲染新欢燕尔之喜庆场面。

婚庆联二：

> 鸿雁传情，晋鲁同心结；
> 金融铸爱，中东比翼飞。

此联用"鸿雁传情"蕴含二人恋爱情投意合，今日山西男与山东女喜结伉俪。"金融铸爱"，传达二人都在金融部门工作信息，"中东"二字既可指"阿联酋"，又可并列称"中国"与"中东"，这样并列关系即可与并列的"晋鲁"形成对仗。"同心结"与"比翼飞"，是婚联中惯用之意象，用在此处十分贴切。

又如友人请我为一位企业老总撰一副嵌名联与企业招牌联。给我的可供参考的资料是：企业名称叫"山西真优美醋业有限公司"，生产"美锦牌陈年老醋"，总经理王宝珍。我根据资料信息撰联如下：

其一：嵌入总经理名字"宝珍"联：

承古晋商，仁和是宝；
创新醋业，诚信为珍。

其二：嵌入企业招牌联：

陈年老醋，醋业兴三晋；
美锦闻名，名牌誉九州。

两副嵌名联，各有侧重。第一副嵌"宝""珍"人物名联，突出其经营理念，作"新晋商"之翘楚。第二副嵌企业品牌联，则突出其酿造的醋名"美锦醋"（陈年老醋）"兴三晋""誉九州"，祝愿醋业公司创出品牌，享誉神州。

嵌人名联创作，仍然要牢记运用形象思维。巧妙灵活地运用嵌字手法，常用的"鹤顶格""魁斗格""蝉联格""雁尾格""碎锦格"等，嵌名要贴切自然。在措辞上绝不要有牵强

附会的生硬感，要做到不露痕迹，自然天成。

如我为当代著名美术评论家、人民美术出版社资深编辑李果先生创作嵌名联时，采用了鲜明的色彩对比。联曰：

李白诗篇含画意；
藤黄瓜果透秋香。

"藤黄"是一种国画颜料，用以表现成熟了的"瓜果"，恰到好处。同时，也寓意李果先生在艺术上所取得的丰硕成果。

再看我为著名相声表演艺术家姜昆创作的嵌名联：

姜尚钓鱼无曲相；
昆仑放鹤有奇声。

在创作这副对联时，我就充分运用了想象：由"姜"姓，我想到了商周时期，姜太公为等周文王而在渭水畔以直钩钓鱼的传说，笔下生出"无曲相"的意象，用在联内，"曲"字既切"曲艺"之意趣，"相"字又与下联"声"字，合嵌"相""声"。

下联中的"昆"字由"昆仑"点出。"放鹤"多与道家结伴而来，仙翁放鹤，画面呼之欲出。"有奇声"也就显得很自然的了。

嵌人名联，是写人的语言艺术，一定要掌握好人物个性与准确度。用词用语平和具象，不可为了突出人物形象而有不切实际，或随意拔高的倾向，这样写出的嵌名联偏离了真实性。说实在话，这样用溢美之词美化所写对象，你笔下的人物在嘴上不说反感也一定不认可。因为一般请人写的嵌名联要书写装裱出来挂在壁上的，你想，这样让他心神不安的嵌名联，他好意思挂出来吗？除非是厚颜无耻、爱吹牛之人。所以，创作嵌名联，就是为人物画像。要抓住人物特征，下笔准确，笔笔自然。既不涂脂，也不抹黑，写意般地刻画人物，做到形象逼真。足矣！

第二节　写人物联

文学，即人学。文学体裁中的小说、散文、诗歌，都是围绕人的性情命运而创作的。我们把对联创作诗化，也就是想把对联创作像诗词一样，纳入中国文学范畴。为此，我们对联人努力着，追求着……

我试图从《清联三百副》以及古今对联中遴选关于用对联刻画人物的作品，来作为我们这一单元的谈资。读来读去，找来找去，真有点"踏破铁鞋无觅处"之失落感。按我对历代风云人物的理解和用对联表现典型人物的标准，很难选出令人满意的对联作品。于是，我从当代联家创作对联中欣喜地找到了几位历史人物的佳作妙品。我又特邀当代几位著名联家，如特邀中国楹联学会副会长叶子彤写《苏东坡》，特约湖南联友胡静怡先生写《陆游》，吕可夫先生写《曹操》，特约山西联友杨振生写《武则天》，特约甘肃联友刘志刚写《李白》，由我亲自执笔写《毛泽东》。十二位古今风云人物对联以何面目呈现给大家？下面以人物所处年代依次闪亮出场。

一、伍子胥

伍子胥（？—484），春秋时吴国大夫。名员 yùn，字子胥。楚大夫伍奢次子。楚平王七年（公元前522年）其父伍奢被杀，他经由宋、郑等国入吴。后帮助阖闾刺杀吴王僚，夺取王位，整军经武，国势日盛。不久攻破楚国，以功封于申，又称申胥。吴王夫差时，劝王拒绝越国求和并停止伐齐，渐被疏远。后被吴王赐剑自杀。

湖北联家姜卫成题伍子胥联：

复仇三百鞭，混过昭关，一夜净教眉发白；
消恨千斤胆，怒翻湖冢，几回枯索血腥红。

京剧《大昭关》又名《一夜白须》，（出于《东周列国志》），讲的就是伍子胥因楚平王杀其父兄，他连夜逃出樊城，投吴借兵报仇的故事。

"复仇三百鞭"，是指伍子胥帮吴王大败楚兵后，为报父兄被杀之仇，把楚平王的尸体从坟墓里挖出，狠狠鞭打三百下。史称"鞭尸复仇"。与上联相对的"消恨千斤胆"，作者用夸张手法写出人物的典型性格。另外，作者善于抓住人物的典型情节，用形

象化的语言表现人物的个性特征。"眉发白"对"血腥红"，措辞相当精彩。

二、蔺相如

蔺相如，战国时赵国大臣。赵惠文王时，秦向赵强索"和氏璧"，他奉命带璧入秦，当廷力争，完璧归赵。赵惠文王二十年（公元前279年），随赵王到渑池（今河南渑池西）与秦王相会，使赵王未被屈辱，因功任为上卿。对同朝武臣廉颇能容忍谦让，使廉颇愧悟，历史名剧《将相和》流传千古。

佚名题蔺相如联：

正气慑强秦，缶以击，璧以完，姓氏至今辉梓里；
和衷柔傲帅，天可回，霜可却，精神亘古壮山河。

作者姓名无考。此联用语精炼，上联中的"缶以击""璧以完"，概括的是人物"渑池会"与"完璧归赵"的历史故事，彰显主人公忍辱负重为国分忧的高尚人格。下联中开头的"柔傲帅"三字讲述的是蔺相如与廉颇将相斗气到和好的历史传说。一个"柔"字用得准确生动，以柔克刚，以柔胜

刚。"天可回""霜可却",完璧归赵后,蔺相如被封为宰相。可每逢天阴下雨他就暗自落泪,后被赵王发现。赵王问:"爱卿何愁之有?"蔺相如道:"不瞒大王,臣为家乡而愁。我故乡春寒难下种,夏日雨水多,秋天早霜冻,冬日苦无粮。"赵王听后感动地说:"朕愿尔乡,十里无霜,年年有余,何愁无粮?"果然,他的故乡山西古县一带成了"十里无霜"之地。

三、曹操

曹操(155—220),字孟德,小名阿瞒,谯(今安徽亳州)人,魏武帝,三国时政治家、军事家、诗人。东汉末年,在镇压黄巾起义中,逐步扩充军事力量。建安元年,迎汉献帝迁都许昌。先后削平吕布,大破袁绍,逐渐统一北部。建安十三年,为丞相。率军南下,被孙刘联军击败于"赤壁"。封魏王,子曹丕称帝,追尊为"武帝"。他在北方屯田,兴修水利,解决了军粮缺乏问题。他用人唯才,打破世族门第观念,抑制豪强,加强集权。精兵法,著《孙子略解》《兵法接要》等书。善诗歌,有《蒿里行》《龟虽寿》《观沧海》等传世。

当代湖南著名联家吕可夫题曹操联:

号建安而先七子,数汉魏文章,三苏居后,较吴蜀武威,三国居前,咏龟寿,观沧海,横槊赋诗,对酒当歌,若依大志四方,九域英雄非匹敌;

挟皇帝以令诸侯,平河山兵燹,有谓其豪,篡庙堂权柄,有言其贼,征匈奴,讨鲜卑,灭袁代吕,降刘服马,只论中原一统,千秋功罪又如何?

作者在对联章法上,善于驾驭此种大题材。先后通读了大量有关曹操的人物背景资料,同时也辑录了"有言其贼"的反面素材,对人物作了有褒有贬、褒多贬少、功大于过的历史评价。对联在用语上很讲究分寸,拿捏得很到位:"数汉魏文章,三苏居后,较吴蜀武威,三国居前。"尽管在下联开篇就揭曹操之伤疤"挟皇帝以令诸侯",甚至接着数落他的不光彩之处:"平河山兵燹,有谓其豪,篡庙堂权柄,有言其贼。"这也许是历史的偏见,也许是演义文章与戏剧脸谱化对人物的歪曲。但是,作者对曹公做了大篇幅的辩白,甚至歌功颂德。仅此一句："只论中原一统，千秋功罪又如何？"就把曹公请到了历史很高的位置。我读吕可夫先生此联，始终觉得他是在用心品评人物，从而以公道自在人心的态度，写出曹操这位极具争议的历史人物。

四、诸葛亮

诸葛亮（181—234），字孔明，琅琊阳都（今山东沂南人）人。三国时蜀汉政治家、军事家。东汉末年。隐居邓县隆中（今湖北襄阳西），被称"卧龙"。建安十二年，刘备三顾茅庐，他向刘备提出占据荆、益两州，谋取西南各族统治者的支持，同时联合东吴孙权，对抗曹操，最后统一全国的建议，即谓《隆中对》。出山后成为刘备主要谋士。后联吴抗曹，取得赤壁之战大捷。并占领荆益，建立蜀汉政权。建兴元年，刘禅继位，被封"武乡侯"。他曾五次出兵攻魏，未果。建兴十二年，病卒于五丈原军中。葬于定军山。著有《诸葛亮集》。

清人吴耀斗题诸葛亮联：

布衣吟啸足千秋，草庐频顾，收起潜龙，蜀丞相尽瘁鞠躬，非得已也；

竹帛勋名垂两代，汉祚将终，霄沉羽鹤，杜少陵酸心呕血，有由来哉。

此联是隆中（今湖北襄阳城西）武侯祠联。作者抱着一颗滚烫之心写诸葛亮的功德，"布衣"形象生动准确，"草庐频顾，收起潜龙"，都是对人物心路历程的描述。尤其"尽瘁鞠躬"四字分量足重，给人物献身精神以极高评价。下联感叹诸葛亮"功名不早著，竹帛将何宣。"加之杜甫《蜀相》一诗的"酸心呕血"，更勾起人们对人物诸葛亮的崇敬之情。

五、武则天

武则天（624—705），本名武照，后改名曌，并州文水（今山西文水东）人。十四岁被唐太宗选入宫为才人，太宗死后为尼。唐高宗时复被召为昭仪，永徽六年，立为皇后，参与朝政，后号天后，与高宗并称"二圣"。弘道元年，唐中宗即位，她临朝称制。次年，废中宗，立睿宗。载初元年，废睿宗，自称圣祖皇帝，改国号为周，改元天授，史称武周。她开创殿试制度，亲自考试贡士；令九品以上五品官都可升入士流。贬逐长孙无忌、褚遂良等元老勋贵，任用酷吏，屡兴大狱，宗室、朝臣被牵连冤杀者不少。晚年豪奢专断，颇多弊政。神龙元年中宗复位，上尊号为则天大圣皇帝，是年冬死。与唐高宗合葬于乾陵。

当代山西著名联家杨振生题武则天联：

岂无滚滚骂名？清君侧，兴酷吏，嫔须眉，倒人伦，翻云覆雨，把偌大江山，直弄得一时唐、一时周，却胜似娲皇之补，嫘娘之织，颛顼之图，问其时，谁敢说男尊女卑？

不可区区谬论，劝农桑，薄赋徭，始科举，回日驭，石破天惊，奠开元砥柱，偏不留半点字、半点刻，任品评赢政之威，太白之豪，易安之婉，教尔后，身独标凤藻龙章！

武则天是中国五千年历史上唯一的女皇帝，她从李唐王朝手中借来皇位，过了一把皇帝瘾后，又把江山社稷还回李唐王朝，起码未因改朝换代大动干戈，血流成河，百姓在皇权更替中，未遭生灵涂炭之祸，山河未受

疮痍满目之害，这一点在中国历史上也是绝无仅有。我佩服武则天的政治智慧与治国才能。

杨振生先生是位诗人、书画家、楹联家，他笔下的武则天形象很丰满。他立体地描写上承"贞观之治"，下启"开元盛世"一代女皇的艺术形象。此联一开笔，即以反问句"岂无滚滚骂名"，让这位叱咤风云的女中豪杰从骂声中出场，令人惊艳！作者占有了主人公的大量材料，从中选取素材成联确实需要高手的裁剪。

大家看上联中武则天的"污点"，在作者笔下也处处打眼，"直弄得一时唐、一时周，却胜似娲皇之补，嫘娘之织，颛顼之图"。若非女皇武则天，谁能搞出如此动静？若非作者生花妙笔，岂能点染出如此光彩？下联"不可区区谬论"，以否定之否定口气来肯定武则天在执政岁月中的历史功绩。"偏不留半点字、半点刻"，是说立在乾陵的"无字碑"。"偏不留"三字，很有人物性格特征，就这三个字方显武则天高于他人的心境与眼光。这副长联是写女皇武则天的经典力作，读来有历史厚重感，有人物立体感，文采飞扬地对这位诟病很多、向男权与皇权挑战的女皇，作了中肯

贴切的评价。

六、李白

李白（701—762），字太白，号青莲居士，唐代大诗人。祖籍陇西成纪（今甘肃秦安），出生于蜀郡绵州昌隆县（今四川江油）青莲乡。少年即显露才华，吟诗作赋。二十五岁起离川，长期各地漫游，对社会生活多有体验。其间因吴筠等推荐，于天宝初年供奉翰林。但在政治上不受重视，又受权贵谗毁，仅一年余即离开长安，政治抱负未能实现，对当时统治集团的腐朽，在思想上有了较深认识。天宝三年，在洛阳与杜甫结交。安史之乱中，怀着平乱的志愿，曾为永王李璘幕僚，因璘败受牵连，流放夜郎。中途遇赦东还。晚年漂泊困苦，卒于安徽当涂。其诗风雄奇豪放，想象丰富，语言转换自然，音律和谐多变。善于从民歌、神话中吸取营养与素材，构成其特有诗歌风格。他的诗是屈原之后古典浪漫主义新高峰，世人称其"诗仙"。《蜀道难》《行路难》《将进酒》《早发白帝城》等诗世人传诵。著有《李太白集》。

当代甘肃著名联家刘志刚题李白联：

天子呼来不上船，将名与位，一概撇开，教贵妃捧砚，显宦脱靴，调咏清平长醉笔；
酒杯举起尤沾韵，把利和功，全都弃了，向水月摘词，山川联句，诗吟浪漫自成仙。

联首"天子呼来不上船"句，出自杜甫《饮中八仙歌》："天子呼来不上船，自称臣是酒中仙。"作者借用杜甫诗句开篇，李白的艺术形象顿然出现面前：一位傲然挺立的白鬓老者，仰望空中明月，手中举杯，口吟诗道："举杯邀明月，对影成三人。"作者用浪漫主义情怀写浪漫主义诗人李白，自然笔下沾了几分仙气。不堪回首呀！"教贵妃捧砚，显宦脱靴，调咏清平长醉笔。"一位把酒与诗结合到出神入化境界者，岂有他哉！下联同样让李白活在诗境中，"向水月摘词，山川联句，诗吟浪漫自成仙。"一位诗仙兼酒仙的人物形象跃然纸上。"一概撇开""全都弃了"，确是李白性情之独特写照。

七、苏东坡

苏东坡（1037—1101），名轼，子子瞻，号东坡居士，眉山（今属四川）

人。北宋文学家、书画家。嘉祐进士，神宗时任祠部员外郎，知密州、徐州、湖州。因反对王安石新法，以作诗"谤讪朝廷"罪贬谪黄州。哲宗时任翰林学士，曾知杭州、颍州，官至礼部尚书。后被贬谪惠州、儋州。最后北还，病死常州。追谥"文忠"。与父洵弟辙，合称"三苏"。为"唐宋八大家"之一。其诗清新豪健，善用夸张比喻，在艺术表现方面独具风格。词开豪放一派，对后世很有影响。书法善行书，用笔丰腴跌宕，有天真烂漫之趣。与黄庭坚、米芾、蔡襄并称"宋四家"。代表作有《黄州寒食诗帖》等。诗文有《东坡文集》等。

当代著名楹联家叶子彤题苏轼联：

身如一叶舟，谪宦而四游颠沛，浪迹珠崖琼岛，赤壁黄州，尚居闲粤海梅花，明湖提柳，月下流连琴共醉，叹山水寄余生，趋杖履之尘，殷殷梦境终于渺；
心似千寻壑，天才以独步逍遥，放怀罨画溪幽，香泉井澈，且命啸大江东去，孤鹤南飞，胸中辗转酒同销，概文章遗执念，挟风涛之气，脉脉乡愁不忍归。

上联"明湖"乃西湖之别称。"琴共醉"，苏轼有《琴诗》："若言琴上有琴声，放在匣中何不鸣？若言声在指头上，何不于君指上听。"结句"梦境"乃指苏轼诗词中多用"梦"字，尤《江城子·记梦》曰："十年生死两茫茫。不思量，自难忘。千里孤坟，无处话凄凉。纵使相逢应不识，尘满面，鬓如霜。夜来幽梦忽还乡。小轩窗，正梳妆。相顾无言，唯有泪千行。料得年年断肠处，明月夜，短松冈。"下联"罨画溪幽、香泉井澈"，均为苏轼诗词中活色生香的字词。"大江东去"出自《赤壁赋》，"孤鹤南飞"出自《李委吹笛并引》。

此联开头就以比喻"身如一叶舟"，让苏轼飘然而出场，接着穿越历史，引读者随同主人公"四游颠沛，浪迹珠崖琼岛，赤壁黄州，尚居闲粤海梅花，明湖提柳"，人说"秀色可餐"，我说此联中意境尤可餐。"月下流连琴共醉""殷殷梦境终于渺"似闻凄凉琴声，更感梦境之痛，主人公的心酸泪流了上千年，令人酸楚。下联抒发"心似千寻壑"的浪漫主义情怀，借苏轼千古绝唱诗句，将胸中块垒涤荡干净。主人公借酒消愁，"脉脉乡愁不忍归"。读到此，意犹未尽，作者用形象化语言活脱出一位历经政治风浪而傲然挺立的大文豪，其音容，其风骨，通过联语跃然纸上。总的感觉是：作者巧妙运用艺术语言，引领读者穿越时空，走进人物的心灵世界，探究其谪宦之辛酸与吟诗之豪放。我佩服作者用对联刻画人物的奇思妙想和充沛的思想情感，联内几处自对运用自如，严谨的马蹄格更见作者驾驭长联的大手笔！

八、陆游

陆游（1125—1210），字务观，号放翁，南宋大诗人。山阴（今浙江绍兴）人。生于北宋灭亡之际，少年时深受家庭亲友间爱国思想熏陶。绍兴中应礼部试，为秦桧所黜。孝宗继位，赐进士出身，曾任镇江、隆兴通判。乾道六年入蜀，投身军旅生活。在政治上主张坚决抗金，充实军备，一直受到投降集团压制。晚年退居家乡，但收复中原的信念始终不渝。一生创作诗词很多，今存九千多首，内容多抒发政治抱负，反映人民疾苦，批判当时统治者屈辱求和，诗风雄强豪放，表现出渴望恢复国家统一的强烈感情。《关山月》《书愤》《示儿》等为世人传诵。他初婚唐婉，在母亲

强迫下离异，其痛苦之情倾注于部分作品中，如《沈园》《钗头凤》等，都感情真挚动人。著有《剑南诗稿》《老学庵笔记》等。

当代湖南著名联家胡静怡题陆游联：

> 外罪于奸相，仕宦无途；内屈以高堂，鸳鸯折翼。家室功名双坎坷，未消磨忧国情怀，身老沧州，江声不尽英雄恨；
> 词壮若东坡，气吞残虏；诗豪如太白，思成轮胎。冰河铁马一悲凉，洒多少遗民涕泪！心同武穆，青史长标烈士名。

我猜想，胡静怡先生在创作这副对联时，一定是动了真感情。反正我在读联语时，按抑不住激动的心情，落泪了。这泪也不知是为当年陆游"外"与"内"的精神打击之痛而流？还是因为陆游那一首诗词感人的力量又撞击我的心灵而流？作者的确是撰联高手。上联笔墨倾注在陆游当年的困境之中，"家室功名双坎坷"概括得相当准确，而且给读者一种透骨凄凉感受，不由酸鼻。接着"未消磨忧国情怀"一句，把陆游的精神风骨写

了出来。上联尾句"江声不尽英雄恨"，借"江声"意象来抒发作者对陆游的崇敬之情。下联作者笔锋一转，来评价陆游的"诗""词"成就。在此我要提醒读者的是，你看联语中的形象都带上了感情色彩，给人以心灵震撼。"冰河铁马一悲凉，洒多少遗民涕泪！"作者很智慧，化用陆游诗句来表现陆游情感世界，一句能顶自己一百句，其中的分量可以掂出来。让我记起陆游《关山月》："遗民忍死望恢复，几处今宵垂泪痕。"《十一月四日风雨大作》："夜阑卧听风吹雨，铁马冰河入梦来。"下联尾句"青史长标烈士名"，既是对读者亢奋心情的抚慰，也是对陆游遥远灵魂的告慰。

九、张居正

张居正（1525—1582），字叔大，号太岳，湖广江陵（今属湖北）人。明朝政治家。嘉靖进士。隆庆元年入阁。万历初年，神宗年幼，国事全由他主持，前后当国十年。万历六年，下令清丈土地，清查大地主隐瞒庄田，三年后在全国推行"一条鞭法"，改变赋税制度，把各项税役合并为一，财政情况有所改善。此外裁汰冗员，减少支出。用名将戚继光等练兵加强

军事力量。用潘季驯主持浚治黄淮，都有成效。著有《张文忠公全集》。

当代湖南联家周行易题张居正联：

> 一条鞭抽醒明朝，惊者，诧者，痛者，哀者，血淋漓众生相，笑煞中兴，人力奈何天，终哭桃花付流水；
> 伍子胥还魂后世，掘之，曝之，抄之，削之，心憔悴十载臣，枉输上策，首功无葬地，可怜芳草恨斜阳。

张居正，在明朝历史上也是个褒贬不一、颇有诟病的人物。上联开篇一句："一条鞭抽醒明朝"，太让人眼前一亮、心里一震。作者想象奇妙，把张居正推行的"一条鞭法"形象比喻为"一条鞭"，竟然把明朝抽醒了。可见此法的威力之大！仅这一句精彩开头，就为此联增色不少。作者用了几个动词"惊""诧""痛""哀"，将当时社会人对"一条鞭法"的各种心态表现，"血淋漓众生相"形象化地披露于世。下联借"伍子胥"之"魂"喻张居正，仍从"鞭"上做文章，"掘""曝""抄""削"几个动词

的连用，充分表现张居正"心憔悴十载臣"之凄苦。"桃花"与"芳草"两种意象，活脱脱把人物的感情写了出来，令人回味。

十、彭玉麟

彭玉麟（1816—1890），字学琴，号退肖庵主人、吟香外史，湖南衡阳人。清末湘军将领。咸丰三年，随曾国藩创办湘军水师，购洋炮，造大船。参与围剿太平军战斗，围攻九江、安庆和南京。光绪九年，任兵部尚书，并受命赴广东办防务。后衰病卒于原籍。清末"中兴四名臣"为曾国藩、胡林翼、左宗棠、彭玉麟。彭玉麟初恋情人叫梅姑，嫁到别人家，死于难产。彭问询后身心俱裂，在梅姑坟前立下誓言，要一生画梅，以万幅梅花纪念她。彭画梅必自题一诗，必盖一章曰："伤心人别有怀抱，一生知己是梅花。"他笔下的梅花堪为一绝："干如铁，枝如钢，花如泪"。被称为"兵家梅花"。彭在辞官隐居时，将梅姑墓迁至西湖旁，又在墓边盖一座草楼，种了上百株梅花，白日在墓旁吹笛，夜晚画梅花作诗。"三生石上姻缘在，结得梅花当塞修。""无补时艰深愧我，一腔心事托梅花。""颓然一醉狂无赖，

乱写梅花十万枝。"彭死时只有万幅梅花图陪在身旁，既无亲戚又无余财。曾国藩为其作联曰："千古两梅妻，公几为多情死；西湖三少保，此独以功名终。"

当代湖北联家林颢题彭玉麟联：

身许梅花，自北宋后无多知己；
云埋剑气，是西湖第几日主人？

彭玉麟亲笔所作《墨梅图》

联中"身许梅花"四字，相当准确地表达了彭玉麟对梅花的一片痴情。"北宋"是指有"梅妻鹤子"之称的林逋。彭玉麟与林逋堪称"知己"，都与梅爱得死去活来。下联"埋"字有意趣，蕴切彭玉麟的湘军将领身份。通篇状景，实是写人。

当代北京联家金锐题彭玉麟联：

左为友，曾为师，史并记三人，
　意气功名皆不朽；
范于前，辛于后，公如生两宋，
　文章韬略或相逢。

这副对联从另一个角度写彭玉麟。上联引出"左宗棠"为友，"曾国藩"为师。"史并记三人"，奠定三人在清史中地位。"意气功名皆不朽"，令人肃然起敬。下联用北宋"范仲淹"、南宋"辛弃疾"，衬托彭玉麟之文采。尾句"文章韬略或相逢"，有点历史时空穿越意境，让这不同朝代的三人"一壶浊酒喜相逢，古今多少事，都付笑谈中"。

写彭玉麟人物联，我用了两副，用意大家很清楚，无须我赘言。两副对联写同一个人物，这叫"同题对联"。创作切入点不同，手法技巧也不同，

对人物的感觉也自然不同。这样让大家对比着评鉴学习，多掌握几种写人手法，岂不美哉！

十一、曹雪芹

曹雪芹（？—1763），名沾，字梦阮，号雪芹、芹圃、芹溪。清代著名小说家。祖籍辽宁辽阳（一说河北丰润），满族正白旗"包衣"人。自曾祖父起，三代任江宁织造，其祖父曹寅尤为康熙帝所信用。雍正初年，在统治阶级内部斗争牵连下，曹家受到重创，其父免职，产业被抄，遂随家迁居北京。他早年经历了一段大官僚地主家庭的繁华生活，后因家道衰败，趋于艰困，晚期居北京西郊。贫困而卒，年未及五十。其性情高傲，嗜酒健谈，具有深厚的文化修养和卓越的艺术才华。曾以十年从事《石头记》即《红楼梦》创作。据称先后增删五次，但未成全书而卒。今流行本一百二十回，后四十回为高鹗所续。他能诗，又善画石，但作品流传绝少。《红楼梦》是中国四大古典名著之一，在中国文学史上有很高地位，被誉为千古不朽巨著。

当代四川著名联家贾雪梅题曹雪芹联：

独行于荒唐梦中，故剜将满腔泪血，满腹辛酸，呕出奇书惊世眼；

四顾皆奈何天里，待掀开一径蓬蒿，一楼风月，却于何处葬青衫？

曹雪芹是位悲剧人物，他笔下的不朽之作《红楼梦》，是部悲剧言情小说。我们读《红楼梦》，多少也能读出作者借贾宝玉与林黛玉的爱情悲剧，对封建社会以及旧官僚地主家庭的批判与控诉。写曹雪芹人物对联怎么写？看贾雪梅如何塑造其艺术形象：开头以"独行于荒唐梦中"让人物登场，既然是悲剧人物，干脆就将"满腔泪血、满腹辛酸"一股脑儿"呕出"来，作者用"故剜将"三字，有一点狠心，但这是刻画人物的必须手段，不然不足以动人心魄。下联又以形象化语言"待掀开一径蓬蒿，一楼风月"，把曹雪芹孤影重叠在黛玉葬花意境中："……一年三百六十日，风刀霜剑严相逼。明媚鲜妍能几时，一朝漂泊难寻觅。花开易见落难寻，阶前愁煞葬花人。独倚花锄偷洒泪，洒上空枝见血痕。愿奴胁下生双翼，随花飞到天尽头。天尽头，何处有香

丘？……"作者尾声发问："却于何处葬青衫？"也许是"葬花吟"唱到的"香丘"？也许是曹雪芹梦境之处。让人浮想联翩，随意想象去吧！文学性对联就该是这样。

十二、毛泽东

毛泽东（1893—1976），伟大的马克思列宁主义者，中国共产党缔造者之一，中华人民共和国开国领袖、中国各族人民的伟大领袖。字润之，湖南湘潭韶山人。1913年在长沙第一师范学校读书，接受并传播马列主义，创办《湘江评论》。1921年7月，出席中国共产党第一次全国代表大会，任中国共产党湘区（包括江西安源）委员会书记等职。1926年主持广州农民运动讲习所，为党培养了大批农民运动骨干。1927年8月7日，出席党的"八七会议"，提出了"枪杆子里面出政权"的著名论断。当选临时中央政治局候补委员。会后领导了"秋收起义"。后与朱德、陈毅率领的工农红军在井冈山会师。1930年12月至1933年2月，在毛泽东、朱德、周恩来等领导下，红军连续粉碎国民党反动派四次"围剿"。在1933年10月敌人第五次军事"围剿"时，被

迫于 1934 年 10 月进行战略转移，开始长征。1935 年 1 月，遵义会议选出毛泽东、周恩来、王稼祥的三人领导小组，确立了毛泽东在党中央和红军中的领导地位。经过艰苦卓绝的行军战斗，胜利完成了二万五千里长征，于 1935 年 10 月到达陕西。1936 年 12 月，担任中共中央军委主席，一直到逝世。抗日战争胜利后，从 1947 年 7 月转入全国规模的反攻，亲自指挥辽沈、淮海、平津三大战役，取得解放战争伟大胜利。1949 年 10 月 1 日，向全世界庄严宣告中华人民共和国中央人民政府成立。1950 年抗美援朝。1958 年发动了"大跃进"和农村人民公社化运动。1966 年发动"文化大革命"。1976 年 9 月 9 日零时 10 分在北京逝世，享年 83 岁。

由梁石题写毛泽东联：

伟哉！无畏无私，名下无一分存款。谁能忍骨肉牺牲之痛，洒一腔热血，掬一片丹心，完全彻底为人民，走得干干净净；

大矣！有恩有德，案头有五卷雄文。君独爱诗词吟咏之骄，凝五字箴言，揣五星赤帜，倜傥风流真汉子，超然古古今今。

我写伟人毛泽东对联的创作冲动，是我看到有关媒体报道：毛泽东逝世后，从国内所有银行系统显示，毛泽东名下没有一分钱存款。我一时可以说是瞠目结舌、目瞪口呆，陷入了沉思。一位共和国领袖，竟然在银行无一分存款？我有些质疑自己的感知，但这是铁铮铮的事实。由此为发端，我构思这副对联。"伟""大"二字从脑子里蹦了出来，好吧，就用这二字领衔上下联。"一"是上联的串连字，"五"是下联的串连字。是伟人毛泽东的无私精神感染着我，我上联用"洒""掬"两个动词，意象上这两字是"奉献"嘛！而下联的"凝""揣"两个动词，意象是"得到"。主席得到的守望的是"为人民服务"的五字箴言，和那一面神圣的五星红旗，这是祖国的象征，揣在心里到永远。"走得干干净净"和"超然古古今今"两句结语，说实在话，没费什么劲，是顺着思路就溜出来的。这也许就是古人说的"妙语生成，似有神助"。伟人毛泽东之所以打动我，不仅仅是他"名下无一分存款"，这好像一滴水，通过这一滴水，我们看到了太阳的光辉。毛泽东家庭里有六位亲人为中国的革命事业献出了宝贵生命，每每想到此，我就会潸然泪下。我想，写伟人毛泽东的"完全彻底为人民"，还有比牺牲亲生骨肉还高尚的吗？这种独标伟人伟大之处如果不落一笔，一来不足以丰满人物形象，二来自己的感情也敦促你写。于是，我在上联补入了"谁能忍骨肉牺牲之痛"。大家认为该写吧！这才是塑造典型人物用典型情节，自然会收到突出人物个性特征的艺术效果。下联中"君独爱诗词吟咏之骄"，是欲与上联成对仗加上的，正好与前后文一致，都是伟人给中华民族留下的宝贵精神财富。

【单元小结】

细心的读者一定会发现，这一单元的想法和内容，尤其是"写人物联"部分，是我们这部书独有的。为什么？我是想把对联创作提高到文学创作的高度来认识并付诸实践的。所以说，这一单元是我们学习对联创作的重点，也可以说，这一单元的人物对联是经过几位当代有创作力的联家精心打造出来的精品对联。古今十二位风云人物，经过对联作家们的刻画，一个个跃然纸上，站在读者面前。我们通过对联加深了对人物的了解，从中不只

是学到一些对联创作技巧，更有价值的东西也有收获吧。毛主席说："世间一切事物中，人是最宝贵的。只要有了人，什么人间奇迹都会创造出来。"用对联体裁来写人，是对联文学课题。当代几位名家写的是古今名人，也就成就了人物名联。大家可以认真学习一下写人物联的创作手法。如怎样选材，选什么为切入点，上下联如何谋篇布局，联内层次如何安排，意象怎样营造，人物个性从哪些地方体现，令读者眼前一亮的东西如何打造，所有这些都要构思好，才能把人物写活写生动，达到呼之欲出的艺术效果。

第十六单元：对联创作之"创新美"

对联创新，这是一个老生常谈的话题。对联作品，如何创新？在多元化的飞速发展的信息时代，如何使对联创作跟上时代脚步？在习近平总书记《在文艺工作座谈会上的讲话》感召下，对联创作如何出精品？改变文学创作（包括对联创作）有高原而无高峰的现象。下面我们分几个章节来加以探讨。

第一节　传统是创新的基础

千里之行，始于足下。对联创新，离不开传统的厚重支撑。离开了传统，对联创作就如同无源之水、无本之木，是断然行不通的。对联传统是什么？就是几千年来形成的对联格律、修辞手法，以及老祖宗与前辈留给我们的大量对联作品。

如南宋理学家朱熹题庐山白鹿洞书院联：

泉清堪洗砚；
山秀可藏书。

同样说藏书读书的还有清代林则徐题联：

师友肯临容膝地；
儿孙莫负等身书。

清代名臣左宗棠题联：

万卷藏书宜子弟；
诸峰罗列似儿孙。

当代著名书法家启功题联：
书田菽粟饶真味，
心地芝兰有异香。

就以上劝学理念的对联，当代联

人在前人此类对联基础上，创新成果令人欣喜。

如无锡市图书馆2007年征联有刘志刚联：

学海无涯，书山有路，学习钟书
好榜样；
歌声遗韵，竹节流芳，歌咏瘦竹
大英贤。

四川女联家贾雪梅题劝学苑联：

冰寒于水，青胜于蓝，期诸君都
有圣贤襟抱；
积土成山，聚流成海，愿学子勿
虚片刻光阴。

第二节　情感是创新的灵魂

对联创新，假如没有作者情感的滋润，联语就缺乏感情色彩，无艺术生命力。所以对联要想感动人，就要赋予对联以充沛的感情。这是一副对联的灵魂。

清代名臣曾国藩题联：

战战兢兢，既生时不忘地狱；
坦坦荡荡，虽逆境亦畅天怀。

用语不同凡响，把满腹豪情倾入联中，表现出一种别样的心境与胸怀。

清代乾隆状元曹秀先题联：

松柏之怀，与心神俱远；
仁智之性，共山水钦深。

"松柏"喻人的志向高远，"仁智"性比山水。寄托作者开朗而劲挺的精神。

清代名臣左宗棠题联：

抱山万竹犹言少；
清坐一觞况遇群。

上联作者借"万竹"抒情，突出下联"清坐"静思"况遇群"的高尚情操。

当代著名诗人流沙河题联二副：

偶有新诗娱小我；
绝无雅兴见大人。

这副对联饱含的是文人的一身傲骨和清高气节。

人藏金玉堪称富；
我拥诗书不厌贫。

上下联"人"与"我"形成强烈对比。抒发自己"不羡富"更"不厌贫"的思想情操。

旧日某私塾先生，躬耕书田一生却每日为谋生授业不息。他写一副对联：

伤心夜雨蕉窗，点半盏寒灯，替诸生读之乎者也；
回首秋风桂院，剩一支秃笔，为举家谋柴米油盐。

字里行间渗透出私塾先生的"伤心"与酸楚，想起此情此景，不堪"回首"。此联作者动情而题，令读者心生怜悯之情。

母亲，是世界上最无私最伟大的女性。在表达爱子孝顺题材的对联中，必须倾注满腔的感情方能写出母子之深情。这里有三副题母联。

其一：

寸草青青，泪水千滴融母爱；
三春暖暖，阳光一缕照儿心。

其二：

母爱大无涯，问暖嘘寒，音讯传
来心似蜜；
亲思浓一世，抚儿育女，容颜老
去鬓如霜。

其三：

一双慈目，双鬓风霜，三思游子
春晖梦；
五月榴花，六封笺纸，七顾雁行
慈母心。

以上三副同题（写母爱）对联，各有千秋。都是走心之作，都是有感而发。如第一副用到"寸草"典故。第二副的"心似蜜""鬓如霜"意象逼真生动，"亲思浓一世"，联句精准妥帖；第三副用数字串组联语，用形象化语言表现老母形象，历历在目，感人肺腑。

第三节　生活是创新的源泉

凡文学创作，都离不开生活。生活是所有文学艺术创作的源头活水。作家们要深入生活，体验生活，提炼生活，从生活细节中捕捉创作素材和典型情节，从而写出"源于生活，又高于生活"的精品力作。对联，虽与小说创作不同，受语言、声律、对仗等束缚，不可能像小说那样结构跌宕起伏的故事，不可能像小说那样刻画人物的个性和矛盾冲突。然而，创作理念是相通的。从生活中捕捉意象，丰富和升华对联意境，确是对联创新所必须的。

山西著名联家廉宗颇先生在共青团中央青农部、中国楹联学会等单位联合举办的"新农村、新青年、新风采"春节征联中，有一副获奖联曰：

374

对联创作之"创新美"

短信大棚飞，一句心声春节好；
丰年正月始，几分劳作菜花香。

读此联就迎面扑来一股朴实的农村生活气息。"短信大棚飞"给人一种新鲜感，不落俗套。"丰年正月始"，则把人带入又一个丰收周期的愿景中。"菜花香"很有穿透力，弄得满纸生春溢香。

近年来，山乡农户的田园之趣吸引着城里人的目光和食欲。有的到田野摘瓜果，享受田园生活乐趣；有的到深山农家乐饭庄，品尝山寨纯正的乡趣野味。这里大家欣赏一下湖南著名联家吕可夫笔下的田园情趣对联：

之一：
何须电扇空调，但置身柳岸荷池，
　　自有清风消暑气；
不必山珍海味，且伸手瓜棚豆架，
　　更多鲜菜佐香餐。

之二：
溪畔池边垂钓，瓜棚豆架摘蔬，
　　难能心放一回假；
林间草里寻菇，野火清泉煮饭，
　　乐得忙偷几日闲。

这两副对联，堪称农家生活"姊妹篇"。字里行间穿插弥漫的是浓郁乡土风味，让人嗅到草香和野味。第二副联突发奇想，给"心放一回假"，此种散淡心情着实不可多得！

广东联家张国培也有一副田园情趣联：

挽住葱茏，好让田园春不老；
铺开锦绣，欣观地貌绿无垠。

作者对生活有独特体验，开头的一个"挽"字，顿然出彩出新。假如这里用"留"字就大为逊色。所以说，对联创作炼字功夫不可不精！

第四节　功夫在诗外

陆游《示子聿》曰："尔果欲学诗，　　功夫在诗外。"意思是说：作诗不可只在辞藻、技巧、形式上下功夫，还必须到姊妹艺术如散文、小说、戏曲、歌舞、书画等之中汲取营养，到生活中寻找灵感。陆游在另一首诗中又说："纸上得来终觉浅，绝知此事要躬行。"

我对"功夫在诗外"这句名言深有体味。旧体诗、新体诗我都写，平时我也写写散文、随笔之类的短文。尤其我酷爱京剧程派唱腔。当代当红程派大青衣张火丁的《锁麟囊》《白蛇传》《荒山泪》《春闺梦》等唱段百听不厌。从中我能感受到唱腔对戏剧人物的感情倾诉，对我的诗歌抒情有婉转、含蓄的启示。另外，我还有意识地从歌舞中体会节奏之美，从乒乓球、篮球比赛中领悟创作激情。同时，又习惯从书法艺术尤其是行草书创作中学习笔墨韵味。这些诗外的东西，都潜移默化地对自己的诗联创作起到看不见摸不着的作用。现在回过头来审读我题山西霍州衙署大堂一联，就与我看程派名剧《玉堂春》中"三堂会审"有关。联曰：

莫言衙署森严，惊堂木一拍，震慑犯法人胆魂；
皆道州官清正，破案情三问，安抚鸣冤者心灵。

联中的"惊堂木一拍""破案情三问"，都是古典戏曲舞台上出现的情景。在这里用来，为的是丰富对联的审讼意味，深化主题。

湖南著名联家胡静怡先生题杜甫江阁茶楼联：

汲长江水，烹洞庭茶，凭岳色江声，喜迎中外三千客；
唱少陵诗，和龟年曲，仗铜琶铁板，盛赞湖湘百万家。

我揣度作者在写这副对联时，必然调动了自己多年的生活积累与诗词阅览记忆，"诗外功夫"早已经下足了，所以到时即可"招之即来"了。"汲长江水，烹洞庭茶"，作者不说亲自操作，也一定喝过此种茶。"唱少陵诗，和龟年曲"，是指杜甫《江南逢李龟年》诗："岐王宅里寻常见，崔九堂前几度闻。正是江南好风景，落花时节又逢君。"李龟年，是唐开元初年著名歌手。这样切人切景的佳联，如果没有作者扎实的"诗外功夫"，是断然写不出来的。

再如胡静怡先生题广东西樵山联：

对联创作之"创新美"

东风又绿西樵，把酒酌流霞，细吟诗赏鸣泉飞瀑；

北斗长明南海，兴华添胜慨，勇登攀摘月摩星。

西樵山，位于南海畔。如果作者亲历此处，自然触景生情，假如作者没有到过西樵山，那就要借助自己的想象与"诗外功夫"了。联内巧嵌"东""西""北""南"四方。把当地"流霞"与"鸣泉飞瀑"都和酒酌来，足见浪漫。下联情之所至，自可"摘月摩星"。

河北联家白国成在应共青团中央青农部、中国楹联学会等单位联合征联中，一副获奖联曰：

白日放歌，正逢他五谷飘香，千林耸翠；

青春作伴，争看我月中折桂，海上弄潮。

上下联开篇"白日放歌""青春作伴"，出自杜甫《闻官军收河南河北》诗："白日放歌须纵酒，青春作伴好还乡。"如果作者平时不披阅大量的古诗词，岂能信手拈来？而且是巧妙地截取半句为我所用呢？这就是"诗外功夫"。后文中的"五谷飘香，千林耸翠""月中折桂，海上弄潮"，触景生情，生出新意。并且在句中形成自对，给人以语言艺术之美感。

第五节　风格与流派

当我写下这一题目时，心中忐忑，油然生出几许茫然。对联创作沿袭上千年，就连对联创作鼎盛繁荣期的清代对联，形成风格甚至流派的几乎没有。就比如清代的撰联巨擘纪昀、郑板桥、梁章钜、曾国藩、左宗棠、林

则徐、何绍基、吴熙载以及民国年间陆润庠、叶恭绰、易顺鼎等，都没有在对联创作上形成自己的风格。更未出现什么"豪放派""婉约派"，或按地域出现"湘湖派""闽南派"。我想，这与对联创作的特殊性大有关

系。对联，仅只两行。短的五、七言，长的上百言，尽管是言志抒情之作，毕竟不可以洋洋洒洒尽兴地展现"自我"。"自我"个性未充分用对联形式公诸于世，只是零落地写出几副应时应人应事的春联、寿联、挽联、题赠联；或为风景名胜题写应酬联。再好也不可能形成一种彰显个人气质神韵的创作风格。

创作风格的形成，除了个人的文化修养、生活阅历、构思用语习惯等素养，还有个环境与时势的促成。比如山西文学创作（专指小说）形成的"山药蛋派"，那是以赵树理为首的山西作家们，喜欢一种用近似白话朴素的地方语言叙述故事，构思又平和自然，人物描写较风趣，这就形成了以马烽、西戎、李束为、孙谦、胡正等为代表的山西文学流派。河北省以孙犁为代表的"荷花淀派"，因为有帅无将，结果未形成气候。自己的创作自觉不自觉地形成一种风格，很难。

尤其对联创作，更难。我的看法是：对联创作不要轻易说"风格"。你选定了一种创作风格，平时写对联时尽量往这方面"靠"，心无旁骛，坚持下去。不要看到某人的对联在某项征联上获了奖，就跟风似的效仿人家的手法。这肯定不行。我不是给大家泼冷水，对初入门的对联爱好者来说，切勿盲目去追求所谓的创作风格。须知，至今联界还没有说某某的对联是什么风格。

至于"流派"，我也主张不要轻易讲此话。创作"流派"的形成，必须有一个标杆式的"旗手"，他在创作上有鲜明的个性，周围有几个骨干分子，成了他的"影子"。时间久了，形成了"群体"现象，这可能就会是"流派"的雏形。

"风格与流派"这个话题提出来，大家了解一下也好。反正在对联创作中，扎扎实实走好每一步。切不可好高骛远，这样往往会适得其反。

第六节　对联创作忌讳点

创作一副有新意、有诗意、有创意的对联，达到出新、出彩、出奇的艺术效果,是对联创作的高标准。要想把对联写好,除了关于对联创作这几个单元所讲到的内容,大家认真消化融入自己创作实践中外,下面再谈几点创作忌讳。

1. 忌硬伤。对联"硬伤"是什么?就是我们前面所讲到的规则、格律等。一旦有犯忌的,如上下字词不对仗,或前后不交替,或上下联尾字皆仄皆平,这些都属"硬伤"。即便你联语立意再好,意象营造得再精彩,都白搭。所以,在此我借用整肃党纪党风中的政治术语:"把规矩挺在前面",希望大家在对联创作中一定遵守"规矩"。

如有人写春联:

鸟语花香春入梦;
人寿年丰福敲门。

"语"和"寿"同仄,"香"和"丰"同平,声律出了问题,属于"硬伤"。如果下联换成"年丰人寿福敲门",就是一副合格春联了。

2. 忌空泛。忌空泛,是指对联内容不切题而言。前面讲过,切题,是对联创作的第一要义。这里再重申强调一下,写对联和写文章一样,只有切题(包括切人切事)才有鲜明主题可言。不然下笔千言,离题万里。文笔再好,也只好吃零分。

下面举一副正面切题联例:

权力关笼里,执政忌贪,不敢、
　不能、不想;
民生记脑中,为官敬业,宜勤、
　宜慎、宜廉。

这是山东联家邵子勤写的一副戒贪倡廉联,大家看题扣得十分准确,而且把党中央对党员领导干部的要求都写入对联。是副倡廉反腐、彰显清风正气的好对联。

3. 忌平庸。忌平庸,即对联创作构思要奇特巧妙,不要直白平平。我们在构思时,应追求"新",不落窠臼,既不重复古人今贤,也不重复自己。比如有人把月亮比作"银勺",有人把月亮比作"镰刀",有人把月亮比作"素盘",有人把月亮比作"明镜"等,自己就不要步别人后尘,拾人牙慧。古人曰:"诗无新意休轻作"。这就告诫我们在对联创作中要追求"新意"。另外,构思讲究"巧"。巧妙就是语言技巧,借助比喻、拟人、夸张等修辞手法,把平平常常的话说得不一般化，有艺术魅力。"春"是一个抽象的概念化字眼，如果巧妙地描写春，就成了唐人贺知章《咏柳》："不知细叶谁裁出，二月春风似剪刀。"或成了宋人王安石《北坡杏花》："一坡春水绕花身，花影妖娆各占春。"或宋人周邦彦《春雨》："欲验春来多少雨，野塘漫水可回舟。"最后，还要追求一个"精"字。对联是最讲精炼的语言艺术，能一个字说明的绝不用两个字。若说在构思上达到精的标准，那必须要求作者从大处着眼、小处落笔，运用以小见大的艺术表现手法，在有限的时间和空间里，最大限度地开掘出诗的意境来。只要自己在对联创作构思阶段，就把"平庸"拒之门外，而去追求"新""巧""精"，笔下的对联作品就能出彩。

如河南联家曹文献题廉政建设联：

> 心如铜镜，未染纤尘，可鉴初衷
> 能鉴月；
> 身似明湖，频添活水，不生浮藻
> 只生莲。

上联以"铜镜"作意象，下联以"明湖"为意象，围绕廉政主题展开构思，将"不忘初心"化为"初衷"，"浮藻"谐音"浮躁"之气。清廉意境浮现面前。尤其尾字"莲"字妙在同"廉"。

4. 忌堆砌。忌堆砌，即在对联创作中，把自己认为最美妙的形容词汇，不顾精炼地往联中堆砌，造成对联淡化主题、主次不分、华而不实的后果。此种毛病初学者容易犯。记住了：造成词汇堆砌弊病是未认识到对联最讲精炼，最怕臃肿。切记瘦身苗条，对联才美。

联例仍以廉政主题，看辽宁联家杨晓雁题联：

> 澡雪其身，三省有恒，礼义廉耻
> 诚律己；
> 盖棺他日，一生无愧，是非功过
> 任评章。

这副对联惜墨如金，两个四字句和一个七言，干净利落地把一位廉洁无私的清官形象跃然纸上。"澡雪其身"言自洁其身，"三省"，典出"曾参一日三省吾身"。"盖棺他日"，更显光明磊落，鞠躬尽瘁之公仆情怀。毫无堆砌之嫌，足显对联之精炼。

5. 忌流俗。南宋诗人严羽《沧浪诗话》："学诗先除五俗：一曰俗体，二曰俗意，三曰俗句，四曰俗字，五曰俗韵。"想要避免对联犯"流俗"毛病，必须在对联创作构思时，就要高标准严要求，追求对联的"诗味"。对联必须有诗味，这是对联脱化于诗，又不同于其他文学作品的特征之一。如清人袁枚的性灵说，沈德潜的格调说，近代王国维的意境说，说的都是诗味。"要言近旨远，要言未尽而意无余。"这就是诗味隽永的思想内涵。

另外，要让作品脱"俗"，必须追求"雅"。对联中追求立意高远，即为"高雅"；对联是从远古传承下来的语言艺术，富有古典文学之美，称为"典雅"；对联语言朴素大气、朴实无华，谓之"素雅"。如果对联在构思与语言上追求一种淡淡的韵味，谓之"淡雅"。另外，对于流俗，《孟子·尽心下》："同乎流俗，合乎污世。"朱熹注："流俗者，风俗颓靡，如水之下流，众莫不然也。"后泛指世俗。在对联创作中，有的前人用烂了的词语；或者一时在市井流传的俗语；或者自己习惯了用得很熟的词语。譬如：在春联中常见的"发财""求财""财运亨通"等。或者在春联创作中用烂了用多了的"春回大地""福到人间""爆竹迎春到""红梅向雪开"等。这些词语不是错，而是从古到今用得多了就显得俗气。所以我们不用为好。

清代乾隆年间举人汪端光就题过一副力戒流俗的对联：

> 立脚怕随流俗转；
> 留心欲到古人难。

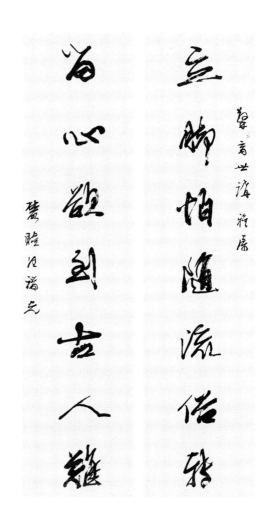

从联意上足以看出"流俗"是人世间低俗的东西，人们"怕"它。引申到对联创作中，"流俗"也是应该避讳的。

下面选湖南著名联家周永红一副廉政警示对联：

贪廉一念中，莫因裙下乱怀、枕边失足；
谨慎三思后，勿以乌纱混日、黑幕遮天。

这副对联立意在反腐倡廉，给人以警示。作者将反面的意象"裙下乱怀、枕边失足""乌纱混日、黑幕遮天"，曝光于众目睽睽之下，"莫因""勿以"二字领，对腐败乱象断然说"不"！进一步把"贪廉一念中""谨慎三思后"的理念明朗化、严肃化。成为反腐倡廉之格言。

对联创作，说到底是一种"走心"的活儿，是一种追求新意、开拓新境的笔头活儿。所谈到的几个忌讳点，要引起大家注意。只要形象思维贯穿创作全过程，用"形象化""个性化""典型化"统率创作，一定能摈弃千人一腔、千人一面的"公式化""概念化""一般化"，创作出个性语言突出、感情充沛、诗意盎然的对联来。

【单元小结】

对联作品之创新，这是一个令人仰视的高级课题。创新难，是我们把对联创作的目标设定为诗化了。既然我们选择了这条路，而且热衷于对联创作，那就要像以身相许一样"嫁"给对联。不知大家的情感如何？就是说自己和对联的感情，到了谈婚论嫁地步没有？反正我是已经嫁到对联门下了，而且死心塌地再无更改了，这叫海枯石烂不变心的盟誓，就如同北宋西湖边上的那位林逋，痴心爱梅到了如痴如醉程度，每天种梅养鹤，人称"梅妻鹤子"。我说这段话的意思，不是希望大家爱对联到痴狂这一步，毕竟各人都还有自己的事业、家庭、生活。说你让我迷恋对联，每天沉浸平平仄仄、仄仄平平氛围之中，谁来为我养家糊口？说到底，大家对于对联文化都是业余爱好。这点爱好有与没有大不一样，时间久了你就有了感觉。对联文化是诗文化，是一种高雅文化。对联人就是诗人，诗人的内在修养与外化气质，是看不见摸不着的，但确实存在于一个人的言谈举止中。

也许有人说这是题外话，跑题了。我说是丝毫没有的，"功夫在诗外"就有这样的意思。你不要每天泡在电脑前，眼不离视屏，手不离键盘、鼠标，心不离对仗格律，这样是写不出好对联的。你要到生活中去。周恩来总理不是有副对联："与有肝胆人共事；从无字句处读书。"这"无字句处"就不是书本，而是广阔的社会生活、时代潮流。还要认真用心向社会学习，向同行学习，向比自己水平高的人学习。这叫"近朱者赤"，久而久之，你不红也难。好了，对联作品创新的话题都在这些话语里，不管你信不信。

韦孟五言作静咏；
晋唐八法为工书。
——黄宾虹

种石生云移花带月；
开帘过雨隔水嘘灯。
——马一浮

第十七单元 对联文化传承与光大

第一节 对 课

对课，是训练对对子的启蒙课程，始于唐开元年间，盛行于明清。民国年间在一些私塾都有"对课"，像鲁迅、老舍、冰心等名人幼年都上过对课。开始简单，先生出"雨"，学生对"风"；先生出"绿柳"，学生对"红花"；先生出"山跃虎"，学生对"海腾龙"。再深入复杂一点的对课，就对句了。譬如先生出句"一年好景随春到"，学生对"四季鲜花与日新"。先生出句"几点雪花几点雨"，学生对"半含冬景半含春"。就这样循序渐进，就锻炼了学生对对子能力，同时也培养了学生爱好作对联的兴趣。时过境迁，现在教育事业发展了，到哪里找"私塾"的影子？现在小学校，甭说"对课"了，有的连音乐、美术课都不上了。一是没有这方面的师资，二是正课"语数化理外"把副课都挤掉了。

第二节 对联走进校园

近年来，随着高考、中考的语文试卷中不断有对联方面的考题出现，教育部门对对联知识开始有所关注，如我发现在小学五六年级学生的家庭作业中就出现了对对子的题目，像我这样懂对联的家长辅导孩子可以做好这类作业。如果学校老师不教对联知识，家长又不明白如何对对子，学生岂不是云里雾里地瞎对一气。看来，既然对联已经引起有关部门关注，并且布置这方面的作业，老师就应该在课堂讲一点对联知识，起码让孩子们知道：上下联字数相等，名词对名词，动词对动词，形容词对形容词。至于对仗平仄太专业，可以慢慢作引导。我认为对联走进校园的首要一步，是要有懂得对联知识的老师。山西运城市中小学普遍开设对联课，就得益于各个小学校都有爱好对联的老师。运城市被中国楹联学会授予"全国楹联文化先进市"的荣誉称号。他们的工作的确做得很到位，这可不是一日之功，必须是长期的润物细无声的滋润，才会真正做到"对联进校园"。我手边就有运城市新绛县西街实验小学的一套《对联》教材，从一年级到六年级由浅到深讲解对联知识，解读中国楹联学会颁布的《联律通则》，让学生们随着年龄的增长以及接受知识能力的增强，由易到难、由少到多，逐渐掌握对联知识。据学校考察得出结论，学习对联知识对提高学生语文水平，尤其是作文水平很有裨益。

第三节　各级楹联组织的作用

1984年11月，中国楹联学会在北京成立。这标志着中国对联作为一门文学艺术学科，从此有了组织机构。在学会内外团结了一大批对联文化带头人，通过大家的引导带动了更大范围的对联研究与创作活动。这都是传承对联传统文化的生力军。三十多年来，中国对联文化呈现大繁荣、大发展的大好局面。全国29个省、自治区相继成立了楹联组织，有些省内的市、县大部分也都有了楹联学会。有的地方对联和诗词合在一起，相辅相成，相得益彰。还以全国楹联"一面旗"的山西省运城市楹联学会为例，他们不仅把对联文化搞得圈内热、联界红，而且把楹联事业做大做强，做到让市委领导都十分重视楹联事业。"楹联先进县""楹联 先进乡镇""楹联名校""楹联之家"遍布全市各地。"楹联"已经作为运城市的一张耀眼名片，

在全国大放光彩。河南省三门峡市楹联学会，又是一支赫赫有名的联坛劲

旅。该学会创办的《中华楹联报》在传承对联文化事业中独树一帜。

第四节　征联活动

最早的征联活动，据记载是明朝初年。明太祖朱元璋定都南京后，封开国功臣徐达为"中山王"，并且封赏南京瞻园作府邸花园。徐达春风得意踌躇满志，忽来雅兴，题瞻园联上联：

大江东去，浪淘尽千古英雄。问楼外青山，山外白云，何处是唐宫汉阙；

徐达题了上联，却怎么也对不出满意的下联。于是，在门外张贴"悬赏征下联"。有一天，一位名不见经传的书生对出了下联：

小苑春回，莺唤起一庭佳丽。看池边绿树，树边红雨，此间有舜日尧天。

徐达大喜，重赏书生。上下联镌

刻楹柱上，黑底金字，增添了一道风景。

清代乾隆年间，纪昀夫人出了一个对句，居然把这位"对联才子"难倒了。成为三百年来的"绝对"。这个出句是：

月照纱窗，格格孔明诸葛亮；

此出句的关键点在"格格孔明诸葛亮"，这既是"亮点"，也是"难点"。民国年间曾有人以京剧四大名旦之首"梅兰芳"来对句：

风送幽香，郁郁畹华梅兰芳。

好我的对句先生！你这是什么水平，竟然也敢在此亮丑，岂不贻笑大方。这对句太不得要领了，毫不客气地说：没对上！

前几年，澳门楹联学会别出心裁，

在原出句前加了一个"明"字：

明月照纱窗，格格孔明诸葛亮；

一个"明"字，更增加了难度。于是悬赏三万美金，在全世界华人中征集对句。最后，未能征得佳句。

这个对句的难点：一是"格格"与"诸葛"同义，由此延伸为"格格孔明"与"诸葛亮"不仅同义，而且"孔明"是"诸葛亮"之字。二是"格"与"葛"有谐音之妙，"孔明"乃双关语，"孔"在此既与"格"同义，又与"明"搭配是人名。三是"诸葛"乃是复姓（这一点必须注意）。四是句首的"明"字与"孔明"形成复字，又多了一层难度。

所以，有人对出"香山白乐天""逸少王羲之""敬德尉迟恭""子上司马昭""君实司马光"等，都是不合格的。窃以为，这个出句可能是古往今来，最难对好的一个"绝对"。

由此，我想到另一出句，估计也是一个难度极大的千古绝对：

鸟在笼中望孔明，想张飞，无奈关羽。

清末光绪年间，江西知县江某主持正义，被洋教士所杀，激起国民义愤。当时北平教师江亢虎在陶然亭（又名江亭）为江知县举行追悼会。有人据此作上联：

江氏在江亭，追悼江西江县令；

作者与众人一时想不出下联，只好登报公开征对，终无所获。

近年，有报刊重登此征联启示，竟被邱信之对出下联：

海公生海口，诰封海瑞海忠臣。

上联重复四"江"；"江氏"是姓，"江亭"是陶然亭别名，"江西"是死者籍贯，"江县令"是死者官职。合情合理，自然妥帖。下联对得精彩："海公"指海瑞，"海口"即出生地，"海忠臣"是对海瑞的赞语，其实用"海青天"也好。"海口"（一说琼山），曾受皇帝诰封。

民国年间，有人以"金木水火土"五行组成上联出句：

烟锁池塘柳；

一时间，应征者十分踊跃。有人对出下联为：

炮镇海城楼。

窃认为：此句错矣！错在对局中的五字，亦步亦趋地照着出句的偏旁部首的"火""金""水""土""木"组字，语义也通顺，末字"楼"字为平声，对出句"柳"（仄声），似乎对了。然而，错就错在上下字的平仄声律上，是一模一样毫无对仗可言。"烟""炮"第一字平仄不计，第二字"锁"与"镇"皆为仄声；第三字"池""海"虽是上平下仄，但不在音步上可不论；第四字"塘"与"城"可又糟了，都是平声。大家评品一下，这对句合格吗？是绝对不合律的！

还是有人技高一筹，对出了五行绝对。对句曰：

茶烹鑿壁泉。

作者对句中也用了"木""火""金""土""水"五行，虽未照出句的五行顺序构思，然而，聪明人就应该灵活处理。对句中的"烹"（pēng）是煮，这

"灬"就是"火"在造字时的另一种写法。没有"火"岂能煮，诸如"热""蒸""照""煎""熏""熟"皆是有"火"之含意。另外，"鑿"是"凿"的繁体字。

当代广东省书协副主席李小如题此联。

中国楹联学会成立前后几年，国内征联活动开始萌动，令人可喜。先是1981年春节，广州《羊城晚报》率先发起新春征联，应征春联多达64528副，作者遍及海内外和港澳地区。经专家评定，评出十六副优秀作

品见诸报端。前几名的是：

陈芳芝作联：
九州日丽；
四化春新。

凌华作联：
五羊春色好；
四化热潮高。

李春熙作联：
春风终解千层雪；
海水还连两岸心。

罗元贞作联：
白云春暖千家乐；
珠海波平万舶来。

1983年至1985年连续三年春节，中央电视台文化生活组、中华书局《文史知识》编辑部、共青团北京市委文体部联合举办了三届迎春征联活动。应征联作数量空前绝后：1983年应征联约十八万二千件；1984年应征联十七万多件；1985年应征联由于难度加大了，仍然收到七万多件。年龄最大的九十岁，最小的七岁。现把当年佳作回顾一下：

1983年第一届迎春征联佳作：
（1）出句：
治国安邦，万户欢欣迎大法；
对句：
承先启后，九州腾跃展新猷。
（2）出句：
出山海，距岭催涛，纵观千秋华夏风流史；
对句：
立昆仑，倚天仗笔，好绘四化神州壮丽图。
望澎台，临风寄语，常念万代炎黄骨肉情。
（3）出句：
碧野田间牛得草；
对句：
金山林里马识途。
（4）出句：
十里春风，长安两路；
对句：
千年晓月，永定一桥。

1984年第二届迎春征联佳联：
（1）出句：
一代英豪，九州生色；
对句：
八年业绩，四海归心。（北京）
八方锦绣，四季呈祥。（四川）

（2）出句：

海峡难隔同心，共盼江山归一统；

对句：

国土终成整体，各披肝胆照千秋。

（青海王迹）

（3）出句：

梅柳迎春，万里东风绽桃李。

对句：

麦禾熟地，千畦沃土树桑麻。

（上海汪统）

椿萱含笑，一门和气乐桑榆。

（江西刘绍卯）

（4）集句出句：

愿得此生长报国；

（唐代戴叔伦《塞上曲》句）

对句：

每逢佳节倍思亲。

（唐代王维《九月九日忆山东兄
弟》句。北京韩瑾等）

1985年第三届长城主题征联佳
联：

四序更新，巍巍乎，万里长城，
三春不老；

一元复始，灿灿兮，千年古国，
九鼎生光。

（天津林俊勋）

众志奏奇功，古迹重光，碑树北
陲铭睿智；

冰原开伟业，新春初夜，誉驰南
极领风流。

（北京张拔群）

崇山西越，沧海东临，明月雄关，
犹想当年鼙鼓；

晓色晴开，春风漫度，柳枝清笛，
还听今日笙歌。

（上海吴乃济）

修我长城，荡荡焉，非怀柔安边，
乃举十亿神州，欲驾云龙奔旭
日；

爱余古国，拳拳也，诚居庸望远，
定开四化伟业，当招彩凤伴春
光。

（青海沙雁）

集句联：

水木荣春晖，柳外东风花外雨；

（唐李白《春日独酌》句、
元虞集《答钱虞之》句）

江山留胜迹，秦时明月汉时关。

（唐孟浩然《与诸子登岘山》句，
唐王昌龄《出塞》句）

中国楹联学会成立 30 余年来，各种级别各种题材的征联活动，此起彼伏，你刚唱罢我登台，在全国兴起热火朝天的征联热。同时，各地也涌现出不少"获奖专业户"。这是好事，通过征联活动，繁荣了对联创作，锻炼了队伍，培养了人才。近年来、随着互联网的兴起和微信平台的开通，许多联家尤其是年轻联友都活跃在现代化媒介楹联网。传承对联文化已形成千军万马"战犹酣"的可喜态势。

对联文化，是优秀传统文化的组成部分。中国对联，已被列入"国家级非物质文化遗产名录"。至于下一步向"世界级非物质文化遗产名录"进军，我们是充满信心的。大家看以下项目："分布区域""历史渊源""基本内容""相关制品与作品""传承谱系""主要传承人""基本特征""主要价值"，中国对联无论哪一项都是叫得响的中国传统文化名牌。让我们努力，预祝中国对联申遗成功！

第五节　对联审美与评审

一、关于对联审美

审美，是美学范畴的概念。西方黑格尔认为，美学是"艺术哲学"，或者更确实一点说，是"美的艺术哲学"。对联审美，就是通过对联语中的字、音、意等方面的美学观照，从审美意识出发，通过精彩点评点化，唤起人们的审美情致与领悟，从而从中受到思想感染与艺术熏陶。

对联审美，我想通过"情""韵""神"三种境界来与大家一起探讨。先说"情"。"情"是一副对联的灵魂。

作者创作对联前要酝酿情绪，你对眼前的事物或景物动情了，抒发自己内心的情感，你笔下的对联就有了意趣意境。把意韵情趣和你对生活的体味揉进文字中，写成经过感情发酵的对联。富有感情的对联，不以虚华妖媚取悦于人，而以朴实清丽感动于心。这样的联语字字灵动滋润，得水而活，寄意生风，看穿云水的气度、儒雅谦和的胸襟。从而，让读者产生心灵的交流和情感共鸣。通过联语体现作者心性修养的境界，包括联语流露出来的作者学养、个性化感情世界。如清代何绍基题联：

旷想已同鸥境界；
远游方羡雁程途。

联内"旷想""远游"都是虚的、不可捉摸的。只有感情酵发后的诗意"鸥境界""雁程途"，可以给人遐想和向往。

沈尹默先生笔下有一联，字句明显带有个人性情，以平淡豁达心态看世界，岂能不"应笑""为欢"？联曰：

崎岖好事人应笑；
冷淡为欢意自长。

再说"韵"，"韵"是渗透着清丽的声色之美。明代陈继儒这样称誉清洁之美："清虚绝俗，为无暇之璧、辟尘之犀，放其文纯高雅洁，使人不敢以亵渎。"请看下面这副对联：

好山入座清如洗；
嘉树当窗翠欲流。

通过联语的清丽之美，可以窥见作者那纯真静谧的心灵世界。这种清丽构成了有声有色的"尽美"之境。范温言："凡事既尽其美，必有其韵，韵苟不胜，亦亡其美。"这就说明"美"与"韵"之间的内在关系。对联作品外在形式与内在精神的统一之"美"，是"韵"产生的前提条件，"韵"是"美"的必然结果。

明代文学家袁宏道称："世上所难者唯趣，趣如山上之色，水中之味，花中之光，女中之态，虽善说者不能下一语，唯会心者知之。"有趣味的对联如：

静坐莲池香满袖；
晓行花径露沾衣。

挂月片帆吴赤壁；
穿云匹马蜀青衣。

联语中的"趣味"是作者内在"气韵"的外露，这种气韵美归结到作者本身的"书卷气"。所以说对联的"韵"，取决于作者内在的文化修养与气质，是一种成熟自如的风度。

最后说"神"。一个"神"字，活现出诗意的高雅之美。一副对联作品的审美取向，最终要看其内涵诗意与"雅""俗"之分。"雅"对"俗"而言，是一种"阳春白雪"的诗人情怀。作品的淡雅，透出的是作者心灵高雅，雅之中充分凸显个性化的才情与文心。如清代著名书法家祁寯藻题联：

摩霄黄鹄有奇翼；
拔地苍松多远声。

所谓"神"，就是一种不落常规俗套的超然之气，出神入化的雅逸之风。这在形态上尤其是语言气质上是装饰不出来的，是作者个人修养、学识和性情的自然流露。

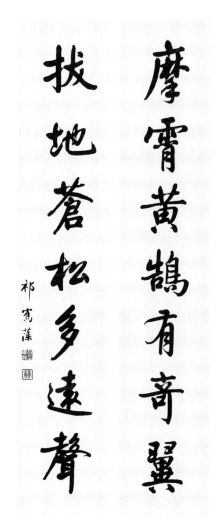

我为画家朋友汪庆誉题梅竹联：

万树梅花香雪海；
一竿竹节搏云天。

由于我在视觉上让"梅"平面"香雪海",又让"竹"立体"搏云天"。不一般的视觉冲击给读者一种神情美感。

对联的情感、韵味、精神,构成了对联艺术审美的三个不同的意念,三者共同构筑了对联审美意境和令人神往的艺术魅力。

法国著名小说家乔治·桑在她的自传中写过这样的一段话:"如果世界上有那么一些人,他们能完全摆脱浮华的时尚,能够使用少许的物质,甚至几乎是两手空空,但凭自己的梦想便为自己创造出一种生活,那么这些人就是艺术家,这是因为他们身上具有一种天赋,他们可以让哪怕是最微不足道的东西也充满盎然的诗意,可以用自己一贯的精神情趣和天生的诗情,为自己建造一座朴素的草棚。"这就是在高速发展的现代,我们这些把对联当作诗来写的人,用自己的智慧、才情、诗意来营造属于"自我"的"尽美"精神家园。

二、关于对联评审

对联评审,是建立在对联审美基础上的审美判断。严格意义上评品文学作品,这是一件十分荒唐的事。自古曰:"文无第一。"但是,人们硬要分出个一、二、三来。须知人的性情爱好是有区别的,同样对某一种事物,两个人就可能有截然不同的两种分析判断。这就叫"仁智之见":仁者见仁,智者见智。为了审美评判趋于一致,就必须在评委中规定几条评判标准。

我曾多次参与过不同级别、不同题材、不同范围的对联评审,我的体会是:评判标准不宜订得太细,太细反而容易乱,形不成集体意见。三条足够。即:(一)合联律、无硬伤。(二)切主题、立意高。(三)构思新、有意境。这三条标准概念化些、容量大,便于操作。另外,实践证明,在终评时,各个评委按等级奖数画出自己心目中的佳联,并标出排序。这样综合评委意见,按得票多少提出来大家进行评议。然后评出一、二、三等奖,未入等级奖的即为优秀奖。这样综合评议的方法,比让评委们给作品打分,最后取最高分一次评奖的方法好,也科学。评委充分发表意见,联与联反复比较"PK",无遗珠之憾,单纯按分数评,往往得分最高的对联,不一定是最精彩之作品。文学作品评委与体育项目尤其是田径类的有数字可循的裁决不一样，没有硬指标硬道理摆在那里，必须认真"评议"。同时我也曾设想过，还是这些入围对联，换一拨人当评委，我敢肯定结果会不一样。这就说明评委的审美取向与评审标准是有差异的。

另外，谈一下初评、中评、终评之间的关系。有人说"初评"简单，不需要评委亲力亲为。实践证明不然。初评很要紧，如果对当次评审负责、对应征者负责，评委中必须有一位鉴赏眼光高的评委主持初评。这样可以避免遗珠之憾。中评阶段的任务，是负责筛选向终评推荐的佳作，淘汰一部分作品。也必须有眼光的评委倾心尽力而为。终评当然是大家十分重视的评审过程，有的时候还聘请专家参与评委工作，这很好。毕竟专家教授高屋建瓴，鉴赏水平与能力肯定比地方上的评委要高出一大截。可以确保评审的严肃性、权威性。

下面谈一下评审对对联创作的导向问题。前些年，由于全国性的几次征联赛事，最后评出的获奖对联基本上没有七言以下的短联，中长联成了各种征联评审的"香饽饽"。于是乎，后来的应征短联很少见了，大都投来的是中联、长联。这可以说是征联评审结果的误导，认为只有长一点的对联才有分量，容易中评委法眼、容易获奖。我当时就有一种看法：对联是讲精炼的语言艺术。一些名胜景点上挂的对联几乎都是短联，写成"龙门对"的中长联很少。所以，有一些景区的征联最后评出的佳联，和实际适宜书题悬挂的对联，存在"两张皮"现象。也就是说，评出的佳联不适用，还得从佳联中再行压缩修改，或者另起炉灶量身定做重写。说实在话，在景点上悬挂的洋洋洒洒几百字长联，那也是凤毛麟角的名联效应。记得2010年山西省委宣传部与山西省文联主办，山西省楹联艺术家协会承办的"纪念关公诞辰1850年全球华人征联大赛"评审会上，就破格评出一副五言短联，荣获了二等奖。这副对联的作者是一位农民。这副五言联是：

横刀一世短；
大义万年长。

对联虽短，意味深长。"横刀"突出了关公的威武形象，"大义"则是其千秋不朽之精神。

多年来，在传承对联文化，壮大楹联队伍、繁荣对联创作各方面都做了卓有成效的工作。这一次我与大家在一起探讨和交流对联，只是学习对联创作的理念和技法，这也是对联文化传承。对联审美和对联评审，虽然是高层次的修为和认知，但对于对联初学入门者，也十分有好处。可以了解一下对联的审美取向、对联评审的流程，激励自己努力学习，勤奋创作，为把对联文化传承好，做一个有修养的对联人而走好前面的路。

这一副五言短联的获奖，透露的一种信号是，精品短联不是不可以获奖，关键是你写出的短联有没有分量与高度。如果短联写得精彩，照样能获奖。

【单元小结】

传统优秀文化传承工作，已经引起各级党政部门的重视。对联文化，既是陶冶思想情操的高雅文化，又是最接地气的老百姓喜闻乐见的民俗文化。要想把对联优秀文化传承好，必须从娃娃抓起。中国楹联学会成立30

第十八单元　对联书法艺术谈

第一节　联墨是一种高雅艺术

一、对联与楹联

我认为，对联是与诗歌、小说、散文一样的文学体裁，可抒情言志。"楹"是柱子，悬挂张贴在柱子上的对联才称作"楹联"。可以这样说，楹联是对联中的一种"对联书法"，在风景名胜的亭台楼阁柱子上常能看到。对联包括口头的对句、书面的对联、友人之间的题赠联……凡未经书法题写悬挂起来的皆可称作"对联"，而泛泛地都称"楹联"就不确切。把对联爱好者的群体组织称作"楹联学会"是一种风雅之称，无可非议。譬如平常组织创作和采风，还是称"对联创作""对联采风"比较适合，既低调又有亲和力。如果是对联类书法展，那还是叫"楹联展"为好。

风送兰馨凝座右；
月摇竹影到窗前。

——谢稚柳

二、联墨的书体源流

"联墨"是联语与书法两种艺术（语言艺术和笔墨艺术）结合之称谓，也是对联书法之简称。联语是一种形象思维的纯语言艺术，可言志、抒情、叙事、励人，与诗词曲赋有异曲同工之妙。书法是一种以笔墨线条抒发内心情感的直观艺术。西汉扬雄道："书，心画也。"就是说书法是书家心灵的表白与反映。有人形象地比喻，书法家笔下的线条是书者的墨色"心电图"。我有同样的感觉，因为书法家在行笔过程中，是带着思想感情来写字的，而且是脑子支配手指完成作品的，所以一幅书法作品就是书家心境流露的"心电图"。

大家都知道，中国书法按书体讲分为"真草隶篆"（真，也可谓正，是指楷书。书法界还有把篆、隶、楷归于正书。如有某书法部门要举办XX杯正书展，可以投篆书、隶书、楷书作品，而不能投行书、草书作品）。这一节咱们是探讨书体源流，咱就从中国书法的篆、隶、楷、行、草几种书体的渊源与流变谈起。

1.篆书。篆书包括甲骨文、金文、石鼓文、小篆。康有为曰："文字之始，莫不生于象形。"大家可以留意甲骨文，许多字都是象形文字，如"鸟、鱼、马、羊"。但甲骨文从书法角度看，已具备了书法的用笔、章法、结字三要素。金文，又称钟鼎文，是古人铸刻于青铜器皿上的文字。代表性的有周康王时期的《大盂鼎》、周厉

王时期的《散氏盘》、西周时期的《毛公鼎》。石鼓文，是集大篆（钟鼎文）之大成开小篆之先河。石鼓文遒美异常，两端皆不出锋，不像钟鼎文那样两头尖细、中腹较粗、字体方扁，于规整中得天真之趣。小篆，则是秦始皇当时的统一文字。《峄山碑》《泰山刻石》即为代表。李斯小篆结体规范，对称圆匀，秀媚整饬，书体精美，后人多有临习。

篆书结体略显修长，线条圆涩厚重，雄浑苍茫，臻于化境。唐代李阳冰继承并发展了篆书，是谓"唐篆"。到了清代，邓石如、郑簠、吴让之等开创了清人篆书典范。近代吴昌硕、齐白石在篆书上均有继承与创新。

2.隶书。卫恒曰："隶书者，篆之捷也。"传说，隶书乃程邈所创。程邈，字元岑，秦时下杜（今陕西长安）人。初为县令，因得罪皇权而被囚于云阳狱中，在狱中十年，把小篆笔画和结体进行了简化，改圆折为方折，作隶书三千字奏于朝廷。秦始皇以为善，释放程邈"出为御史"。由于程邈幽因为奴隶，故此书称隶书。

隶书结字方整端庄、伸缩有度、大小错落、奇正相参，笔法有的含有明显的蚕头燕尾（如《曹全碑》）；

有的肥瘦适中，平直中有俯仰，波磔外有舒张（如《史晨碑》）；有的含蓄内敛，并不突出蚕头燕尾，开合自如，圆润凝重，颇富神采（如《衡方碑》）；有的保留汉简意味，洒脱大方，气象非凡（如《石门颂》）；有的偏重篆味，情致起伏，宽博伟岸，充满张力（如《鲜于璜碑》）。上述汉隶古碑构成了古代隶书的神韵气象。清

代隶书较为活跃，郑簠、金农、伊秉绶都是清隶的代表人物。

3. **楷书**。究其渊源，楷书是由隶书演变而来的。三国魏时期的钟繇乃楷书鼻祖，他的代表作有《宣示表》《墓田丙舍帖》等。清张廷济评其书"清瘦如玉，姿趣横生，绝无平生胡肥之诮。"后人将其与王羲之并称"钟王"。

楷书发展到唐代，达到了高峰，涌现出了如欧阳询、虞世南、颜真卿、褚遂良、柳公权等楷书圣手。传说欧阳询身材矮小，其书法得到唐太宗李世民赏识。曰："彼观其书，固谓形貌魁梧耶。"唐太宗亲授意欧为其行宫"九成宫"写碑铭，于是，就有了欧楷经典《九成宫醴泉铭》。欧楷取势险峻、棱角分明、工丽劲健，具有很高的审美价值。颜真卿初学王羲之，无论笔法、结体，还是章法上都有很大创新，形成了独特的"颜体"楷书。颜楷以篆意用笔，遒婉平正，横细竖粗，给人以伟岸雄浑的浮雕感，其字体结构内放外敛，雍容大气，气势磅礴，厚重端正，反映出盛唐时期雄强饱满的审美情致。其代表作有《多宝塔碑》《颜勤礼碑》等。柳公权楷书受颜真卿影响较大，《玄秘塔碑》是他的代表作。"柳楷"模范地继承了

颜体的雄壮之气，并大胆落笔在转折处加强顿笔力度，使书体骨力突显，故有"颜筋柳骨"之说。北魏时期的魏碑楷书，方笔为主，方正俊朗，笔锋犀利，庙堂雄风，极大地丰富了楷书书法艺术。方笔的《张猛龙碑》《始平公造像记》《龙门二十品》，圆笔的《石门铭》《郑文公碑》，都将魏碑楷书推向了极致。北魏后世出现的墓志，仍属碑体楷书。清代皇帝如康熙、雍正、乾隆、嘉庆等都在唐楷上下功夫。被誉为"三代帝王师"的清臣祁寯藻，以颜柳风骨兼集众长，创

立雍容博大一派。

4.行书。行书是就楷书而言的，楷书是"静"态书体，行书是"动"态书体。行书是东汉时期开始流行的一种书体，晋代是行书的繁荣鼎盛时期，王羲之和王献之父子已将行书发展到了高峰。行书中的用笔有提、按、行、顿、捻、转、扭等。行书是介于楷、

草之间的"中间书体"，写得认真工整些的行书又称"行楷"，写得简约流畅些的行书又叫"行草"。行书最具代表性的经典当数王羲之的《兰亭序》。其用笔秀润、风神盖世、遒灵劲健、字势多变、端庄清秀，被誉为"天下第一行书"。现在我们所见到的所谓王羲之《兰亭序》，都是唐代摹本，以冯承素本较好。其真迹去向仍是千古之谜。颜真卿《祭侄稿》写得洒脱自然颇具神韵，被誉为"天下第二行书"。宋代苏东坡的《黄州寒食诗帖》，被誉为"天下第三行书"。米芾的《苕溪诗帖》，运笔潇洒，结构舒畅，被人称作"超俗妙书"。元代赵孟頫行书笔画丰润、圆转流畅，代表作有《二陆文赋跋》《兰亭十三序》等。明代董其昌行书清逸流美，横绝一代。清代刘墉、王文治、梁同书、翁方纲四家行书魄力风韵领一代书风。"扬州八怪"之一郑板桥行书，隶楷参半，自称"六分半书"，有个人风貌。何绍基行书借颜柳风骨，自成一家。曾国藩曾预言："子贞字则必传千古无疑。"赵之谦行书出于北碑，人称"颜底碑面"是然。近代康有为的"康体"（碑味）、李叔同的"弘一体"（帖味），以及当代赵朴初、沙孟海、启

功之行书，都是精绝一世的书法大师。存世的对联书法名作，从清代乾隆之后，行书楹联墨迹居多。

5.草书。草书传为东汉张芝所创。他将隶书、楷书本不相连的笔画连接起来，纵横奔逸，回环纠接，左顾右盼，笔断意连，将书法线条的美感推向极致。草书有章草、今草、大草、狂草。汉代张芝，晋王羲之，唐张旭、怀素，

宋黄庭坚，明祝允明、徐渭，清王铎、傅山都是草书大家。代近于右任创立"标准草书"，线条简约，令人称羡。当代伟人毛泽东的大草书法，结体近似怀素，汇飘逸、雄健、豪放、灵变为一体，被誉为"毛体"，在中国书法史上树起一座丰碑。林散之草书用笔跌宕奇肆、格调超逸、老辣苍茫，充满山林之气象，写出了物我俱忘、天人合一的境界，有"当代草圣"之誉。沈鹏的草书具有行云流水、清瘦稳健、疏朗飘逸、风神卓绝之美，另有和而不同、违而不犯、略带生涩、回旋有味的古雅风韵，确是当代书坛之骄傲。

三、联墨的美学价值。

前一单元我们刚刚探讨了对联的审美取向，这里，我们侧重从书法艺术角度审视联墨的美学价值。联语的审美最高境界是意境之美，联墨附加了书法艺术，就得从书法美学范畴来做审美观照。当代美学理论家朱光潜在谈到书法美学价值时说："横直钩点原来是墨涂的痕迹，它们不是高人雅士，原来没有什么'骨力''姿态''神韵''气魄'。我们说柳公权的字'劲拔'、赵孟頫的字'秀媚'，这都是把墨涂的痕迹看作有生气有性格的东

西，都是把字在心中所引起的意象移到字的本身上面去。"当代美学家宗白华论述书法的美学特征时指出："中国书法本是一种类似音乐或舞蹈的节奏艺术。它具有形式之美，有感情和人格的表现。""在写字时用笔画，如横、竖、撇、捺、钩、点，组成一个有筋有骨有血有肉的'生命单位'，同时也就成为一个'上下相望，左右相近，四隅相招，大小相副，长短阔窄，临时适变''八方点画环拱中心'的一个'空间单位'。'中国字若写得好，用笔得法，就成为一个有生命、有立体味的艺术品。'"

1. **性情之美**。清代刘熙载《艺概》云："笔情墨性，皆以人之性情为本，是则理性情者，书之首务也。"这就是说，联墨艺术是一种抒发内心情感的艺术，如果联墨线条缺乏真性情，其形式再好也不过是一具毫无生命力的躯壳。有真性情的联墨作品，既不排斥形式美的追求，又极力张扬鲜明的个性美。这种个性美是靠独特的有别于他人的线条与墨色，来表现自己的性情、情绪和精神。清代学者袁枚说："从性情而得者，如水出芙蓉，天然可爱。"如清代张南山的行书七言联：

寄怀楚水吴山外；
得意唐诗晋帖间。

2. **神韵之美**。南北朝著名书法理论家王僧虔在《笔意赞》中曰："书之妙道，神采为上，形质次之，兼之者方可绍于古人。"一件联墨作品的水平高低，技法尚在其次，有神采韵味才是艺术成就之体现。书法神韵，是妙不可言的东西，有一点像"禅"，即知之为不知，不知更非知。五代荆浩《笔法记》中云："韵者隐迹之形，备遗不俗。"所言神韵是隐含在作品中的，需要观者去领悟。黄庭坚曾说："书画以韵为主。"气韵是首要的审美标准，"有韵则生，无韵则死；有韵则雅，无韵则俗。气韵生动乃最高境界。"林散之说："字有外形之美、内形之美。外形之美即筋骨血肉，内形之美即气味风韵。"清代蒋骥《传神秘要》曰："笔底深秀自然有气韵，此关系人之学问、品诣。人品高，学问深，下笔自然有书卷气。有书卷气则有气韵。"当代书法泰斗沈鹏先生书王时敏句联，传递的就是儒雅的神采与书卷气。

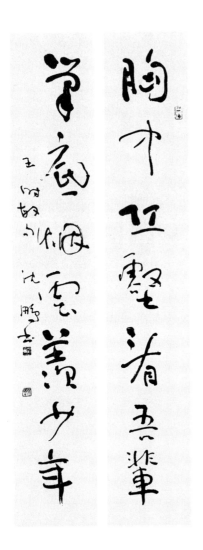

胸中丘壑看吾辈；
笔底烟云羡少年。

3. **高古之美**。清人梁巘曰："书对联，宜遒劲苍古，勿板滞过大，忌流丽而不庄。"联墨艺术的高古之美，彰显的是汉字的古典美。纵横捭阖、落英缤纷，点画苍茫，体势奇崛。作者在创作联墨作品时，要想达到高古之美，除了"取法乎上"之外，必须"心古"，只有"心古"，才能趋境于古，造境于心，默契如笙芋，境随心生。笔墨染上古意，才会写出古意的联墨作品。宋代赵构《翰墨志》曰："正则端雅庄重，缜密得体，若大臣冠剑，俨立廊庙。"当代隶书名家张继先生，临遍汉隶诸种碑帖并从中融化为自我，颇见古意。请看他的隶书

联墨作品。

五体六书生奥妙；
千山万水见精神。

4. **朴拙之美**。所谓"朴"，不雕也。朴、拙、淳、厚是不雕之美者，素美也。孔子曰："绘事后素"，庄子所言"天地之大美也"，都说的是天然之美，把素美推到至高无上的审美境界。何谓"拙"，愚拙也。愚则不智，拙则不巧。老子曰："大巧若拙，大智若愚。"这就是说，人为的仿效雕饰，无非是小巧之功，而真正的大巧依于大智慧，乃是"无为而无不为"的大道。前人言"拙"，是一种情调，拙味的书法令人感到素朴、憨厚、稚拙，有"用巧不如用拙"之说。清代大家傅山"四宁四毋"中的"宁拙毋巧"就是这种审美理念。在书法创作中切忌"熟能生巧"，应该是熟不如生。生涩，是相对于娴熟而言的。太熟了，形成一种"惯"性，容易沦为一种范式而缺乏新意。如果书写总在一种熟惯的套路之中，就容易形成无生气无神气的俗气。所以必须从"熟"跳出来，由生入熟易，由熟出生难。由熟返生是创新过程，从中可以享受到新的乐趣。近代著名学者、诗人、书法家谢无量的书法特别，笔画的起承转合在他笔下是另一种模样，人称"孩儿体"。他的行书联有一种朴拙之美。

美人挟瑟对芳树；
童子抱琴眠落花。

吉林大学教授、著名书法家丛文俊这副五言联墨作品，就有朴拙之气韵。

岁老根弥壮；
阳骄叶更阴。

5. 中和之美。《礼记·中庸》曰："中也者，天下之本也；和也者，天下之达理也；致中和，天地位焉，万物育也。"中和是儒家道家共同尊崇的核心思想，也是千百年来中华民族对事物的审美理念。中和思想表现在书法艺术上，就是淡定的心态，淡雅的气韵，用笔时不激不厉，结体应势和体匀，章法须得中道。孙过庭《书谱》云："一点成一字之规，一字乃编篇之准。违而不规，和而不同……泯规矩于方圆，遁钩绳之曲直。"仅从书艺角度讲，"中"者，恰到好处，做到气出新意在法度之中。把好这个"度"，过了就会适得其反。"和"者，包容差异和矛盾的统一。是求同存异的过程，表现的是作者的胸襟与气度。书家在行笔走墨中做到不激不厉，结字和用笔方中寓圆，不见棱角，和润秀逸，风神独具，做到"从心所欲不逾矩"，更多的是表达一种平和的气质。联墨艺术实际上是最讲"中和"之气的，上下联之间要平和，在矛盾中求一致。当代著名碑学大家孙伯翔先生说："对联最讲和谐，因为它充满了矛盾，所以要解决好呼应关系，融合各个因素，让矛盾统一。"孙伯翔先生题书我的一副对联。

书临北宋黄山谷；
画学南湘白石翁。

元代郝经《论书》曰："淡然无欲，悠然无为，心手相忘，纵意所如，不知书之为我，我之为书，悠然而化。""凡有所书，神妙不测，尽为自然造化。"联墨艺术的最高境界应该是"无我"与"无技巧"境界。先谈"无我"之境。王国维《人间词话》中把艺术境界分为"无我之境"和"有我之境"。"无我"之境是"采菊东篱下，悠然见南山"，心态平和，一任自然。尤其草书创作，要追求"无我"即"忘我"的癫狂状态。再谈"无技巧"之境。"无技巧"是相对于"有技巧"而论的。现代文学大师巴金曾说过一句富有哲理的话："艺术的最高境界就是'无技巧'。"所谓"无技巧"，并非是书家用笔蘸上墨在宣纸上的胡涂乱抹，而是一个深谙书法技巧的人，在创作过程中，完全没意识到自己是在用技巧写字。自己在饱满激情中，在浓浓的气场中，挥毫泼墨，一幅成功的书法作品就诞生了。这也应了宋代苏东坡的那句名言："无欲于佳而佳。"一个书家要在艺术上达到"无技巧"的境界，必须先得经过从最初的无技巧到有技巧的修炼过程，最后上升到"无技巧"。这就如同一个人开始"看山是山，看水是水"，然后进入"看山不是山，看水不是水"的过程，再后来又回到"看山是山，看水是水"的境界。这也就是古人论书所说的"先由不工到工，再由工到自工""工妙之至，至于如不能工方入神解"的过程。清代名士袁枚《随园诗话》曰："诗宜朴不宜巧，然必须大巧之朴；诗宜淡不宜浓，然必须浓后之淡。"书法创作也应在巧中求朴，浓中求淡，繁后求简。只有遵循这一艺术规律，才能真正登上"无技巧"的境界。苏东坡诗云："兴来一挥百纸尽，骏马悠忽遍九州。我书臆造本无法，点画信手烦推求。"

第二节　对联书法有法

这一节我们从"字法""笔法""墨法""章法"上触觉书法艺术有法。这四者的关系是：字法是基础，笔法是核心，墨法是灵魂，章法是战略。

一、字法

古人云："一字之法，贵在结构，一笔之法，妙在起止……然结构之道所重者，尤在乎笔法之精势也。"字法，就是结字法，点画结构成字体，又称字的结体、结构、间架结构。《临池心解》曰："凡作一字，上下有承接，左右有呼应，打叠一片，方为尽善尽美。"

书法结字法，是以汉字形体美来表现书法艺术形质美的形式和方法。书法艺术能以汉字为载体，是由于汉字具有三美："意美以感心，一也；

音美以感耳，二也；形美以感目，三也。"书法结字规则：（1）平正安稳。即重心稳定，正中有奇，奇而不怪，自然成体。（2）向背分明。如"川""朋"向背取势清楚。（3）主次有序。即结字有主次笔之分，如"人"捺为主笔、"中"竖为主笔。（4）争让得体。如上紧下松，左紧右松，内紧外松。（5）映带照应。即字中笔画连带，字与字之间照应。（6）参差有致。即横不全平，竖不尽直，整齐中求参差，参差中又不失稳重。（7）虚实相成。《翰林要诀》："一字皆有八面，势在乎实者，亦有在乎空者。"结字因时相传，叫作"变通结构"。

字法不必刻意去安排，字与字的关系随势而安，这就是结体的自然之美。比如苍劲的老梅枝干，挺拔的翠竹新篁，柔韧不息的高山流水，这些喻象给人们无言的艺术启示：顺势而为，顺性而作，自然而然。

有几种汉字在书法中常用。一是左右结构的字，书法时可变作上下结构。如"柳"写作"栁"、"鹅"写作"鵞"、"松"写作"枀"。还有上下结构的写作左右结构的。如"岸"写作"峤"，二是繁体字与简化字混用。如"后"字是"後"的简体，但"皇后""博

士后"就不能用"後"。"锺灵毓秀"与"古刹锺声"，"锺"是有区别的，简化成一个"钟"了，书法取字要慎重。"里"字是"里程""故里""邻里"时，就不能用繁体"裏"。相反"表里山河""被子里"，就必须用繁体字了。"鬥"是"斗争"的"斗"的繁体，"北斗星"的"斗"则不能写繁体"鬥"了。三是一些汉字，书法中变成另一种模样的。如"秋"写作"烁"，"径"写作"逕"，"歌"写作"謌"，"野"写作"埜"，"帆"写作"颿"。草书字法更需注意，笔墨多扭动一下就成另一字了。

字法，就是汉字结体。在联墨创作前要搞清楚用字结体，千万不能有误。如有疑问，千万查一下书法字典。

二、笔法

康有为《广艺舟双楫》曰："书法之妙，全在用笔。该举其要，尽于方圆。"毛笔分三部分：笔尖，称"锋"；中间为笔腹、笔肚；靠笔管部分叫笔根。

笔法大致分为：中锋、侧锋、藏锋、露锋、回锋等。先说"中锋用笔"。所谓"中锋用笔"，就是在行笔时，使笔锋随时与纸平面保持垂

直、坚挺、圆润，富有弹性。中锋运笔，古有"千古不易"之说。龚贤曰："笔要中锋第一，唯中锋乃可以学大家。"侧锋运笔，是利用笔毫的一侧，向一个方向运行，有扫笔的味道，往往侧锋取其势。"藏锋"和"露锋"，是相反的运笔方法。藏锋，尽可能在点画的起笔、收笔处，不出现锋尖，也叫"藏头护尾"。在具体用笔手法上多为逆锋起笔，回锋收笔。这种点画看起来凝重、含蓄。露锋，使点画起处直入，收时直出，笔触痕迹明显。这种点画看起来直率、果敢、痛快。韦坊所言："用笔必以正锋（中锋）为主，又不必太拘。隐锋以藏气脉，露锋以耀精神，乃千古之秘旨。"宋代大书法家米芾曾说：唐人用笔只有一面，我却是"八面出锋"。他的意思是说，唐代书家无论转笔、折笔、行笔时始终以笔锋的一面触纸，而米芾则依着笔势，不断变换不同的笔锋触纸，使得书姿体态万千，形成"八面出锋"的艺术特点。

王羲之《书论》："每作一字，须用数种笔意，或横画似八分，而发如篆籀；或竖牵如深林之乔木，而曲折如钢钩；或上尖如枯杆，或下细如针芒；或转侧之势似飞鸟空坠，或棱侧之形如流水激来。""为一字，数体俱入，若作一纸之书，须字字意别，勿使相同。"卫夫人茂漪《论书法》曰："每为一字，各象其形，斯造妙矣，书道毕矣！"

用笔多变，就要有提、按、使、转、顿、挫等笔法。提、按，是指行笔中用笔的动作。清人刘熙载说："凡书要笔笔按，笔笔提。"在笔法技巧中，仅仅使用中锋、侧锋、绞锋等手法是不够的，点画的活力和生动性，是在运笔中靠提按、徐疾、轻重变化而体现的。书写的过程，就是提按技法转换的过程。笔锋在纸上运行时，一直是提与按、轻与重、徐与疾的丰富变化，写出来的线条才具有律动感、生命力，富有神采与情调。

关于使、转，王绂《论书》："纵横牵制谓之使，钩环盘纡谓之转。"点画的"遣送"为使，点画的"交接变向"为转。"使"皆实，"转"为虚。"转"笔作用大于"使"，可以理解为笔管运行中的调笔、换笔。徐用锡《字学札记》道："用笔要转，不转，恐锋顺行而偏也，或回或翻或倒，下笔都是此意。"在点画使转中，必然出现方与圆的笔势形态。方笔用翻笔，圆笔用绞笔。翻笔一般要借助于切、顿、驻等手法，折锋来完成。圆笔的弧度需借助笔尖或笔腹的圆转方法来完成。方与圆在具体书写中，方折中有圆势，圆势中也有方折。篆书和草书多用圆势，楷书与隶书多用方势。但也不是绝对的，需要灵活掌握。康有为就说过："正书无圆笔，则无宕逸之致；行草无方笔，则无雄强之神。"

书法中笔法要讲究抑扬顿挫，有开有合，有放有收。横画竖画中的逆锋起笔、横画直落笔、直画横落笔就是"抑"，抑是为了蓄势而扬。撇与捺的提笔出锋就是"扬"，扬是出露锋芒张扬性情。"顿"和"挫"也是笔画中内敛和外放的结合，如楷书中横竖画中的收笔就是"挫"，点和提就是"顿"。顿本身就是一种节奏。笔画都要有抑扬顿挫，这种笔墨元素的相互结合才能体现节奏和韵律美感，否则书法就无生气可言。

笔法中的"缓"（徐）与"疾"，即行笔的慢与快。正确的笔法是：缓中有疾，疾中寓缓。倪苏门《书法论》曰："轻、重、疾、徐四法，唯徐为要。徐者缓也，即留得笔住也。此法一熟，即诸法方可运用。"宋曹《书法约言》曰："迟则生妍而姿态毋媚，速则生骨而筋络勿牵。能速而速，故以取神，

应迟不迟，反觉失势。"唐太宗李世民《指意》曰："书写太缓者滞而无筋，太急者病而无骨。""笔法尚圆，过圆则弱而无骨；体裁尚方，过方则刚而无韵。笔圆而用方谓之遒。体方而用圆谓之逸。故笔法须方中带圆，字势逸而带遒。"这运笔的慢与快，字体的方与圆的辩证关系，只有在书法实践中自己灵活把握。

林散之谈笔法时，着重提到了握笔法。他说："握笔不可太紧，要虚灵，要虚中有力，宽处亦见力，力量要用在笔尖上，执笔要松紧活用，重按轻提。"

三、墨法

"墨分五色"，即指"浓、淡、润、渴、白"。具体讲就是：浓欲其活，淡欲其华，润可取妍，温能取险，白知守黑。

浓墨，行笔凝重、沉稳，墨色不浮，堪能入纸。包世臣《艺舟双楫》曰："笔实则墨沉，笔飘则墨浮。凡墨色变然出于纸上，莹然左紫碧色者，皆不足与言书，必默然以墨。……笔锋着纸，水即下注，而笔力足以摄墨，不使旁溢，故墨精皆在纸内。"联墨作品在取浓墨时，可写楷书、隶书对联，因

这两种书体行笔慢，墨色可缓缓随笔锋留于纸上，加之楷隶都有笔锋变化，有劲健浑厚、力透纸背之墨色美。清代刘墉对联书法喜用浓墨，有"浓墨宰相"之称。

淡墨，古代人用砚台研磨，掺以水即成淡墨。现在一般书法者喜用现成的墨汁，如"一得阁"墨汁、"红星"墨汁、"曹素功"墨汁等。还要看用什么性质的宣纸来调浓淡，熟宣纸淡墨落纸不洇晕，生宣纸淡墨落纸易洇晕，在生宣上行笔应疾速一些。潘伯鹰《书法杂论》曰："用淡墨最显著的要称明代董其昌。……笔画写在纸上，墨色清疏淡远。笔画中显出笔毫转折平行丝丝可数。"清代王文治喜用淡墨，时有"淡墨探花"之称。

润墨，所谓润墨，即笔毫用水比淡墨还多。这种墨色在中国山水画中常用，联墨作品用得少。清代周星莲《临池管见》："……濡染大笔何淋漓。""淋漓二字有讲究，作书画时须水润开其笔，点入砚池，如篙之点水，使墨从笔尖入，则笔醑墨饱，挥洒之下，使墨从笔尖出，则墨落而笔凝。"又曰："字生于墨，墨生于水，水者字之血也。笔尖受水，一点已枯矣。水墨皆藏于付毫之内，蹲之则水

下，驻之则水聚，提之水皆入纸矣。"

渴墨。渴墨亦称"燥"。清代梁同书《频罗庵论书》："燥锋，即渴笔。画家双管有枯笔二字，判然不同，渴则不润，枯则死矣。"有人将"渴笔"当成"枯笔"，乃一大误解。渴墨之法，妙在用水。渴笔用墨较少，涩笔力行，苍健雄劲，写出点画落下道道白丝。渴墨常用到涩笔，行笔不畅，行中有留。渴笔涩行，即出"飞白"。草书联墨可以见到渴墨法。

白，顾名思义即无墨。知白守黑，计白当黑，以虚观实，虚实相生，无笔墨处不求墨。林散之说："怀素能无墨求笔，在枯笔中写出润来，筋骨血肉就在其中了。"所以说，有色达到无色，是墨色的最高境界。

清代王原祁《雨窗漫笔》曰："笔肥墨浓者谓之浑厚，笔瘦墨淡者谓之高逸。"从实用角度来讲，墨的浓淡燥湿关系是相对而言的。有时书法家常说的"玩笔墨"，其中就包含墨色在书写中的变化。墨随笔行，墨浓到滞笔程度，笔力不畅。这就说明浓墨不能浓到影响运笔。神因墨显，墨淡到无色程度，自然墨色黯淡无神采。古人强调用笔之法：浓欲其活，淡欲其华。活与华，非墨实不可。浓和淡

要适度，不可过浓，也不可过淡。水墨乃字之血，用墨浓淡用水是关键，要恰到好处。有一副形象化的对联：

"笔润含春雨；墨干裂秋风。"

涨墨，源于清代王铎，为了追求墨色变化，采用此墨法。涨墨的效果是水分多渗出点画边缘，而点画的墨色还十分明显。我体会的具体方法是：用润开的笔甩一甩，先蘸清水，笔尖再蘸以浓墨，在纸上大胆落墨，行笔宜疾不宜缓，如无严重洇晕现象，不要用白纸揩拭，要的就是这种水洇效果，待干后相当漂亮。

宿墨，原是国画中一种用法，近年渗透到书法中，黄宾虹惯用宿墨，能增加墨色的变化与层次感。"宿墨"，顾名思义，即是砚池里墨是过了夜的，今天用来作画。如画山有层次效果，画荷叶也有浓淡水墨效果，这就是宿墨。有的书画家自己制造宿墨，用来得心应手。现在有一种特制的杭州宣和"宿墨"，也很好，主要是方便。

我的体会是：无论哪一种墨法，关键是用水的技巧。书忌平庸，要有奇情驱使笔墨，"笔是骨，墨是肉，水是血。"水墨的调节，能使墨色起变化。水墨调合得当，才能"穷变态于毫端，合情调于纸上"。以心驭笔，以笔控墨，用墨之道，润而有肉，线条有弹性，有活力；渴而有骨，线条有阳刚之气，有张力。

四、章法

什么是"章法"？就文学而言，是指诗文作者安排全篇章节时的整体布局的结构方法。包括文章的体势、承转、熔裁、首尾照应、意境凸显等。给人一种布局合理、亮点突出、赏心悦目之美感。引申到人们处理日常事务的有条不紊、有礼有节。常听人称赞某某领导水平高，办事很有"章法"。

章法，对于一件书法作品显得十分重要。明代董其昌《画禅室随笔》曰："古人之书，以章法为一大事。善所谓行间茂密是也。"清代笪重光《书筏》曰："精美在于挥毫，巧妙在于布白，体度之变化，由此而分。"提笔书写前一定要谋划好字中之布白、逐字之布白、行与行之间之布白，使点画与点画之间顾盼照应，字与字之间随势变化，达到神气畅润的效果，行间与字距"疏密有致"，甚至"疏可走马，密不透风"的视觉美感。在字体结构上，有的带方势，有的带圆势，有的屈曲有的平直，为求章法的协调，对个别字可做大小屈伸的处理。王铎说：

"上下字间的线条穿插，要使字间的空间构型趋于丰富、多变。"一行书写心里有一条中轴线，在不偏出重心的前提下，字的结构可强调欹侧，左倾右倾形成气势。以及行与行之间字势动荡多变、腾挪穿插，从不平衡中求平衡。此种章法适用于大幅行草的章法布局，可以作为联墨创作之章法借鉴。

章法布局应注意以下几点：

①四周留白，字间透气。（做到疏可走马，密不透风。）

②首尾呼应，字守中线。（首字领篇，末字收势。中轴线不偏不倚。）

③大小相宜，轻重适度。（尤其是楷书要注意。）

④字体一致，格调统一。（写楷书时，颜、欧、柳、赵各体不得混搭。）

⑤字大款小，字印相配。（落款要小于正文，印章要小于款字。）

联墨章法，较为特殊，处理得好是一种艺术构图。在布局上必须明白：对联分上联和下联，要按一幅构图来编篇布局，构思其章法，不能上下各顾各"单打一"。必须有上下联"浑然一体"整体美。同时，要布白匀称，突出对联之"对称美"。楷书、隶书、篆书联墨作品书写前，可叠好字格，

上下留白，给人以疏朗稳重、雄浑大气的美感。如邓石如篆书七言联：

彩豪闲试金壶墨；
青案时看玉字书。

另外，一副联墨作品由"正文""款文""印章"三部分构成。正文是联语内容，是作品的主角、主体和核心，

应占主要位置，极力张扬渲染。款文即提款、落款，是正文之外的说明文字。内容可以写受赠人、书写时间、地点等。提款字宜小不宜大，宜空灵不宜紧凑，宜简不宜繁。篆隶正文可用行楷提款，其他行草正文只能用行草落款，不可用篆隶。

古人云："大字紧难，小字松难。"这涉及一个布白艺术。用笔越厚重，布白越要均匀，不懂得布白就写不好对联。

书法是一种黑白艺术，其空间布白与点画结构等着墨处的安排同样重要。书法欣赏从布白入眼，是一种很讲究的审美方式。有句话讲：胸中无点墨，纸上亦留白。说明书法的留白关系一幅书法作品的审美，必须处理好。

对联书法，要有意识地安排字的点画间架，布置字与字之间空白。如大小错落，俯仰揖让，开合有度，整体对应，气息通畅，自然灵动。这些布白手法只有在实际书写中去体悟摸索，写得多了，经验就出来了。王遐举先生是当代隶书大家，他的隶书有自家风貌，人称"遐举隶"。下面欣赏他的隶书六言联。从点画的结构及线条粗细变化中可以看出布白之美感。

王遐举六言隶书：

淡怀风清月朗；
雅量海阔天空。

联墨章法，楷书、隶书、篆书，都是一格写一字。布局上要求差别不宜过大，出现上联"爷爷辈"下联"孙子辈"，显得不协调不美观。但绝不能大小壮如算盘珠，个个字一般般大，呆板无生气。行书、草书（章草、今草、标准草）可以是一格一字，不出现索带缠绕。如用大草狂草写对联，

415

就不拘泥一格一字了。有时候可以上联是一个字，下联对应处可能是两个三个字，富有变化，从变化中求统一。如傅山题联：

挥兹一觞；

陶然自乐。

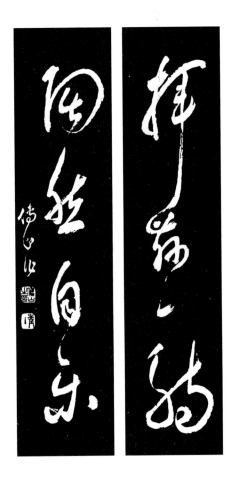

上联"挥"字一竖与"兹"字衔接，仅一"挥"字与下联"陶然"二字形成反差对比，有一种气势夺人的美感。反而"一"字几乎在"兹"下一点而过。

字形大小变化，字体草法灵动洒脱。这才是草书对联之精彩之作。

对联书法，在构图上大部分都在上下留白。但有的行草为了张扬个性，或者是联语的特殊性，作品章法上出现了"满构图"。满构图在中国画尤其是山水画常见，但在对联书法上较为少见。这种"满构图"章法给人一种视觉冲击，如果出现在偌大的展厅，用八尺对开或大二匹对开写一副"满构图"对联作品，一定会吸引观众眼球，有一种非凡的艺术震撼力。上海复旦大学博士生导师、著名书法家沃

兴华先生一副五言对联：

庄严佛世界；
左右二莲花。

沃兴华为这幅联墨作品做了一通说明："二王法帖，至明末，董其昌集其大成，以后走向衰退。衰退的同时，汉魏碑版书风兴起，清代的邓石如取其重，康有为取其大，近代徐生翁法其拙，其主要内涵已被发掘表现。……但事物总是处于对立统一的矛盾之中，书坛不会就此太平，现代书法的出现就是证明……"

这是现代书法艺术在联墨形式上的表现。怎么样？有视觉冲击力吧。上联是"庄严佛世界"，下联是"左右二莲花"。未释文前你能认清此联墨作品中几个字？这是一件有代表性的有一定艺术水准的现代联墨作品。我虽然是一个传统观念很重的老者，如对古声（平水韵）调平仄作对联就津津乐道，认为比用新声写出的对联有味道。但我不保守，对新东西往往能够接受。如山西画梅大师赵梅生画的写意梅花，有人说不像梅花，我说这就对了，太像梅花了就不是梅花了，这就是艺术。再回到我们面前的这副

"满构图"章法的联墨作品上，尽管沃兴华先生说是现代书法，但我依然从中读出了古意。开始我也没认出下联中的"左右二"三字，但这幅作品的"气韵"打动了我。南朝谢赫"六法"之说，以"气韵生动"为第一要素。这种"气韵"是书家的笔墨自然表达出来，感染人的。这楗联墨作品，沃兴华肯定是胸有成竹，字的特殊结体、墨色用浓墨、章法错落都想好了，于是，大笔蘸墨一挥而就。无地方落款，在"二"之间盖一枚姓名章足矣！

还有一种特殊专门用作写对联的宣纸，即宣纸上印有瓦当图案。这样的宣纸大多半生半熟，不宜用淡墨，出不来想要的墨变效果。有一个好处是不用折叠字格，照着在瓦当图案中写联语即可。也有的书家不受其束缚，五言瓦当宣写四字或六字，七言瓦当宣写四字五字。这也未尝不可，弄得好可能会收到意外的效果。打破了瓦当图案的格式，图的是视觉上的变化。章法不是约定俗成，一成不变。完全可以依照艺术规律而变化，以雅俗共赏之大美为标准。

联墨章法是创造视觉美感的艺术。除了上述常见的款式外，还有两

种特殊款式。一种是"琴对"。它的特点是：上下联正文后故意留下大约一个字的空白，用来题款。上联题上款，下联落下款。也有的上下连题的。如近代书画大师、西泠印社第一任社长吴昌硕联：

　　金石乐；
　　书画缘。

另一副是清代"扬州八怪"之一的李鱓题联：

　　有竹人不俗；
　　无兰室自馨。

　　还有一种专门书写长联的款式叫"龙门对"。它的特点是上联和下联的多行正文书写完后，拼起来酷似两扇门，其实是像繁体字"門"。书写

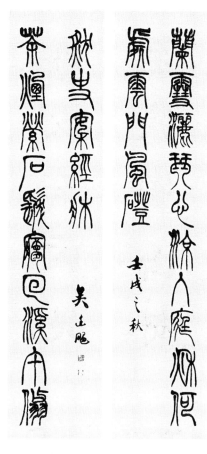

有人写"龙门对",上联正文与下联正文都从宣纸的右上方写起,都在左手边留空白题款,这就错了。切莫忘了"门"字形状,左右两边是对称的才是"龙门对"。

这里还有一副"龙门对",是当代著名书法大家、中国佛教协会前会长、西泠印社前社长赵朴初先生,在西泠印社成立九十五周年时,书题的一副对联:

时必须是:上联从右写起(不空格),分几行把联文写完,要留出一段空白。下联从左写起(不空格),分几行把联文写完,同样留出一段空白。然后,在上联空白处题上款,在下联空白处落下款。上联与下联形成对称之美。

如吴熙载篆书联:

兰雪洒琴心,流入庭秋,何处云门风磴;

茶烟萦石发,梦回溪宅,悠然史案经床。

百千万里风举云腾，石鼓堪歌，
　喜凭印学心相印；
九十五年灯传踵接，斯文未坠，
　经集孤山德不孤。

五、题款与钤印

题款，是属于书法章法构成一部分，是联墨创作的第二道工序。题款，亦叫落款。一副联墨作品分上款、下款。也有只落下款不落上款的，在章法审美上可以这样处理。从广义上讲落款是指正文之外的所有文字，但也有专指书家个人具款。

落款字体一般是：隶不用篆，楷不用隶，行书不用楷。（这是指正文与款字区别。）落款基本原则是："文古款今"、"文正款活"、"文大款小"、"文重款轻"。

联墨作品上联落款内容，通常为受赠者的称谓、联语内容或年款，如联语属选录古人或时贤的可具明。下联落款一般署书家姓名、字号，也有同时书年款的。下面列几种落款格式请大家记住其特点，在书法实践中灵活运用。

穷款。落款中最简单的款式，只落书家姓名。位置宜上不宜下，有落在下联左部中间位置的。举康有为行

（注：穷款联）

（注：单款联）

对联书法艺术谈

书五言联，落的就是穷款。

单款。款文落在下联左边空白处，文字可长可短，有的将本来是上款内容如受赠者姓名也落于下款。其实"穷款"也属单款，只是其文字太少，故谓穷款。如图齐白石篆书联。

（注：三行款联）

（注：双款联）

双款。在上联右边落上款，在下联左边落下款。此谓双款。如图当代章草大家陈巨锁七言联。

三行款。一副对联落三行款，分别是上联左右两侧各落一行，然后在下联侧落作者名款。例联：孙星衍篆

（注：四行款联）

书七言联。

四行款。在一副对联中落四行文字款，即上联的左右两侧，下联的左右两侧都具款。如图清代书法家王文治落的就是四行款。

散落款。清代书画家黄易（1744—1802），字大易、大业，号小松、秋盦，又称秋景庵主等。其有一副书题吴东里先生联：

大烹豆腐瓜茄菜；
高会荆妻儿女孙。

看章法布局此联原本是一副双款联，书家后来又分别在上下联下部两侧作了补记文字。这种款式属于散落款，平添了几分雅趣。

印章款。一副对联正文写好了，居然为惜墨不作落款，只钤印。前边咱们见过沃兴华那副"满构图"五言联未落款只盖一方印章，那是不得已而为之，也是章法之巧妙安排。大家可看下边这副五言联：

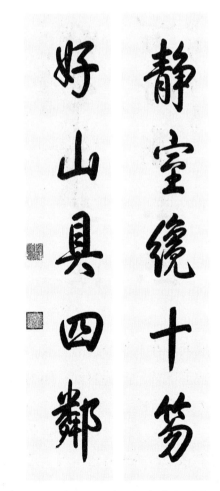

（注：印章款联）

静室缠十笏；

好山具四邻。

此联出自清代乾隆皇帝之手。落款处盖了"惟精惟式""乾隆宸翰"两方印，一白一朱。这种连"御笔"二字都不具的也许正是乾隆皇帝的做派。

异款。现代画坛大师级人物徐悲鸿一联：

挥手天花落；

读书难字过。

本来第三款姓名落款应该落在下联左边空白处。这位大师偏偏别出心裁，把姓名"悲鸿"落在下联右侧，这确实是少见的异款。有许悲鸿先生受西洋画创作的影响，只图布局合理而不拘落款习惯位置。也许人家认为落在右边比左边好，有点标新立异的味道。我倒认为落款要为正文服务，受整个章法布局制约，有破格之处，只要审美合理，可以认同。

（注：异款联）

（注：异款联）

无独有偶。清代嘉庆年间任过江苏淮安府同知、著名书画篆刻家陈鸿寿有一副这样的异款联：

汉室贤良传；
周人岂弟诗。

此公异款不仅表现在下款，而且上款也非不落右边而落左边。也许是考虑缓解人们的"审美疲劳"：大家看多了那样的落款，我来个"这样"的，让大家视觉有新鲜感。

多年来，中国书协十分重视书法家的"字外功"修炼，提倡书家要书题自家对联。在书法家书写自撰对联时，落款可题"XXX撰书"或"XXX并书。"请看清代道光永宁知州王继贤题山西碛口黑龙庙七言联即自撰并书。联云：

山河砺带人文聚；
风雨祥甘物气和。

钤印，又称盖印、用印。书法作品钤印，是相当有讲究的，这是书法作品的最后一道工序。一副联墨作品高下，钤印技巧可不容小视。钤印从整个章法考虑，以奇数为宜。一般情况是在下款姓名后钤两方印，一枚白文，一文朱文，而且两印大小一致，不可一大一小。在上联落上款文字上，钤一引首章。引首章宜用长方形或不规则形闲章，朱白均可。全联三方印即好。如果上联一侧一方，下联落款下盖三方印，有些失重，画面不平衡了。如果上下联各用两方印，虽显对称，但太呆板，不美观。正文追求对称美，钤印可要追求破格美。另外，一副对联钤印要有变化，既不要相同都用白文或朱文，也不要大小悬殊，那样显得突兀、不协调。

联墨作品钤印，下联落款下的用印是关键。（一）印章宜小不宜大，视落款字大小而定，一般是款字的一半样子即可。（二）宜盖姓氏、名号章，如上方是姓名章，下方可用斋号章。上宜白文，下宜朱文。如上为姓氏"李氏""西安李氏"白文印，下为名字"静宜之印"朱文印。（三）两印之间不可距离太近，又不可太远。一般小幅对联二印间隔一个印章大小。视情况而定。（四）在落款下钤印后，印下不可再题什么字。（五）盖印时，印大或满白文用力应较重，印小或细

朱文用力较轻，而且不要直接垫着毡片盖印，要垫上硬胶皮或一本普通书为宜。（六）印章蘸印泥时，应像小鸡啄米一样轻盈，反复转着印章拓泥，如印泥偏硬干，不妨在印章蘸印泥之后，用口气哈一下印章，起到滋润印泥的效果。

另外，闲章分引首章（起首章）、压角章，引首章有年号、祖籍、吉祥语，多为长方形、椭圆形、葫芦形等，钤在上款之上。压角章一般为方形，大而凝重。朱文白文皆可。压角章只盖一方，不可多盖。

附名章、闲章选拓：

梁石之玺（姓名章）

规格：2.9com×2.9com

清者若兰（压角章）

规格：2.9com×2.9com

佛肖形印（引首章）

规格：3.0com×1.2com

逸然斋（名号章）

规格：2.9com×2.9com

上善若水（压角章）

规格：3.1com×2.9com

此生唯有梅知己（引首章）

规格：4.1com×1.3com

第三节　对联张贴有讲究

从现在对联书法作品构成体系分析，由三部分构成。第一部分：名胜景点悬挂木制或其他材料的刻制楹联。这些楹联大都悬挂于室外，受风吹日晒雨淋，材质必须一流。由于用材刻制油漆鎏金等工序考究，悬挂自然也很讲究。上款挂于建筑物大门右侧（游人正对方向），下款（署作者姓名钤名章）置于大门左侧。如果是"龙门对"，仍然是上联悬挂大门右侧，下联悬挂大门左侧。

第二部分：明清两代，乃至民国和新中国成立初期，民间有身份的家庭，尤其是有文化修养的文明家庭，庭堂一进门对面墙壁要挂中堂对联。中堂有山水、花鸟画，有的是书法中堂。主人寿晋耄耋之年，也有挂"寿"字中堂。中堂两边挂一副名人书法对联，对联书体不限，篆隶楷行草皆可，视主人喜好而定。如姚之文题隶书五言联：

抱琴看鹤去；

枕石待云归。

室内对联也要挂对位置，上联应挂于中堂山水画的右边（仍然以面对方向），下联挂于左边。

高情鹤立崑崙峭

壮思鲸飞渤海宽

石君朱珪

（注：中堂对联）

名儒廣學懷元鳳

直德清風慕史魚

萧山朱克敏 题翰

（注：中堂对联）

清代末年睿亲王行书七言联,

岂无志者能成事;
惟有福人肯读书。

上联悬挂于厅壁右边,下联悬挂于左边。

第三部分:新春联。新春联是千家万户过年必贴的一种"吉祥物",

不管有钱没钱,有文化没文化,春节门口张贴新春联已形成了一种民间习俗。中华民族崇尚红色,过年门口张贴红彤彤的新春联,图的是喜庆吉祥,新年有个好兆头。近年来,随着印刷品春联的盛行,人们春节前到市场买来几副大小不等的新春联,不管三七二十一,见门就贴一副,难免贴错位置。就是一副春联对一个门面那一边,往往也会贴错。下面教大家一个办法:在贴春联前,先弄清要贴的春联哪一条是上联?哪一条是下联?请记住,上联末尾一字念着短促,是仄声字,下联末尾一字念着平缓,是平声字。上下联确定后,上联贴在对着大门的右边,下联贴在对着大门的左边。其传统依据是:春联是古代传统文化,古时候念书都是竖着从右往左念,右为上,左为下。这样就铁定了上联贴在右,下联贴在左。这是正确贴法,与"横批"的书里顺序没有丝毫关系。

这样按规矩张贴春联,人们一看门口的春联贴对位置了,证明这家主人有文化修养。大家都按上联贴右、下联贴左的规矩贴,欣赏春联的人看着舒服。这样大家形成共识,形成习惯,习惯成自然。我们希望普及一下

"节和堂"门联：
旷想已同鸥境界；（右）
远游方羡雁程途。（左）

"人和堂"门联：
五际涛听匡鼎说；（右）
八分碑看蔡邕书。（左）

张贴春联的知识，不至于口里说着上右下左，结果又从左往右贴了。

【单元小结】

我们搞对联创作，目的不是孤芳自赏，而是要让更多人欣赏，那么最好的办法就是借助书法写成联墨作品。联语与书法的结合，相辅相成，相得益彰，古往今来，被人们所称道。书法，包括字法、笔法、墨法、章法（章法包括三部分内容：正文、题款、

钤印）。苏东坡《题二王书》曰："笔成冢，墨成池，不及羲之即献之；笔秃千管，墨磨万锭，不做张芝作索靖。"告诉我们要下苦功夫，书法方可有所成就。联墨作品书写时，落笔第一个字很重要，如同唱歌定调，调定准了这首歌就唱好了。戈守智《汉溪书法通释》云："凡作字者，首写一字，其气势便能管束到底，则此一字便是通篇之领袖矣。"写行草书对联作品切忌写一个字蘸一次墨，这样写出字

既不生动，又无笔墨变化。一副联墨作品，组点成字，集字成行，列行成章，以表达书家的情感和神韵。书法之法度，体现在有笔墨之处；书法之妙，表现在无笔墨之处，有处仅存墨色迹象，无处乃传神达韵，有无相生，计白当黑，此乃书法高妙处。"白"是在"黑"的书写过程中"剩下来"的纸底，间接呈现于书写者有意与无意之间，很见功夫。笪重光《书筏》曰："精美出于挥毫，巧妙在于布白。"在书写一副对联时，要有意识地处理"黑"与"白"的关系，使上下联对照，因黑而布白，知白而守黑，疏密相间，虚实相生，黑白关系透出一种意境来。

联墨艺术，承载着中华民族的文化精神。一副作品，从联语内容、笔墨线条、章法布局、落款用印，无处不体现着中华传统文化中所崇尚的中和、仁爱、气节、豁达、平静等精神元素。我们当代对联人和书法家都要潜下心来，摒弃浮躁，乐于时代担当，诗意般地栖居生活之中，以一颗"平常心"做联墨艺术的传承人，以诗意品格追求人格的独立和艺术的个性，达到艺术境界和人生境界的双重升华。

结　语——我在用心与大家交流

　　我国是诗的国度。诗意滋润了华夏子孙的心灵，从远古的《诗经》开始，就记录了普通老百姓的诗心，温暖千古。

　　对联，从其形式与内容都有诗的烙印。两行诗，足以说明对联的属性。我以诗意的审美贯穿了对联公开课的十八个单元的内容。清初学者王夫之《姜斋诗话》曰："无论诗歌与长行文字，俱以意为主，意犹帅也，无帅之兵，谓之乌合。李杜所以称之家者，无意之诗，十不得一二也。烟云泉石，花鸟苔村，全铺锦帐，寓意则灵。"诗意是诗的灵魂。同样，对联中如果是干巴巴的说教而缺乏诗意，那对联充其量只是两行文字，而不是"两行诗"。

　　苏东坡当年谪居惠州，一天在山间游走，突然悟到：人本是大自然之子，在大自然的怀抱中，天涯何处无芳草？何处不能歇息？于是，他仰望天上"飞鸿"，即作诗一首："人生何处知何似？应似飞鸿踏雪泥。泥上偶然留指爪，鸿飞那复计东西。"作者借"飞鸿"抒发自己的情怀。这种有情感的作品是有生命力的，诗流传至今仍然感人。而没有语言技巧的发挥，情感也就无法得以真实与精彩地表现。我在对联公开课讲义中，不只一处地强调对联的抒情性，而且强调作品只有先感动了自己，进而才会感动别人。怀有一颗诗心，激励性情，荡涤心灵，感受对联优秀文化之美。说到艺术审美，我还是推崇王国维《人间词话》中，别出心裁地借用宋代三位词人的名句而概括的三种境界：晏殊《蝶恋花》："昨夜西风凋碧树。独上高楼，望尽天涯路。"是第一种境界。柳永《凤栖梧》："衣带渐宽终不悔，为伊消得人憔悴。"是第二种境界。辛弃疾《青玉案·元夕》："众里寻她千百度，蓦然回首，那人却在灯火阑珊处。"是第三种境界。在对联审美环节，我把例联中的意境掰开了、揉碎了给大家看，从中感受不一样的诗情画意，享受"腹有诗书气自华"之艺术魅力。

在撰稿过程中，我有三点用心：一是传承对联的实用性。对联走到现在之所以比诗词接地气，是其实用性。这一点要传承下去，并发扬光大。二是放大对联的人民性。对联门槛低，好像在老百姓眼里是"平易近人"之物，尤其是新春联，是人们祈福迎春保平安的"吉祥物"，千家万户都贴，有句俗话叫"不贴对子不过年"。三是突出对联的文学性。对于这一点我有自己的见解：对联既然具备言志抒情的文学功能，又有律诗中颔联、颈联一样的诗意美，为什么被人称为"小玩意儿"？为什么对联登不得"文学史"之大雅之堂？我为对联无缘地被小视而鸣不平。于是，特别有意识地让对联向文学创作上靠。文学创作比如小说是写人的，是写人的性格和人生命运的。我就特意邀请了几位当代写长联有实力的撰联高手，点名创作中国历史上的几位风云人物。让对联为人物立传，让人物借对联生色。在中国楹联学会副会长叶子彤的带领下，几位联家笔下的人物形象栩栩如生，既有历史的厚重感，又有一定的艺术高度。

在撰稿过程中，也许是我情感太投入了，有时为个别难题彻夜难寐，几回梦中都在探路寻方；有时为书稿中的人和事，感动得痛哭流涕、老泪纵横。不知大家读到这些章节处是否像我一样受感动！

为了提高中华儿女的民族自信、文化自信，壮大整个国家的文化软实力，习近平同志指出："在五千年文明发展孕育的中华优秀传统文化，在党和人民伟大斗争中孕育的革命文化和社会主义先进文化，积淀着中华民族最深层的精神追求，代表着中华民族独特的精神标识。"中国对联，是中华优秀传统文化的组成部分，博大精深，源远流长，与时俱进，魅力无穷。我著的这本《中国对联公开课讲义》，旨在为传承对联文化、繁荣对联创作而尽微薄之力。如果把这部书稿比作一匹绚丽多彩的锦缎，那是我用心血纺成线、捻作丝，借日月之梭精心织成的锦缎，灿若云霞。如果把这部书稿喻作一枝花，那是深深扎根于华夏民族文化沃土中的一枝花，绽放的是中国智慧、中国风韵、中国精神！鉴于本人水平有限，怀有丹心一片，未敢懈怠半分，恳请联坛同仁提出宝贵意见。谢谢大家。

后 记

    应山西人民出版社之约，我用了几个月时间，日夜兼程，不顾年事已高之累，不顾身体三高之困，调动我多年来从事对联研究与对联创作之记忆，查阅了浩如烟海的古今对联资料。说老实话，这都是靠平时的积累，不然，哪有充余的时间容你去查阅你想要的东西，太难了。好在我平时有记读书笔记的习惯，平时觉得不怎么起眼的东西，现在可派上用场了。前几年春节前夕，我曾应黄河电视台之约，搞过一次对联（主要是春联）讲座。那只是浮光掠影、粗线条的对联知识与故事穿插在一起的口头文章。这次属于空中对联公开课，虽无实景讲台和投影大视屏，也无实际上的听课人。但是，在我心目中，一定要当做是在实际讲课一样，力求口语化、浅显易懂。最初交出版社进行"选题论证"时的撰稿提纲，比较简单。既不像成书时的大规模、大容量，也没有设想得这么细微、精致。是我在正式进入撰稿角色时，我的章法布局来了"新感觉"。这样的整体把控和具体每一章节中的小安排，都是经过精心设计的，可以说我为这本书是动了感情的，是走了心的。比如第十五单元《对联创作之"人物美"》，初次设计是没有的。我为了突出对联创作的"文学性"，在联坛倡导用对联刻画人物性情与风骨，立体地表现人物人生。我的这一想法得到了几位联界朋友的鼎力支持。中国楹联学会副会长、当代联界公认的撰稿高手叶子彤先生，带头题写了《题苏轼长联》，艺术水准堪称人物对联经典。另外几位联家的写人物长联也都相当精彩。这部分内容可以说是这本书的一个"重头戏"，也是一个"亮点"。我对此感到很满意。

另外，此书的又一个"亮点"，就是从头到尾，结合文中的名人名联，为增加该书的艺术性和可读性，改善一下读者审美疲劳，配发了一些古今楹联墨迹。这样可能会提升图书品位，激发图文并茂、赏心悦目的阅读兴趣。

我之所以能在短期内，拿下如此宏大题材，如此开对联公开课演讲先河的文化工程，首先应感谢山西人民出版社为我提供这一广阔平台。其间，山西人民出版社社长胡彦威、书海出版社副总编阎卫斌、山西经济出版社原社长赵建廷都给予了鼎力支持。同时，给予热情支持的导师名家有：特意为《中国对联公开课讲义》题写书名，并破例为该书题写信札的当代书坛泰斗、诗人沈鹏先生；百忙中为该书作序的中国楹联学会副会长、著名联赋大家叶子彤先生；当代联坛十老之一赵云峰，联坛资深老会长郭华荣；中国楹联学会顾问、北大中文系资深教授白化文 、谷向阳；当代联坛领军人物蒋有泉、余德泉、肖良平、刘太品、方留聚、高宝庆等，以及当代书法界名流大家言恭达、张改琴、周志高、周俊杰、胡秋萍、张静、陈巨锁、田树苌、赵国柱、韩清波、郑恩田、张建民、汪庆誉等。在此一并表示衷心感谢。还有同我一样把今生"嫁给中国对联"的几位"闺蜜"：杨振生、胡静怡、吕可夫、金锐、刘志刚、周行易、贺宗仪、梁和平、贾雪梅、林颢等给予我的支持表示谢意。妻子胡翠棠、胞弟梁栋和我家人等是悄悄地给力。书中穿插的古今名人楹联墨迹的拍照工作是李保生仁兄完成的，借此表示感谢。要致谢的友人还很多，如王惠卿、李永民、王俭廷等不再一一具录了。

愿这本书能为中国对联文化的传承事业略尽绵薄；能为对联这株古老文化之树添几片绿叶。足矣！

梁石于逸然斋

二〇一七年十月十二日太原

附　录

《联律通则》（修订稿）
中国楹联学会

引　言

　　楹联是中华文化宝库中的独立文体之一，具有群众性、实用性、鉴赏性，久盛不衰。楹联的基本特征是词语对仗和声律协调。

　　为弘扬国粹，我会集中联界专家将千余年来散见于各种典籍中有关联律的论述，进行梳理、规范，形成了《联律通则（试行）》。

　　在一年多的时间基础上，又吸纳了各方面的意见进行修改，制定了《联律通则》（修订稿）。现经中国楹联学会第五届第十七次常务办公会议审议通过，予以颁发。

第一章　基本规则

　　第一条　字句对等。一副楹联，由上联、下联两部分构成。上下联句数相等，对应语句的字数也相等。

　　第二条　词性对品。上下联句法结构中处于相同位置的词，词类属性相同，或符合传统的对仗种类。

　　第三条　结构对应。上下联词语的结构、词义的配合、词序的排列、虚词的使用，以及修辞的运用，合乎规律或习惯，彼此对应平衡。

第四条 节律对拍。上下联句的语流节奏一致。节奏的确定，可以按声律节奏"二字而节"，节奏点在语句用字的偶数位次，出现单字占一节；也可以按语意节奏，即与声律节奏有同有异，出现不宜拆分的三字或更长的词语，其节奏点均在最后一字。

第五条 平仄对立。句中按节奏安排平仄交替，上下联对应节奏点上的用字平仄相反。单边两句及其以上的多句联，各句脚依顺序连接，平仄规格一般要求形成音步递换，传统称"平顶平，仄顶仄"。如犯本通则第十条避忌之（3），或影响句中平仄调协，则从宽。上联收于仄声，下联收于平声。

第六条 形对意联。形式对举，意义关联。上下联所表达的内容统一于主题。

第二章 传统对格

第七条 对于历史上形成且沿用至今的属对格式，例如，字法中的叠语、嵌字、衔字，音法中的借音、谐音、联绵，词法中的互成、交股、转品，句法中的当句、鼎足、流水等，凡符合传统修辞对格，即可视为成对，体现对格词语的词性与结构的对仗要求，以及句中平仄要求则从宽

第八条 用字的声调平仄遵循汉语音韵学的成规。判别声调平仄遵循近古至今同行的《诗韵》旧声或现代汉语普通话的今声"双轨制"，但在同一联文中不得混用。

第九条 使用领字、衬字，介词、连词、助词、叹词、拟声词，以及三个音节及其以上的数量词，凡在句首、句中允许不拘平仄，且不与相连词语一起计节奏。

第十条 避忌问题。（1）忌合掌。（2）忌不规则重字。（3）仄收句尽量避免尾三仄；平收句忌尾三平。

第三章 词性对从宽范围

第十一条 允许不同词性相对的范围大致包括：（1）形容词和动词（尤其不及物动词）；（2）在以名词为中心的偏正词组中充当修饰成分的词；（3）按

句法结构充当状语的词；（4）同义连用字、反义连用字、方位与数目、数目与颜色、同义与反义、同义与联绵、反义与连绵、副词与连词介词、连词介词与助词、联绵字互对等常见对仗形式；（5）某些成序列（或系列）的事物名目，两种序列（或系列）之间相对，如：自然数列、天干地支系列、五行、十二属相，以及即事为文合乎逻辑的临时结构系列等。

第十二条　巧对、趣对、借对（或借音或借义）、摘句对、集句对等允许不受典型对式的严格限制。

第四章　附　则

第十三条　本通则作为楹联创作、评审、鉴赏在格律方面的依据。由中国楹联学会解释。

第十四条　本通则自2008年10月1日起施行。2007年6月1日公布的《联律通则（试行）》同时废止。